吴家玮回忆录 3

吴家玮／著

玻璃天花板

海天出版社
HAITIAN PUBLISHING HOUSE
·深圳·

图书在版编目（CIP）数据

吴家玮回忆录.3，玻璃天花板 / 吴家玮著.—深圳：
海天出版社，2022.10
ISBN 978-7-5507-2415-0

Ⅰ.①吴… Ⅱ.①吴… Ⅲ.①回忆录－作品集－中国
－当代 Ⅳ.①I251

中国版本图书馆CIP数据核字(2019)第102367号

吴家玮回忆录 3 玻璃天花板
WU JIAWEI HUIYILU 3 BOLI TIANHUABAN

出 品 人	聂雄前
责 任 编 辑	刘翠文
责 任 技 编	陈洁霞
封 面 设 计	李松璋书籍设计工作室

出 版 发 行	海天出版社
地　　　址	深圳市彩田南路海天综合大厦（518033）
网　　　址	www.htph.com.cn
订 购 电 话	0755-83460239（邮购、团购）
设 计 制 作	深圳市龙墨文化传播有限公司（0755-83461000）
印　　　刷	深圳市汇亿丰印刷科技有限公司
开　　　本	787mm×1092mm　1/16
印　　　张	25.5
字　　　数	390千
版　　　次	2022年10月第1版
印　　　次	2022年10月第1次
定　　　价	68.00元

吴家玮教授

香港科技大学创校校长

现任：香港科技大学荣休校长及
　　　荣休科大讲座教授、汉林
　　　院教育园区首席海外顾问

主要经历

➢ 1937年在上海出生，1954年毕业于香港培正中学。1955年赴美留学，在乔治镇学院攻读物理与数学，获理学士学位。其后到华盛顿大学（圣路易）深造，先后取得物理学硕士及博士学位。

➢ 1966年至1968年在加州大学（圣迭戈）博士后进修。

➢ 1968年到西北大学担任物理学助理教授。

➢ 1970年在伊利诺伊大学任客座副教授。

➢ 1971年返回西北大学升任副教授，1973年晋升为正教授，1974年开始担任物理系主任。

➢ 1979年出任加州大学（圣迭戈）热斐尔学院院长，兼任物理学教授。

➢ 1983年出任旧金山州立大学校长，成为美国有史以来第一位华裔大学校长。

➢ 1988年至2001年担任香港科技大学创校校长，现为荣休校长及荣休科大讲座教授。

在学术上的成就及公职上的贡献

➤ 1964年以来，在物理研究方面发表了120篇论文及著作；在量子多体理论、统计力学、液晶、低温物理及表面物理上都做了不少贡献。指导研究结业的博士生、博士后研究员及访问学者达25人。

➤ 曾获颁多种荣誉及奖状，其中包括Alfred P. Sloan Research Fellow，美国物理学会会士，加州科学院荣誉院士，中国科学院物理研究所、复旦大学、深圳大学和北京大学名誉教授，联合国协会的罗斯福夫人人道奖，旧金山市的金钥匙，旧金山市长命名的"吴家玮日"。

➤ 1986至1988年担任全美华人协会总会会长。

➤ 1991年获华盛顿大学颁发的杰出校友奖。

➤ 1995年获乔治镇学院颁发文学博士的荣誉学位；同年被深圳市政府命名为深圳市荣誉市民。

➤ 1996年获得明尼苏达大学颁发国际杰出服务奖、华盛顿大学颁发理学博士荣誉学位、英国女皇颁授大英帝国司令（Commander of British Empire）荣衔。

➤ 2000年获香港特别行政区政府颁授金紫荆星章。

➤ 2001年获法国总统颁授骑士勋章（Chevalier de la Légion d'Honneur）。

➤ 2008年获香港浸会大学颁发人文学博士荣誉学位、香港科技大学颁发工商管理学博士荣誉学位。

➤ 2010至2011年先后获澳门科技大学、澳门大学颁发理学及社会学博士荣誉学位。

➤ 出任香港科技大学创校校长后，担任过香港特区政府工业及科技发展局和生物科技研究院监管委员会的成员，被深圳市政府委任为高级顾问。在任时期及退休后，为香港、内地、国外文教科技组织担任或担任过理事或顾问，包括我国的香港工商专业联会、长江开发沪港促进会、国家自然科学基金委员会、中关村科技园区顾问委员会、华侨六学、复旦大学、深圳大学、中欧国际工商学院、百贤亚洲研究院、珠江大学联盟、澳门大学、南方科技大学、西湖大学，巴基斯坦的Ghulam Ishaq Khan工程科学与技术大学，新加坡的世界科学出版社，美国的大学理事会、加州大学、华盛顿大学等。曾任或现任数间上市公司的独立非执行董事，包括联想集团、上海实业、第一上海。现正与粤港澳大湾区的原学界同事们，在汉林院的全资支持下，为内地筹建一所特色鲜明的公益非营利私立大学。

➤ 1993年至1996年被中国政府先后委任为港事顾问、香港特别行政区预备工作委员会和筹备委员会委员。1996年被选为香港特别行政区推选委员会委员。1998年被委任为香港特别行政区策略发展委员会委员及中国人民政治协商会议全国委员会委员。2000年被委任为香港特别行政区创新科技顾问委员会委员及香港与内地科技合作委员会主席。

➤ 与深圳市关系密切，担任或担任过市政府高级顾问、高等教育跨越式发展课题组总顾问、深圳市决策咨询委员会委员、科技专家委员会高级顾问、深港发展研究院院长、南山区决策咨询委员会顾问等。

➤ 吴家玮的简历登载于《世界名人录》。

前　言

从香港科技大学退休后，原来以为生活会轻松下来。可是事与愿违，非但没有轻松，反而好像越来越忙。干的都是老校长能做的、该做的事；唯一的分别是身边没了团队、没了资源、没了帮手，凡事单枪匹马，一手包办，往往有心无力。

即使如此，还是断断续续凑出时间写了四本书。第一本是《同创香港科技大学——初创时期的故事和人物志》，写的是五十岁回归故乡，与一群同事胼手胝足创办香港科技大学的经历，以此向志同道合的同事们表达谢意。第二本是《洋墨水》，追忆十七岁到二十八岁在美国上学和成家的经历。第三本是《红墨水》，写二十八岁到四十一岁当博士后、教授、系主任的经历。第四本，也就是这本《玻璃天花板》，讲留美三十三年的最后阶段，回顾四十一岁到五十岁在美国当院长和大学校长的经历，并点述多年来累积的一点理念和心态，交待五十岁落叶归根的来龙去脉。

虽写得次序颠倒，《玻璃天花板》总算为其他三本书起了填补和连接的作用。

一些朋友和出版社希望这几本书能为我国的年轻人励志。我不敢。回顾一生，总觉得自己从来没有考虑过"志"，甚至觉得所发生的事大部分来自意外和机遇。但我又不是个宿命论者，不觉得人生完全受环境或时局的摆布。怎么说呢？

我的人生观是：为人不要过分担心环境或时局的变动；在任何情况下，能做的就做，该做的就做。固然我们无法抗拒剧烈的天灾人祸，可是担心也没用；惟有尽可能学习、思考，充实自己，体验生活，为转变和良机的来临做好准备。

重复一次：任何情况下，能做的就做，该做的就做。不要步步考虑成败得失；只要是有意义的，尽量做得多，做得好。本来就是嘛：你做十件事，很可能最后只有一两件、两三件会带来满意的成果，可是你无法预料它们将是哪一两件、哪两三件。因此要把十件事全都尽力做好，当作走向理想的准备工作。一旦什么机遇出现于眼前，准备工作做得越多、越好，被机遇击中的几率就越高。所谓"命运"，关键不在有没有机遇向你迎面走来，而在你的准备工作做得够不够多、够不够好，网撒得够不够广，能不能迎接突然出现于眼前的机遇。

从我自己的经历来看，在华盛顿大学的物理研究和博士论文做得不错，因而获得圣迭戈加州大学开国功臣布勒克纳的青睐。可是那时没见过世面，不谙世事，也就是说见识过于狭窄，没做好准备，因而无意中失去了这学术天堂当即赋予的教职。两年后时局转变，学界弥漫反战气息，加州的"鹰派"州长里根以削减人员编制来打击他所厌恶的加州大学，又一次令我失去了这学术天堂所赋予的教职。一连两次放过了迎面而来的机遇。

可就在那两年里，勤勤恳恳从事研究，学术见识较多了，科研能力较强了，专业范围较广了；准备工作做得扎实，引致某些名校向我招手。我既不愿意接受哈佛的"赐予"，又不愿意接受别的大学聘请，选择到西北大学自起炉灶，做好教研，开始另一种准备工作。继而开拓了自己的科研领域，在学术界初露头角，获得几位理论物理界卓越人物的赏识，令西北大学另眼相看，把我越级递升。同时在系里、院里的会议上坦诚发表己见，参与制订了一些关键的学术和人事政策，使校内高层委以行政重任。这些不同方面的努力，无意中为踏进大学领导层做了准备。

　　另有与物理教研无关的一面："保钓运动"及尼克松访华让我们这群留学人员走出象牙塔，从怀念故国走向关怀祖国，从"忆根"走向"寻根"。参加留学人员活动，接待祖国来访学者，为我展开了社会视野，唤醒了民族意识，乃从"寻根"走向"追根"。回国访问讲学、进行教研合作、推动中美交流、邀来首群"访问学者"，更为科学院和高教部安排一批批访问学者。这一系列的"课外"活动播下种子，让我从"追根"走向"归根"。每走一步，不知不觉为落叶归根做了另一种准备。

　　国内青年们的周围环境和时局与我的迥异。他们听说过爷爷奶奶、爸爸妈妈的经历，感受过上两代人怎么被卷入大时代的漩涡，面对各种无法理解的矛盾，控制不了自己的命运。那种日子终于过去了，这一代的青年们却又陷入 21 世纪的全球化，被卷入另一个大时代的漩涡，需要面对另一种无法理解的矛盾；难怪他们对自己的前途偶尔感到兴奋，偶尔感到惶恐。不过无论如何，这一代青年们的处境远比上两代人好，或许也比我当年好，应该说是相当幸运。若能做好准备，大可把握机遇，创造命运，追求自己的"中国梦"。

　　说的大概都是青年们一天到晚听到的老话，励不了志。可是我还想重复："能做的就做，该做的就做。不要步步考虑成败得失；只要是有意义的，尽量做得多，做得好。"要为目前还看不到、料不到，甚至梦想不到的前途做足准备。之后"站得高，看得远；说实话，干实事，说到做到"。直到今天，这些还是我为自己励志的话。

第一章　重返学术仙境

圣迭戈加州大学（UCSD），特别是该校的物理系，一直是我梦寐以求的"家"。十三年前，老婆伊芳与我都希望在我念完博士学位后能到此仙境，在"大仙"布勒克纳的研究组里进修。当初认为是妄想，后来果真获得了这么个机会。

进修那两年里，科研干得不坏，获得物理系一群神佛的赏识，要让我留任教职。可惜正巧美国在越南战争的阴影下卷起了政治风潮，思想右倾的州长里根与反对越战的加州大学师生们对立，削减大学编制。UCSD 为了留我，设法绕道而行，在给我的教职前加上"代理"两字，说风波平静后再走回正轨。可是谁知需等多久？老少三代、八口之家的我不敢冒此风险。于是忍痛婉拒，离开仙境，东去西北大学执教，尝了十一年的人间烟火。之后每次到加州参加学术会议——旧金山也好、洛杉矶也好、圣迭戈也好，总会自问：究竟十一年前该不该离开 UCSD？

突然间，晴天霹雳，天上掉下来个绝好机会，终能重返仙境。

重返仙境的"难题"

重返仙境之前，却还有一个难题要解决，就是由谁来决定我的教授身份？

为什么要这么问？

早在几年前，我为西北大学物理系全力追求一位高能理论物理学的名将，要把他从哈佛挖来。事情进展得不错，直到最后阶段，才碰上了个没法预料的难关：他的夫人是位律师，需要我为她在西北大学的法学院谋份教职。这位女律师的学术水平很高，经验亦不差，可是得不到法学院教授会议的认可。文理学院院长出手相助，愿意从他自己的教授编制里拨出一个教席赠送给法学院，可是法学院的教授会议还是予以否决。西北大学因而失去良机，没能聘到这位日后获得诺贝尔奖的物理学家。

教授在学术决策上的权力多大，由此可见：即使校方领导有能力提供额外资源，还未必能解决问题。当然，我所说的是特别优秀的大学，及教授学术地位特高的院系。稍为一般的大学或院系，若能不费吹灰之力捡到一个教席，何乐不为？

一般大学里，聘请院长或更高级别的行政人员，更是说干就干：新聘人员若在原校是某某学系的正教授，只要本校的同一学系不反对，就可立即把他的名字加入该系的正教授名单。假如该系已有人满之虞，则校方领导会为该系增加一个正教授的名额，以免这位人员来日从行政岗位退下时无家可归。

UCSD，特别是满天神佛的物理系，把"教授治校"的原则落实得比谁都彻底。凭我的科研成绩，被 UCSD 聘为正教授应无可置疑，可是还得按程序办事。为了尽快妥善安排我的教职，物理系按照规章制度，让评估委员会去信多位量子多粒子理论、统计力学、凝聚态物理、液晶物理等专业的大师，请他们就我的学术成就作出书面评估。委员们都是学界名人，地位很高，网络很广；由他们去信要求协助，有问必答，很快得到回音。未及一个月，全都来了回信，据说反映甚佳。评估委员会开会讨论，立即通过。

接着，物理系就要与学术副校长和校长商量如何解决等级问题；也就是说，应该把我定在正教授的哪一个薪酬等级。

加州大学系统的制度，教职的等级与薪酬挂钩，分得非常细致、非常死板。助理教授每级两年，共分四级。当过两年博士后、成绩优异的，可以免掉一级，受聘助理教授时直接进入第二级。四级之后，成绩优异的升任副教授，同时取得终身职；成绩过不了关的，准备打包走路。副教授亦是每级两年，却分为三级。三级之后，成绩优异的晋升正教授；成绩过不了关的，留任副教授，甚至当一辈子副教授。（某些情况下，为了适当调整薪酬，可以进入第四级、第五级。）正教授则每级三年，共分六级，但一般升到第四级就停滞不前——除非科研成绩特别高超，能在自己的学术领域里赢到全球公认的殊荣。

物理系的评估委员会同意聘我为正教授后，必须立即断定把我放在正教授的哪个等级、名义上配以多少薪酬（虽然我所领的将是院长薪酬，实际与等级无关）。就在这儿，委员们碰到了难题。

我在西北大学升得太快，此时已经当了六年正教授。凭这资历，转来UCSD理应自动平移为正教授的第三级。委员们屈指一算，说即使战绩斐然，还是需要当上六年助理教授、六年副教授，共计十二年，才能升任第一级的正教授；之后还要六年，即共达十八年，才能晋升至第三级。若是让我在区区六年后就贸然进入第三级，系里查无前例，人事上极难摆平。如何是好？

系里好几位年纪比我大、资历比我深的，都还没升到第二级，甚至还是副教授。总不能轻易地把我平移至第三级吧！但是又不能为了摆平同事们的心理，无故把我降级。再说，我在西北大学的薪酬已经相当于UCSD的第三级，难道一边要"礼聘"我到UCSD，一边让我（名义上）减薪？

教授治校的原则下，聘不聘、是否聘为正教授，由教授们组成的遴选委员会或评估委员会作出判断——教授们完全有权决定。但私立大学一般没有如此细致的制度，校方愿意给什么等级、多少薪酬，都可照办；而且私立大学里，薪酬与等级无须挂钩，系主任与学院院长商量后，共同作出决定就行。公立学校则不然，一切都须向代表全民的政府负责，非但要做得公平，还须表现得公平。

无论如何，问题总得解决，不容迟疑。

学术副校长保罗·梭特曼（Paul Saltman）建议：院长与普通教职不同，等级和薪酬可以脱钩。于是把我的等级定为第二级，薪酬定在第三级。前者是为了略减我与系里其他教授的差别，平衡他人的心理。至于我的心理呢？反正我还没到位，不清楚加州大学的制度，不会见怪。后者则是为了让我的薪酬与西北大学一致，无须减薪；反正我的真实薪酬属院长级，远高于第三级，与纸面上的数字没有关联。轻描淡写就解决了问题，按这个安排给我发了聘书。

请看，再棘手的问题，只要有能人出手，把关键因素理清，就能找到解决方法。梭特曼就是这么位能人。他的学术背景是生物化学，一位学界公认的营养学泰斗，当过一任热菲尔学院的院长。高高大大，满怀自信，极有魄力。也只有他这样的卓越学者兼行政能手，才能应付物理系的满天神佛，并替他们解决困难。

我作为当事人，这些内情都是后来有人告诉我的。"教授治校"真不是说了玩儿的。

离开芝加哥前的交代

决定接受 UCSD 聘任后，第一件事该是向西北大学提出辞呈。

美国学界——尤其研究型大学之间，经常彼此挖角。系主任的工作之一就是稳住成绩优越的教授。薪酬固然是因素之一，却未必是最重要的因素，因为学界的人一般日子过得朴素，并不刻意追求财富，只要能照顾到家人的健康、孩子的教育，有相对舒适的日常生活，也就满足了。除非碰到什么全国性的灾难，例如二十世纪二十年代末的经济大萧条，研究型大学能保障满足他们这些并不奢华的需求。

去见素来很看重我的文理学院院长。他知道我的来意，说："成绩优越的教授毕竟属于少数。年纪较轻而在某些方面已经凸显特长、具有显著成长前景者，总不免被别的学校看中，迟早被挖走。"他说一直担心我迟早会走，在西北大学待了十一年，已经出乎意料。他知道良好的教研气氛、同事关系、学校声誉、自然环境，是留人的关键——这些方面西北大学的条件都很不错。只是从与我多次谈话中他已感到，加州大学，特别是 UCSD 才是我心里的天堂；没想到的是加州经济情况不好，大学与州长的关系又不断恶化，在这种情况下 UCSD 还能给我发出聘书。他明白提高薪酬或地位没用，都留不住我，一方面感到惋惜，一方面为我高兴。

这番出自肺腑的话，令我感动和感激。可是"仙境"的"天使"再次招手，不走不行。

离开之前，校内需要交代的责任有三。首先是物理系的行政管理：我的去留所影响的不止我一人，而是整个系的同事和学生。这事不难处理，因为系务已走上轨道，并且资深同事约翰·科特森（John Ketterson）过去两三年来积极参与好几个委员会的工作，对系里情况认识较深，料能逐渐掌握系务的管理。文理学院院长也很赏识他，愿意接受我的推荐，因而不愁无人接班。

其次是怎么安排我从中国科学院物理研究所请来的八位访问学者。八位里，一位是不久前才回国进入物理所的，他的访问很短期，业已离美回京。剩下七位中，四位干实验的和一位干理论的，虽然只来了几个月，却已经顺利融入各自导师的科研组，全神贯注投入工作。他们的适应能力很强，都已交上朋友，包括系里的洋人和系外的华人，万一遭遇什么病痛或意外，不愁没人照顾。还有两位原来就是来美跟我干理论的，很愿意随我去加州，更愿意借此多见些世面；此外，从复旦大学来的孙鑫也是如此。

至于科研组里的博士后和博士生，正好大多将在秋前到期或毕业。所余仅两位。一位原来是马上庚的博士生，来自 UCSD，自然很愿意随我重返仙境。另一位是女生，情况有点复杂：新婚不久的丈夫刚念完博士学位，离开芝加哥去东部的纽约州就业。她几经思考后，决定以学业为重，愿意随我去远在西南部角落的圣迭戈继续做博士论文。

校外需要交代的责任只有一项，就是全美华人协会芝加哥分会。我们这个分会的最大成就，是打破了华人学界与商界的隔膜。

华人社会素来不很团结。这儿所说的还不是所谓"左派"（倾向祖国大陆）与"右派"（倾向台湾当局）的矛盾，而是与政治倾向无关的"左派"内部分歧。当年学界的华人绝大部分是台湾留学生，教育水平很高，视野较广，讲的是"国语"，住的是郊区。商界的华人则绝大部分早期移居美国或生长于美国，教育水平一般，视野较窄，讲的是不同方言的广东话，住的是唐人街。

全美华人协会（National Association of Chinese Americans，简称 NACA）为推动中美友好关系不遗余力，我有幸担任芝加哥分会的会长。为了打破老华侨与留学生间的隔膜，有时候也会在郊区以野餐方式相聚。

历史、地域和文化背景的差别，自然地在两者间构成一些隔膜。所谓"左派"，人数本来就很少，特别需要推动团结。作为分会会长，我说别处怎么做我们管不到，芝加哥的华人组织必须打破习惯性的隔膜。于是把会址设于环境不那么优雅的唐人街，以此带动教授和留学生们放下知识分子那自命清高的架子，远离高人一等的校园郊区，移樽就教，到老华侨集居的唐人街开会和举行活动。

离开芝加哥后，我的接班人将是副会长：一位在唐人街开设书店、专卖新中国书报的"老华侨"。其实所谓"老"，只是说他从小生长和生活在唐人街，有异于我们这些外来的留学生。以年龄来说，这位爱国商人一点也不老，文化水平很高。

这个分会也好，其他城市的分会也好，全美华人协会（"华协"）本身存有隐忧。我曾与别的分会会长提出过两个问题：一是是否过分集中于大学？二是主要目的限于促进中美建交，是否过分单一？我们的活动似乎与当地华人社会的日常生活脱了节。也就是说，华协的代表性不强，甚至名不副实。这样下去，不可能团结全美的华人。当中美建交从希望变成事实后，主要目的将烟消云散，工作更难开展。

当然我们也进行一些与主要目的相关的活动，包括推进中美两国人民的相互了解和友谊、接待来美访问的学者和团体、为无缘回国访问的朋友们介绍祖国近况等。但这些活动都比较片面，也比较暂时。譬如说，"美中人民友好协会"成立于1974年，会员包括很多非华裔的美国人，接触面远比我们广，在增进两国人民友谊方面，活动远比我们多。又譬如说，访美的学者和团体越来越多，接待工作逐渐由大学和社会组织主动负责，不必依靠华协。再譬如说，有关介绍祖国大陆的发展，我们这些人即使回去过几次，对真正情况知道得也很不全面，理解亦缺乏深度。

还有别的担忧：有些参加华协的人怀有别的动机，包括在学界或商界借此发展自己的事业。两国人民之间的关系迟早会从理想走向现实，本来就该如此，并没什么不对；可是我们担心有人会利用华协之名，拉上私人关系，走上不正之路。当然，世事总是这样，担心也没用。

最后一样与"责任"两字无关，就是继续替科学院和高教部联系美国的大学和教授，为访问学者寻找进修去处。这种繁重而难以讨好，还需到处欠下人情的任务，没多少人愿意花时间承担；愿意做的人又往往缺乏网络，无法完成任务。此时科学院和高教部不断寄来大量申请者的履历和要求，让我一一去想办法。做得还算顺利，必须带去圣迭戈继续进行，只是离开西北大学后不能再用"留美华人服务社"的名义。幸好几个月来已建立基础，在学界广为人知，甚至有美国大学主动来找我协助聘请访问学者。那么，今后单靠个人名义应该亦能成事了。

再次西迁的决定和准备

离开芝加哥的意愿非常肯定，并已考虑清楚各方面的工作该怎么处理或转移；但事实上不能我说了就算，还需要请示老婆大人。

对圣迭戈很有好感、很想终身在那儿安家的伊芳，这时突然间起了退缩之意。怎么回事？

我脑中的第一个反应是：她不愿意我干行政工作。"当教授多好？以为你准备过一辈子教授生活的嘛！看你那不分昼夜拼命做研究的劲头，哪像是愿意当院长的？"这段话含在她喉头，没说出口，但我已经听见。不过她也知道：搬去加州并不表示永远站在行政岗位；当几年院长，然后回归教授队伍，是研究型大学里常见的事。同时她又听说加州经济情况不那么好，往后大学的教授编制很可能有减无加；若放过这次，谁知哪一年还会重新出现机会？

令伊芳患"冷脚病"（cold feet）①的，其实是这些年来实在让她搬怕了。特别是两年前刚搬过家，好不容易安顿下来，住得舒舒服服，怎么又要搬了？孩子们换了个校区，书念得不错，朋友也交了一大堆，能让他们跑这么远、一切从头开始吗？再说，芝加哥的大环境虽然不能与圣迭戈相比，亦不算差，毕竟住了这么多年，一切也都惯了。

女人心细，伊芳更是特别实际。难怪她。这么多年来，安家也好，孩子的学业也好，哪件不由她干？有意无意中我说的一句话却提醒了她："现在是春天，没多久天气即将炎热，不像拉霍亚那样根本没有夏季。"她说："冬天芝加哥天气不是更糟？"我说："是呀，去年冬天多冷！还下了83英寸的雪。"她说："前年的雪不正巧也是83英寸？"

其实连着两年下这么大的雪，并非常事。可是一想到门前窗外、车库通道、马路中央……全都堆满了雪，就变成惊弓之鸟。政府的铲雪车忙不过来，多少

---

① 意思是"事到关头，不敢踏出最后一步"。——编者注

天不见一面；自己不一尺一寸去铲，就得被软禁在家。说到这儿，伊芳的"冷脚"开始回暖。

趁热打铁。我说："这次不走，可能一辈子就住在芝加哥了。那倒也没什么，只是将来孩子们一个个大学毕业，跑去他处就业，远走高飞。住过气候较好的城市，搬回芝加哥这样的地方来与我们团聚，你想机会有多大？"想到这层，做妈妈的心软了。她说："我们住圣迭戈的话，他们回来的机会当然要大得多。"我说："估计会。尤其将来我们收入多了，可以买下一大块地皮，分成四小块，三个孩子各自拿一小块，造个房子，不就永远住在一起了？"这话说完，伊芳一言不发就打定主意，让我接受了聘书。这个完全在西方教育中长大的姑娘，思想竟如此守旧！（多年后，三个孩子都成家立业：一个生在中国，一个住在美国，一个住在法国。最后在拉霍亚生的第四个孩子也不住在圣迭戈。世事真是难以预料。）

既然大局已定，就得做好准备。这儿说的是一家老少生活上的准备。

美国说是非常民主，人人平等；大学又说是教授治校，礼贤下士；可是并不一视同仁，对高级行政管理人员还是特别照顾。为了让我们早日安家，UCSD请伊芳和我飞去圣迭戈，在拉霍亚海隅的五星级酒店住上三天，让我俩舒舒服服观察生活环境。又介绍了一位当房产经纪的教授夫人，让她帮我们洽购新居。还说大学将为我们支付搬迁费用，到时报销就行，上限宽裕——超过我们全部家当的实际价值。

当年来此面试博士后职位，接待得令我相当满意——当时并不知道接待的标准是给助理教授的。十三年后，待遇优厚得更远超所料。过后与物理系同事谈起，他们说："当然啰，今非昔比，还以为是吴下阿蒙吗？"看，美国大学里也分级论等。

研究型大学替所在社区带来就业机会、知识创新，提高经济水平。经济有所进步，周围房价自然随着上升。UCSD是研究型大学的奇迹，短短十几年就让圣迭戈改头换面。房价不仅上升，而且是飞跃。我们跟经纪看了三天房子，越看越怕。很明显，几天里无论如何不敢定案。于是在经纪的忠告和校方的帮助下，在大学的研究生公寓群里租下个单元，决定先把家搬来，让我的工作和孩子的学业都走上轨道，好好住上几个月，仔细观察房产市场，小心搜罗后才拍板。

说也奇怪，我们买房的经历好像有个惯性：买不起的时候房价最低，买得起的时候房价飞跃。第一次是从圣迭戈搬到芝加哥那年，第二次是从芝加哥搬回圣迭戈这年，第三次将是几年后搬去旧金山时，每次都为搬家换房倾家荡产。我暗想：房地产商远远看到我们来了，就该说声"吉星高照"，拱手致谢。

搬运公司也喜欢我们这种顾客：东西多、体积大，分量轻、价值低。搬运费是按体积算的，保险费是按价值算的。搬运大量轻便低值的东西，收费很高，撞坏时却无须赔偿多少。

此后每次搬迁，时间上都很紧张，一屋子的东西，未及好好选择收拾，就被搬运工人打包拿走。越是这样，东西就越积越多。想到就头痛，看到更头痛。

这次搬家一切有大学照顾，我们轻松多了，伊芳终于没了倦容。

搬运工作由一家在圣迭戈置有仓库的公司负责，让我们的家具杂物得以暂存数月。选择这家公司的另一原因是它是个全国性的大型连锁公司，收费合理。虽然搬迁费全由学校支付，毕竟 UCSD 是公立大学，用的是纳税人的钱，能省当省。

既然只能先在研究生公寓住下，父母亲需要暂时留在芝加哥，请幺妹夫妇照顾，待房子买定后才飞来。

西行途中

几乎所有美国城市都缺乏完善的公交系统（纽约或是唯一例外：市区有地铁网，不过已很陈旧，远不如今天我国的一些都市），同时，庄于房价、安全、教育、环境等一系列问题，中产阶级都尽可能迁去郊区居住。郊区向市区四周扩散，面积庞大、人口密度低，很难支持高效率的公交系统，因而一般中产家庭往往有两辆或更多汽车。

我家亦有两辆小车。芝加哥郊区的公交极不方便，我开车上班后，整天不在家，如果没有第二辆汽车给伊芳用，那就菜也买不成，孩子也不能参加课外活动，万一父母亲有些病痛，诊所或医院都上不成；也就是说，日常生活难以应付。

一辆小车已经年老，接近退休，短距离的日常活动不成问题，却不宜长途旅行，更不用说驾去加州了。于是在校园里张贴告示免费赠送。哪知三个星期过去仍没人要。在朋友建议下，改变策略，另贴广告，以两百美元的低价出售。不到两天就卖掉了。古怪不古怪？朋友说："不古怪。人的心理就是这样：免费赠送的东西，肯定有毛病。低价买到的，是占了便宜。"

另外那辆小车，虽则娇小玲珑，性能很强，本该能用好多年。可是一次伊芳与儿子到西北大学上完夜校驾车回家，途中被人拦腰冲击撞毁。那么，既然需换新车，就索性买一辆日常家用的 "station wagon"（中文译成 "旅行轿车"，译得很不贴切）。这种车比较耗油，不过车厢大，能容一家老少全部出动；行李箱也很大，买菜购物方便，很能照顾大家庭的日常需求。

我们还买过一辆二手的"Recreational Vehicle"（简称"RV"，一种大型家庭旅行车）。那辆大车只有长途旅游才用得上。当时想得太过浪漫，以为可以经常借此全家出游，旅行外地，尽享天伦之乐。哪知工作忙得七荤八素，两年来只用过两次，卖掉也罢。只是当时为了停放这庞然大物，在后园铺建车位，花过很多气力，出过很多汗，想想真有点不值。好在卖价居然高于买价，赚了两百块钱，虽是小钱，也算挣回口气。

终于一切安排妥当，五人坐进那辆被行李塞得水泄不通的"旅行轿车"，重上西征之途，限时五天里到达圣迭戈。

这是最后一次驾车横贯美国大陆。此后没再走回头路。

路线是向西南，贯穿伊利诺伊州和密苏里州，擦过堪萨斯州的东南角，进入俄克拉荷马州，之后几乎完全向西，直奔加利福尼亚州的南境，共三千多公里路程。与十几年前那次西行不同之处是全程走高速公路；特别好走，可是少了很多景观。

以前去过的旅游点，按地图看，都还在路线上。不同之处是以前的公路较差，跑得没那么快；途中汽车需要保养的话，都得依靠一些小镇上的服务点。值得看的旅游点，包括自然美景和历史遗迹，一般离公路不算太远。沿途的小镇需要旅客光顾，总有些小餐馆小旅店提供吃住，还搞种种花样来吸引游人——包括一些什么鳄鱼孵养池、印第安人帐篷、牛仔枪战街口……五花八门，无奇不有；说是无聊，却也为长途跋涉的人解闷。

高速公路带来的却是另类"文化"。首先，目的是缩短距离、加快速度、减少车程；那么路面必须既直又宽，最好是一望无际。沿途景观不在考虑之中。其次是车的保养和人的吃住，总该以方便和安全为主。最方便的莫过于在路旁设立休息站和加油站；最安全的莫过于标准一致的餐室和客栈——全国性的连锁店。麦当劳快餐厅就是这么个例子，高速公路带动了它的兴起。而这类经营方式正好满足了家庭旅行的需要。两者相辅相成。

若你要问：毕竟沿途接近不少城市，看到过什么新建设？答案是：没看到。高速公路绕道而行，不入市区；给旅客吃的住的，都分别建于路旁。连人口比

途中不乏渺无人烟的
沙漠地带，特别是德
克萨斯州。

较稠密的小镇，都无缘踏进一步。

　　十多年前老婆孩子到过的旅游点，这次去了没有？照说重温旧梦，再去看看也好。答案：不方便。那么，没去过的旅游点该不该去看看？毕竟孩子大了，懂得多了，该让他们亲历其境地接触新事物，吸收新知识。答案：也没去。做爸爸的面对新挑战，盼着早日上班，一心赶路，没敢远离高速公路。

　　一千六百公里后，进入德克萨斯州北端渺无人烟的"锅柄地带"（Pan

Handle）[1]，需要停车加油。公路旁边有个加油站，服务员是个乡村小姑娘。她向车牌瞄了一眼："哼，伊利诺伊州。"我说："没错。"她说："来自芝加哥。"我说："没错。"她说："搬往加利福尼亚州。"我说："确实如此。你怎么知道？"她轻甩一下马尾辫："过路的，人人来自芝加哥，人人搬往加州。"

相继两年暴雪，看来确实很多人撤离芝加哥，举家西迁加州。大部分就像我们这家，从此再不回头。

六七十年代的美国

说来这十三年不是一串好年头。我这感觉可能不很正确，不过一些社会学家似乎也有同感。这段时期，美国出过一些大事，有好有坏，例如硅谷现象和石油危机。可是招致社会全面变迁的是宗特大事故，即 1965 年到 1975 年的越南战争。越南战争使美国元气大伤，多年难以恢复。

越南战争究竟是怎么回事，为什么影响如此之深？

早在二十世纪五十年代美国就踩进越南，试图帮助法国恢复"二战"前的殖民地统治。从军事援助南越到派正规官兵，始作俑者是 1961 年上任的总统肯尼迪。而让美国大规模卷入战争的，却是肯尼迪被暗杀后继任总统的约翰逊。1965 年 3 月开始派送战斗部队，未及年底就增至十七万多人。之后越陷越深，军力增至五十余万，外加盟国派送的十余万人。

1968 年，美军在北越的春节攻势下吃了大亏。本来军情就不顺利，民众开始反战。吃亏之后对"五角大楼"失去信心，反战运动更如火如荼。美国政府在"越南化"的口号下逐步减军，把战斗任务移交南越。

那年秋季将进行大选。3 月底，竞选活动白热化，约翰逊突然宣布退选，以免越战争议导致民情分裂。4 月中旬，伯克利加州大学的师生发动反战示威，警察的粗暴压制引发全国共鸣。一个多星期后，一百多万学生在各地罢课反战。

---

[1] 德克萨斯州的地图形状像把铁锅，北部突出狭窄一块，被称为"锅柄"。

8月下旬，民主党在芝加哥举行全国大会；反战人士游行示威，爆发与警察的流血冲突。11月初，尼克松领导下的共和党赢得大选。

战争非但没有停止，反而变本加厉，延伸至柬埔寨。反战浪潮一波接一波，不可收拾。越战双方和谈数年，终于在1973年签订和平协定。同年夏季，美国国会通过法案，禁止战争延续，并停止为越战拨款。撤军却并不干脆，一直拖到1975年尼克松因"水门事件"辞职下台。继任总统的福特放弃保卫南越，4月底首都西贡（现在的胡志明市）失守，越战终告结束。

伤亡惨重的长期战争令美国首次以无可否认的战败结尾，为美国人民带来几种前所未有的心理打击。其一是怎么连这么个小国都打不赢？有人说，并没真的战败，只是没尽全力。有人说，反战声音太响，内耗太深，是自己打败了自己。有人说，在别人家园里打莫名其妙的仗，不输才怪。怎么说都好，总之是输了，不服也没用。其二是美国自建国以来，民众首次不信任政府。美国人总认为自己的政治体制最为完美，民选的政府面对选民不作兴打诳语，所说的话完全可信。可是这次战争，战情报告和政情估计都错误百出，此后信谁？其三是最严重的打击，人们开始向政府、社会和自己提出质问：这个国家的理想究竟是什么？自小家庭、学校、教堂灌输的核心价值，例如支持民族独立自主、反殖民侵略、反对以大欺小……突然失去了支柱。虽然美国的历史事迹事实上并不那么光彩，可是爱国教育素来办得成功，一般人相信每次战争背后总有说得过去的理据。这次可变了：血淋淋的图片出现于电视屏幕上，"战争每晚在家家户户的客厅里进行"；残酷的真相被一一暴露，即便一只眼睁一只眼闭，仍挥之不去。

自己家里或亲友里，成年未久的孩子被抽去服军役，甚至战死疆场。耗闻传来，难免要问：是为国捐躯还是白白牺牲？越南是个什么国家、他们在地球哪端、为啥要与他们为敌、什么使他们血流成河还视死如归？这些问题怎么回答？

再说，为了反对这场战争，学生和老师们罢课示威，歌手以民歌唱出心声，手无寸铁的青年对付手持长枪的军人，年轻姑娘无畏地把鲜花塞进军人的枪管……日复一日，都出现在电视上。究竟是怎么回事？

孩子问家长，家长看书报，大家得不到答案。能言善辩的政客也给不出答案。当年为了对抗纳粹而义务参军的人，儿子为了反对为越战服役而走避加拿大。亲戚家的孩子解答不了心中的矛盾，选择滥用烈酒和大麻逃避现实。街头出现一批批留长发、穿烂衫、无所事事、狂欢滥交的"嬉皮士"。社会能这样下去吗？

仗打完后，消极颓唐持续了好几年。物极必反，然而反过来的不是过去的理想，而是自我主义："Me Generation"（自我的一代）。《洋墨水》里说：假如一定要用简短的字眼来描述这些年里的社会剧变，最贴切的莫过于"童真的落失"（Loss of Innocence）。我不想把所看到的说成童真的消失、流失或丧失，也不想把它说成破灭或毁灭。二十世纪五十年代前的童真自此一去不复返，可是这种丢失是无意的、无可奈何的，而所丢失的不得不令人怀念。对不起，我无法正确传达或翻译，只好故意造了"落失"这个字眼来强调一种惆怅的失落感。

那些年里，美国的经济状况似乎也乏善可陈。美国国家经济研究局（National Bureau of Economic Research）1980 年所出版的一本书《转型中的美国经济》（*The American Economy in Transition*）指出：1966 ～ 1979 年，人时产量和总体生产力的增长率都明显降低，尤以 1973 年后为甚。影响因素包括：缺乏工作经验的妇女和青年成为劳动力，资本 – 劳力比率增长率减缓，政府加强环境、健康、安全方面的管制，GDP 中研发支出的百分比下降，部分生产转入服务，等等。经济学家的分析甚为详尽。他们看的是实际情况和数字——所谓"close to the ground"（接近地面），因而推论直接，不像我们外行指手画脚，把不完整的思路和分析归诸"宏观"。我就是这么个外行，看了经济学家指出的因素，深信好些都是越战导致的后果。

当然，越南战争带动了某些方面的科技发展。现代战争里科技的重要性越来越大，而不少部分兼有民用价值，迟早会带动经济发展。集成电路（芯片技术）的迅速发展，最初就建立于军事需要的基础上。没有集成电路哪来现代的大型电子计算机和个人电脑？可是无可置疑：无论人力财力，这样的发展途径消耗太大、代价太高，既不明智，又不文明。

这十三年里的变迁，到头来属良性还是恶性，还真不好说。

阳春教授年代的结束

一位香港科技大学的同事说，不兼任学校行政工作的教授该称为"阳春教授"。这个称呼真有点意思：一碗清汤寡水的面，不加任何肉丝鸡丁，最多放一两条青菜，甚至佐料也很清淡，这样的汤面谓为"阳春"。那么，一位不带任何"官职"的教授，冠以"阳春"两字，虽属笑谑，兼带自嘲，倒雪贴切。

其实学术性的行政职位不是官职：系主任也好、院长也好、校长也好，都是科班出身的教授，都须有较杰出的学术成就，否则缺乏可信度和判断力，无法获得同事们认可。这些学术行政职位都非永久，大多两三任后就会轮换，回到系里恢复"阳春"身份。任期可长可短，每任短则三年，长则五年。

当上院长和校长，一般甚难走回头路——至少当校长的须明白自己的职责已变，应该为师生们创造最优秀的教研条件和学习环境。这是个全时工作，令他无暇兼顾个人的专业教研。如果他的学科属进展神速、日新月异的领域，则不大可能在投身行政工作多年后回到自己的专业，重新角逐赶超；再说，从另一个角度来看，从校长岗位退下的人，多半已有一把年纪，接近教授的退休年龄，他所积累的经验和建立的网络，大可在别的领域为学校和社会发挥更大作用。因此即使恢复教授身份，也未必要走回原来的专业。

从我个人经验来看，系主任与校长、院长的情况不能同日而语：一则系主任并没有离开自己的系，也无须远离自己的专业；二则行政管理工作的面不那么广，所涉及的事项没那么繁杂，比较能够控制自己的时间；三则任期满后会恢复教职，因此不能不紧跟自己专业领域的进展。由于这些情况，系主任的岗位还是教授，多少还算"阳春"。那几年里我非但没有放弃专业，还带着一大群博士生、博士后和访问学者，科研干得火热。

这次回 UCSD，当上院长，情况必然发生变化。还能干科研吗？虽然不那么乐观，总还保留了些希望，因为 UCSD 的学术行政体制与一般大学不同：热菲尔学院里，虽然教授和学生以理科为主，但院长并不直接领导理科的众多学系，工作性质有异于一般大学的理学院院长。那么，表面上看来，行政工作量应该较少，能让我继续进行科研。科研的时间难免减少，于是必须收紧范围，精选课题，重质不重量。若三五年的院长任内不完全废弃武功，之后应该还能重新走回"阳春"老路。

啊，这个想法过分天真！ UCSD 的体制内的"院长"，职责范围既广阔又繁复，有如一所博雅学院的校长，还同时兼任一所研究型大学的副校长。管理的事务多而杂，行政的权力小而乱。这两句话十分准确地描述了热菲尔学院院长的生涯。

并不全坏。事务既多又杂的好处是：样样都碰，样样小事情都须亲自插手，让你明白学术行政的涉及面如何之广，为日后更上一级的岗位做好准备。行政权力既小又乱也有好处：人人有话要说，人人的意见都须考虑周全，让你理解教授治校的含义如何之深，为日后更上一级的岗位建立准则。

提早在此声明：UCSD 运行的这套体制，只是昙花一现。创校元老们所建立的学术行政管理系统虽则十分理想，却远离学界传统，甚难实行。我离开后，听说校长修改制度，走回学界熟悉的原路。因此今天的 UCSD 与别的研究型大学没甚分别了。今天当热菲尔学院院长的人，工作量确实很小，一如我当年的愿望，若愿意进行科研的话，确实完全可以做到。

生不逢时吧！到 UCSD 后，放在科研上的精力和时间下降得很快。"阳春教授"之梦骤然惊醒。

有问：为什么美国大学里华人教授这么多，而行政管理领导层人员如此之少？因素很多，不想在这儿分析。不过既然有人问——甚至经常有人提出这个问题，反映华人教授里不乏愿意尝试行政管理工作者。我想从拙作《同创香港科技大学》①里摘录几段话，以资参考：

---

① 指《同创香港科技大学——初创时期的故事和人物志》。

或许你经常看到有些大学校长愿意说:"我喜欢教书,喜欢科研;当上校长后,也不放弃教研。至今还在坚持教学,还带博士生做科研。"还说:"校长应该为师生提供这么一个榜样。"

真能做到的恐怕没有几位。慷慨激昂、冠冕堂皇的话,自己爱听,教授们爱听,学生们爱听,社会人士爱听;可是用意虽好,多半站不住脚。

大学校长站在一个"24×7"的岗位上:一天 24 小时,一周 7 天,无时无刻不站岗;是一个全日、全时、全方位的职位。

正常的教学是要按时上课的。做校长的能留出规定的时辰给学生讲课吗?能控制一切内外会议和活动的时间表吗?即使都做得到,教学不仅是讲课,还要与学生切磋;你能经常打开房门欢迎学生进来提问或讨论吗?

正常的科研需要一头砸进去,几乎不分昼夜。要经常与研究生讨论进程,及解决不时碰到的困难。能一下子说开会的时间到了,文件的截止时间到了,记者或贵宾来了,要准时出外应酬了?这样子的学术研究能做好吗?

在副校长或院长的工作岗位上,情况比较好些;但只是不同程度而已,还是需要做好心理准备。就是:今后你的责任将是义无反顾地投入大学的领导层工作,首先是为同事们、学生们创造最好的学术环境,其次是为社会提供最好的咨询和服务。全心,全意,全力。

榜样?应该是:在什么岗位上,就全神贯注把这个岗位上的工作做好。该放弃的放弃,该牺牲的牺牲。

第二章　圣迭戈加州大学的治理体制

　　十一年后回到拉霍亚，圣迭戈加州大学面目一新。热菲尔学院是大学初创年代的第一所学院，早已建立自己的传统，变化不大，只是学生人数大量增加。当年我来时是学院里的一名新丁，而这次却来出掌学院。

　　物理系是圣迭戈加州大学所建的第一个系，也是热菲尔学院的核心部门。还是那个老样子：满天神佛。只是当年四十多岁来势汹汹的虎将，十一年后成了全球崇仰的权威。当年三十出头的初生之犊，十一年后成了来势汹汹的虎将。开天辟地时，这班人都年轻力壮；十一年不算回事，物理系还没进入新陈代谢。

　　创校初期，布勒克纳除了到处挖来物理高手，也为化学系、生物系和数学系聘到几位神佛。这些一流的人带来一流的人，积极物色和招聘各级能人，无须布勒克纳代劳。至此三系都已成形，虽然没有物理系那种威势，却也在各自的学科里扎稳阵脚，与老牌研究型大学相比，毫不逊色。

　　生物系还帮助大学创办医学院，短期里就把医学院建成全美一流。今日此校的生物科技在美国名列前茅，大学邻近的"索谷"（Sorrento Valley，索伦托山谷）在生物科技工业界几与信息科技工业界的硅谷齐名。数学系也出过些名人，丘成桐获取菲尔兹奖章时就是这系的教授。

　　此外，应用力学与工程科学系、应用电子物理系逐一建成。布勒克纳与一些创校同事们来自理科，觉得研究型大学应该聚焦于基础学科，很不重视工程。其实非但他们如此，在集成电路和信息科技还没发挥威力的年代，一般大学总把工科看得比理科低。创校者把两系的系名叫成"科学"或"物理"，反映他们的心态。

应用力学与工程科学系原称"航天与机械工程科学系"，多年后演变成生物工程、机械与航天工程、结构工程三系。应用电子物理系则演变成电机与计算机工程、计算机科学与工程两系。

除了 2007 年才成立的纳米工程系，大学的物理科学、生物科学、工程学的所有部门全出身于热菲尔学院。

圣迭戈加州大学的学院制度

加州大学系统今有十所独立大学，1979 年时还只有九所。伯克利加州大学和洛杉矶加州大学是"老牌"，另外七所一口气创办于二十世纪六十年代。由于圣迭戈加州大学定位清晰、起点特高、领导有方，一开头就在七所里独占鳌头；没多久后，非但能与两所老牌大学并驾齐驱，很多学科还超越了它们。近几年来，年均科研经费总额超过十亿美元，在十所加州大学里屡占首位，可说是后来居上。

UCSD 最原始的办学理念来自热菲尔。他深信不疑、坚定不移、全力以赴地终身推动"博雅教育"（liberal arts education），并以此为创建 UCSD 的办学原则。由全民纳税奉养的公立大学有异于小型的博雅学院，必须录取极大量本科生，因而甚难培养密切的师生关系。热菲尔的解答方法是"大中见小"：把大学分建为十二所小学院，每所不超过两千五百人。

"学院制"来自英国的牛津大学和剑桥大学，而美国也有很多大学运用相类的学院制，因此并非自创。这话看来没错，可是热菲尔的学院制与众不同。

一般施行学院制的大学，所提供的只是生活空间，名副其实地称为"寄宿制学院"（residential colleges）。这种制度能达到生活上的"大中见小"。大学把教研任务完全交给另一套以学科专业分类的学院，如人文学院、理学院、工学院、社会科学学院等，及以研究生课程为主的专科学院，如医学院、教育学院、法学院、商学院、建筑学院、美术学院、音乐学院等。寄宿制让学生们经常见到职业化的"舍监",可是除上课外与教师们的来往不多。

热菲尔觉得博雅教育的基本原则之一是多元化,因此学院制本身就该多元化,除提供寄宿外,要让每所学院在学术定位和课程方面亦各有自己的特色。每位教师按照自己的教学理念和兴趣选择隶属哪所学院,每名学生按照自己的学习旨趣和能力选择入读哪所学院。此外,每所学院拥有自己的生活空间,包括学生宿舍、食堂和休闲设施;其建筑设计各具风格,配合自己的学术定位。

从教育理念的角度来看,热菲尔的学院制把学生,特别是本科生的生活和学习结合在一起;这才是博雅学院的理想,非常全面,非常超前。可是 UCSD 毕竟是一所与加州理工学院比美的研究型大学,不能不建立分门别类的学系。热菲尔与他的同事们把学系一一建立起来,却不设凭学科专业分类的学院;也就是说,不按照传统把学系分组成立人文学院、理学院、工学院、社会科学学院等。

在这学院制里,十二所学院的学术定位和课程各有什么特色?就真能有这么多不同而各具深厚意义的教育理念吗?

新创建的大学有个优势,就是一张白纸任你画,无须去旧立新,无须大动干戈。

初期校内只有一小群志同道合的教授,通过磋商,获得共识,同创第一所学院。几年后,若是部分教授对当初的共识产生疑虑,大可伙同新来的同事,按另一种教育理念同创第二所学院。以此类推,每几年再创一所,直至十二所全部建毕。

按照原来的蓝图,应该每三年创建一所,在二十一世纪到来之前完成大业。然而事与愿违:经济情况有变,不允许这般高速进行。最初十年一连开办了三所学院,其后进度放缓;到我出任热菲尔学院院长时已十五年,还只开办了四所,甚至第四所的校园还没建成。不过四所学院确实各有特色,请听我道来。

第一所是热菲尔学院(Revelle College),以 UCSD 创始人罗杰·热菲尔命名。其教育理念是强制性实施博雅教育。呀,这话不有点怪?"博雅"两字来

缪尔学院。

自英文的"liberal"，也就是"自由"。那么，以强制方式执行自由教育，似乎很有点矛盾，甚至自打嘴巴？《红墨水》里作过些解说，下文还会多说一点，请读者们暂忍。

　　第二所学院是缪尔学院（Muir College），以十九世纪至二十世纪的自然学家约翰·缪尔（John Muir）命名。缪尔终身推动环境保护，以探险、攀山、游历、著作、公众活动等大力推广环保主义，创建了影响力遍及全球的环保组织"山岳协会"（Sierra Club），并为加州保全了包括"约塞米蒂"（Yosemite）在内的诸多自然胜地。这所学院的教育理念最为接近美国的博雅传统，认为大学生已是成人，该有能力自由选择学习方式和内容，因此除主修、副修和一些通识教育外，课程大体自定。

　　第三所学院名为马歇尔学院（Marshall College）。这所学院建于黑人民权运动的火头，教育理念特别着重少数民族的权益和学习内容。运动中，温和派和激烈派相持不下，曾为其命名带来高度争议，因而长时期被称为"第三所学院"（Third College）。正巧美国的少数民族自认与"第三世界"息息相关，因而师生不以此为忤。最终在妥协中以联邦最高法院首位黑人大法官瑟格德·马歇尔（Thurgood Marshall）为名。由于其历史背景，课程注重社会科学，并较多非裔及拉丁裔师生。

马歇尔学院。

第四所学院是沃伦学院（Warren College），以曾三度被选任加州州长，其后担任联邦最高法院首席大法官长达十六年之久的加州大学校友厄尔·沃伦（Earl Warren）命名（有趣的是大学至今未设立法学院）。这所学院的理念虽也称为博雅教育，可是对通识教育的要求特别宽松，因此从头就吸引了大量对人文和社会科学兴趣较低的工科生。事实上不仅是工科，整套理念注重专业，令特别关注专业的学生趋之若鹜。

都说是博雅教育，诠释可以有很大的差别。

与众不同的治理体制和行政架构

热菲尔与同事们面对新时代新环境，创立了兼顾研究型大学与博雅学院理念的学院制，可说是难能可贵的两全折中。传统的行政管理结构却不能不随而大改。

首先，四所学院各有不同的本科课程，除照顾学生的生活外，还须兼顾他们的学习。因此不能不分别设立自己的行政管理单位，各由一位"provost"负责领导。这儿不能不打断思路，说明"provost"的定义。

美国的大学里，最高领导人是校长（president 或 chancellor），校长以下设若干副校长。副校长可分常务（deputy）副校长、资深（senior）副校长等级别。最重要的副校长主管一切教研任务，称为学术（academic）副校长。有些大学的学术副校长包揽比学术更广的职责，地位仅次于校长，被称为"provost"。我国的大学里没有相类的职位，于是经常把它译为"教务长"，其实很不恰当。

UCSD 的学院制把兼顾学生学习和生活的学院看得极重，设立了四位 provost，每人领导一所学院。既然不以学科专业分类来建立理学院、工学院等，就不必设立理学院院长、工学院院长之类的岗位，各个学系有位系主任就行。那四位 provost 和所有学系的系主任，加上一位研究生院院长（dean of graduate studies），都直接向一位学术副校长负责，共同组成班子，进行集体领导。这是 UCSD 当年的行政管理结构，有异于传统体制。

为了方便起见，下文里把热菲尔学院的"provost"称为"院长"。或许低贬了这个职位，不过反正低贬的是我自己。

四位院长的职责，一是院级事务的全权领导，一是校级事务的集体领导。说得好像清楚了当，其实既广泛含糊，又错综杂乱。任何新模式新机制总是这样，即使理论基础不差，一旦进入运行，难免要摸着石子过河：效率如何还得走着瞧。

传统体制好还是 UCSD 这样的新体制好？值得作番比较。

学校也好，企业也好，政府机构也好，表面上看来效率最高的体制无疑是传统式的垂直型管治，也就是一级管一级——权责集中于上层，逐级依次下放。事实证明这种管治方式缺乏同级单位之间的横向沟通，信息难以交换，工作难以协调。同时，上级缺乏制衡，权力易被滥用。所见高效只属一时，短时期后往往浮现僵化和腐化。

垂直式管治特别不适用于大学。学术的精华是教授们的知识和学问，而学术不是实体，无从管治。再说，教授是大学的灵魂；灵魂原本游离、超脱行政级别。因而大学有"教授治校"之说：所有议题和政策必须咨询教授们，以教授们的参与、讨论、判断为出发点，而学术政策更须教授们直接参与制订。

然而教授们的主要任务是教学和研究，哪能要求他们花太多精力于行政工作？瞧：每一政策在订立之前需要拟定议题、建立框架、明确内容、深究细则、起草文件，还需分析与相关的政策有无冲突，探索新政策的可行性和推行方针。订立之后则需要向全校甚至公众阐述，继而推广、执行、监督，求取反馈，按需修订。这些繁琐细致的任务属行政人员的职责。教授们选出代表组成各种委员会，对草拟的政策进行质询、论证、修改，最终赞同或否决。不能要求他们花过多时间，不能增加他们的负担。

说得再明白一些："教授治校"的原则呈现于大学内部的四套治理班子。其中三套是全职人员：学术行政部门负责人（科班出身、永不脱离教授身份者，包括校长、副校长、院长、系主任、研究所主任等）；学术支援部门负责人（具学术专业背景者，部分拥有教师身份，包括图书馆、信息服务、语言培训、教学实验、研究设施、招生注册、学生事务等）；非学术行政部门负责人（具管理专业背景者，包括人事、财务、采购、校园、环保、交通、卫生、保安等）。最为关键的却是第四套：穿插于上列所有部门间、由教授们组成或主导的各级委员会（校级、院级、系级）。四套班子相互照应和牵制。

这么个多维的结构，分明已经不属垂直型管治。

UCSD 的治理体制原则上与以上没什么差别，不过由于学院制度与众不同，行政管理结构需作相应改变：仍是三套全职班子，可是架构上出现了更为横向的新花样。班子与班子间的关系，几百年来已经理清，此时又变得含糊错综。这儿举两个例子来看。

既然教授是大学的灵魂，他们的聘留升迁该是大学生命线上的主要环节。传统的研究型大学里，每一学系由系里的教授组成招聘委员会和评估委员会，与系主任取得共识，作出判断，把个案上呈学院。接着由院里的教授代表组成相应的委员会进行审理，与院长磋商后共同作出判断，把个案上呈由教授代表组成的校级委员会。一般情况下，若无法取得共识，则把不同意见同时送呈校级，让学术副校长或校长与校级委员会磋商后作出决定。

聘留升迁以教研水平为准。传统体制下的学院，是按学科专业分类建立的。院级委员会的成员和院长都是同一学院的教授，属同一学术领域，在该领域里有相似的专业眼光和经验。他们为每一个案作出判断，既有资格，又具公信。可是 UCSD 的学院制不按学科专业来分类，院长和院级委员会成员完全能够在学生和同事中收集资料，判断该教授在教学上有否尽职，却由于与被评估的教授不属同一学术领域，很难对该教授的专业研究作出公平的判断。他们惟有让该教授所属学系的系主任和系级委员会成员来判断他的研究成绩。这样一来，教和研的判断被迫分家，假如学院和学系之间出现矛盾，个案怎么处理？

另一个例子有关学生的管理事务。招生、录取、课程、考试、学位等，无一不与教育理念息息相关。既然 UCSD 的每一所学院都有不同的教学理念，这些有关学生的事务就没法统一管理，学术支援部门和非学术行政部门那两个班子多多少少要分拆到每一学院。

为了避免人浮于事，可以统筹的还是尽量组合协调，统一办理。可是人事编制还是会重叠，评估标准还是会出现不平。试行新体制总要付出代价。

学术行政和规划：院系和研究单位

大学的行政工作，大体上可归纳为几方面：学术规划、人力资源、财务运作、校园设施、学生事务等。

　　学术规划方面，主要任务是按照大学的定位和定型，决定提供哪些学科和专业、设立哪些院系和研究单位、建立哪些学术支援部门、规定本科和高等学位的课程和毕业要求、制订招生和录取标准。在教授治校的原则下，这方面的最高权力属于由教授组成的"学术评议会"（academic senate）。

　　UCSD 的学科选择在建校初期已经定下大局，一般情况下，学术副校长和院长们无须过于关注。唯有在考虑创办新学科时，才集体讨论其可行性，作出初步计划，向学术评议会提案。前后出现过三个特别重要的例子，三例都是以研究生课程为主、提供高级职业教育的专业学科。

　　其一是医学。UCSD 的创校教授大多是自然科学家，对应用学科带有轻视倾向。那时仅有的学院（热菲尔学院）院长是领导班子的核心人物，所谓集体

UCSD的医学院。

刚建成的索克研究所。

领导也只是几人而已。他们明白医学院以培养医疗人员为天职，并须兼办医院和诊所，不能不算是应用学科，但是认为现代医学与生物和化学这些基础科学息息相关，值得大力支持。初创时期一方面十分注重生物学，建立了很强的生物系；另一方面下定决心在短时期里创办一所一流的医学院。

事实证实了他们的远见。脊髓灰质炎（即小儿麻痹症）疫苗的发现者乔纳斯·索克（Jonas Edward Salk）一早就受他们的影响，把索克研究所（Salk Institute）建于校园边缘，蓄意紧密拉拢生物学和医学。其后 UCSD 本身迅速发展成为以细胞学、DNA、基因科学为基础的生命科学的主要基地。

其二是工商管理学。是否该办一所商学院？在 UCSD 的行政领导班子里和学术评议会里都出现极大争议。UCSD 很早就建立了经济系，可是在自然科学家的主导下，这个经济系侧重的是深受芝加哥大学经济学派影响、以数学为基础的计量经济学，与一般商学院所侧重的工商管理几乎南辕北辙。

我担任热菲尔学院院长的那几年，学术副校长起初是位生物学家，后来是位流体力学家。前者的研究专业是营养学；后者出身于电机及航空工程学，关注的是波浪预测模型。事实上两人都已走入应用，脱离了学校早期的基础科学偏向。即使如此，他们还是感到工商管理实在过于世俗，虽然表面上让我们几个院长集体讨论，骨子里并不支持。院长们对此也不热心，谈过一次，也就不了了之。

今天，创校已四十多年，早年的偏向已成历史。终于在 2005 年开办了商学院。

其三是法律学。我任期内曾经有人要求我们集体讨论是否让大学接办一所当地的独立法学院。这事在行政领导班子里有人支持，却在学术评议会里闹得天翻地覆。部分人文和社会科学的教授认为 UCSD 应该尽快创办法学院，向学术评议会呈上提案；自然科学的教授们却几乎一致认为无此需要。行政领导班子里出现类似的分歧。双方争执多次，无法获得共识。最终提案被否决，票数几近一面倒；可原因是那所独立法学院的水平太低，配不上 UCSD，与争议的论点没有直接关系。

多少年过去了，最近突然间我在网上看到，这件事在 UCSD 又出现争议，再次激烈讨论是否应该接办某所独立的法学院。假如没有记错名字，正是当年所说的同一所法学院！

学科定后，建立了学系。至于专业如何选择，则由每个学系自定。除非要求校方投入额外财政资源或建造大型设施，行政部门不予过问，学术评议会亦不予干涉。

院际或系际的研究所或研究中心，一般是跨学科的单位，其建立或保留不能不由校方统筹或协调，乃成学术行政领导班子的任务。学术评议会过问与否，则视个别情况而定。

初建时需要校方投入空间、设施和财政资源，行政部门必须介入，研究及审核其计划、可行性和长期效果。举两个极端的实例。

一是 1903 年创建的斯克里普斯海洋研究所（Scripps Institution of Oceanography，

UCSD前身：1903年创建的斯克里普斯海洋研究所。（当年面貌）

简称 SIO）。SIO 于 1912 年并入加州大学系统，二十世纪六十年代初成为 UCSD 的一部分，甚至可说是 UCSD 的前身。所内有近两百位教授和研究员、千余辅助科研人员和职员，此外还有两百多名攻读海洋学、海洋生物学、地球科学的高等学位研究生。说是研究所，实质是很独立的海洋学院。其成就和贡献闻名全球，无须大学的治理班子过问。

另一实例则正好相反，是个围绕一位著名国际区域研究学者而建立的地区研究中心。我任期内，校方感到跨学科研究单位过多，不乏有名无实者，有意加以清理。这个研究中心成为对象之一。院长们集体讨论后，让我负责观察和调查其近年来的成绩和进度。我发现那位著名学者所研究的地区原来比较落后，其后发展甚快，而他自己未能跟上时代。此外，他的工作态度散漫，治学不复严谨，既没培养接班人，又没教育学生，所谓研究中心只剩寥寥三两闲置人员，理应予以解散。可是这位学者在美国享名已久，在校内又广结人缘，在教授治校的原则保护下，领导层不敢碰他。于是我的调查工作白做，那研究中心被继续保留，直至他退休离校。

建立哪些学术支援部门，没甚争议。图书馆、信息服务中心、语言培训中心、各种研究设施……UCSD 的规划和操作与一般大学无甚分别，只是图书馆比较集中，不像一些传统大学那样为每系设立分馆。教学用的课室和实验室亦与一般大学相似，分别建立在学系内部或附近。只是集中于热菲尔学院的理科学系，须为所有本科生提供微积分、普通物理、普通化学这些基础课程，校方乃在此学院建造了一栋专门照顾大班的教学楼。

学术政策和支援：课程与学位、招生与录取、学生事务

美国主张学术自主，政府不规定或干预大学课程，也不统一颁授学位。不过三百多年来，学界早已建成一套学位制度，一般大学自动奉行，视之为规范。

本科学位最常见的有两种："文学士"（Bachelor of Arts，简称为 B.A.）和"理学士"（Bachelor of Science，简称为 B.S. 或 B.Sc.）。这些字眼来自极早期建立

的传统，读者们无须拘泥字面上的意义。譬如说，主修物理、化学、数学、生物等理科的，可以获取文学士学位，也可以获取理学士学位。主修电子工程、计算机科学、材料工程等工科的，一般获取理学士学位。部分大学把后者称为"工程学士"（Bachelor of Engineering，简称为 B.Eng.）。几种学位不同之处，通常不就学科而论，而在学分总额。

美国大学的学分与每周的学时挂钩：每周上 3 节课的，算 3 个学时，完成该学期的课程后，挣得 3 个学分；实验课、讲座之类则另作折算。譬如若一年级的普通物理每周上 4 节课，另加长达 3 小时但被折算成一节课的实验，共计是 5 个学时，一学期挣到 5 个学分。

一般学生每周上 16 ~ 18 节课（包括折算），于是每学期挣得 16 ~ 18 个学分，四年共八个学期，挣得 128 ~ 144 个学分。假如所有主修、副修和通识课程都已合格通过，则可毕业，获颁学位。我所熟悉的大学里，文学士学位要求较低，只需 128 个学分，而理学士学位则要求 144 个学分。学校之间会有出入，请勿一概而论。

加州大学采取学季制，每学年上九个月的课，分为秋、冬、春三个学季。每周的学时没什么不同，只是学季比学期短了 50%。若学分照算，则总额需多50%，即 192 ~ 216 个学分才能毕业。实质与学期制没有分别。

美国大学里，上课时间远少于我国，这是因为美国的教育理念认为大学生需要多花时间自习、讨论、思考、创作，还需要参加文化、体育、社交等课外活动，活学活用。其实我国很多学界中人也有这种看法，只是每个学系总认为本系的课程特别重要，绝不能减少，而外系的课程（包括副修和通识）可以大幅度减少。系与系间相持不下，令学生负担过重，没时间从事独立思考或发挥，没时间参加课外活动，被迫走进"死读书，读死书，读书死"的窄胡同。

虽然 UCSD 的四所学院各有自己的教育理念，但毕竟属同一所大学，学分总额的要求必须一致。各主修和副修课程的要求和内容，在各学系里由其教授制定，亦自然一致。至于所余学分如何分配，则由学院按照自己的理念来定。由于主修和副修课程大致上只占学分总额之半，每所学院的课程分配和结构可以相差极远。

这些在招生时都必须讲得清清楚楚。

美国不设统一高考。意图升读大学的高中毕业生，几乎都会参加一种学能考试。最普遍的两种是学术能力评估测试（Scholastic Assessment Test，简称SAT）和美国大学测试（American College Test，简称ACT），都属能力倾向测验，并非入学试。大学招生时会考虑申请人的高中成绩、名次、课外活动等，一般都会看 SAT 或 ACT 成绩，却并不以此为唯一录取标准。以加州大学系统来说，任何一名高中生只要毕业时在班里排名前八分之一（12.5%），就必须予以录取。至于录取后进入哪一所，则由每所大学自行决定。

学生申请时填写志愿：不需指定学科（至少当年如此），但必须列明要求进入哪几所加州大学。若达不到第一志愿，则第二志愿会予以考虑，以此类推。大学系统学额充裕，州政府按人头分发经费，总有名望较低、水平较差的大学担心收不足学生，愿意招收。至于到校后进入哪一个学科，则无须在入学时刻决定；一般在第二年，甚至第三年，按照自己的兴趣、志向和能力作出选择。当然，若所选的学科特别热门，则难免要凭成绩和表现进入激烈竞争。

申请 UCSD 还需填写多一种志愿：列明选择哪一所学院。热菲尔学院的强制性博雅教育素来以严著称，申请者成绩特别优异。按统计，（至少在我任期内）申请成功的比例很低，较加州大学系统里最老牌的伯克利还低。绝大多数申请者自信心特强，愿意接受严峻的挑战。部分学生入学时趾高气扬，不久后却在必修课程上被宰，被迫转入别的学院。

既然每所学院有不同的教育理念、不同的主修副修以外的课程、不同的学位要求，并相应录取了不同性格、志向、兴趣的学生，就得分别为怎么照顾、辅导、带引这些学生作出不同的设计。负责学生事务的支援班子需要制订不同的政策和方法，包括学习指引、生活辅导、心理咨询、活动协调……林林总总的服务。

这又是试行新体制所需付出的代价。

教席的分配、聘留和升迁

UCSD 的独特学院制度，为人力资源的分配带来创校者没有想到的麻烦——尤其是教席的分配。

一般研究型大学里，教授名额由校长和学术副校长分配给各学术领域的学院，然后由院长按照教学和研究所需分配到各个学系。直截了当。

教学所需看来较易判断：可以每个学系的授课学时总额为准；也就是说，人力资源的分配可按学生人头计算。实际情况当然复杂得多。譬如说，大一学生的必修课包括语文、数学，很大部分还需要选修电脑、普通物理、经济等。这些往往是大班，课堂坐上两三百人，人头统计占了便宜。而比较冷门的课，例如哲学，班上人头寥寥可数，统计起来难免吃亏。可是大学怎能不鼓励学生选修某些冷门而有意义的课？学系怎能为了怕人头不足而拒绝开这些课？

进入大三、大四，学科越分越细，专业越走越散，每班学生人数势必越来越少。研究生则更甚：他们的兴趣越来越专，选修的课越来越偏，班上的人数往往屈指可数。系主任和他的教授咨询小组必须撇开对学生人数的考虑，按教育原则安排课程，并向所属学院解释清楚。

至于研究所需，更无法统计。系里应该进攻哪些专业、哪些是必须做的、哪些目前最火、哪些最有前途、哪些有能力干、哪些值得尝试，系主任和教授们须明确判断，然后向院长和院级教授委员会说个明白，要求资源。

学科分类的学院制下，学院院长和教授委员们都是领域中人，不全外行。譬如说，出身于物理的理学院院长，虽然对化学、数学、生物等了解不深，至少语言上能够与这些理科的系主任沟通，只要愿意多花些时间，总还能说得明白。可是 UCSD 的学院不按学科分类，院长与系主任们可属不同领域，隔行如隔山，你想都能说得明白吗？

创校初期，教席的分配问题不大。当时加州富可敌国，不遗余力地扩展大学教育，UCSD 又是天之骄子，教授名额几无限制，各系予取予求，彼此间无须竞争。可是打散了传统院系关系的 UCSD，进入饱和状态后难免出现前所未见的困难。缺乏了以学科分类的院级领导层，教席分配的程序变得十分"民主"：每学年初，学术副校长召开学术行政管理层大会，请来所有院长和系主任协商。四十多人济济一堂，七嘴八舌混乱不堪。最好笑的是，为了全校仅有的几个教席可以争得无边无际，不同领域的系主任各说各的，甚至互相指责，上纲上线。

　　说也奇怪，我们四个当院长的恰巧分别出身于理科（热菲尔学院的我）、文科（缪尔学院的约翰·斯德瓦特）、社会科学（马歇尔学院的约瑟·瓦特森，原来在化学系，却因属非裔而被聚焦少数民族权益的这所学院聘为院长，随后兴趣和专业大幅度转移）、工科（沃伦学院的李·路棣）。我们往往试图在争攘中周旋，扮演吃力不讨好的调解角色。

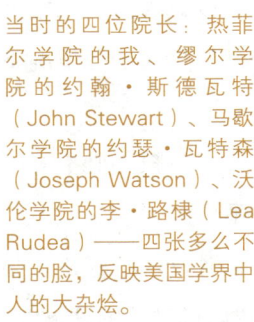

当时的四位院长：热菲尔学院的我、缪尔学院的约翰·斯德瓦特（John Stewart）、马歇尔学院的约瑟·瓦特森（Joseph Watson）、沃伦学院的李·路棣（Lea Rudea）——四张多么不同的脸，反映美国学界中人的大杂烩。

　　至于教授们的聘留升迁，UCSD 的体制完全符合教授治校原则：主动权握在由教授组成的招聘及评估委员会手中，执行得十分严格。前文说过，公立大学的级别和薪酬定得死板。死板也有死板的好处：教授们清楚制度的内容和限制，每年按照公式调整，没有什么不平的感觉，不像在私立大学里那样诸多争议。当然，那个年代加州大学的待遇很过得去，足以养家，还能生活得相当舒适。

　　只有一事例外，令我很不满意：正如一般研究型大学，UCSD 的学系对教学不够关注，表面上院长有把关之权，事实上影响力有限。怎么说？

　　招聘教授时，候选人的档案由系里同时送呈院长和学术副校长。可是学系不属于学院，那么档案送给哪位院长呢？这就要看那位候选人被编入哪所学院。我用"编入"两字，反映原来的学院理念业已衰退：新来的教授不再凭教育理念自选学院，而是在不知情下被送进系里所习惯的学院。譬如说，热菲尔学院最早建立，当时是唯一的学院，而几个理科的学系又是最早建立的系，因此理科的教授几乎全部属于热菲尔学院。其后，由于热菲尔学院教授人数远超其他学院，只好把新来者纳入别的学院。至此，学院之所以还能维持个别理念，是因为校龄尚短，创院者尚未退休。长久下去必会走样。

　　档案来到院里，院长负责审核候选人的教学水平，缮写报告，送交最后拍板的学术副校长。候选为助理教授的，一般都还没有教学经验，无从审核，也就罢了；候选为副教授或正教授的，档案里有过去的学生评价，可以作为参考，不过除非评价极差，院长的审核报告起不了作用。照理应该让候选人来校面试时与院长见面，交谈教学思维，让院长凭直接观察打分，可是大部分情况下都没作这样的安排。

　　那么，来到升迁关头，被评核者已在本校教过好几年书，教得好不好该有记录在案。我见过的档案里唯有学生的评价，很明显，系里没为教学做过别的评核。最难让我接受的一次：学生评价显示某位副教授非但教得不好，还会无端缺课。档案送到我处，系主任说他的科研特别优越，建议跳升他的薪酬级别。我坚决反对，乃与系主任发生争论。最后学术副校长为双方作出妥协：他接受系主任的建议，同时向该副教授发出书面警告，说在教学上若不改正，日后不再加薪。

哪知全属枉然：不消两三个月，一所举世闻名的科技大学把他挖去，立马跃升为正教授。研究型大学对教学之轻视，可见一斑。

财务运作、校园设施

我常说：教授是大学的灵魂，职员是大学的躯干和肌肉。其实或许应该说职员是大学的脉管和经络，校园设施才是大学的躯干和肌肉——遍布建筑物的校园是躯干，支援和助长教研的设施是肌肉。财务运作则犹如通过血管运送血液向全身器官输送营养。

说到财务，美国的州立大学经济资源来自三处：州政府、联邦政府、学校自身的筹募。学校自筹大部分来自私人、基金或企业的捐助，校方直接拥有和管理，由校长掌握。

联邦政府的资助主要是研究经费，由教授个人或研究组向联邦政府资助机构申请。偶尔联邦政府也会针对某些领域为大学建立研究单位。《红墨水》里提到的西北大学的材料研究中心和国家科学基金会在圣芭芭拉加州大学创建的理论物理研究所就是例子。此外，联邦政府设立机制为贫困学生提供助学金和贷款，大学经手办理这些款项，但只是为政府运作、为学生输送，不允擅自动用。

州政府的经济资助过去是州立大学的首要财源，联邦政府的研究经费只是锦上添花，甚至在科研特强的州立大学里都是如此。可是这些年来，不乏州政府在选民压力下不断增加福利支出而又不敢提高税收，以致经济不景；给大学的拨款越来越紧。加州大学就是个好例子：二十世纪八十年代前拨款充裕，大学无须向学生收取学费；之后非但要收，还越收越多。学费变相纳入州政府拨款，减轻了州政府的负担。

我在 UCSD 任职时，主要经费仍来自州政府。正如一般事业单位，财务分为两大块：日常开支和基础建设。每年秋季，校方获得总校（统筹的行政机构）

指引，开始起草下学年的预算。日常开支与学生人数挂钩，除补偿通货膨胀外，人均拨款并无大起大落。基础建设大致上也是如此，只是 UCSD 的创校蓝图业已规定每若干年加建一所学院，每所学院须有自己的校园。整套计划经立法通过，无可争拗，惟有加建进度可快可慢，经济不景时出现拖延。

虽然宏观政策已定，我们四个院长每星期开一次会，还需花不少时间讨论开支和基建。主要是为学生们争取额外经费，提供更广深的通识教育、更有益的文体项目、更多的活动空间。有时候还需与学系争持，维护学院制的完整和健全。

大学的中央部门总有人不很支持这种独特的学院制。他们认为，让每所学院设立自己的学术支援和学生服务班子，不是重叠了管理架构，增加了行政开支？确实如此，但是 UCSD 以这个教育理念为创校基础，自有一番道理，愿意为此付出代价。其实反对者背后还有隐因，就是大学的中央部门不愿意放弃集中权力。

可惜很多学系也有类似的抱怨，觉得去掉学院制大可省掉部分额外开支，把钱转用在"刀口"上，也就是说，分到系里去。这种看法反映创校者没能把他们的教育理念渗入后来者的心坎。

一年一度，全校财务预算正式出笼前，四个院长有机会提出意见，并在每周一次的会议上加以审核、修改。事实上，中央财务管理部门的专职人员早就收集了所有单位的下年度要求，加以分析，然后按经验和总校指引作出严谨判断，没剩下多少修改的余地。再说，充满预算数据的文件总有十厘米厚——还不算各式附件；两位院长的背景是文科和社会科学，对数字的感觉欠缺深度；工科背景的那位院长则出手宽绰、不拘小节；剩下一个对数字高度敏感而又惯于省吃俭用的我，孤掌难鸣，说话不管用。

想深些，UCSD 的学院制从管理学角度来看确实有点问题：行政架构缺乏垂直指令链，院长们缺乏实实在在的财务职权，随带也就少了责任感。只有像我这种"不识相"的，才会去干预顶撞，得罪人。

说到得罪人，带出另一桩事：联邦政府所颁发的研究经费，间接津贴了州政府。怎么说呢？原来教授个人或研究组从联邦政府申请到手的研究经费，大学以管理费的名义抽头，拿走三成多。大学留下一半，另一半上交总校系统，由系统再分发给九所大学。

看上去好像只是一道无谓的过程：左手给右手，然后由右手给还左手。事实上对科研特强的大学很不公平。UCSD 每年获得的研究经费约占全系统的四分之一，但是系统按学生人头分发给九所大学，UCSD 只拿回约十二分之一。可说是变相津贴了科研薄弱的大学。UCSD 常为这事与总校机构计较，也曾把任务交给在下，让我去得罪人。

有趣的是，当时总校机构里有位副校长与我打过不很友善的交道。三十多年过去了。这两年来，我们两个早已退休的老人为中美大学合作筹办经济论坛之事进行合作，反"敌"为友。说起年轻时代的交锋，相视大笑。正是不打不相识。

第三章　热菲尔学院院长的学术任务

美国大学十之八九都喜欢说自己办的是博雅教育（liberal arts education）。这二十多年来，美式文化在中国很有市场，留学美国的"海归"也越来越多，教育界深受影响，不少大学说要开办这样的本科学院，吹起了"博雅"之风。

"博雅教育"究竟是什么？有说是通识教育，有说是全人教育。我没有学过教育学，也没有上过教育课，所知道的来自实地观察和个人经历，故此以下所说只是印象和感觉，不能作准。教育学的专家看后务请包涵、指正。

英文"liberal arts education"里的前两个词一是"自由"，一是"文艺"。iCIBA 词典里说，前者亦可译为开明、开通、开放、慷慨、不拘泥等，而后者则包括绘画、雕塑、建筑、音乐、舞蹈、戏剧、文学等。那么，是否这种号称开放的教育不包括理科、工科，更不用说经济、法律了呢？

并非如此。不过这名词来自好几世纪前，当时很多学科和专业还没产生——至少还没成长。"文学"这字眼隐藏着哲学，而渐具雏形的物理、数学等都被称为"自然哲学"（natural philosophy）；因此可说，"liberal arts education"涉及多个学术领域，确有"通识"的味道。不过把它理解成"全人"教育，则略嫌夸张。

不知道哪位天才把它译为"博雅"教育。我赞他为"天才"是全心全意的，看：一个"博"字就淋漓尽致地把所有那些跟通识或自由有关的含义一网打尽，多痛快！而一个"雅"字又无所不至地把所有人类累积的文明和知识描写得斯文优美，多舒服！更令我五体投地的是：轻轻念来，这两字还带有一丝音译。

不瞒你说，我认为在意义上"博雅教育"这个名词远胜英文原文。

历代美国教育家所取得的共识是：本科教育在学识上须为学生打下扎实的基础，在见识上须为学生开拓广阔的视野，帮助学生学会怎么自由思考，建立人生价值。这是原则。至于怎么从原则里跳出来走进校园，在课室内外落实这个共识，则见仁见智，各有所好。历史悠久的哈佛大学有一套主张，哥伦比亚大学和芝加哥大学有另一套主张，甚至同一所大学还会翻来覆去、满怀信心地屡次推出改革。

热菲尔学院的博雅教育理念

我极度赞赏热菲尔学院的"博雅"理念，认为这种独特理念是博雅教育之最。作为热菲尔学院院长，维护和发扬它的教育理念是我的学术任务。

虽然热菲尔学院的学生大多攻读理科，不过教育理念特重博雅，连那具有标志性的桥梁的风栺都如此秀雅，备受摄影家宠爱。

西方国家里，似乎只有美国推行博雅教育，欧洲的大学不讲究这套。我猜是因为欧洲的历史背景令其教育体制偏重精英；以往高等教育学额不多，能进到大学的人学习水平必定很高，极大部分在中学里已接受过西方文化的洗礼和熏陶。而美国的历史背景令其坚信教育应该普及化，最好让人人有机会上大学；而很大部分中学毕业生基础不够强、见识不够广，不能不以本科通识课程为他们"补课"。

猜得对也好，不对也好，不可否认博雅教育是美国本科教育的特色。

早期的博雅教育确以文艺挂帅——或许该说以人文（humanities）为主。这是因为美国的学者们认为西方文明是美国文化思维和价值观念的根源，而西方文明的精华都蕴藏在经典著作里；因此必须以此为本建立本科教育的"核心课程"（core curriculum），要求学生在教授的悉心指导下熟谙经典著作。

哈佛大学的核心课程包含一批以经典著作打底的科目，让学生从中选择。哥伦比亚大学则指定一组不同学科的必修课，另在数个领域里添加选修课，以此为核心课程。两者对学生的判断能力持不同看法：前者假设大学生都是成人，已具自由选择的智慧和能力；后者则为了保证学生们在多个学科上获取基础知识，为他们严格鉴定两年的通识课程。

随着时代变迁，哈佛的教授们看到人类知识快速膨胀，远超经典，于是不断扩大核心课程的范围，引进新科目，给学生更多选择。二十世纪六十至七十年代，新任校长和文理学院院长觉得范围过分广阔，令核心课程变得有名无实，乃大力推动改革。在他们的督促下，教授们制订了新的核心课程，把着重点从学科内容转向思考方法，于是不以院系或学术领域分界，鼓励资深教授各自创建以方法为导向的选修科目。

用意虽好，落实甚难。哈佛一位著名的物理学教授亲口跟我说："学校为了让我创建一门核心科目，免了我一学期的教课。那学期里，我只花了一天时间草拟科目大纲，交进院里，之后就跑进实验室干我的科研，不用按时出来上课了！"

虽然不是人人如此，现实背离理想不足为奇，核心课程的设计者没预料到？

唉，只要哈佛开口，就不怕没人应声。七十年代中期，美国大学一窝蜂打起"哈佛核心课程"的招牌，虚张声势，终于走上难归之路。直至三十年后，哈佛内部教授起哄，经过多番讨论争辩，议决重新大肆修改核心课程。这次划分了八个学术范围，规定学生在每一范围内选修至少一门长达一学期的科目。自由度很大。看哪，折腾再三，最后还是重拾以学术领域分布为依归的老路！

同属"常青藤"名校的哥伦比亚大学不为所动，虽几经修改，一直坚持为学生指定一组不同学科的必修课（现为 6 个），加上数个领域里的选修课（现为 5 个），以及四个学期的外国语文和两个学期的体育。与此同时，亦属"常青藤"的布朗大学却选择另一极端，不设任何必修科目，"你付学费，你受教育，任君所为"，学生可以完全自由选课。（譬如说，尽管这是科技经济世纪，学生竟可完全不涉足任何数理科目，四年后照样获取学士学位。这般极度放任的制度，很得学生欢心，不过你能接受吗？）

热菲尔学院的创院教授们走的分明是教学从严的路线，与哥伦比亚大学相比，有过之而无不及。他们眼中的博雅教育原则是：强制性为学生们打下扎实基础、开拓广阔视野，让学生以这样的境界为出发点自行寻求新学问。

也就是说，争取自由不是闹着玩的，必须付出代价；没有扎实的基础、广阔的境界，就找不到真理，得不到自由。这个说法源自《圣经·新约·约翰福音》："你们将晓得真理，真理将让你们得到自由。"（ And you will know the truth, and the truth will set you free. ）想深一层，这话并不矛盾：强制是手段，真理是猎物，自由是最终目标。

我猜这种思维与大气候有关。哈佛、哥伦比亚、布朗等大学都是很早期建立的，那时代的美国还没远离欧洲传统，高等教育的目标是培养精英，大学生的家庭背景和社会环境都属上层社会。这些大学都是贵族化的私立学校，学费和生活开支极为昂贵，至今主要生源仍属上层社会。学生们的家庭教育和基础教育较强，入学时水平很高，因而较有能力自学及彼此学习。因此课程严谨也好放任也好，影响不大。

加州大学则是公立大学，学生来自不同家庭背景和经济阶层。虽说中学毕业时名次都在本校的前 12.5%，可是不同校区的中学差异很大，学生的素质和水平参差不齐。大学不能不为他们鉴定必修课程，让视野较窄、基础较弱者得以弥补欠缺。强制性的博雅教育在此气候中应运而生。

博雅教育所培养出来的毕业生，理应知识面广、思考能力强。热菲尔学院的教授们要学生文武双全，做"文艺复兴时代的有识之士"（renaissance scholar）。不仅如此，作为与加州理工学院相提并论的一流研究型大学，毕业生的专业水平亦必须与加州理工学院并驾齐驱。于是，热菲尔学院独树一帜地要求学生同时接受最完整的博雅型教育和最严格的专业型教育。

那不就苦了学生？是的，确实难以避免。

每位 UCSD 学生申请入学时须按照兴趣和能力自选学院，听说热菲尔学院的要求如此"粗暴"，多数申请者走而避之，少数申请者却欢迎这种挑战。现今加州每年约有四十万高中毕业生，当年也已有二十多万，所谓"少数"也上好几千，其中不乏愿意申请热菲尔学院者，甚至多于最老牌及负有盛名的伯克利加州大学。可是入学之后，部分人发现热菲尔学院的课程实在太严，读得太辛苦，选择转去别的学院。

热菲尔学院通识教育的必修课程

热菲尔学院是 UCSD 的第一所学院。当时的学系和教授绝大部分属理科，因此第一年所收的 181 名新生里，八成以上（151 名）是准备读理科的。十几年后我重返拉霍亚时，UCSD 已有四所学院可供选择，偏向理科的学生大可选择通识课程没那么严格的缪尔学院或沃伦学院，把更多精力集中于科技。可是实情并非如此：热菲尔学院的学生仍有八成以上主攻理科，其中大部分还选读竞争最为惨烈的医学预科。

我用"惨烈"两字，并不夸张。美国大学体制里，医科属专业型研究生教育，培养医学博士，不负责本科教育。学生需大学毕业，通过统一考试，才能申请入学。所谓"医学预科"，是说所修的本科课程包含统一考试所涉及的专业科目，例如生物、化学、物理，因而较多学生主修理科。医科教育被医生公会控制得十分严，医学院为数不多，录取率很低；竞争之强，别的行业望尘莫及。

热菲尔学院的医学预科毕业生，被成功录取者一时竟超过九成。无疑这也是吸引力特强的主因之一。再者，一般人未必知道，很多医学院希望学生不仅学好专业，更在本科教育中预先吸收人文学科的精髓，培养较高的文明素质，以便日后行医时更能理解人性，更会关注医德。热菲尔学院那种强制性博雅教育，无形中投其所好。

热菲尔学院把下列分布式的课程称为"通识教育必修课"：

五学季的人文学科组合；

一学季的艺术（音乐、戏剧、舞蹈或美术）；

二学季的社会科学；

一学季的美国文化；

三学季的微积分；

五学季的物理、化学和生物；

现代外国语文或古典语文；

三学季与主修课程无关的科目。

二十学季的课，外加相当于六学季的外国语文，总共是二十六学季的通识教育必修课。

一学季等于三分之二学期，二十六学季相当于约十八个学期。看，比哈佛的核心课程多了一倍。与哥伦比亚相比，表面上算来所差不远，实质上极不相同。最大的分别是科目：不予学生多少选择，并且每科要求的学时更多。

譬如说，那五学季的人文学科组合，由九位历史、文学和哲学教授合作制订及传授，内容完全固定；每周四至六个学时，加上大量课外写作。严紧的程度多年来一成不变，不愧为"理科生的刽子手"。那三学季的微积分，不论你主修的是理工还是人文，都必定是每周四学时——美国高中生的数学水平远低于我国，许多连大代数都读不好，把微积分列为必修科目，对他们来说简直不可思议。那五学季每周五学时的物理、化学和生物必修课，不吓走理工科外的学生才怪。

最"自由"的通识课是艺术和社会科学，学生能从较多学系所提供的科目里自行挑选。可是只允许每个学系提供一个每周四学时的科目，并且必须是主修该系的学生的必修课——也就是说，理工科的学生需与主修艺术或社会科学的学生同班上课，与他们竞读同一题材及内容。制度的背后概念是：理工科学生必须知道和理解艺术创作者和社会科学家的思维方式，惟有这样才会尊重别人的学科和专业，继而把自己从狭窄的思路里解放出来，获取真正的自由。

至于"美国文化"，所指并非那五学季人文学科组合业已包含的欧美传统文化，而是美国少数民族的文化。把它和现代外国语文列为必修科目，目的是强制学生脱离固有传统，至少初步认识英美之外的异族及异国文化。有些学生在中小学里学过拉丁或希腊（古典）语文，建立了较好的现代欧洲语文基础，学院允许他们以此取代现代外国语文。不过不论哪种语文，必须通过考试，证实能讲、能读、能写。

通识教育必修课程的最后那项"三学季与主修课程无关的科目"，叫作"专注学科"（area of concentration），要与主修学系完全无关。譬如主修物理的学生，这三学季的课不能选自数学、化学或生物，并必须取自同一学系——例如文学、经济或音乐。目的是让不肯选读副修课程的学生被迫接触一个远离本行的学科，并在那学科上学得稍有深度。至于自动选读副修课程的学生，他们反正会修读许多外系课程，不必理会这项。

总括来说，热菲尔学院的本科教育在三方面作出要求：

（1）基础知识和工具：微积分（培养抽象逻辑的思考能力）；外国语文（拓展国际视野的基本工具）；物理科学、生物科学、社会科学（三类基础知识）；艺术（审美能力）；人文（文化的精华和积累）。一、二年级的学时几乎被这些通识科目填满。你看，从哈佛到哥伦比亚，到全美几千所高等院校，同样说是崇尚博雅教育，同样说是提供分布式的通识课程，差别多大！

（2）于某一种学科里攀登高地：主修课程。

（3）在别的学科里获得理解能力：副修及其他课程。

热菲尔学院的主修、副修和另类课程

主修课程由每个学系自己设计，或由两个或多个学系合作设立。这方面热菲尔学院无异于其他几所学院。

唯有"另类"之处是：若有既特别优秀又特别成熟的学生，觉得所有学系的主修课程都不能满足他的要求，可以尝试自行设计一个与众不同的主修课程，向院长提出申请。条件有三：这个设计必须具有创造性的学术意义；这位学生必须请到一位教授负责咨询及监导；主修课程必须在院级教授委员会里讨论、通过。很明显，能满足所有条件的十分罕见。记忆中，我在任期内只碰到过三次，三次都是因为学生钟爱海洋科学、地球科学和环境保护，而 UCSD 不设立这些跨学科的本科课程。

请听清楚：不是不设立跨学科院系，而是认为一般本科生的学业基础不够充实，缺乏同时涉及多个专业的能力，于是不让本科生进攻跨学科学位。

UCSD 的前身是斯克里普斯海洋研究所（SIO），在全美甚至全球的海洋学界稳执牛耳，国际海洋学会议上的美国代表，几近半数来自这个研究所。地球科学与海洋科学息息相关，因此 SIO 又有不少地球科学的强手。UCSD 的创校领导人罗杰·热菲尔原是 SIO 的所长，又是最早为"全球变暖"（global warming）发出警号、继而致力推动环保的著名学者。难怪会有学生闻风而来。一旦发现 SIO 只收研究生，你想他们多么失望！

SIO 的教授们来得比谁都早，在 UCSD 自成一帮，不属哪所学院。他们专注科研和研究生的培养，却不乏对本科教学感兴趣者。而相距不到两公里的主校区，正缺乏那几个学科的专家。热菲尔学院适合为他们在主校区内提供一个"家"。两相情愿，一拍即合，好几位 SIO 的专家在热菲尔学院的名义下为本科生提供有关课程。

我任期内，热菲尔学院与 SIO 每年签订协议，以经济补偿方式聘请 SIO 的教授来主校区兼职。说来都属一家人，如此计较不有些奇怪？美国就是这样公事公办。学校规矩不允许他们收取额外薪金，而他们兼职教课也只是为了兴趣；以个人来说，经济上不成问题。SIO 的科研经费又十分充裕，根本不在乎什么补偿。不过既然热菲尔学院聘请这些 SIO 的全职教授腾出时间来备课、上课、会见学生，就该向 SIO 提供补偿。不是很合逻辑吗？有趣的是，每年签订协议时，双方的财务主任还要讲价还价，据理力争，令 SIO 的所长和我烦不胜烦。

初时每年只提供六个科目。学生们选修这科那科，只是为了尝试口味，我笑言让他们吸入一点海风。后来有些学生把六个科目全部选读，作为正式的副修课程。

本科生出海的机会不大，我们没瞒选修的学生，却也没特地跟他们说。

讲到这儿，正好说明什么算是"副修"。

UCSD 的学系把副修课程看得很重：毕业文凭上正式列为副修，至少要读满七个每周四个学时的科目；其中至少五科须是高年级课程，至少三科须在主修领域之外。因此，与 SIO 签订哪些科目，必须想得周全；这些学术上的考虑不是财务主任所能顾及的。

副修也有"另类"：热菲尔学院除接受一些跨学科的副修课程，亦允许部分学生在教授监导下自行设计"主题副修课程"。这儿不一一列举。值得一提的是，即使早在生态口号还不流行的二十世纪八十年代，环境保护在热菲尔学院已是吃香的副修主题。

海洋科学、地球科学和环境保护范围极大，六个科目实在太过皮毛；学生过不了瘾，教授也过不了瘾。SIO 提供的科目不能不逐渐增加。这些年来，国际社会越来越关注环保，我在网上看到，SIO 所提供的课程竟达四十五门之多！

每年秋季，热菲尔学院还邀请教授们为一年级本科生开设讲座，深入浅出地就自己的专业做次报告。讲座多至二十多班，每班只收十多名学生。一个目的是让学生听闻多种专业的概况，并参与讨论；另一个目的是让新生尽快接触教授，适应大学的学习方式。

初时并不要求所有新生参加讲座，只在学院办公室的前厅设立柜台，让感兴趣的新生自愿选班登记。后来看到学生们反应积极，多个讲座产生启蒙效果，教授委员会决定把它定为必修课，要求每名新生至少参加一次讲座，名之为"新鲜人讲座"（freshman seminars）。意想不到的是，竟有不少学兰在听完某些讲座后，对所涉内容产生浓厚兴趣，影响到日后主修课程的选择。

更有一种源自美国东北部高等院校的另类课程，叫作"炉边清谈"（fireside chats）。也算是种讲座吧，可是极为轻松，根本不该称为"课程"。方式是在晚饭后把教授邀至学生宿舍，在休闲厅里与十来名学生围着暖炉，就某个题材不拘一格地交谈。这种气氛完全吻合博雅教育理念，同时还可略减热菲尔学院日复一日的学习压力，具有调节功能。

"新鲜人讲座"和"炉边清谈"为教授们添加额外任务，每秋推出时，都需逐一恳请好几十位教授出手相助。而每个讲座、每个清谈，都是"一次过"的活动，无从整体安排，准备工作甚为劳力密集，或许还会欠下人情，吃力不讨好。写到这里，上网查看热菲尔学院的近况，似乎见不到有关报道，不知这个我认为特别博雅的传统，在急功近利的现实社会里是否已被中断。

物理系里的教学工作

学术任务包括教研——虽然当上院长后，教学和科研必须退居二线。

院长本身是个全职的行政岗位，我兼任物理系教授，理应进行研究、带博士生和博士后搞科研，既无义务也无余暇上堂教课。可是那天到物理系拿信，被乔伊斯·瑟撒撞个正着。（《红墨水》里曾说物理系秘书室的乔伊斯·瑟撒在好些方面代替了系主任，指挥若定地管理着物理系。）她一脸的笑，说道："物理系缺乏教普通物理的好老师，听说你教得挺棒，是否可以请你帮个忙，这学季教一门普通力学？"

她那一贯严肃正经的脸，一下子堆上了笑容，等候答复。上任没多久的我，觉得作为物理系教授，为本系教一门课，天公地道。反正只教一班，也就这么一次，当场表示同意。当然她没告诉我这是个大班，共有 389 个学生。单是改考卷就改死人，难怪没人肯教。此后，年年秋季她让我教这大班，直至四年后

为物理系带过本科生的热菲尔学院教学楼。很普通的楼，却带有一份秀气，连支柱都是错综美妙的拱。

我离开 UCSD。

系里同事告诉我：这个大班还是一清早八点钟的课，一星期四次。习惯在实验室或办公室熬夜、晚睡晚起的教授们都走避不及，令乔伊斯不得不向新来者设下圈套。回想起来，难怪乔伊斯听到我的答复后那么高兴。别的院长们警告我：当院长的，会议非常频繁，得好好控制时间。还说会议一般安排在上午，我每年秋季的教课时间令他们不得不打破传统，还搞乱了他们的全日工作时间表。

为什么给我 389 个学生？答案很简单：教学楼里最大的讲堂设有不多不少 389 个座位，乔伊斯得把它塞得满满。不过她也有点良心：给我安排了两名助教。

需要说明：美国的研究型大学不设专职助教，而让初入学的研究生兼任。这些兼任助教的研究生免交学费，还按月领取足以养活自己的津贴。可是 UCSD 物理系的教授们科研经费非常充裕，能养大量助研，往往连初入学的研究生——只要略具研究经验的都不放过。因此系里助教不敷所需。乔伊斯愿意给我发放两名，实属难能可贵。

每星期除上四节课外，需要把大班分成很多辅导性的讨论班。每个讨论班照规矩不该多于三四十人，否则无从进行讨论。389 人的大班，一周讨论两次，总共至少需开二十个班次。助教的任务是主导这些“小”班。可是，就算每人负责五个班次，两名助教也只能应付十个班次。怎么办？乔伊斯的解决方式是：只开十二个班次，其中两个由我自己主导；学生要上就上，不上自便。当然，愿意来我班次的学生特别多——未必因为我主导得好，而是希望我会在考试前不小心露点口风。

就讲课来说，大班跟小班不该有什么分别。坐着四十人也好，四百人也好，还不是照讲？奇怪的是，就不一样。当过教师的人知道，教大班辛苦得多。我猜教课毕竟是件互动的事：教师与学生目光接触，正如剧院里台上的演员与台下的观众。你说：近四百名观众坐在你前面，与你目光接触的能有多少？经验老到的演员会不断扫视观众，注意他们的反应和肢体语言，调整自己的表情。大凡教课也是如此，扫视几百学生，脑里自动分析和调整。扫视四百人当然比观察四十人来得辛苦。

389 个学生的作业，哪可能一张张卷子去改？只能把标准解答贴在墙上，或分发到学生手上，让他们自己去比较。学生看不懂的，带到讨论班上提问。

作为教师，我很不满意这种做法。西北大学是私立学校，班上学生少，我从没教过这么大的班。伊利诺伊大学那年，教的是统计力学——研究生的班，当然也不大。终于在 UCSD 尝到了州立大学本科“批量生产”的味道。

还有想不到的事。不是说想进加州大学，高中毕业必须在班里名列前12.5% 吗？不是说想进 UCSD 的热菲尔学院，比进老牌的伯克利加州大学还难吗？不是说热菲尔学院的学生十之八九主修理科，念医学预科的还能在激烈竞争中成功被医学院录取吗？这样说来，我班上那 389 名学生理应相当优秀。

一般来说，差强人意，可是竟会有几个学生连 $\frac{1}{5}+\frac{2}{3}$ 等于多少都做不出。当真如此，不是说笑。我的即时反应是：物理系属全校，学生虽以热菲尔学院的为主（因为只有热菲尔学院强迫所有学生念两学季的普通物理），却也有部分学生来自别的学院。这个反应让我暂为释怀。可惜干物理的人喜欢打破砂锅问到底，我仔细查看这几位宝贝是何方神圣，发现那条连小学生都能做的算术题，犯错者中竟有两位来自本家——是我们热菲尔学院的"高材生"！终于又进一步尝到了美国基础教育"批量生产"的味道。

每每上完课就要拼命赶去开会——院长们给我的预警不幸言中。学院各有自己的校园，开会地点逐一轮换，虽则校园一一相连，从热菲尔学院南端的教学楼赶去马歇尔学院或沃伦学院，路程还是甚远。我不得不骑自行车上班，骑自行车去上课，骑自行车去开会。好在学生的密度很低，不必担心撞到行人。可是摇摇晃晃令人敬而远之，原因是我总捧着咖啡杯，单手操纵把手，骑得不稳。

啊，这是习惯。都说咖啡是教授所好，更是物理学者的"官方"饮料；我每天总要喝上五六杯。开会时人人面前放杯咖啡，我则连上课都带上咖啡。你说多奇怪：一边讲课，一边在黑板上写字，怎能喝咖啡？于是那杯咖啡就端坐讲台，等着变凉。想来是心理作用，身边没有咖啡就讲不了课。

物理系里的科研工作

作为一个高级别的正教授，学术研究责无旁贷。行政工作和大班教课一走上轨道，就得积极恢复科研。一方面需要善用资助机构批准转移来此的几笔科研经费，一方面需要照顾从西北大学带来的访问学者和博士生。

首先需要解决来自西北大学那四位的住宿问题。乃与 UCSD 的学生服务部协商，安排三位访问学者和博士后住进研究生宿舍，一位女博士生住进女生宿舍。

接着让他们安心工作。来自科学院物理所的两位访问学者继续做多粒子体系理论的分析、外场和各向异性分子拒力影响下的液晶理论。

那位博士后熟悉好几方面的课题。我异想天开，决定把几方面的课题融合为一，让他与那位博士生寻找"量子液晶"。

我们过去做过物理表面吸附的课题，假想在光滑的石墨表面吸附一层仲氢分子。石墨的表面位阱束缚了分子的纵向活动，因而分子活动被限于横向，令分子层呈现二维体系的特征。这像是我们做过的课题。低密度情况下，分子的平面运动很自由，是个二维气体或液体；一旦密度增高，分子间的相互作用主宰了体系的集体行为，出现相变。这又像我们做过的课题。那些相互作用是各向异性的吸引力，相变把分子层组成三角形的二维超晶格结构，犹如液晶。又像我们做过的课题！

不管实验找不找得到这样的二维量子液晶，至少理论上该能证明它有存在的可能。所用的量子理论计算方法仍是相关基函数，吃我们的老本。当然，计算十分繁复；许许多多方程中的符号，左右都得挂上一连串的上标和下标。

原是很有趣、很有前途的项目。可惜博士后已经跟了我四年，总得找个永久职位。他原籍埃塞俄比亚，在 UCSD 读完博士来西北大学跟我，十分喜欢拉霍亚的环境和气候，因此没去申请外地教职，就在当地的研究所和一家大公司就业，直至三十年后退休。那位博士生则由于远离丈夫，心情忧郁，不好让她留太久，研究成果勉强足以缮写博士论文后，就让她回西北大学物理系完成博士论文答辩，正式结业。这条过于复杂的课题后来没敢让学生做，项目无形中寿终正寝。

UCSD 的物理系原来是低温物理学的主要基地之一。1979 年我回到 UCSD，翌年低温超导的主将贝恩特·马提亚斯（Bernd Matthias）不幸去世。液态氦的主将约翰·辉特立（John Wheatley）特别爱好荒漠性的野外生活，一年后转去位于新墨西哥州的洛斯阿拉莫斯国家实验所（Los Alamos National Laboratory）。虽然系里还有几位比较年轻而已露头角的低温物理学家，实验室里已无当年的盛况和激情。

UCSD 原是量子多粒子理论和统计力学主要基地之一。虽然沃尔特·科恩（Walter Kohn）刚离职去了圣芭芭拉加州大学担任国家科学基金会理论物理研究所的主任，但还有布勒克纳、马上庚、沈吕九等健将。令人难解的是，理论界搞得火热的高密度核物质、中子星物质、金属氢、化学吸附和物理吸附、高分子聚合物、液晶结构和相变等课题，在物理系里乏人关注。

这些年来我在西北大学搞自己的理论物理研究，与系里的同事没甚共同兴趣，缺乏合作机会。幸好争取到的经费十分充裕，得以自行培养蛮大的团队，虽说是孤军作战，倒也并不寂寞。现在情况变了，主要职责变成行政，不可能集中精力重组团队；最好改变方向，走近系里同事们的科研阵地，免得属下人员过于孤立。于是选择了金属表面这个他们很有兴趣而我也有用武之地的课题。

挑起大梁的是来自复旦大学的访问学者孙鑫，初期还有从西北大学跟我迁来加州的访问学者李铁成。他们与我运用相关波函数试探性地进攻这个课题，发现情况相当乐观。正如所料，我们的拿手本事确有用武之地，乃决定大刀阔斧运用相关基函数理论全力发功。结果令人十分满意。后来竟还能以此为出发点来分析金属表面的化学吸附。计算过程中只有一点美中不足：出现了一个无法排除的发散项；乃在论文中说明它的来源，指出我们深信必会有别的发散项与它抵消，须留后处理。

孙鑫的理论基础既深又广，科研应变能力极强。可惜我的行政任务越来越繁重；与祖国学界交往、为祖国科技界服务的事情，亦形形式式越来越多。与孙鑫一起讨论和工作的时间则越变越少，很对不起他。幸好他的底子厚，回国以后在不同课题上作出贡献，在理论物理界建立了令人敬重的地位。

之后从复旦来了另一位访问学者陶瑞宝，但为时不久，只在比较相关基函数与密度泛函理论上进行了一点合作。后来他去埃克逊实验所当访问学者，与当时在那儿工作、二十世纪九十年代来香港科技大学领导物理系多年的沈平合作。（就是《红墨水》里所说"保钓运动"激进派领袖的那位沈平！）他回国后亦极有成就，被选为中国科学院院士。

在 UCSD 还收过一位新的博士生，是位来自伊朗的留学生，不多讲话，暗中甚有功力。我让他也进行金属表面理论研究，跟孙鑫和我学艺，并希望他在孙鑫回国后接下衣钵，好好推进这个课题。四年后我去旧金山州大当校长时把他带去，可惜校长的工作真是所谓"24×7"（一天 24 小时，一周 7 天），令我完全不能尽博导之责。一年后他回 UCSD 另觅博导。又是一位我对不起的人。

写到这儿，对他的下落感到好奇，乃上网查询，发现他学成归国，早在德黑兰的大学里任教，不时发表论文。屈指一算，连他都已年近花甲了。

试图与墨西哥建立合作关系

物理系确实还是满天神佛：当年来势汹汹的虎将，成了全球崇仰的权威；当年的初生之犊，成了来势汹汹的虎将。

需要说明：并非人人都是虎将。要在 UCSD 站得住脚抬得起头，并不那么简单。有那么两三位早期没看准就被聘来的助理教授，开头几年科研过关，升任副教授；之后成绩平平，却已坐稳，请不走了。可说虽则抬不起头，却也站住了脚。

终身职制度保障了学术自由，却兼有养懒之患。幸好物理系是个四五十人的大系，两三人只是极少数，影响不了大局。再说，那两三位本非等闲之辈，并不懒，只是错选了竞争过强的专业，后劲不足，没能跟上潮流。其中一位很在乎学生，教学方面颇有成就，于是长期被派负责普通物理学的大班；另一位愿干管理，大小轻重都行，于是在系里成为可靠的行政助理；还有一位素来为一位"大仙"负责科研项目的后勤操作，虽被调到系外的学术部门任职，却任劳任怨，继续兼任"大仙"的后勤帮手。"天生我材必有用"这话没错：人人都有长处，都能干得当的工作。

我还为他们找了一件研究型大学该做的事，就是促进国际学术交流。

加大系统有件怪事：虽则每所大学学术自主，却坚持国际学生交换一事需由系统统筹。"加大海外教育计划"（UC Education Abroad Program）的总办公室被安置于早期相对落后的圣芭芭拉加大（UCSB），由这办公室负责全系统的国际学生交换项目。（现在还在 UCSB，不过一些加大已另建自己的计划和项目。）

那时参加交换的学生多数选择去西欧，特别是言语相通的英国及浪漫的法国、意大利，很少人选择墨西哥。可是加州历史上原属墨西哥，还保留着不少墨西哥的文化背景。加州经济的生命线之一是农业，而农场劳工主要来自墨西哥。加州的唯一国际邻居是墨西哥，边境交往十分频密。那么，作为社会前驱的大学怎能不鼓励学生多与墨西哥人交流？特别是与墨西哥接壤的圣迭戈。

很简单：墨西哥是发展中国家，多方面远较加州落后，被加州大学的学者们轻视。我认为正因如此，加州更应该多与墨西哥来往，尽可能提它一把。别的事或许 UCSD 很难发力，可是教育和科研方面，能力绰绰有余。于是我决定从与自己有关的两个部门起头，多少开发一点交流合作，做出个模式，让校内别的部门跟进。

圣迭戈境南的墨西哥边界城市叫作蒂华纳（Tijuana），正如许多两国之间的边镇（border town），是个良莠混杂地区。美墨两国的贫富差距很大，富国人民视贫国边镇为游乐场地——特别是自己境内所禁止的"游乐"。蒂华纳不可能成为我们交流的对象。

继续向南，第二个墨西哥城市叫作恩瑟纳达（Encenada），离圣迭戈 120 公里。从圣迭戈驾车南下，一路沿着太平洋海岸，不时盘绕小山丘，蔚蓝的水、碧绿的山，风景美不胜收。当年的恩瑟纳达虽是墨西哥最西部沿海的主要城市，但看来像个渔村。有所大学，可是规模和水平有如加州的中等社区学院。我所能为它做的只是邀请学生组团来访热菲尔学院，希望双方青年通过交往，开创彼此间的初步认识。

恰巧就在这时，老天给我们创造了科研合作的机会。全美洲（甚至全球）最大的大学——墨西哥国立自治大学（Universidad Nacional Autónoma de México，简称 UNAM）为了帮助国家开发西部地区，决定在恩瑟纳达建立一个物理研究所。第一期专注凝聚态物质科学。计划是让一大群学者从拥挤不堪的首都搬迁来此，大张旗鼓，一显身手。可惜事与愿违，正巧墨西哥币制出了问题，经济不稳，志愿迁来的学者们临阵退缩，大大小小来了不到三十位，并且没几位资深教授。

凝聚态正是 UCSD 物理系的强项。我在这时候带着几位物理系同事去访，建议交流合作，对墨方来说犹如天降甘霖。双方一拍即合。

来到恩瑟纳达市郊，发现新建的物理研究所刚竣工。这是栋三层的白色楼房，小巧玲珑，不像他处惯见的以功能为导向的建筑物。心想拉丁文化确实不同，连科研机构都设计得颇有韵味。当然，大家印象里都早已知道墨西哥以艺术著称，而 UNAM 的美术和建筑学专业都别有创造性和独特风格。

研究所的墨西哥朋友们为我们举行欢迎典礼。虽是科学家，说话却带有拉丁民族的风趣和浪漫。（本来就是，谁说科学家不能风趣浪漫？）我代表 UCSD 回应，说得正经和诚恳。然后一众步出讲堂，走进铺着纯白色地毯、四周围绕着教授办公室的圆厅。各自拿起一杯咖啡，举杯共庆。研究所所长慢步走向一间面向大海的办公室，指着房门说："各位请看。这间办公室的风景最美，是专为 UCSD 的朋友们准备的。门上将会有个匾，还没做好，只好暂时贴张白纸，上面写了字，为今天的盛事留念。"一众鼓掌。

接着又说："新船下水时有个传统：把一支香槟酒敲向船头，让酒水四洒，完成祭礼。我们念物理的，象征性的饮品素来是咖啡，今天我就用咖啡来完成祭礼。"话犹未了，他把咖啡甩向写着 UCSD 的房门，泼得满地都是。木门、白墙，最可怕的是那崭新的纯白色地毯，一下子全染上了洗不干净的棕色咖啡。

拉丁民族真有一套！不过我想即使在拉丁民族里，这位所长亦算另类。

对这合作项目最积极的 UCSD 物理系同事，不是我蓄意安排的那几位，而是科研卓越的勃莱恩·梅普（Brian Maple）。这位后来被选为美国国家科学院院士的凝聚态物理学家出生于圣迭戈的一个小农场，而这个小农场恰巧纵跨了美墨两国的边境，让他觉得两头都是家！只是除他以外，别的同事去恩瑟纳达一两次后就不再去了。毕竟两处的学术水平相差太远，而且两地相距车程近三小时，太不方便。

至于学生间的交流，我邀请下加利福尼亚自治大学的本科生组团来访，受到热菲尔学院学生的欢迎。可是也只此一次。

任何合作项目，双方都需要有"champion"——特别积极和持久的核心推动者。我离开 UCSD 后，学生的交流和物理学者的合作，两个项目都失去了 champion 与动力，很快就无声无息收场。

第四章 热菲尔学院的管治经历

第二章的章名"圣迭戈加州大学的治理体制"，我用了"治理"两字，原因是在教授治校的原则下，"管理"这个字眼用于大学似乎有点刺眼。

"管理"的英文字眼是"management"。美国的大学里，这个词用得谨慎，因为大学的行政体制和结构包含学术与非学术两方面，两者大有差别。非学术方面与一般政企单位的分别不大。学术方面则差异显著：教授是自由职业，教研自主，不属普通雇员，由不得领导层"管理"。

第二章所说的"体制"，着重点是学术，因而避用"管理"一词。学界惯用的词是"administration"，可以意译成"治理"。虽然"治"字带有"管"的味道，毕竟没那么强势："治理者"只是在更高权力的委托下办事而已，本身不成为权力核心。以公立大学来说，这个更高的权力是政府；而政府代表全民委任校长负责治理学术任务。

这几年来，我国学界为"去行政化"一事喧嚷沸腾，而喧嚷的人在呼叫口号之余未必理解其真正意义。"去行政化"并不是说无需"行政"：任何单位都有事要干，有"政"要"行"——包括大学。行政是领导层的责任。问题不出在行政，而是学术方面出现了官僚主义：层层次次当起官来，俨然自认为权力核心。因此所需推动的其实是"去官化"，含义与"去行政化"迥然不同。

有人说，"教授治校"用字不当，应该说"教授治学"；理由是，在非学术方面，教授们有权参与多种政策的制订，却无须负责政策的执行。其实"治校"

一词包含太广，"治学"一词所指太窄，两者都不贴切。实事求是，非学术方面的行政体制脱离不了垂直式的管理结构，用上个"管"字并无大错。

上章谈到热菲尔学院院长怎么参与学院和全校的学术行政，成为学术任务的"治理者"。这章讲的是热菲尔学院院长怎么参与学院内部的非学术行政，包括人事、财务、设施、学生事务等，成为非学术任务的"管治者"。按 UCSD 当年的体制，政府通过校长所委任的院长，学术和非学术必须兼顾，两方面一把抓，责无旁贷。

热菲尔学院的学生和院风

每所大学都有自己的校风，学院亦不例外。这儿先以一个有趣的小故事开头。

清华大学为九十周年举行庆典。节目告一段落，国家领导人退席。休息时节，校长王大中、北大校长许智宏与我在户外草地边聊天。许智宏看了看草地，说："你们的草地养得真好。北大的草地稍有点黄，学生们就会批评我。"我说："你该跟学生说：'这与校风有关。清华的草地上，有块标志说请勿践踏，学生一定不去踩；北大的草地上有块标志说请勿践踏，学生一定故意去踩。'"

虽是夸张的说笑，却不无根据。至少那个年代清华学生以"乖"出名，而北大学生喜欢出格。一般的说法是工科学生一头蹿进专业，不闹事；而文科和理科学生思想不羁，爱闹事。真的如此？那么，为什么两所都变成综合忹大学后，学生的性格仍旧那么不同？传统所致，不易改。加上物以类聚，因也好，果也好，校风在循环中不断滋长。

引伸到 UCSD，学院间教育理念的分歧，招来不同性格的学生，久而久之养成各种"院风"。

缪尔学院的教育理念和课程介乎哈佛大学与布朗大学之间，是那种最为普遍、迹近松懈的博雅教育，允许选修的科目特多，主修的课程多半是文科。（请勿开骂。我没说文科比较松散；你瞧，热菲尔学院的杀手就是人文科目！）有些学生选择无须预修课程的科目，或不很严谨的老师。缪尔学院的学生最像一般的美国大学生：说得好听，是自由灵活；说得难听，是放任懒散。我的教育思想保守，认为美国近代本科教育犯的就是过于放任懒散的毛病，糟蹋了青年学子。

马歇尔学院的学生最不像一般的美国大学生。前面说过，这是一所少数民族争取平权时代建立的学院，学生的主修选修都特别注重社会科学。学院里少数族裔学生最多，政治气息最浓。每逢校内发生有关学生权益之事，出头抗衡"滋事"的大多来自马歇尔学院。那时马歇尔学院里华裔学生比例较低，因为华人家庭特别关注孩子的基础教育，鼓励他们从小读好数理生化，走入科技生涯；来到大学，主修的不是工科就是理科，对社会科学往往走而避之。

沃伦学院的学生看来比较缺乏独特性格。不知怎么描写他们才好，感觉上是即使他们与你擦身而过，都不会引起你的注意。我想绝对与这学院的教育路径有关：学生一早就知道将来会走进哪一门行业，于是按照那条路线选定主修课程，连副修的课程和选修的科目都与主修有关。学习方向固定到这个程度、兴趣范围限制得这般狭窄，让学生有点自我，不觉得与行外人有打交道的需要。对不起，我不懂得心理学，这些话只是校园里的道听途说，不见得有啥道理。

一所所学院都批评过了，最后说到自己的热菲尔学院，该是好话比坏话多吧？

热菲尔学院的学生学术水平高；这点没有问题，校内人人知道，也都人人同意。不过说的时候常会带上一丝讥讽："你们热菲尔的人都是 nerds！"

英文里，"nerds"这个词原意不好，含有"乏味、讨厌、卑微"的味道，说得怎么好听，都还是"呆子、傻瓜"，今天还用它来代表"网虫"。最贴切的翻译该是"书呆子"。其实热菲尔的学生水平并不都那么高（前文已有例子），只是与别的学院的学生来比，平均高上一截。他们特自信，竟愿坦然自称"Revelle Nerds"（热菲尔书呆子），引以为傲。

就从这点来看，无惧自嘲的热菲尔学生很有些幽默感。他们一方面抱怨学院的必修课程太多太严，另一方面为承担这样的课程自豪。校园里会看到他们穿的 T 恤（T-shirt，短袖汗衫，从香港传到内地的不中不西名词）上面印着这么行字："Revelle does it because it's required!" 请容许我把它意译为："热菲尔人干这事是因为不允许不干！" 翻译到此为止。假如你不明白这话的含义，想追问所说的是什么事，那就表示你比我还要保守，或许生来缺乏幽默感。

瞧，热菲尔的学生并不那么呆。

事实上一点也不呆。校园里的学生活动非但都有热菲尔学生的份儿，并且除了纠众示威，大多由热菲尔学生带头——包括学生会、刊物、实习、辩论、运动、社交、义务工作、社会服务……这正是热菲尔学院的"院风"，什么都积极参与，无孔不入。课程这么重，连我都不知道他们从哪儿找来这么多时间和精力。有人说：书念得好的青年往往头脑清醒，身体健康，学习能文能武，生活多姿多彩。看来还蛮有点道理。

这话是否适用于我国，就不敢说了，因为我国的传统教育方式被喻为"填鸭"，书念得好不好以考试成绩为准。十几年考下来，未老先衰，不呆也被考呆了。当然亦有不少青年能够克服困难，突出重围，成为能文能武、多姿多彩的人中俊杰。

几所学院"院风"的不同，还呈现于个别学生的态度与行为上。譬如一般大学同学或校友首次在校外见面，总会彼此询问来自哪个学系、哪门专业。UCSD 的学生则与众不同，第一个问题总是："你是哪所学院的？" 得到答案后，经常会跟上一句："没错，我一看就猜到了。"

热菲尔学院的管治班子

每所学院有自己的食堂和学生宿舍，可是并不负责经营。之所以如此，是因为食宿方面有大量后勤工作，需找合格的社会企业承包。最初只有一所学院，什么都由学院管治。学院一多，承包任务各自为政的话，程序过于重复和繁琐；社会企业嫌烦，校方增加负担，双方劳民伤财。于是各学院同意把这些后勤任务交托给校方的非学术行政部门统筹。每所学院派出代表，组成委员会，按各自所需向该行政部门提出要求，并参与政策的制定，监督运行。

热菲尔学院的管治班子有四部分。

第一部分是院长和院长的"执行秘书"（Executive Secretary），也就是我自己和一位比较资深的女士。这位执行秘书年纪不大，却已在院长办公室任职多年，熟悉人头——包括院里的主要教授、院外各单位领导的秘书、校方行政部门的各级职员，亦熟悉一般性的规章制度。她在院内院外都已完善建立纵向横向的人际关系，虽然能力和经历比不上物理系那位万能的乔伊斯·瑟撒，不过相当称职，让我一上任就有所依托。几年里，她还跟我学了不少学术方面的思维和办事方法，令我走后的接班人十分满意，听说后来因为出嫁而离开了大学。

第二部分是管治班子的核心，称为"学术咨询组"，责任是帮助学生了解课程方面的问题。举例来说，虽则热菲尔学院的课程定得很板，新生还是难以完全明白哪些是必修课程、哪些是选修科目、哪些科目需要先念预修课程、"新鲜人讲座"是什么东西，等等。很多新生还会质问为什么主修理科的人必须读那出名可怕的五学季人文学科组合。旧生会来请教必修科考不及格怎么办。医学预科学生会来问哪些真是必修的课程、日后申请时该用什么策略、哪些医学院比较适合。文科学生想知道怎么申请法学院、毕业后若不继续进修有什么就业机会。

热菲尔学院的管治班子（加上偶然出现的兼职人员）。

整个学术咨询组只有四位"学术辅导师"（Academic Counselors），忙成什么样子，可想而知。所幸四位都有很好的教育背景，并都十分关心学生。资格最老的一位非但知识面极广，待人接物还诚恳得像位老式的传教士。全校教授们都尊敬她，只要她挂电话为学生说项，问题十之八九能当场解决。资格亦相当老而年纪不大的另一位，在学生面前最有说服力，也最能找到绕道应付困难的途径。另外两位年纪很轻：一位高高瘦瘦，本身就像个大学生；另一位白白胖胖，像位抱娃娃的年轻母亲（事实上她正在怀孕，不久后生了个胖娃娃）。

第三部分是"学生活动辅导组"，组里有两位全职老师和两位兼职心理辅导师。一位老师级别很高，职称是 Dean of Students（应该译成"学生事务主任"）。这人特有意思，既慈祥又风趣。原来是天主教圣保罗会的神父，大学创建之初被派来创建校园宗教组织。来不久后他认为学校更需要有人辅导学生的日常课余生活，于是向教会请假，投入学生服务工作。这假一请几十年，变成他的终身职业。另一位是 Assistant Dean of Students（助理学生事务主任），年纪很轻，是位墨西哥裔姑娘，玲珑活泼，与学生打成一片；可是必须严厉的时刻，能变得很严厉。难怪她深受学生敬爱。

两位"心理辅导师"（psychologists）属全校所聘，按时去不同学院轮值上班；于热菲尔学院来说，属于兼职。不过据我所知，他们在热菲尔学院所花的时间最多，大概是因为热菲尔的课程最严，学生们感受的压力最大，最需要心理上的辅导。也有人说越聪明活跃的年轻人，想头越多，精神越紧张，在美国这五彩缤纷的社会环境里越需要心理辅导。两位的时间表总排得满满；学生一进一出，每次只轮到十五分钟。我常想：十五分钟有多大用处，真能替学生解决心理问题吗？

第四部分是财务处，只有一位会计师（accountant）。由于大学里主要花钱的单位不是学系就是行政部门，学院的财务处工作量不大。这位胖胖的会计师吃了饭没事干，经常在办公场所晃来晃去，说说笑笑，打断别人的工作。由于他是个好脾气，别人不好意思赶他，只来向我诉苦。跟他说了几次，终于略为收敛。

奇怪，在西北大学当系主任时，让我头痛的是系里的会计师；来到 UCSD 热菲尔学院，给我麻烦的是院里的会计师。我的父亲大半辈子是会计师，既勤奋又高效，当儿子的总以为会计师就该如此，怎会碰到的两位都这般不济？

热菲尔学院的整个管治班子，连我总共十一人。此外，可以按需雇用学生做临时的兼职助手。人数不多有个好处：不同部门的同事愿意互相帮助。每逢任务超重时节——例如新生启导周或毕业典礼，无论职务是什么，十一人都愿不分彼此全部投入工作。这种同心同德的团队精神使我终生难忘。

学院办公场所的设计、环境及潜在意识

学院办公场所是栋富有南加州特色的平房，四周都是玻璃墙和玻璃门。《红墨水》的读者或许记得：当初我来"面试"时，撞破了一道擦得晶亮的玻璃门。往后与朋友们戏言："我以流血获得遴选委员们的同情，令他们不得不请内定的院长候选人靠边站，让我'破门而入'。"

当时没想到，以华裔入选，除玻璃门外，还继葛守仁（二十世纪七十年代伯克利加大工学院的院长）再次撞破了加州大学的玻璃天花板。

南加州有两种特别可爱的建筑风格。一种是富有墨西哥特色的土坯房屋。设计源自西班牙，却特别适宜褐土遍野、易于就地取材的北美洲西南部天然环境。那儿气候干燥，不下大雨，土坯不怕被雨水冲散。屋檐伸展、厚墙小窗，屋内干爽，无惧烈日。进入原属墨西哥的新墨西哥州、亚里桑那州、加州，到处看到此类房屋。

另一种风格正好相反，以平房为主。屋顶和四周采用西岸地区取之不尽的木材。门窗和墙壁尽可能配上大片玻璃，令户内户外景色相通。太平洋暖流为加州沿海带来四季如春的气候，风和日暖之外，花草茂盛，大树遮阴。在这样的房屋里居住或工作，有整天整晚与大自然共处之感。

UCSD 的早期建筑师分明是天然环境的爱好者。教学楼、学系的办公和实验室楼、学生宿舍楼等需要大量实用空间，不可能建造平房。他的建筑设计采

用第一种风格，却尽可能运用玻璃，加强透光。为热菲尔学院的办公场所采用的，则是第二种风格：蟹形的玻璃平房，清爽简单。一眼看去像是西方童话故事里的仙屋。

　　从外走向前门，需要穿过一条小径，两旁种着高大的桉树。未进门，就看到平房里在干些什么，因为左右两翼各有一间全玻璃墙的会议室。左边那间供学生活动之用，里厢是两位学生事务主任的办公室。还有一间心理辅导室，有门无窗，让学生会见辅导师时得以保留私隐。右边那间是人人可用的院长会议室，紧连院长办公室。执行秘书的桌椅就在院长办公室门外，让她兼任学院的接待员。

走向热菲尔学院办公"楼"的小径，桉树高大，却不强壮，说倒就倒。

走进前门，踏入四通八达、不大不小的方厅，零零星星放着几把轻便的沙发和椅子，供来宾静坐等候。左转向前几步，一条干干净净的小廊。右手一连四间办公室，学术辅导师每人一间，各有玻璃拉门通向户外的公用露台。左手按公众建筑物安全法例开了一道后门，接着就是卫生间、储藏室及会计师的办公室。

就此而已。值得注意三点：一是办公场所完全以功能为主导，不见丝毫豪华；二是会议室和办公室都很开放，象征为公众服务，人和事都该透明；三是心理辅导室完全关闭，表示有关私人的事绝不透明，学生的隐私权必须予以保障。这几点反映美国人心目中的理想行政文化：廉洁、透明、人权。

说到学生的人权，很有些夸张。年龄满十八岁，法定是成人，拥有完整的隐私权。因此，成绩单之类的私人文件只能发到学生本人手中，除非学生交来书面的授权信，校方不许把这类文件寄给家长。家长来电话询问时，亦不许透露情况，否则学生可以把大学告上法庭。这种对学生个人权利的保护经常让辅导人员进退两难。

十八岁的学生毕竟还是大孩子，功课上出了问题，怎能不让家长关注？心理上出了问题，更是如此。可是法律专家说的也有道理：朝鲜战争、越南战争中，男生到了十八岁，政府就可强制他们服兵役、上战场为国捐躯，没把他们看成孩子。再者，十八岁的人犯了罪，需与成年人一样接受刑事控诉，一样坐牢，又怎能把他们看成孩子？你说呢？

当院长的有一项特权：小径尽头设有两个停车位，一个注明留给校外来宾，平时用木马拦住；另一个贴有告示，注明留给院长专用。初时我驾车上班，就近停在那儿。后来觉得这样做不太像话。特别是见到那位怀有身孕的学术辅导师，捧着大堆档案，沿着小径走向教学楼，更觉不合情理。于是请校工把告示改为"学院办公场所人员公用"，更与同事们说明此后只有怀孕的、带病的，或载重的，才可使用。自己索性每天骑自行车上班，卸下心理负担，倒也轻松自在。

说到这儿，想起另一件事。一年一度，校方的最高学术领导层——包括校

长、学术副校长、四位
院长——穿上白围裙，
戴上厨师帽，来到热菲
尔学院的学生食堂"伺
候"学生早餐。其实，
所谓伺候，就是一字展
开地站在食物柜台后面，
手拿勺子，替每位端着
托盘走过柜台的"顾客"

切氏餐室，反建制的代表作。

舀菜。这是热菲尔学院的传统，目的是提醒那些"长"们都是为学生服务的，
别以为自己在当官。挺有意义，也挺有趣。

　　学院办公场所的环境非常优雅。左右两座离得最近的建筑物很有意思。一
是小山坡上的人文图书馆，虽只两层，建得宏伟：钢骨水泥、玻璃幕墙，周围
是宽大的露台、火山石点缀的园林。最有气势的是：柱子带有斜度，屋顶四向
展开，蕴藏东方基调，远看甚至有点像日本宫殿。另一是小山坡下的"切氏餐
室"——《红墨水》中提到的我当博士后时的那堆破烂小木屋，十多年后仍是一堆破烂小木屋，非但没拆，还继续象征性地以南美革命英雄切·格瓦拉为名，提供备受欢迎的平民化简便餐。

　　两座建筑物相处得格外矛盾：一是建制派的代表作，一是反建制

建制与逆反，权威与民粹：
既冲击又包容的学术殿堂——人文图书馆。

派的代表作。前者源自悉心设计，后者源自无意插秧。前者呈现加州全盛时代的雄心壮志，后者呈现同一地区同一时代的逆反意识。前者反映创校师生的科学和文艺见地，后者反映同一群人的政治和社会倾向。权威与民粹，两种极端出现在同一时代同一地点，互相冲击，竟亦互相包容。这不就是研究型大学的潜在意识和精华所在吗？

新生启导周的正式活动

每所大学在学年开始时，都会举行迎新会，欢迎新生到来，并以各种方式让新生认识学校情况，包括课程、食宿、设施、手续、课外活动等。UCSD 亦不例外，只是每所学院有一套自己的迎新方式，显露自己的风格。

热菲尔学院的迎新会为时一周（五个工作日），要求家长也来校园，参加三整天的活动。来足三天固然最好，一两天也可以。不过除了第一天上午的介绍及第三天下午的茶会，也就是最初和最终的各一个多小时，家长与学生完全分开，连面都不给见。三天后，家长离开学校，学生则继续"被迎新"两天，直至精疲力尽。

学院的十一位"管治"老师，加上义务劳动者和学生"临时工"全部出马，大动干戈。节目内容十分丰富，既启发又辅导，远超"迎新"，故称之为"新生启导周"（Orientation Week）。内容当然是课程、食宿、设施、手续这些，与别的大学或学院分别不大，无须多说。值得描述的是一些特别有趣的"启导"手法。

首项节目是：部分老师上台，站成一排，作自我介绍。这是整周的第一个环节，学生和家长同时在场。为了来个好的开端，解除心理压力，节目安排得特别轻松，表现得特别风趣。

带头开口的总是那位满脸慈祥的学生事务主任珥尼·莫尔特（Ernie Mort）。他环视观众，点头微笑，然后轻轻地说："我是热菲尔学院的院长，名叫吴家玮。"顿时观众愕然无声，片刻后爆出大笑——因为无论如何这人不像个"吴家玮"。要知道，当年大学里的领导层少数族裔很少，华人更少。学生和家长都已听说这学院的院长是个华人，想瞧他是个什么模样，怎么突然跑出个自称吴家玮的白种人？更奇怪的是我这个唯一的黄种人一脸正经站在那排，不显露任何表情。

笑声终于慢慢降低。莫尔特又轻轻地说："对不起，我记错了，我是莫尔特。站在中间的那位才是院长吴家玮。"就这样把我介绍给观众。

跟着轮到我开口。毕竟是一院之首，需要向学生和家长们致欢迎辞。没讲多少句，省得他们不耐烦。最重要的话是像模像样地恭维他们，说他们大智大慧，非但明白热菲尔学院是最最超前的选择，还优越得能被热菲尔学院录取。说到这儿，状态自傲地四周扫视，暂停讲话。观众们再次愕然，心想怎么这个院长如此目中无人地吹捧自己的学院？片刻之后再次爆出大笑。原来是在自嘲！啊，美国式的幽默。

不能尽管闹下去。我跟着说的都是严肃话，解释热菲尔学院的博雅理念，警告学生们千万不能松懈……接着略提学术咨询组和学生活动辅导组的任务及学生会的组织。然后介绍台上这三个单位的代表，让他们逐一择要讲述各组的工作内容、地点和时间表。

严肃了半小时，我又回头介绍莫尔特，让他高声读出一封往年新生所写的家信。每年他读同一封信，说是来自一位女学生的手笔。信里说热菲尔学院的生活怎么多姿多彩、她怎么在玩得过分起劲时摔坏了腿、怎么吸上了大麻、怎么把一学期的生活费用全花完还欠上一身债……然后上星期突然发现莫名其妙地怀上了胎。正当家长们听得脸色青白时，莫尔特继续念下去："爸爸妈妈，请不要担心。上面所说的都没有发生，只是我普通物理的测验没及格。在你们准备来信责骂我前，先客观地想一想：与先前所说的一串坏事来比，仅仅一个不及格算得了什么？对吗？"

家长们的脸色逐渐恢复正常，松口气，长叹一声，笑着自言自语："是的，客观些好。孩子长大了，不在身边，担心也没用。为父母的已经尽到责任，就让他们自己努力去闯吧！"这正是美国人的人生观。

UCSD的校园极大，巧妙地设计成多所学院，
每所学院的面积并不很大。这是1980年的热菲
尔学院全景，走遍了也不很辛苦。

校园很大，并且还在不停建造新设施。如何强迫一些懒惯的学生到处走动，在半天内认识最重要的上课、实验、自修、运动和食宿地点？学生活动辅导组有答案——按照过去经验发明了一套行之有效的手段。新生启导周的第二天上午，首先花两个多小时向新生们介绍各种学生活动。之后给他们两小时的"自由"，向每人派一张校园全图，加上一份索引，请他们各自按图寻找所有重要地点。

那些愿意规规矩矩走遍全校园的，没有问题。那些懒得不想动的，或者自以为大可日后逐一寻找而不必现在就那么紧张的，也没有问题——只要不怕饿坏肚子就行。怎么着？原来义务劳动者预先把学生们的午餐拆散，分别安置于不同地点：这儿一块那儿一块三明治，这儿一盒牛奶那儿一瓶汽水，这儿一只苹果那儿一个香蕉……学生每到一处，凭票换取食物一件。所有食堂都被预先吩咐：当天中午不让新生买吃的。你看这办法多好！

真有学生懒惰到情愿挨饿，不过为数甚少，毕竟都是年轻人。

第三天下午的一场茶会在学院办公场所北侧的露台上举行。（下雨怎办？不必担心：拉霍亚夏天从不下雨。说来终年不常下雨；一年 250 毫米的雨几乎全下在 1 月份。）这是学生与家长全被请到的环节，也是让他们告别的时节。家长们依依不舍，孩子们却为展翅高飞而高兴。完全不像我国亲子别离时那样一把眼泪一把鼻涕。毕竟交通方便，绝大部分学生来自本州，别时容易见时不难。

新生启导周的学生活动

新生在启导周里与两群不同的人见面。一群是老师，包括学院的管治班子和部分学系的教授；一群是旧生，在 UCSD 念过至少一年，对大学和学院有较深的认识和自己的看法。

启导周是新生来到校园后的第一个星期。所见所闻里哪些节目、哪些活动对他们最起启导作用？老师们有一套说法，旧生们另有一套说法；毕竟年纪和经历都相差很远，对事情的看法有不同角度和出发点。老师们感觉肩上负着很重的担子和责任，不能说错话，不能误人子弟。而旧生们凭直觉和片面的个人经验作出结论，有话直说，毫无顾虑，不去想所说的话对新生们的影响。

前三天里旧生以"启导头子"（Orientation Leaders）的身份出现，各自分得十来个新生，兴高采烈地为他们解说学习概况和生活环境。这些方面，他们所说的与老师们配合得很好：一则因为讲的都是事实，没什么评论空间；二则因为开场前两天接受过老师们的培训，先入为主。

有关学习，有时旧生们的话比我们管用。譬如新生来前早已听说热菲尔的人文学科组合是名闻全国的冷血杀手，对它心存警觉，甚至反感。旧生一致告诉他们："自己刚来时也持同样观点，觉得学来无用，还不就是被教授们苛刻虐待。一年后才明白，人文系列非但帮助自己扩展了视野、建立了积极的人生观，

院长不但是"启导头子"们的"当然头子",还须照顾到一些学习水平较差的学生,让他们在暑假时"恶补"。这种挽救课程称为"Oasis"(沙漠绿洲)又称为"Bridge"(过渡桥梁)。都有制服,我还保存着三十多年前所穿的。

还加强了得益不尽的写作能力。"据我了解,有些旧生讲完后在背后偷笑,幸灾乐祸地跟自己说:"老子吃足了苦头,现在轮到你们这班小子了。"

有关生活,旧生兴趣所在与老师们迥异。除描述实况外,喜欢加油添醋"爆料"——斜着眼珠说一些学院的"内情",特别是老师们不愿意说的"路子"。譬如说,哪些宿舍的舍监管得最紧或最松(其实美国大学的宿舍管得再紧也紧不到哪儿去),哪所学院食堂的东西最难吃或最好吃(学生可以凭票去任何学院的食堂里买吃的),从一栋大楼走到另一栋大楼有什么捷径(某些小径和地下道路连老师们都不知道),哪所学院的学生行为最为不羁(也就是说"派对"最多、玩得最疯),以至哪些科目的华裔学生最多(由于竞争对手太强,最好走而避之)。老师们间接听到这些,气也没用:旧生们这个星期不讲,下个星期照讲。跑遍全球,年轻人不都这样?

启导周用最后两天举办学生活动。所谓学生活动,不外乎社交和作乐。最热闹的是四所学院学生们合办的"非奥林匹克大赛"(Un-Olympics)。项目包括似乎全球通行的拔河、踩气球、三脚赛、翻跟斗、麻袋赛(套在麻袋里,比赛谁跑得快)、鸡蛋赛(手持勺子,端着个生鸡蛋赛跑)、传橘子(用下巴夹着橘子,一对一传送),等等,加上男生最喜欢用来作弄女生的一些花样。最重要的却不是这些比赛,而是入场式和啦啦队的欢呼,看哪所学院的最为新鲜古怪。冠军队的大奖不是金牌,而是一只镀上了"金"的破烂球鞋——尊称为"THE

SHOE"。

我的到来让热菲尔学院出尽风头，赢得大奖。一是入场式。不知道学生们从哪儿找来两根几米长的铁棍，又拖来一张沙发，以麻绳捆绑妥当，造成轿子，还不伦不类地装上像是中国古代的罗盖，让我这个院长端坐轿椅。四条大汉轻轻托起轿子，大锣大鼓，吆吆喝喝，清道入场。再一是欢呼。大群男女学生合组的啦啦队声嘶力竭地呼喊："Win THE SHOE for Woo!"（为吴赢鞋！）令我毛骨悚然。就这样，赢到了那只烂鞋。

不要看不起这战利品！传统是哪一所学院赢到后，会把它深藏在该学院的办公场所；一年里别的学院学生要千方百计把它偷走。这年热菲尔学生过分大意，或许就是要故意炫耀，把它放在玻璃墙围住的会议室。没几天，烂鞋不翼而飞。

就凭这么一场"非奥"代表全校的运动事业？读者们大概知道，美国大学把"体育"看得极重。所谓"体育"，指的不是（至少不仅是）一般学生参与的

"Win THE SHOE for Woo!"（为吴赢鞋！）——热菲尔学院的著名战号。
这张照片据说还是热菲尔学院校友会的"珍藏"呢。

运动，而是几近职业化的校际比赛。东北部、中西部、南部、太平洋区……大学群各自按地区组织联赛。篮球季节没结束，美式足球季节就已开始，校队终年进行比赛。

以巨额奖学金吸引球员的学校举办的是地区性的甲组联赛（Division I），每场比赛出现于电视报章，俨然大事业。奖学金可给可不给、不把比赛看成大事业的学校自行举办乙组联赛（Division II）。完全业余性的学校举办丙组联赛（Division III）。西北大学的各项校队参加的都属甲组，华盛顿大学的不属乙组就属丙组。来到 UCSD，发现连丙组都没份，被人笑谑为 "Un-American"（"非美"，带有反美的含义）。我打听怎么会这样？答案是：几年前组织过美式足球队，结果在一场比赛中打断了加州理工学院十七年没赢过球的伟大纪录。

加州理工学院是著名的书呆子学校，相信它的球队连丙组都挤不进去。长达十七年没赢过一场（想来该是夸张），UCSD 竟还能输给它！莫怪这样的球队会被解散。

爱自嘲的热菲尔师生却以此为傲。

两场隆重典礼：掷西瓜和毕业仪式

热菲尔学院每年有两场"隆重"的典礼。

一场之所以"隆重"，是因为有最悠久的历史。事实上它只是个集体作乐活动，叫作"掷西瓜"（Watermelon Drop）。无论如何不该把它叫作"典礼"。不过这个传统起源于 1965 年，比我来当博士后还早了一年，比第一届毕业典礼足足早了三年，总不能不让它享有应得的尊严。

UCSD 最初只有热菲尔学院，而热菲尔学院聚满了物理学者。莫怪连作乐也离不开物理。每天下午四点钟，物理系在系办公室门外的大厅里举行一小时的"咖啡时光"（Coffee Hour），谁都可来享受咖啡和饼干。据说一天不知哪位好心人带来几只西瓜，与众共飨。就有人闲来无事，开始争论如果把西瓜从高处掷下，瓜皮和瓜子可以溅多远。

哪能不落地开花?

一位干实验的说:"你们都是理论者,就喜欢空谈。有什么好争的? 为什么不做次现场实验?" 说罢拿起西瓜就走,跑到隔壁以诺贝尔奖获得者哈罗德·尤里命名的高楼,把西瓜从七楼的阳台掷下。那时地面已经有人拿定卷尺,认真测量,抄写记录。跟着有人开始分析,继续争论。

打从那天起,每年同日下午必定在同一地点掷西瓜,借此起哄。

其实上述是被浪漫化的误传。事实是:一次考试,试题有关物体的自由下坠;学生考后无聊,借此为由,跑上尤里楼的七楼阳台去掷西瓜。就此无他,远没误传的那么浪漫。

另一隆重的典礼，当然是每年一次的毕业仪式。

物理楼与化学楼之间有个广阔的"天井"，离我早年的博士后办公室不远。从我房里出来，走过诺贝尔奖获得者玛利亚·梅耶的房门，跨出物理楼，立即望到化学楼。两栋楼房地势较高，之间略为陷落，深约四米，犹如小山谷。"山谷"两边顺着坡造成弯弯的梯阶，让人舒舒服服走到"谷底"的露天平台。平台前面，再下几级，是个园林式布置的小型广场。两栋楼房后方每层以九曲桥相连，层层相叠，犹如四道吊空走廊。小型广场就被这样四周围住，形成我所说的"天井"。

1968 年 6 月，"天井"被装饰得像个露天礼堂。平台是舞台，小型广场上放着十来排折叠椅，坐满观众。每层九曲桥上，零零星星站着些轮不到入场坐下的"闲人"。首届毕业仪式正式开始。

嘉宾是 1964 年入校的本科生和刚毕业的博士生。181 名第一届本科生全部在场。博士生很可能比本科生多。记得没有硕士生，因为 UCSD 最初建立的几个学系眼光很高，使命是培养博士和博士后。所谓观众，主要该是毕业生的家长们；教授不多，因为他们不很关注仪式，都在实验室里忙着。所谓"闲人"，该是别的在校学生及路过的教职员；整所大学还没多少人，难免零零星星。

十多年后，情况大变。每年每所学院都会毕业好几百本科生。新造好剧场式的礼堂，却已嫌小。此外，每年还毕业一大群博士和硕士生。根据已成传统的教育理念，四所学院分别举行自己的毕业仪式。大学另外举行统一的高等学位毕业仪式，及医学院特有的医学博士毕业典礼。我们六人——四位学院院长、一位研究生院院长和一位医学院院长——只需主持本院的仪式。副校长无须出席。

最苦的是校长，每年分别出席六个仪式，演同样的讲，听相类的话，令人同情。据说多年后搞了个全校大一统的典礼，所有毕业生同一时节全部到齐。此外，每所学院分别举办自己的小型仪式，校长就不再一一出席。

热菲尔学院的仪式在桉树林下的草地上举行，既隆重又轻松。隆重的是师生穿着学袍，紧随手持权杖的司仪，列队入场。轻松的是台上的师长和贵宾说

欢腾不羁的毕业典礼上，伊芳与热菲尔夫人合照。

话幽默，台下的观众穿着随意、应声欢笑。毕竟只是一所学院，人数较少；学校年轻，朝气蓬勃；没人愿意打造严肃的气氛。拉霍亚的气候和风景又那么美好，老天爷给的就是这么个喜庆环境。

权杖和吉祥物与这环境配合得天衣无缝。UCSD 前身是海洋学院，权杖是根三叉戟，或称三齿鱼叉（Trident）。吉祥物则是希腊神话里半人半鱼的海螺王（King Triton）。

这儿不妨告诉读者们我闯的一个小祸。

每年毕业时节，大学为了奖励学生，颁发一系列的大奖。主要的大奖分为三种。一是毕业奖：每年春季，学院教授委员会挑选两百位成绩最好的四年级学生，邀请他们出席"荣誉晚宴"（Honors Banquet），并聆听一位著名人士的特邀讲演。二是院长奖：每年挑选五名特别优异的毕业生，于毕业仪式一一上台领取。除一纸奖状外，还有数额不大但深具激励意义的奖金。三是学系奖：每一学系从全校学生中选拔仅仅一位该年度最优秀的毕业生，由该系的教授代表亲临毕业仪式颁奖。

第一次以院长身份主持热菲尔学院的毕业典礼，我照例先向毕业生和家长们道贺。接着冠冕堂皇地说些大家关心的话，为毕业生打气。然后由司仪逐一叫出院长奖得奖者的名字，请到台上领奖。这些是比较严肃、比较呆板的节目，却是家长们等足四年才等到的节目；当院长的，责任所在，不能草率了事。当然为时不能太久，免得观众嫌烦，开始私语，继而鼓噪。

最后的环节是由司仪读出学系奖的得奖者，请他们一一上台领奖。学系奖是跨学院的，在学院间带来激烈竞争。热菲尔学院的威势至此表露无遗：绝大部分得奖者是热菲尔学生。还不仅是热菲尔最热闹的理科和工科，连人文学科和社会科学都把学系奖送上门来。当院长的焉能放过这样的好机会？于是我轻轻松松向观众点出这个无可否认的事实。

祸就闯在这儿。一位缪尔学院毕业生的家长，那头仪式结束后闲着无事，踱到热菲尔学院来领略我们的盛况。听到我的话，心头起火，回家后写信给学术副校长保罗·梭特曼，抱怨我出言不逊。害得梭特曼回信替我道歉，并解释我是位新到任的院长，讲话时抱一腔热情，并非有意看低别的学院。

其实我异常尊崇热菲尔学院的教育理念，确是看不大起各种走了样的"博雅教育"，嫌它们有名无实。于是向学术副校长说了这个观点，还调皮地加上："假如缪尔学院的学生也拿这么多学系奖，他们的毕业仪式就不会那么短，这位家长也就无暇踱来我们学院了。"梭特曼一度是热菲尔学院院长，理念与我一致，同意这位家长不妨多培养点幽默感。

第五章　在拉霍亚近郊重建家园

十三年前初次来圣迭戈居住，两年后离开。这次回来，完全是另一个情况。圣迭戈变了。大学变了。我们变了。

圣迭戈变化最小。北郊 1 号公路两旁的几个沿海小镇还是老样子，只是离海稍远的 5 号州际高速公路早已完工，南北交通畅顺。高速公路两旁发展了一些档次较高的住宅小区。小区里都没有商铺，只开一两家小小的便利店和马路口的加油站。日常生活所需的设施仍旧在那些近海的老地方，包括学校、诊所、邮局、超市。若是没有汽车，这些地方不能住。

拉霍亚仍是个高档次的镇。向南进入圣迭戈市区，一切也还是老样子，只是机场全属新建，当年那公交站般的老机场已经消失得无影无踪。

最大的变化出现在大学周边，特别是校园的正东和东南：一连串中产阶层居住区平地飙起，连带商业中心和生活设施，组成两个典型的近郊小村。小村的名字不想而知：一是"拉霍亚村"（La Jolla Village），一是"大学城"（University City）。两个名字无疑都是发展商按商业眼光给起的：前者托的是拉霍亚镇的福，令高贵的拉霍亚居民很不高兴；后者托的是大学的福，大学的人一点不在乎。

大学变化很大。我们家的变化也很大。父母亲老了，幺妹嫁走了。孩子都已长大，进中学了。我俩步入中年：伊芳已是三个"青少年"（teenagers）的妈妈；我呢，刚过不惑之年，走上真正的学术行政岗位。

这次总该好好安家了吧。

在大学临近找房子

过去两年来，芝加哥房价飙升。我们两年前以 15 万元在郊区北溪买进的房屋，听中介公司的意见，以 18 万元开价招售，居然没几天就脱手了。虽没获得全额，但是扣除 6% 的中介佣金和各种手续费用，还掉按揭贷款，尚余近 7 万元。若以售价的三成为首期付款，估计应该可以换进高达 23 万元的房子。

原来以为这次在圣迭戈找房子不该太难。一则圣迭戈不是最大的城市之一，照想房价不该高于芝加哥。二则北溪的房屋太大，有些空间从没用上，这次大可买得小些。三则虽然 UCSD 是公立学校，毕竟院长的薪金远高于西北大学的系主任。屈指一算，23 万元应该能买到很不错的房屋。

没料到完全不是这么回事，适合的房屋竟没一栋低于 35 万元。

怎么搞的？原来家里人多，各有各的需求，特别要照顾到的是父母亲。

父母在维尔梅特与我们分开住，所租的单元不大，可是整层自用。搬到北溪跟我们同住后，还是整层自用——包括卧室、书房、卫生间和极大的起居厅。那儿的客厅、阳光室、地库和厨房，不在乎与我们共用。别的可以通融，可是厨房必须与卧室和书房同一层楼，否则上楼下楼太不方便。还有，母亲自幼有洁癖，卫生间除父亲外绝不允许别人进去。过去缺乏条件，没法不将就；现在我的经济情况大有进步，必须为她提供与别人隔离得很远的卫生间。

同一个屋顶下，需要容纳两个几乎独立的单元。也就是说，与北溪的家相比，换进的房屋不可能小到哪儿去。房价昂贵的拉霍亚镇就不必考虑了。只一字之差的拉霍亚村房价便宜得多，可是缺乏公开招售的房屋。大学城房价适宜，可是房屋都是为典型的中等收入四口之家而建的，不能满足上述需求。

为我们当经纪找房子的教授夫人是位华人，虽然在美国土生土长，还嫁给了老美，毕竟受过孔夫子传下的家教，理解为什么我们要与父母亲同住，并首先照顾老人的需求。前后两个月，她每周末带我们找房，跑遍 15 英里之内的所有小镇，看了不晓得多少栋房子，终于与我们作出一致的结论：别处不必找了，把眼光和时间集中于拉霍亚村。

说一下大学周围的地理环境，借此让读者们体验美国开发商的手腕。

五条南北走向的大路为校园定形。从西到东，第一条是老路，叫作"北托里松路"（North Torrey Pines Road）；第二条是新路："拉霍亚景观车道"（La Jolla Scenic Drive）；第三条是老路，叫作"格尔曼车道"（Gilman Drive）；第四条是新路："拉霍亚别墅车道"（Villa La Jolla Drive）；第五条是"5 号州际公路"（Interstate 5）。北托里松路之西是拉霍亚镇，5 号州际公路之东是大学城。两条主干线之间，东西走向的新路叫作"拉霍亚村车道"（La Jolla Village Drive）；其北是校园，其南的新区是拉霍亚村。

写这么一大堆路名干吗？为的是要看读者有没有注意到：三条新车道和一个新区的名称里，又是"景观"、又是"别墅"、又是"村"，都用上令人陶醉的字眼，更都挂上"拉霍亚"这个高贵招牌；难怪拉霍亚镇的居民觉得这些冒牌货降低了他们的身份。令他们更不高兴的是：开发商在拉霍亚村里建造了一区又一区的公寓；拉霍亚镇素以独立花园洋房为主，这些公寓降低了物业的身价。

前几年，开发商看中了北托里松路和拉霍亚景观车道的夹缝地段，在那儿建造了两个品质中上的独立洋房小区。我们的经纪就住其中一个小区。她说这个小区有三个好处：一是与大学校园非常近，自行车五分钟，走路也只十分钟，住在里面上班方便；二是邮递服务以拉霍亚景观车道为界，邮局把这小区纳入拉霍亚镇邮区，让邮址沾了拉霍亚镇的光，提高物业的身价——不管它是否"山寨"；三是基础教育亦以拉霍亚景观车道为界，教育局把这小区纳入拉霍亚镇学区，让小区孩子就读于水平与私立贵族学校不相上下的拉霍亚镇公立学校。

可是小区住得满满，一时没有房子出售。她说："不急，会有的。"不少大学同事都住这小区，她家又是最早入住的，人头特熟。一旦有人想换房，她会首先听到消息，一马当先，替我们打算。既然如此，就耐心等候吧。反正我需要尽快重新认识 UCSD，了解现在有了四所学院的大学跟当年唯我独尊的热菲尔学院有多大分别；亦须分析学院的里外责任和关系、管治历史和习惯、人事结构和班底，及着手处理前任院长留下的各种事项。父母亲在芝加哥与幺妹夫妇暂住，不怕没人照顾，还能让他们与幺女重聚一段时间。伊芳虽然担心找到房子之前无法处理家事，但是安排孩子们注册入学是当务之急。

没多久小区里果然有人搬走，让我们捷足先得。

拉霍亚的家

热菲尔学院位居校园的西南隅，上述两个小区就在它的南边。最近校园的那个小区，造得较早。当时那间开发公司不敢确定这个地段的价值，因而投资谨慎。每栋房子占地不多，房屋较小，大部分是三房两厅两卫。成本控制甚紧，建材品质一般，卖价较低。

大学发展极快，周围房屋越来越抢手。来了一间新的开发公司，胆子较大，拿下略南的一幅土地，决定提高新建小区的档次。小区地势较高，被命名为"拉霍亚高地"（La Jolla Heights）——再次借用了那高贵的招牌。地形狭长，以弯弯绕绕的三条街道分割成六组地块。三条街名分别称为"崖岭路"（Cliff Ridge Avenue）、"罗宾汉小径"（Robin Hood Lane）、"诺丁汉车道"（Nottingham Drive），都与英国传说里劫富济贫的绿林好汉罗宾汉有关。为什么？或许开发商的祖先是英国人，或许他是个小说迷，或许根本没什么道理，就是在售楼时给人一种带有古典的韵味。至于为什么三条宽窄相等的道路要分别称为路、小径和车道，已经没人知道。或许是为了让人感到不那么单调；无他，又是个为售楼而搞的噱头？

搬走的那家就在拉霍亚高地的诺丁汉车道北端，是这小区里最接近热菲尔学院的房屋之一。开价 37.9 万元。拉霍亚的经纪们都说是狮子大开口，很快就会减价。果然没几天就掉下 1 万，跟着又减到 34.9 万元。我们的经纪说：价格合理了，快出手；于是以此成交，皆大欢喜。

不瞒你说，房屋其貌不扬。前面分成两半：右面蠢蠢的一排三间车库，撑住两间二楼睡房；左面倒还不丑，从左到右是几面窗子、一扇大门。沿着屋檐装了遮阴的木架，还有块不大不小的草坪。可惜不丑的那面被大树和灌木挡住；

对街看来，所见唯有右面的那排车库。喔，车库上端装了个篮球架，更是破相。幸好我喜欢打篮球，看到就手痒；说不准有时可以与孩子们一起射篮，捡回一份天伦之乐。

　　背后远比前面像样：典型的加利福尼亚木屋，略带曲折。连房屋在内，占地约一千四百平方米。蛮大的花园，除大片草地外，还有供家庭式烧烤的露台。花园周围是胸口高的砖墙，墙边种满了灌木和花草。后墙外面是个小山坡，拉霍亚景观车道就在坡脚。车道两旁全是高大的桉树，蛮有点乡村味道，还不时带来一阵阵我特别喜欢的清香。也真巧，桉树正好止步于我家后园，让我们站在墙边或二楼窗口可以远眺拉霍亚村和大学城的全景及远处的无数山脉。白天一望无际的景观、晚上丝丝炊烟和星星灯火，令人倾心。

从后园看出去，远处只有这么两个小区，继而一望无际。（今天满布房屋，俨然是个叫作"University City"的小镇了）

房屋分为两层。正如大多数加州沿海地区的房子，不建地库。可用面积约三百二十平方米，远小于北溪的家，不过设计得非常实用。不足之处是没了地库就少了储藏杂物的地方。原来考虑以最右面的车库代替，不过为了满足父母的需求，车库需另作他用，只好另作打算。

房屋的设计正合我们的条件。大门进来，左手是客厅，客厅后面是餐厅。两间房的大小正好容纳我们在香港订购的花梨木仿明家具。餐厅右转，走入厨房；几面大窗和一对玻璃拉门，都对准后园。（美国家庭除非十分富有，不雇用阿姨。主妇每天在厨房里花不少时间，眼看后园，心神舒畅。没上学的孩子在后园里玩耍，做妈妈的在厨房里看到，亦可放心。因此房屋交易上，厨房总是极为重要的卖点。）

进入大门，右手是楼梯，跟着是条走廊。走廊左手边第一间房是很大的家庭活动室，改为双亲的起居室；第二间是客房，改为双亲的卧室；两间的窗户都对准后园。走廊到底，原来客用的卫生间改为双亲专用。走廊右手边是进入车库的门，车库之一被改装成一串三间：洗衣房、厨房、食品储存室，满足了双亲的需求。于是整套成为父母亲的寓所。两位老人与其余五口可合可离，进退自如。唯有麻烦是来客如厕必须上楼。不过我们极少在家请客，问题不大。

楼上相对简单：一间带卫生间的主卧、三间小卧室及一间公用卫生间，正好适合我们五口之用。没想到的是还有个极大的阁楼，变成一家人用得最多的活动场地：孩子看书、写作业、看电视，甚至吵架，热闹非凡。阁楼两边的天花板被斜屋顶限制，低得没法站人，于是被隔为储藏室。只有中间一小段，长约两米半、深约两米，设计得高于屋顶，还开了窗；这五平方米的空间用作我的书房。一年后竟还变成二女儿的卧室。

成家立业这么多年，这是最适合我们一家老少三代的住房。今天回头想想，更觉得这是一辈子里住过的最温暖的家——虽然只住上不足四年。

啊，又添了个娃娃

1962 年暑假伊芳大学毕业时二十二岁，我俩结婚已有两年。应该继续念书，还是休息一阵子，还是成家——也就是说生孩子？她从一所水平较低的小学院转来华盛顿大学读书，两三年来读得很辛苦；看来应该叫停，休息一年半载。若休息时来了个孩子，那就正好应验"休养生息"这句老话，无妨。

其实不仅仅"无妨"，我俩蛮想生个孩子。果然很快就怀上孕；哪知是个假警报，空欢喜。一场虚惊反而增加了我俩的决心。1963 年春季又像是怀上了孕；这次可是真的，翌年 1 月生了条"小龙"。不鸣则已，一鸣惊人，十六个月后又生了条"小蛇"。再过十六个月，到拉霍亚当博士后时，又生了匹"小马"。

这样生下去还得了？得商量下究竟要多少孩子。当时我志气很大，说："六个！"几乎把老婆吓死。我喜欢孩子，但是不花时间照顾他们，更不用说教养他们了，一切都由伊芳包办。依她的话，两个就够了。既然已经来了三个，一男两女，适可而止。

这次来到拉霍亚，十五岁、十四岁和十二岁的三个孩子都进了中学。他们都喜欢娃娃，希望住定后能添个娃娃陪他们玩。老大想要个弟弟，老二老三想要个妹妹。我俩不在乎。男的有男的好处，让儿子有个小伴。我们吴家似乎男少女多：父亲有两个妹妹、一个弟弟，我有一姐一妹；下一代目前还是一男两女。女的有女的好处：三个大孩子迟早会离家自立，之后还有个小的在家陪妈妈，总是女儿比较亲。

1980 年秋，伊芳已属四十"高龄"，这个生完将不再生。总共四个，正好在我所想的六个和伊芳所想的两个之间——合理的妥协。

开学第三个星期，一天清早，普通物理课室里出现的不是我，而是物理系的一位秘书。她向 389 名学生宣布："今天吴院长上不了课，二十分钟前医院来电话，说他的夫人即将临盆，叫他赶紧去医院。"学生们高兴得大笑：一是不用上课多好——虽然隔天还得补课；一是一般当上院长的，年纪总不小了，

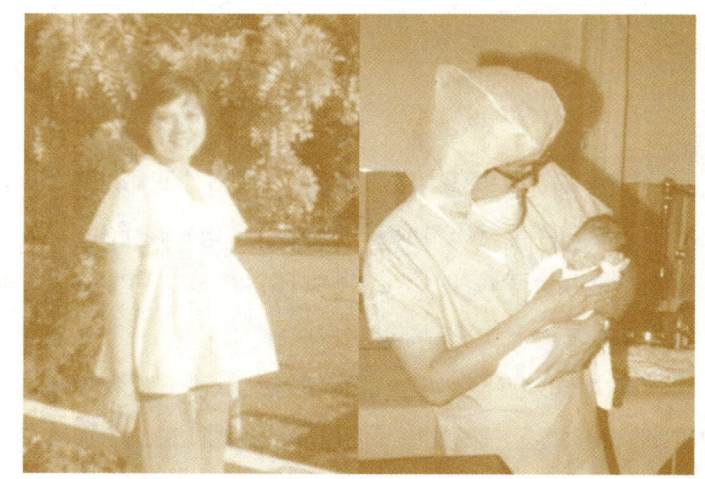

左：妈妈果然怀上孕。

右：当一次"大夫"，
　　缺了一堂课。

怎么还在生娃娃？次日上课前后，好几个学生向我道贺；都是女生，毕竟女孩子心细。

一辈子就缺过这么一次课。

由于伊芳年纪比较大，不太想分娩时上麻药，我俩早就决定采用医生建议的"拉马士"（Lamaze）无痛分娩法。说是无痛，实是减痛而已。两个月来，当爸爸的与当妈妈的一起练习以周期性呼吸和放松来减痛，为的就是共渡最后那一刻的难关。

赶到医院，阵痛已来得很近。于是赶快换上助产士的白袍，帮她催生。伊芳忍痛的决心和毅力比谁都强；拉马也好，不拉马也好，娃娃很快下地。令我惊喜的是，医生看我在一旁咬紧嘴唇帮她忍痛，说："出一头大汗有什么用，还不如派点用处：脐带就由你来剪吧！"说罢就把剪刀递了过来，让我做了次接生大夫。

是个女孩。两个姐姐喜出望外，哥哥看来有点失望。

时代毕竟变了，医生不主张在医院久待，两天后就让母女出院回家。回到家来，新任妈妈看见到处张贴着欢迎回家的标语。早就准备好的婴儿床安置在大阁楼里，相对之下小得可怜。祖父祖母一家老少围上来，欢迎这第八口的来临。当然还评头品足，七嘴八舌，猜她像谁。娃娃睁大眼睛，反瞧着我们，大概也在那儿评头品足，考量有没有跑错人家。

一天无事。第二天起，祖母说好像有点不对劲，娃娃的皮肤怎么会那么黄？眼睛也白里泛黄。难道害了黄疸病不成？伊芳说："不会的……"对光背光，看了再看。妈妈的心难免有点偏，看着觉得样样都好，跟着还说："我们中国人是黄种，皮肤哪能不黄？"说是说了，总不太放心。把我叫过来，作个客观判断。我看后说："确实有点黄，眼睛更是。还是送回医院，检查检查，大家放心。"

送到医院，医生一看就说："不用检查，是新生儿黄疸病。蛮普遍的，不打紧。留在医院里，放进婴儿保育箱，烤上两天就没事。"果真立刻把娃娃送进一个透明的箱里，开上蓝色的荧光管，全身照射。他说："把过多的胆红素转化成光－氧胆红素，随尿排出。两三天后肯定没事。"

这两三天不很好过。跑进跑出医院，想找医生护士，又不敢打搅。只好这儿瞧瞧，那儿问问，还被一些老气横秋的年轻父母似懂非懂地给我们好意忠告。两三天后，医生说："没事了，抱走吧。"眼睛确实不再泛黄，不过皮肤还是黄的。毕竟是中国人，伊芳没错。

小娃娃出生才两个多月，我需要去墨西哥中南部山区的瓦兹特佩克（Oaxtepec）参加为期一周的物理会议，决定把伊芳带去，让她轻松轻松。娃娃也得带在身边，因为妈妈兼任她的餐厅。当祖母的大声反对，说："墨西哥卫生环境不良，娃娃吃坏了怎么办？你俩太不懂事。"医生却说无妨：娃娃吃的是经妈妈体内消毒的奶；只是有时候需要喝水，而墨西哥的水质确是靠不大住，让我们带一小箱水去。反正娃娃一星期喝不了多少水，不重。（那是恐怖分子尚未出现的年代，只要不是武器毒品之类，什么都可带上飞机。）

就这样，娃娃在妈妈的怀抱里留洋出国，成为物理会议注册名单里最年幼的"代表"，也是众多国际物理学家中最受欢迎和宠爱的出席者。

许多年后，儿子和儿媳都是教授，从香港去澳大利亚参加学术会议，也带上了他俩的娃娃。娃娃已三个月，没打破我俩的纪录。可是碰巧夫妇俩需同一时刻在不同会场作报告，当爸爸的把娃娃绑在胸前上台发表论文，创造了一段佳话。

儿子当上了电脑专家

儿子说长大后一定不当教授，结果还是当了教授。想来这与热菲尔学院的博雅教育有关。

迷上了电子学的儿子把嗜好带到加州。在芝加哥时，他喜欢泡一家叫作"无线电棚"（Radio Shack）的连锁店，按照电子线路图买一堆廉价的电子元件回家，拼拼凑凑造一些业余无线电的收发线路。来到拉霍亚，一时找不到无线电棚的分店，就拖着妈妈上街，把人家丢在路边等垃圾车来捡的电视机和音响机搬回家里，拆得稀烂，重新利用里面的元件——包括真空管、变压器这些宝贝。

那时他十五岁，念高一，突然间又迷上了电脑。

我教他写计算机程序。没多久就教不下去了，因为他写的程序有些我已经看不懂。于是教他如何把程序应用到物理课题上。恰巧我在为液晶建立一个新的理论模型，需用一种定向的公式描述分子间的作用位势。就把他雇为临时工，让他写程序，计算位势的剖面图。写得蛮快，构图也不错；可惜模型不合理想，理论失败。他没表示失望，可是否因而令他远离理论物理，则不得而知了。

其实早在他六岁时，就试图带他入行。那年在厄尔巴纳，我打算促进父子亲情，带他上街玩。怎么个玩法呢？两人坐在路边的长凳上，看川流不息的汽车。我说："数数看什么颜色的车最多，什么颜色的最少。"跟着把几种颜色的数量记录下来，计算百分比，以此教他一点或然率和统计学。（天哪！这是促进父子亲情的好办法吗？不把孩子弄得烦闷透顶才怪。可是前几年说起，他还记得这件事，并说这个经验可能影响了他，让他日后做人工智能的学术研究时不嫌统计学太烦。真会这样？）

替他买了台苹果个人电脑。那时的苹果蠢得厉害，显示屏上只见大写字母。

那多烦人？不是不能显示小写字母，只是要另购一套八十多美元的软件。儿子说："这软件我自己会写。"很快就写完，果真能用。于是拿着零用钱到电器店里买了一大堆软盘，把写好的软件安上。跟着又写了说明书，还设计了个保修单，借用学校的打印机印成单张。全部装入塑料袋后，拿回到电器店里去卖。谁知果真能卖！成本大约十美元，他以二十美元卖给商店；商店以四十美元零售给用户，比苹果的软件便宜一半。

我说："快找个代理专家，替你批量生产、宣传、出售。"他说："不，我要从头到底单干，学会整套行业的流程。"志气很大，可是细胞里满载着书呆子的基因，缺乏商业头脑。没多久，苹果电脑的显示不再需要另加软件，儿子的首次创业宣告结束。

能这样从头到底单干，当然也有灵活之处。说呆并不很呆，说不呆又有点呆，正合热菲尔学院学生的本色。一年后，十六岁，念完高二。他说："中学太没意思，一点东西都学不到。高三就不念了！"加州的教育政策允许学生报考"California High School Proficiency Examination"（加州高中水平考试），考取的话，不念高三也能获文凭。只是申请大学时少了高三的成绩和名次，可能遇到困难。不过他的 SAT 分数极高，高一高二时又念过好几门赢得大学学分的"Advanced Placement Courses"（高级预科课程），至少进加州大学应该不成问题。果然立刻就被加州大学录取，九所任他挑选。

我们买下房子后，没有余钱让他进州外的大学，更不可能让他进斯坦福或加州理工学院这些私立名校。连不收学费的加州大学也只能选 UCSD，因为没钱让他离开拉霍亚去外地寄宿。幸好他在研究过所有加州大学后，觉得 UCSD 的热菲尔学院最合口味。对他来说，美中不足的是每次在校园里见到我总要急忙闪避，免得同学们知道他是院长的儿子。

令一般学生头痛的热菲尔"人文学科组合"对他来说不算个挑战，或许因为从小喜欢看书，"组合"里那些必读的经典书籍已看过不少。现在有机会听老师细加讲解、与同学们讨论、自行揣摩，自然懂得更深、更透彻。同学们叫苦连天之际，他竟其乐融融。别人一学期念十八个学分，他自愿多上一门哲学，念二十二个学分。主修课程呢？不用说，当然是电脑——计算机工程。在这专业里听课、做作业、写报告、考试，等于玩自己的嗜好。

说是书呆子呢，亦不尽然。他天生爱好音乐，也有这方面的天分。弹钢琴自娱自乐，写些很动听的曲子。有一首歌，旋律写得幽静动人、纯朴浪漫，令伊芳和我听上了瘾，萦绕于脑际，至今挥之不去。说得俗些，像是好莱坞爱情片的主题曲；说得雅些，像是浅滩上轻轻漂来的浮浪。我俩记得当年住过的北郊海滨小镇，就请他为这曲子起了个怀旧的名字：Solana Beach。哪知儿子很不满意自己的作品，说是"甜"得肉麻，以后决不再写这样无聊的东西。你说气不气人？

我非常喜欢音乐，可是完全没有天分。我也喜欢体育，年轻时击剑、乒乓球都还过得去，不过后来只爱团体球类。他不像我，不喜欢打篮球、排球、垒球，专长是反应动作特快的壁球。骑自行车嫌不过瘾，要骑摩托车；把在校园里打零工（写程序、当助教、替人补习）赚的钱，分期付款买了辆摩托车和最简单的野营帐篷，自己一个人骑到沙漠里去露营。

国内同胞看到这儿，一定觉得在美国长大的人非常古怪，其实一般美国人也不大干这种事。只是加州有其独特的一面，我行我素的青年大有人在。

孩子们各有性格

儿子还吃素呢。

一天下午回家，向我俩宣布："今后不吃肉了。"为什么？他说："肉食行为太野蛮。"我说："本来就是嘛，人类还只进化到这个程度，的确还是很原始的肉食动物。"他说："是的，进化太慢了，可是我不用等。"问他是不是跟同学学的？他答道："不是，刚才跟同学们说以后不跟他们一起吃肉了。"

为什么等到今天才突然开始素食？他说："过去是孩子，听你们的。今天正好十八周岁，是成人了，从此须为自己的行为负责。"跟着加上一句："今后吃完饭不再洗碗了：我不忍心把动物的碎骨残骸刷进垃圾桶。"

最后这两句，归根结底可能是个"懒"字。家里的规矩是吃完饭各自把碗筷送到厨房的洗涤池，最后吃完的收拾公用的菜盆碗筷。三个大孩子轮流洗碗，一周两日。星期天要就由我来收拾，要就上街去吃。儿子的宣言破了规矩，以后怎么分工？大女儿不服，说："即使不吃肉，蔬菜和米饭还不照吃？豆腐还不照吃？全都不用洗了吗？"

三个孩子的性格可以从洗碗看到。儿子洗得不是最干净，但是很有系统：把碗筷分类，排好次序，一一处理，效率很高，分明是个搞科学的。大女儿则来什么洗什么，有些洗得干净，有些草草了事；边洗碗边说话，谈笑风生，分明是个搞人际关系的。二女儿长得娇小玲珑，幼时端张椅子才能攀上洗涤池；一本正经，按部就班，决不苟且，分明是个搞工科的。（写到这儿，一定又有读者说了：你懂什么心理学？瞎扯！）

两个女儿书都念得不差（三女儿还刚出生，前景未明），不用母亲管（父亲本来就不管），也能考全A。大女儿靠天分，总要等到考试临头才抱佛脚。自信心特强，考完回家总是一脸笑容，感觉特好。即使考糟了，还那么自信。幸好美国的学校要求不高；她有时A拿得相当勉强，不过总还是个A。

二女儿天分很好，更能自律，逼着自己用功念书。就差了没那份自信，总觉得比同学们差。考完回家，经常灰头灰脑，说是一定不及格；结果考卷发回时又是一个A，甚至A$^+$。

大女儿喜欢看书，尤其是小说。住在维尔梅特时，年纪还小，妈妈定下的规矩是晚上十点钟熄灯，不准看书。不晓得她从哪儿找到只手电筒，熄灯后就躲在被窝里，开上手电筒，依旧照看。睡眠不足，早上醒不过来，日复一日需妈妈拼命叫喊才会起床。维尔梅特的学校就在邻近，起身晚了，走快几步也就赶到。搬去北溪后，学校离家很远，需乘校车上学，不止一次因为起身晚了，赶不上校车，要让可怜的妈妈驾车送去。到拉霍亚后依然如此。

她从小能画，蛮有点美术天分，只是不爱练基本功。一幅小学时候画的两只小猫，异常可爱，至今还在我们家里挂着。或许就是因为书看多了，她能说能写。说的方面，很有语言天才，每到一处，立即大胆学说当地方言。说话时坦率爽直，婉转动听。两种本事都让她特别能够与人沟通。写的方面，想到哪儿就写到哪儿，舒畅流利，就像在讲故事。我俩觉得她若愿意多花时间下点工夫，该能成为很优秀的儿童书籍作家。

二女儿干什么都拼命，从小就这样。说是比哥哥小两岁，其实相差三十二个月。哥哥入学已比别人早，二女儿则更早了。比同班同学小足足两岁，很难交到朋友。再者，美国女孩发育较早，社会环境又令她们过于成熟，自小就注意穿着和打扮，还搽脂粉口红什么的。这位二女儿完全不会这套，让她更难合群。这方面大概受了妈妈的影响：伊芳不善于打扮，更不喜欢花时间上街逛店买衣服。

幸好二女儿不在乎缺少朋友，家里有哥哥姐姐，不怕没伴。自己也很会打发时间。三个孩子里，她最好动。长得小，腿短，却特别能跑，同学们都比她高上一个头，可是短跑也好，长跑也好，她在班上总排第二。不仅是动腿，还能动手，什么东西坏了都敢修。就是静不下来。

念高二时，大概觉得地面上跑得再快也不过瘾，于是开始学飞。加州山多，悬崖也多，是悬挂式滑翔（hang gliding）的胜地。于是这小家伙跟着些大男孩参加这项运动。走到悬崖，肩头背上巨大的翅翼，双手把住操纵杆，就向空中跳将出去。悬挂式滑翔运动的设备很简单，没有任何机器，运动员必须按气流判断如何滑翔、如何在高空盘旋、如何在适当情况下降落、如何找地方着陆。

每次她去滑翔，总令我们担心。天有不测风云，这么危险的运动也是人玩的？祖母还责备我俩："你们当父母的怎么不管？摔下来怎么办？还是个女孩子呢！"我俩没那么封建，孩子该做的做，不该做的不做，与是男是女无关。不过天啊，世上多少种运动，何必向这么危险的挑战？

美国不同中国，孩子到了这个年纪，非常独立自主，当父母的哪儿管得住？老实说，天空的挑战确实很有味道。假如不是家里老中青幼三代全靠我一人吃饭，或许我也会尝试这种滑翔运动。听二女儿说："在空中翱翔，自由自在，无拘无束，目穷千里，完全进入另一个境界，实在太舒服了。"信然。

时隔十四年才出世的小女儿，性格如何，一时还没什么好说，只是绝对不像二姐那么大胆。怎么知道？我俩看到一篇报道，说婴儿生就爱水，进到水里会自动浮沉和调节呼吸，因此应该趁早让他们学会游泳。于是我俩带她去学校的泳池实习这个理论。哪知她一下水就哭得呼天抢地，只好快快作罢。

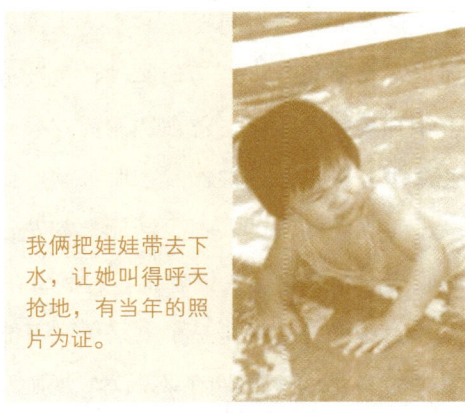

我俩把娃娃带去下水，让她叫得呼天抢地，有当年的照片为证。

两个女儿也进了UCSD

UCSD 的学院制度是否确实理想，或许可以凭我家的经验试行判断。

三个大孩子都上拉霍亚中学。儿子首先通过"加州高中水平考试"，提早毕业，进入 UCSD 的热菲尔学院。虽不明言，却能从他的眼色和行动看到，课程非常适合他的性格和口味。他对教授们相当佩服，虽不能说五体投地，却也从无怨言。

一个跟一个。照理来说，一年后轮到大女儿。

加州天气太好，风景优美、物产丰富，一般人生活得比较写意，甚至懒散，不像中西部或东北部的人那样辛苦勤劳。拉霍亚中学虽说是所名校，水平似乎不如北溪，对学生的要求也比较低。大女儿念得轻松，闲来交上很多朋友。沙滩野餐、山头观月，享受人间和大自然的乐趣。本来完全可以像哥哥那样，通过"加州高中水平考试"提早一年毕业，可是她不愿意。

为什么？美国不设统一高考，大学又多，高中毕业后不怕升不了学。绝大多数美国人又不甚注意大学的排名，亦不在乎进不进得了名校。家长如此，孩子更是如此。于是高三变成最轻松、最好玩、课外活动花样最多的一年，怎能放弃？我家大女儿并不例外。

话说回来，说是玩，其实不少课外活动也是社会教育。大女儿在学校里参加学生会竞选，当选为司库，负责财务。高二时是学生报的主编，高三时是学生年刊的影像主编。曾被选派为"校际领导者集会"的学生代表。参加市区的公众服务工作，还被颁发了服务奖。此外还参加学校的戏剧社和时装表演，自己设计和缝制剧装。不少活动都需花钱，她下课后在学校附近的小茶室里当临时收支员，还为客人倒咖啡。这些事在美国都很正常。

对她来说，哥哥是个书呆子，不能学。还说："我在班上考第一，念书不需要拼命。"做爸爸的听了不顺耳，说她几句，不起作用。学校里的竞争端的不强，她在高二班上确实考第一。按她的成绩，"加州高中水平考试"定能通过，加州大学亦定会提早录取。结果她还是选择念完高三才进 UCSD，只是隔多一年，比哥哥低了两班。

选 UCSD 的哪一所学院呢？你不会猜错：最适合她那自由自在性格的该是缪尔学院。此外，虽然大学就在邻近，她不愿住在家里被父母监督，坚持到学校寄宿；于是在校内打份零工，赚取宿费。那一年，她在缪尔学院交了好几个知心朋友，几十年后还来往频繁。至于主修什么课程呢？她那独到的人际关系和本事，及中学学生会的些微理财经验，组合一块很适合工商管理。不过UCSD 不设商学院，于是念了一年就决定转学。这是后话。

二女儿有些事跟着姐姐，有些事与姐姐完全相反。在学校里，也参加学生会的工作，当过学生会的秘书。也干公众服务，参加的是与姐姐不同的组织。没参加学生年刊的编辑工作，而照片却屡屡出现在年刊中：原来姐姐觉得妹妹长得漂亮，当影像主编时把妹妹的大量照片塞了进去。她也干过兼职，当溜冰场的临时收支员。在班上也考第一。与姐姐相同的事到此为止。

与姐姐相反的地方可多了。性格上，既像妈妈又像爸爸，什么事都认真仔细——该说是过分认真，更过分仔细，与我俩相比有过之而无不及。运动方面，她在学校里练习体操，还进了校队，可是过分拼命，受了伤，只好退出。她经常去海滩游泳和滑浪；妈妈没时间驾车送她，她就把普通的自行车当作山地自行车骑着翻山越岭，甚至走去。她与一位女同学和三位男同学骑自行车去了墨西哥，前后三天，五百公里路程！是妈妈允许的，直到她回来后才告诉我，否则我一定不准。回头想想，说也奇怪，竟然女儿跑掉三天都不知道，这个爸爸是怎么当的？我真不着家！对学校的工作认真到这个地步，实在过分。

那时候我思想很保守，甚至封建。（孩子们听到我说这话，个个点头。至今如此。只是点头之外还加上一句："那个时候？今天还不一样！"）太多事情，我若知道一定不准，譬如说，两个女儿在高中时都被推举去参加选美比赛，妈妈没出声，却被我这个"老封建"一口禁止。

说实话，两个女儿有幸得到了妈妈的基因，都长得蛮漂亮。那就更不能让她们参加选美，免得学坏。不时有男孩送花束到家里来，想要约会，都在爸爸的禁令下被赶走。这点妈妈也不放松——她自己在上大学前就从来没接受过约会。

念书方面，二女儿与姐姐可真完全相反：自信不足，因而特别认真，特别用功，从不放松，钻得很深。理科成绩特好，读完一般高中学生不碰的大学微积分，并参加了校内的数学学会（有点像我国的奥赛组织）。高三的课程早就念完，还提早念了不少大学科目，哥哥不念高三，她也不念高三，通过"加州高中水平考试"拿到文凭，十五岁就进了 UCSD。

原来已比中学同班同学们小了两岁。现在不念高三，又省下一年，足足比大学同班同学们小了三岁。可是大学不仅是学习专业和通识科目的地方，也是学习怎么走进社会、与人相处的地方。年纪与别人相差如此之远，实在很不适宜。我俩并不赞成更不鼓励她这么早就上大学，可是总不能让她停学，有什么办法？

与哥哥不同之处是人文方面虽然过关，但是她不爱文艺，不善写作，很难通过热菲尔的"人文学科组合"。那就不必考虑热菲尔学院了。选哪所学院呢？大概又能猜到：这种个性和专长最适合沃伦学院。

你看，UCSD 独特的教育观点和学院制度，能为不同性格和志向的学生提供多种不同的选择，确实很有实际意义。

可惜幺女没机会进 UCSD。

幺女在妈妈、哥哥、姐姐的呵护下长高长大。

第六章　圣迭戈加州大学的特色

　　UCSD 是美国高等教育界的奇迹，甚至是全球高等教育界公认的奇迹。其成功的因素一是天时，二是地利，三是人和。

　　世上任何成功的事业——更不用说奇迹，天时地利人和总是必要条件，甚至可说是先决条件。用时髦的话来说，大学是一项风险投资：基建资金数额巨大，运作经费不断增长，回收周期漫长，成就很难预测。这些都不是社会大众心甘情愿接受的条件。研究型大学则更难取得全民支持，因为这类大学里研究生的比率高，而纳税人最愿支持的不是这些"精英分子"，而是自己的子弟——为数众多的本科生。这是人之常情。全民选举出来的政府很明白这种心理，不敢过分冒险。作为公立大学，高举精英旗帜的 UCSD 得以诞生，更一鸣惊人，其天时地利人和很不寻常。

　　二十世纪五十年代后期、六十年代初期是美国高等教育和科技研发的黄金时代。那时朝鲜战争已告结束，越南战争尚未开始，经济繁荣，科技领先。冷战中的苏联不甘人后，选择在这时候让卫星成功上天，给美国当头棒喝。美国政府从梦中惊醒，发现科技发展是不进则退的大业，于是在这当口儿善用富裕的资源急起直追。这是很不平凡的天时。

　　加州的业余电子技术人员在"二战"中发挥了作用。他们从电子管入手，开发科技产业，打破了东部传统工业城市的垄断。太平洋战局初次让美国势力延伸到亚太区，加州一马当先，成为军事基地，间接支持了工业和运输的发展，经济得益匪浅。此外，沿海一带拥有得天独厚的气候、风景和自然环境，加上人为的文化气息和生活韵味，引来大量科技人才。这是很不平凡的地利。

加州人明白高等教育是经济和社会发展的主要动力，斯坦福大学、加州理工学院、伯克利加大、洛杉矶加大、旧金山州大、圣荷塞州大都是明证。这些大学集中于旧金山和洛杉矶两区，令其他地区争相要求政府亦为它们创建大学——特别是人口增长快速的圣迭戈。恰巧热菲尔、布勒克纳等一些既有学问又有远见的学者有志出手，UCSD 乃应运而生。这是很不平凡的人和。

我有幸先后两度在 UCSD 工作，经历两个很不同的阶段：初创年代和成长年代。这所大学的创建在我脑际留下很深刻的印象，成为多年后筹建香港科技大学的写照。当然天时不同，地利不同，人和不同，香港的历史背景、生活环境、管治制度都与加州有很大差异，资源更是有限，无可相比。不过也有值得借镜之处。

我国的高等教育在发展与改革中，UCSD 的特色和经历或可作参考。

体制改革：UCSD学院制的特色

我国的高等教育体制无疑来自西方。香港和澳门长时期在欧洲国家管治下，教育制度起源于英国和葡萄牙。今日的台湾大学起源于日本占领年代，1928 ~ 1944 年称为台北帝国大学，1945 年由我国国民政府接管改组；而日本和我国的高等教育制度都源自西方。我国内地早期的多所大学由西方基督教会创办；1952 年的院系调整带来苏联模式；1978 年后大力推动改革开放，学位制的建立、研究经费的同行评议制度、院校的重组及合并等，多少受了美国高等教育的影响。

香港的八所公立院校于 2012 年进行"三改四"，从英国式的大学三年制走向与国际和内地接轨的四年制，借此引进美国的博雅教育思维。澳门大学正在积极现代化，步向美国式的研究型大学，并在校内建立寄宿制学院。台湾的公立和私立院校多不胜数，相信有些会攀登国际一流，有些会被淘汰。我国的高等教育改革，或许值得观察 UCSD 的体制改革经历。

我国内地高等教育的走向特别值得注意。近二十年来，在校大学生的数量翻了两番，院校数量也增加到两千四百多所；成就卓然，有目共睹。可是成就越高，群众的要求也越高，抱怨和批评在所难免，改革的呼声不绝于耳。不少享有盛誉的大学运用不同方法试行改革，成效在望。自然也有学界红人自命为改革先锋，标新立异，落得成事不足、败事有余。在这际遇，UCSD 的创校经历很值得参考。

UCSD 的创校教授们采纳学界累积的经验，提炼前驱者的智慧，在某些方面试图修改传统体制。他们并没有以改革者自居。

其实什么叫作"改革"，值得略加阐述。我认为"改革"的意思该是在现有的体制和规章制度下寻求改进：好的留守，坏的改善，无需的放弃，缺乏的补充。假如改革失败，情势无改进可能，则需把现有的体制和规章制度推翻，另建一套新的体制和规章制度——这不是"改革"，而是"革命"。假如把现有体制和规章制度彻底推翻，却没有另一套新的体制和规章制度来取代，这不是"革命"，而是不见功效的折腾。

二十世纪以来，人类文明进展特快，高等教育体制却没跟上时代，某些方面确有需要改革之处，可是并没达到需要革命的地步。UCSD 的改革方向很理智，主要是把寄宿制学院推进一步，让每一学院实现不同的教育理念，把学生的生活和学习结合为一（姑且称之为"学术生活学院体制"），并以此取代按学术领域之别而建立的传统性学院（姑且称之为"专业学科学院体制"）。体制改革自然而然地带来规章制度的改革，亦即行政治理的改革。UCSD 既有成功的一面，亦有失败的一面。成功的得以坚持，失败的终被修复。一进一退之中，既见功效，又见折腾，事实上至今还未臻稳定。

UCSD 前后建立了六所学院，远低于原定的十二所。每所学院约有四千名学生，远超原定的两千五百名学生。学院各有自己的宿舍群和生活设施，这方面达到了寄宿制学院的要求。至于教育理念是否各有区别，则比较难说。

热菲尔学院（创于 1964 年）坚持了原有的独特博雅理念，要求还那么严谨，学生的主修课程仍以理科为主。缪尔学院（创于 1967 年）坚持了学习自主的原则，课程大体由学生自定，号称"尊重自由选择"。马歇尔学院（创于1970 年）坚持了起源自少数民族权益的人道主义教育，注重社会责任与公民参与及社会角色的自我培养。沃伦学院（创于 1974 年）蓄志"为学生建立多方面平衡的人生，均衡培养他们的智力、社交和决策技能"，却与其所定课程不尽配合。

独特的学院制在进入第二轮的十年后，多少有点走样。

1974 年至我到任时的 1979 年间，没有按照原定规划建立第五所学院。一则因为加州的经济大不如前，失去了当年的雄心壮志；一则因为这期间的校长和教授们没有把办学的干劲注入"学术生活学院体制"。次年来了位新校长，对这独特的学院制更不热心。他出身于斯坦福大学，习惯了传统的"专业学科学院体制"，办学的重点是最先进的科研和研究生的培养，对本科生的博雅教育兴趣不高。1983 年，无巧不成书，热菲尔与我分别向校长建议尽快创办第五所学院，并以国际事务为教育的宗旨和主题。可是到我离开 UCSD 时还没获得支持。

1988 年，罗斯福学院（Eleanor Roosevelt College）终获创建，并以国际事务为主题。可是时隔十四年才建立的第五所学院找了一位从事德国研究的教授当院长，他的"国际"指向欧洲，与我所建议的亚太主题背道而驰，学院的课程亦不那么"国际"。

2002 年，又隔了十四年，第六所学院（Sixth College，尚未找到适合的命名）亦获创建。主题说是"为二十一世纪培养既有创造力又有价值观的世界公民"，并说要"聚焦于文化、艺术和技术间的历史性和哲学性关联"。可是我未能觉察这两句话的深一层含义，也未能从它的所定课程里捉摸到它的教育理念或特色。

说明了些什么？

UCSD 的独特学院制是美国高等教育改革的一种尝试，而改革从来不像人们想象的那么容易，呼喊的那么简单。

新学院制的维护和推广

　　UCSD 的学院制下，每所学院有不同的通识课程，此外还可在某些条件下创建个别的主修课程、副修课程和本科学位，连毕业典礼都各自分别举行。那么，每所学院不能不有自己的管治结构和班子，包括自己的学术辅导师和行政工作人员，为全校的统一管治添加了复杂和麻烦。不过这并非新体制走样的主因。

　　创校的领导班子深信这套教育体制。聘请教授时，除了追求学术上最优秀的学者，还诉说和宣扬他们的理想。绝大多数应聘而来的人愿意接受这种理想和体制，自然不足为奇。

　　其实这个学院制远比想象中的灵活：面对几所持有不同教育理念的学院，

热菲尔带领教授们在餐厅里讨论学院的教育思维和
课程内涵，虽是边吃边谈，表情多么认真！

教授可以按照个人对博雅教育的认识，选择适合自己理想的学院。即使在只有两所学院的创校早期，那些认为热菲尔学院的课程强制性太强的，大可参加新建的缪尔学院。那些认为两者都过于极端的，可以组合志同道合者，联手争取为下一所学院制订教育理念和主题。来日的十二所学院——甚至在客观现实下被限于六所——各有明晰的理念和主题，不怕找不到一所适合自己的理想。

问题出在后来者本身对教育有没有自己的理想。

我回到 UCSD 当热菲尔学院院长后，很快就发现大多年轻教授对热菲尔的博雅思维不甚了解，有些甚至漠不关心。他们应聘时，担任招聘委员的教授们根本没有与他们谈 UCSD 独有的学院制。受聘后，系主任也没有向他们解释各所学院的教育理念，只是按照该学系的惯例，为他们选择某所学院，把他们编入该学院的名册。

什么叫作"惯例"？譬如最早成立的几个学系是物理、化学、生物，当时只有热菲尔学院，因此这些系的教授都属热菲尔学院。之后成了习惯，这些学系所聘来的年轻教授，也就顺理成章被纳入热菲尔学院。在这种情况下，一般年轻教授莫名其妙就"隶属"了热菲尔学院，你凭什么要求他们拥护热菲尔的博雅思维？

说公平些，并非每所学院的后来者都不接受或拥护该学院的教育理念。若有老教授与他们花点时间深入解说、讨论，部分后来者自会受到感染，毕竟近朱者赤嘛。讨论后，持不同观点的年轻教授大可选择转去另一所理念与他相近的学院。由此可见，学院制成功的必要因素之一是教授们本身。创校教授们必须保持原有的信念和热情，协力同心把他们的教育理念传宗接代。

这个因素是内在的。另一必要因素是外在的，问题更大。

研究型大学的功能有三：创造知识、传播知识、运用知识，也就是研究、教学、应用。三者的比重，有说是 4∶4∶2，有说是 4.5∶4.5∶1，甚至有些"纯正主义者"说是应该 5∶5∶0。反正最重要的是研究和教学，而两者的重要程度理应相近。话虽这样说，客观现实与此有很大差别。以研究成绩来说，每一学科有全球一致的标准，不难评审；形成全球性人才竞争的基础。教学成绩则甚难评审，更不用说什么一致标准；无法为人才竞争提供准则。因此事实上两者之间孰重孰轻，可想而知。

学术水平的起点定得如此之高，选择教授的门槛定得如此之高，升迁去留的标准又定得如此之高，年轻教授们对研究工作怎敢放松丝毫？为了职业安全，为了升级，他们情愿把绝大部分时间和精力放在研究上还是教学上，不言自明。

老教授们逐一退休。创校时期那番心意，久而久之由谁维护，由谁推广？有人会说：这不是学术领导层的责任吗？不然要校长干什么？

就让我们数一数创校以来的几位校长。他们的职务实在不简单，难怪十年里换掉四位校长（还没把该当校长而没被委任的创始人热菲尔算在里面）。

第一位校长是物理学家，博学多才，熟谙多种语言，包括中文。当了两年校长就不肯继续当下去了。很可惜，因为他完全认同热菲尔的博雅教育理念和UCSD的独特学院制，同时还是位行政管理好手。可是创校时期学术强手太多，人人有自己的想法，富于自信，把"教授治校"的观念发挥得不止淋漓尽致，还十分过火，什么事情都要在教授们主宰的委员会里讨论个没完没了，令他一筹莫展。他当了两年校长便借病辞职，留下一句名言："校长只能管停车场的规划，真正的行政权全在教授手里。"

第二位校长是著名的历史学家，专门研究大英帝国的历史。他在任四年，正逢学生运动浪潮从酝酿走向火滚。旧金山州立大学的学生领先罢课，伯克利加州大学的学生继而发难，从发挥言论自由走向激烈的反战示威，声势浩大。很快传到加州的每一所大学校园，UCSD亦不例外。年轻人对越战深恶痛绝，反战运动有一发不可收拾之势。圣迭戈位处思想保守的加州南部，素来又是海军和陆战队的基地，政客和市民要求校长压制学生，这位不习惯应付火烈场面的校长乃决定一走了之。

第三位校长是心理学家，在麻省理工学院任教后迁至哥伦比亚大学，一度担任心理学系主任。UCSD创校期间聘他来建立心理学系。时任校长离职后，大学一时找不到接班人——很难相信这么一所被认为学界奇迹的大学，校长一职竟一连遭五位学者拒聘；政客与学者间的矛盾，为学校产生了极不利的影响。

这位心理学教授在困境中勉为其难接下重担，竟能在警方准备入侵校园时成功为学生解围。他的调解能力获面对同样困境的哥伦比亚大学注意，两年后就被聘去，一走十载。首任校长临危受命，重回校长办公室稳定局面，两年后交棒给第四位校长。

第四位校长原任国家科学基金会主任。虽然是位生物学家，却大力支持人文和社会科学，让 UCSD 走向综合性，带来一番新气象。到任不久，越战接近尾声，校园逐渐平静。在他任内，大学研究经费大幅上升，不幸他犯了一条"教授治校"原则所不能容许的错误：没有与教授商讨，就贸然聘请了一位负责研究事务的副校长。除此之外，据闻他与当地的房地产商关系太过密切，引起教职员的怀疑和不满。终于教授向他投下不信任票，令他黯然辞职。这位校长倒也干了整整八年。

第五位校长聚焦于最先进的科研和研究生的培养，后文将专写有关他的故事。

大学校长的主要职责是担任学术领导，可是工作范围太广，包括校内校外各式事务，学识、经验、能力、精力……日以继夜备受考验。内在外在所面对的客观环境又太复杂，有说当校长若走钢丝，凡事动辄得咎，不易应付周全。这种情况下，莫怪新体制难以维护及推广。

新学院制下的学生生活

教育体制的改革，影响到学生的日常生活。

最明显的是学生的认同感。一般大学的学生或校友在校外初次见面，相互介绍时第一个问题多半是：你是哪个系的？若主修学科相同或相近，会立刻引发同行间的共鸣。接着谈下去，内容很可能是对专业的看法，或职业上的经验和感受。

前面说过，UCSD 与众不同，学生或校友初次相见，第一个问题几乎必是：你是哪所学院的？若学院相同，会立刻引发家人般的亲切感。这种感觉尤以热菲尔学院为甚。我想源头来自其独特课程：那特别严谨的通识教育，包括人文必修课和写作。有说在热菲尔课程下活着过来的人，都有一种大难不死、共庆余生的同志感情。真有那么可怕吗？当然没有，只是一种富有幽默的极度夸张，不过倒也显示热菲尔的教育理念在学生心头留下了痕迹。

本科那四年是年轻人成长过程中极为重要的阶段。UCSD 的独特体制既以教育理念又以宿舍生活来区分学院，让学生们以同步的学习方式和日常活动为基础，自然而然地建立社群。这正是小型私立博雅学院的优胜秘诀，竟在大型公立研究型大学里成功复制。

美国一般大学校园里都有不少所谓"兄弟会"（fraternities）和"姐妹会"（sororities）的传统性社交组织。这些学生组织通过细心选择，专门邀请"同类"参加，各自建立具有排外性的小圈子，并世代相传。"同类"的判据往往是家庭背景、经济情况之类，早期很多还是种族血统或宗教信仰。组织成员三五十人不等，建屋聚居，出入成群，亲如兄弟姐妹，相护相守。不幸之处是有些名声不好：十几二十岁的年轻人群居一屋，缺乏成人的指导和校方的监护，容易彼此感染不良习气。多年来，某些兄弟会被人指责为嚣闹、酗酒、吸毒、滥交、作弊、包庇等的场所，倒为好莱坞提供了剧本资料。

UCSD 的学院制把教育理念融入宿舍生活，为学生创造了较好的社交环境，早期令学生不觉得有组织兄弟会或姐妹会的需要，至今校方还不允许这类组织在校园里建造会所。后来有三十多个纷纷在校园之外组织起来，自行租屋或建楼聚居。校园外的事，校方无权干预，但是可以合理限制他们在校园内的活动，于是订立了相当严格的行为准则和监管条例。据闻有些兄弟会和姐妹会举办很健康的活动，包括学术讨论、环保运动、社区义工、扶贫筹募等。令人惋惜的是这些内容极少在电影或电视上出现。

唉，不良习气早已成为普及全球的社会现象，校园里禁不胜禁。回忆中，素称文雅安静的热菲尔学院里也有学生喝酒吸毒。八十年代，就在我任内，热菲尔学院的宿舍里发生了一宗惨案。

一位文质彬彬、勤奋用功的男生 A，整晚在中央图书馆里温习，午夜图书馆关闭后才走回宿舍。房里三个男青年正在轮流抱着一柱两米高的气体筒吸气。一个是他的同房学生 B，另外两个则是 B 的校外朋友 C 和 D。据说 C、D 两人当晚闲来无事，恶作剧地爬进附近一家医院的露天库房，偷来这柱气体筒，半夜里带进校园，也不弄清楚是什么气体，就拿来与 B "共享"。男生 A 看到，一时兴起，说："让我也来吸上一口。"哪知别人吸了无事，他这么一口就昏厥倒地，不省人事。

三个青年手足无措，乱成一堆，终于找来舍监，半夜打电话给我，说是已呼叫救护车把他送院急救。我跳进汽车，直冲医院。来到急救室，见他奄奄一息，立即打长途电话给他父母，请他们尽快从洛杉矶驾车来校。不让我们说上两句，他们就挂断电话启程赶来。两小时的路程，仅仅一个半钟头就到。匆匆走进急救室，看到我们的脸色，就知道已经回天乏术。做妈妈的不断流下眼泪，轻轻地说："收到电话，没两句我们就知道最坏的事情终将发生。"父母双亲并没呼天抢地，只就紧握双手、靠肩依偎地坐在那儿默默流泪。此情此景，时隔三十年还历历在目，无法忘怀。

哪知十几年后在香港科技大学又发生过一次情况相反而结局相同的惨事。说到这儿，我不知不觉又开始流泪，写不下去了。天下父母心，中外心连心。

换个话题。

公立大学的学费有两种：州民当年几近免费；外州和外国学生的学费堪称高昂。我在任时，外国学生不多，热菲尔学院的严谨课程正合华人家长口味，因而土生土长的华裔学生比率较高。只是华人与在海滩上晒惯的南加州白人，肤色相差不远，服式和姿态亦相差不远，平时在校园内、课堂上、食堂里，年轻人混在一起，若不特意甄别，不易注意。

一天，一位华裔学生一脸怒容地冲进院长办公室，让我评理。他说："加州亚裔较多，这些年来白人对亚裔的种族歧视好像逐渐减轻，至少年轻一代如此。可是令我忍受不住的是，许多同学还把我当外国人！"作为院长的我生长在中国，听得不太明白，心想："那又怎么？"他接着说："差不多每天都有同学看到我就问：'你是从哪个国家来的？'今天我实在忍不住了，立刻回答：'美国加州，你呢？'跟着就训他一番：'我的祖先老早来到加州，我已是第五代的美国人了。相信你的祖先来此还不多于三代！'"他接着问，"你说要到哪年哪日我们才会被接受为美国人？"

这番话给我上了一课：华裔在外国应该把自己看成忠于当地的公民。犹如出嫁的女儿：祖国是你的娘家，当然该有深厚的感情，可是你须植根于彼。这话没错——不忠于当地，怎能获取当地人的信任？对当地不公平，对祖国亦非好事。可是，你愿意，人家就会全盘接受你吗？我没答案。

旧金山湾区和大洛杉矶亚裔居民特多，这些地区的加州大学里，今日亚裔学生特多，远超人口比率。圣迭戈的亚裔居民相对稀少，但是 UCSD——不仅是热菲尔学院，亚裔学生比白种学生多上几乎一倍。是否与其体制有关，尚待深究。

校长理查德·埃特金森的故事

我很喜欢写人的故事。一生见过无数能人，从他们那儿学到不少。这本书里写过热菲尔、布勒克纳等，更想写一写与我异途相逢多次的传奇人物理查德·埃特金森（Richard Atkinson）。

埃特金森的生平可以写成四部曲。第一部曲是学者生涯。他的学术背景既是心理学又是数学——把人的记忆和认知建立成数学模型，研究人脑结构与心理现象的关系，内容跨越社会科学、理工科及教育学。他前后在斯坦福大学任教近二十年，与同样是心理学家的夫人合著的《心理学入门》，多年来是心理学学生几乎人手一本的教科书。他还首创计算机辅助教学，影响深远。

第二部曲是政府科技领导人生涯。1975

英姿飒爽的理查德·埃特金森。

107

年，他在福特总统的邀请下离开斯坦福大学，出任国家科学基金会（NSF）副主任，旋即被继任总统的卡特任命为主任。这两任总统，前者属共和党，后者属民主党，都借重他的智慧和能力，可见当时的科研拨款最高领导机构不涉党派。

在他的五年任内，最引人注意的事有三件：一是 NSF 的资助项目被不明事理的参议员攻击，二是 NSF 首次建立了一所直属的研究所，三是为中美两国创建了科技合作的起源。那时候我在西北大学当物理系主任，虽在 NSF 的四个委员会上担任委员，间接与三件事都有关联，却还是个三十多岁的毛头小伙子，与他见过一面而已，印象不深。与第一件事有关的是，除自己拿到过很多科研经费外，还参与过无数 NSF 资助项目的评估，包括在一个委员会上反对明显不见成效的巨额拨款。第二件事是在建立理论物理研究所的事项上起了相当关键的作用。最近在重访拉霍亚时与埃特金森畅谈，才知道当时作为 NSF 头头的他并不赞成 NSF 自建研究所。第三件事将留在后文细谈，暂且搁下。

第三部曲是大学校长生涯。他在 NSF 当了五年主任，之后被 UCSD 聘来当校长。那是我到任后的第二年，于是成了我的上司，见面机会就多了。

印象最深的是，他来后不久就碰上非裔学生示威。示威的内容是什么早已遗忘，只记得与他的管治政策没甚关系。不过示威的火头瞄准最高层——谁叫你当校长？一群非裔学生占领了校长办公室，为他们的要求呐喊。呐喊之后不愿离开，与校方僵持不下。次日，UCSD 学生示威之事上了本地大报，还是头条新闻。首页正中登了校长办公室的现场照片：埃特金森站在校长的办公桌上与示威者理论。领带飞舞，双手作势，少年白的银发在空中飘扬；英姿飒爽，活像个好莱坞的电影明星。

过了一阵子，一个星期六上午我在家里，突然接到他的电话，说："想不想去看场学生的水球比赛？"凭良心说，不想。不过他这般起劲，肯定有别的事情要谈。那就去吧！果然，两人根本没注意球赛，谈的是学校的治理体制和行政架构。很明显，他不很赞成 UCSD 独特的学院制。倒不是有什么特别令他反对之处，而是觉得学术副校长与学系之间不设立以学科领域来区分的学院，实在太不寻常。我们几个院长与学系之间缺乏隶属关系，既失去对学系的直接管治权，亦不必为学系的成败负责。这样的体制和架构，在他眼里太不好办。

说是想听我的意见，其实想讨论的是如何旁置这所大学的传统，重组行政架构。我提了个两全的建议：目前正好四位院长的学术领域各异，可以趁机把所有学系分成四组，让每位院长除现有职务外负责一组，统筹协调。相信他没听进去，或是对创校者的理念根本不以为然，想作番更为彻底的改动。如是，则需要静候时机，暂且按兵不动。我离开后，听说他设立了几个以学术领域为名的院长职位，选了几位教授兼任，可是这几位兼职院长多年后还没能掌握实权。

他在 UCSD 当了十五年校长。这十五年里，学生增加到一万八千人，教授编制加倍。他大幅度地改善了大学与社会的关系，每年的私人捐赠高达五千万美元。UCSD 在同行评议制度下所争取到的科研经费长期处于全国前五名内；研究生教育被国家研究理事会（National Research Council）列入前十名。在名校林立的美国，UCSD 后来居上，超越了多所百年老校。功劳属于创校初期的热菲尔和布勒克纳，也属于崛起阶段的埃特金森。

第四部曲是总校校长生涯。1995 年他被委任为加州大学总校校长。［九所加州大学都是独立自主的公立大学。它们与州政府之间有个一臂之距的、起缓冲作用的统筹协调机构，叫作"加州大学系统"（University of California Systemwide）。"总校"是个误译，经常引致误导。］

加州大学系统是全球最强大的高等教育组合，除学术外，还为联邦政府管理两所庞大的国家研究所。埃特金森在任八年。2003 年退休那年所统筹的年度经费几达一百八十亿美元，远超多个国家的全国生产总值。

校园的景观特色

校园环境影响学生的心理、学习和生活，也影响教职员的情绪和工作效率。我在《红墨水》的第二章里曾经讲过初次来到 UCSD 时所看到的校园，讲得有声有色。可是当时大学开办未久，只有一所学院，所谓校园只是热菲尔学院的几栋房子和远远的中央图书馆——其实连热菲尔学院都没全盘托出，只是简单地描写了略带东方色彩的人文图书馆、七层高楼的尤里楼、开放式走廊相连的两栋科学楼、青灰色毫无美观的教学楼和中央电厂、全玻璃墙的院长办公室、故意造得破烂的切氏餐室、很有点味道的热菲尔广场和边上的学生宿舍。

这支秃笔（这台键盘）写不出十多年后再次看到的校园。USCD 已经变成另一个世界：五百公顷的荒地发展成连片的亭台楼阁；那特有景色，怎么描写都不对头。突然想到，百闻不如一见，写它干吗？不如拍了照登出来，让读者自己体验。

于是不久前借故重访 UCSD，在校园里花上整整一天，为拥有 761 栋楼房的校园拍了无数照片。跟着，精选一些我当院长时（1979 ～ 1983 年）就有的建筑物，在这儿与读者们共享。

总不能把我心爱的热菲尔学院说个不停吧！既然早在《红墨水》里就登过不少热菲尔学院的照片，这儿不再重复。可是免不了带点偏见，就从热菲尔学院出发，按序选登，写上几句很外行的观察。

为了让学生尽快有运动设施可用，体育馆建于最接近热菲尔学院的地点，也就是两栋科学楼邻近。馆前的台阶犹如舞台，对面是矮矮的小山坡；反越战运动时期，台阶上有人演讲，山坡上坐满听众，着实热闹过好几年。

全玻璃墙的游泳馆，建在体育馆隔壁。我俩把娃娃带去下水，让她叫得呼天抢地，所说的就是这处。

演艺馆有八百座位，兼作礼堂，后来建造了更大更辉煌的剧场。那天拍照时，突然听到雷轰似的爆炸声，原来边上一株桉树倒了下来。桉树的树干不很坚强，年老了就会倒毙。幸好这株桉树对大学忠心耿耿，细心选择了倒毙的空间，没有殃及演艺馆或别的建筑物。

热菲尔学院院长办公室后方的大草坪上安置着一组出自著名艺术家理查·弗莱旭讷（Richard Fleischner）手笔的石柱雕塑群，让人想起英国的史前遗迹Stonehenge。

校园里有另一著名艺术品，我不知其真名，只知缪尔学院大草坪的桉树丛顶突然出现了一系列暗色大网。我把它叫做"天罗地网"。人人口味不同，有些现代艺术品真不易理解！据说后来不断有飞鸟被这"天罗地网"害死，令校方不得不把它们大幅度下移到树干间，同时油上比较鲜艳易见的蓝色。

校园里最动人心魄的户外艺术品是著名美国留法雕塑家妮基·德桑珐（Niki de Saint Phalle）的《太阳神》（*Sun God*）。1983年2月竖立在演艺馆之北的大草坪上。连叉形台座在内，共高9米，是座五彩缤纷、富有幽默感的鸟形塑像，据说是她一生最受爱戴和追捧的作品。一旁走过的人，看到这位神鸟不由得不开心微笑。从此校园里每年举行一次太阳神喜庆节。学生善意地开它玩笑：一日清晨，路过者发现台座下端，也就是大鸟的胯下，"生"下一只雪白的大蛋。各位不妨看着照片发挥想象力。

在全球建筑界里出尽风头的中央图书馆确实特出，不能不添登一张照片。以写儿童书籍和社会漫画著名的"苏斯博士"（Dr. Seuss）在世时住在拉霍亚，为UCSD作了很大贡献，并捐赠了大量手稿。今日以他全名"Theodore Seuss Geisel"命名的图书馆是UCSD的核心建筑，也是与《太阳神》齐名的最常见的UCSD标记。

今天的沃伦学院广场和部分建筑物，左面远远看到Geisel图书馆。沃伦学院的建筑设计匹配二十世纪八十年代兴起的高科技研发机构，反映它的专业化教育理念。1983年时，沃伦学院的校园还没建好，暂时运用早年海军陆战队留下的临时铁皮屋。

　　多年后，我在香港科技大学为学校积极筹募户外雕塑，让师生们生活于艺术中。我请法国总领事出手相助，要求他找妮基·德桑珐为科大捐赠一台具有特色的艺术创作。我的构思是：若有类似《太阳神》的大型雕像竖立于校园东端海旁的陡崖，每天清晨以笑脸迎接初升的太阳，招呼过路的船只，并为这所年轻的大学唤来朝气，同时为香港树立一个活泼的标记，该有多好！

　　可惜法国总领事试图与她联系时，发现她已在九十年代迁回美国加州居住，一切有关业务的洽商必须通过她的代理人。所谓代理人就是商业单位，那么捐赠一事看来无望。我退休后，接班人缺乏兴趣，没去跟踪。不久后她也就过世了。

我至今还不死心。退求其次，准备在适当时候看看有无可能找到她的知识产权的继承人，为香港科技大学获取一座《太阳神》的复制品。

热菲尔学院：回顾和结论

1979 年秋，兴高采烈又战战兢兢地带着一家老少重回拉霍亚。

兴高采烈的原因是：十三年前在不明学界惯例的情况下放弃了来此担任助理教授的机会，十一年前在加州大学前景不明的情况下又婉拒了留此任教的机会，这次老天竟然又给了我第三次机会。战战兢兢的原因是：即使你说当上系主任就不再是纯粹的"阳春教授"，毕竟还不是全职的学术行政岗位；而当上 Provost 或院长，必须让个人的专业教研靠边站，把为师生们着想的管治任务放在首位。工作性质起极大改变——所谓"职业转型"（career change），难免要自问有没有这种能力。

不管怎样，当时决定将来恢复"阳春教授"生涯也好，继续留在行政管理岗位也好，永远不会再离开这个学术重镇和生活乐园了。可是在拉霍亚只待了四个年头，又一次选择离开仙境。

三十多年后，回顾 1983 年的 UCSD，很想把今天的 UCSD 与当年相比，作个总结。

圣迭戈市没起多大变化。除大学周围，拉霍亚镇也没起多大变化。可是 UCSD 这学界的"后起之秀"度过了最不寻常的半个世纪，已经成为美国最有冲劲最主要的研究型大学之一。

当年是一所学术力量集中于理科（特别是物理）、全力推动基础研究的小而精的大学。今天以基础研究为本的精神并没改变，只是什么叫作"基础"，在时代变迁下出现了不可抗拒的变化。

早年的医科是应用学科。随着 DNA 时代的来临，医学走出生化医疗范畴，进入基因工程，跨越应用研究和基础研究的界线。UCSD 的纯粹主义学者对此予以接受，一早就开办了医学院。医学院带动和启发了一流的生物科技研究，让 UCSD 在圣迭戈创造了举世闻名的索谷（Sorrento Valley）。

早年的商科更属应用学科，坚守基础研究的 UCSD 学者把商科说成职业培训。但是近代的金融经济依托数学分析和模拟，工商管理依托信息和通信科技，各种学说纷争不已；这些无异于基础学科的行为令 UCSD 终于勉为其难，成立了管理学院——虽然还没能让它攀登上与其他学科齐名的崇高地位。

更被视为应用学科的法律学是否能进入 UCSD 并设立学院，则尚属未知。目前看来，可能遥遥无期。

海洋学包罗基础教研和应用研发，原来就是跨学科的领域。UCSD 以海洋学起家，其海洋学院至今在全球仍举足轻重。

计算机学既是理科又是工科，既是科学又是技术，是学界的新兴学科，UCSD 自然不甘人后，美国最早建立的国家级超级电脑中心之一就选址于圣迭戈。（这事与我有关，我在国家科学基金会里倡议建立几个这样的中心，不过当时并不知道自己会重返 UCSD。）州立的加州电讯与信息科技研究所也设立于此。

世人爱看排名。前面说过：与科研息息相关的研究生教育，UCSD 被美国国家研究理事会列入前十名，超越多所百年老校。《科学观察》（Science Watch）说 UCSD 的社会心理学、海洋学、国际关系学属全国前三之内，分子生物学和遗传学列全国第五。学界比较注意的却是科研经费总额，因为科研经费的评估基于同行评议，是学术理据较强的判断。这方面，UCSD 往往占加州大学系统的首位，列全国前五名之内。

记得我回香港办学之初，曾经向当时的港英政府指出，UCSD 物理系一年的科研经费超过 800 万美元，是香港所有大专院校全部科研经费的 40 倍。这话令有心向科技经济转型的政府人员和社会人士大吃一惊。（应该指出，以物理系来说，UCSD 当年领先全美，第二名的康奈尔大学是 300 多万美元，少了不止一半。）顺便重提一句：UCSD 现在的研究经费，年度总额超过 10 亿美元。

以教学来说，UCSD 提供 56 个博士学位、40 个硕士和高等专业学位、125 个本科学位。每年有 5 万多人申请本科，大约只有三分之一获得录取。很有意思的是，申请 UCSD 者往往同时选择申请伯克利加州大学、斯坦福大学和哈佛大学。

我来此当博士后时，全校只有 300 多名本科生。十三年后来当院长时，已经增至 9000 多名。今天的 UCSD 有近 24000 名本科生及 6000 名研究生。每年颁发 6000 余本科学位、1000 余硕士学位、600 余博士学位。

三十年来，除全面扩展外，最大的变化是学生的族裔分布。本科生的族裔分布如下：亚裔 44%、非西班牙欧裔（白种）24%、西班牙裔 12%、非裔 2%、原居民族群（印第安人）少于 1%、种族不详者 9%。（加起来不到 100%，大概是因为许多学生不愿意申报这项。）亚裔比白种人多上几乎一倍！难怪校园里特多黄脸，不由得你不注意。

其实不单是 UCSD，最强的几所加州大学里，亚裔学生所占比例都远超亚裔占加州人口的比例。一般来说，别的州里也是这样，包括公立和私立大学。不过，一个名为"80–20"的亚裔民权组织指出，还有很多大学以提倡"种族多样化"（ethnic diversity）为理由，对亚裔学生设立有形无形的限额，东部的"常青藤"大学群（包括哈佛、耶鲁、哥伦比亚、普林斯顿等）尤其过分。

UCSD 的成功能不能复制？这个问题很难回答，因为所需要的天时地利人和会不会重现，是个无从预测的大前提。

UCSD 富有特色的教育思维和改革过程倒很值得借镜。回顾它的独特学院体制，即使埃特金森不作改变，久而久之也会出现问题。创校理念的旁落、院长与系主任的隔离、教学与科研的失衡、学系和专业的强势等，都让院长们有责无权，让学校管治失调。其实出路就在眼前：正如我向埃特金森所建议的，把所有学系按学界传统分成几组，让每位院长除创校时期所定的职责外，各自统筹一组；也就是说，结合热菲尔所自创的"学术生活学院"与传统的"专业学科学院"，把各有所长的两种体制融合为一。

第七章　安排访问学者、接待访美代表团

重回 UCSD，只待了四年。这是三十几年前的事。

三十几年一眨眼就这么过去了。回头想想，不仅是那四年，在学界工作了一辈子，什么是最值得留念的？

竟不是教学研究，也不是学术行政，而是与职业岗位和责任不能说有直接关系的工作：为推动中美学术交流和科技合作所花的心血和时间。

为什么这样说呢？老师教学所影响到的人，怎么说都只是一小撮。有说"百年树人"的意味不限于学生们在老师教导下的得益，而需包括学生们离校后的建树——甚至世代相传的贡献。这个说法很有点夸张，因为他们的建树和贡献毕竟来自个人的努力和社会群体的影响，不能完全归功于老师。再说，世代相传的影响力稀释得很快——不过一两代。被影响的人，总的加起来还不过是一小撮。

学术行政也是这样。系主任就当这么几年，院长也就当这么几年，或许在那几年里起了些正面作用——例如改善了院系的规章制度或政策，聘到些优秀的教授。规章制度和政策为长远发展提供扎实的基础，不容忽视；可是学界早有规律，并不单靠个人创立。教授则是大学的灵魂，优秀的教授为大学作出重要贡献，更不容忽视；可是他们的贡献毕竟来自个人的智慧和努力，不能归功于系主任或院长。

一般来说，两国之间的学术交流和科技合作也可这样置评，可是国家之间

的互动系于天时地利人和，千丝万缕，不属一般。

打从十九世纪中叶，一百年来中国奄奄一息，积弱待毙；美国则凭空崛起，如日中天。接着三十年，中国国门关闭，折腾自残；美国则横跨海空，主导全球。终于，改革开放让中国重见天日；美国则面对新局面，需调整国际政策。这是难逢的天时。

中美两国疆土面积、经纬阔度几乎相同。原以大洋相隔，应无利害冲突。科技的猛进把为时两周的海运缩至当天来回的飞行，航天技术和电讯科技更让信号传递成为测量距离的尺度。无论经济政治军事，两国之间必须合作。这是难逢的地利。

念物理的人说：时间与空间是物质运动的框架；小至粒子大至天体，都在这框架里展示。念社会学的人说：时间与空间是人类生活的舞台，戏剧中的演员和选举中的政客，都在这舞台上竞技。天时与地利是世事的时间与空间，可是成事还在人和：若中国没有邓小平的雄才大略，美国没有卡特的胸怀远见，谁知道两国的互动会向哪个方向发展？

不久前，埃特金森与我在拉霍亚吃了一餐长达两个多小时的早饭，无所不谈。还以为只有我这样的小人物会记得 1978 年末开展中美学术交流和科技合作的努力，哪知他把这些事情提了又提，甚至建议我们联手建立一个研究项目，跟踪那些事情对两国关系的长远影响。原来他与我同在 UCSD 那几年里，两人都为推进中美交流合作花过不少精力。不过直至那天早饭，三十多年来彼此间完全没有谈起过这些往事。

埃特金森与我记忆中的趣闻

请让我向读者们发出预警：这里的描述并不完整，部分可能还不很确实，诸位只能把它看作野史。

埃特金森虽然是当年美国科学代表团的团长，所见所知未必全面。加上当年两国已经相互隔离三十年，彼此的了解非常薄弱；他所看到的，经过大脑分析，难免会与事实有点出入。也就是说，记忆中的应该说是感知。再说，毕竟这么多年了，哪能都记得一清二楚？

不过埃特金森确实聪慧过人，阅历又深；虽已八十多岁，头脑和口齿远比很多三四十岁的人清楚，甚至看上去也只像五十来岁。他所说与此无关的事，都与我们当年同在拉霍亚时所说相差无几，可见并没失去记忆。

至于我自己呢？开始参与推动中美交流合作时（二十世纪七十年代）还只是三十多岁的系主任，所见所知当然很不全面，对祖国的种种情况和背景更是一知半解。加上祖国对"外籍华人"信疑兼半——虽然把我们这群教授学者"臭老九"称为"爱国华侨"，毕竟"里外有别"，不该说的不说，该说的也少说。那么，所看到的，经过大脑分析，也会与事实有点出入，甚至较大出入。再说，毕竟现在年纪大了，往事很难记忆得完全准确。

道歉完毕，废话少说，快讲故事。

首先是，他说卡特总统接到中国政府的邀请，决定在 7 月里派遣最权威的科学代表团访问中国——包括所有联邦政府科技机关的最高领导人。卡特要让总统科学顾问法兰克·普雷斯（Frank Press）带领代表团，可是中国政府不同意，要求让时任 NSF 主任的埃特金森带团。他不懂是什么道理。我说大概因为当时中美尚未建交，中国政府非常注重外交规矩，视总统科学顾问为政府官员，不愿在建交之前与美国政府官员正式会谈；而把 NSF 看作民间组织——至少表面上的非政府机构。他点头称是。

接着他说，与当时兼任中国科学院（表面上亦可看作非政府机构）院长的方毅副总理坐下，礼节性寒暄之后，就问中国方面希望送多少学生来美。方毅反问："别的国家送多少？"他回答："伊朗有两万五千名学生在美国。"方毅问："台湾呢？"他答道："大概有九千。"方毅就建议派送三千名大学生。

美国代表们听了大吃一惊。卡特总统和大家都以为一年送一两百人而已，做梦也没想到方毅会说三千！回到酒店，与普雷斯商量后，认为这事非同小可，需要打电话给总统请示。那天把卡特从睡梦中吵醒，哪知卡特回答："好吧，就三千。"

说到这儿，我打断埃特金森，告诉他，消息传来，我们一群华裔教授向中国同事们提出不同意见，说中国刚从"文革"里走出来，学术和科技方面都远远落后于西方，当务之急不是培训本科生，而是提高现有科技人员的水平，并为大学培养师资。这个意见被中国政府接受，送来美国的人员性质有变，人数也大为减少。

跟着告诉他，我 1978 年 8 月来到中国，听说美方邀请中方即派代表团赴美商谈交流事项和签订备忘录，怎么即刻建议中方延迟访美，花点时间做好准备，以免把这破天荒的机会谈僵谈歪，导致两败俱伤。又告诉他我怎么与中方团长周培源老先生争论多次，怎么凭记忆写下三十六所美国大学的概况，怎么安排缺乏教授职称及博士学位的中方人员到美国大学任职，怎么坚持在不得已的情况下把他们称为"访问学者"——并获得方毅或更高层国家领导人的许可。

他说：不知道当年的中方科研人员绝大部分缺乏教授职称或博士学位，因此不能按国际常规被聘为"访问教授"或"博士后"，更不明白为什么"学者"称呼这么件小事还需得到国家级领导人的许可。听后摇摇头，叹说："原来如此！"

令外国人无法理解的事太多了！

埃特金森又说及周培源带团到美后的种种情况。部分故事已经写于《红墨水》，这儿不多说了。值得再次一提的是：9 月谈判后，双方在华盛顿缔结了非政府协议，也就是美方所要求的备忘录。政府间的正式协议则缔结于 1979 年 1 月 1 日中美建交之后，于 1 月 9 日由正在访美的邓小平与卡特正式签署。几个月前的科学合作谈判为中美建交预先铺路，很有历史价值。

三十多年来，中国留美的学者和学生不计其数。据统计，大约三成多学成归国。祖国经济环境大好，就业和创业机会大幅增加，回国的人越来越多。早期回国，在学界、研发界、企业界夙有成就的，不乏其人；任职于政府的亦不少。在偶然场合中碰到我直接经手安排出国的学者，竟有回国多年后成为院士、大学校长、省长的。他们对国家的开放和发展、对中美人民长期友谊的增长，估计作出了很多贡献。

前面说过，自问在学界工作一辈子——包括 UCSD 的那四年里，什么事最值得留念？答案是："竟不是教学研究，也不是学术行政，而是与职业岗位和责任不能说有直接关系的工作：为推动中美学术交流和科技合作所花的心血和时间。"特别难忘的，一是直接和间接帮助打造中美交流的框架和合作的基础，一是在这过程中所接触到的上百上千位学者和学生。

埃特金森一生的事业包括创新的心理学研究、政府最高科技机构的领导、学界公认为奇迹的大学的领导，及全球最强的大学系统的领导。可是在我们的谈话中，他屡次提到当年中美交流合作的亲身经历，可见他把这相对短暂的任务看成自己事业中的一个高峰。

安排访问学者的启动

美国大学里规矩也蛮多的，教师编制和职称是其中之一。"访问学者"这称号不是没有，而是不常见到，定义也很含糊。

正是因为不常用和定义含糊，让我为安排科技人员来美深造找到了出路。

当时中美两国学界最大的分别是管治作风：中国的大学样样由上而下，部门与部门间、人与人间，不习惯直接沟通。美国的大学则崇尚行政透明——请看：院长办公楼，从外望进去，没甚遮拦，一目了然。

一旦方毅拍了板，科学院和高教部立即使用。一沓沓申请者的履历开始出现于我西北大学的信箱——也不晓得是谁做的主。（多年来，连这些部门的简称或名称也起了变化。中国科学院当时被简称为"科学院"，现在则为"中科院"。当时的"高教部"被改组入国家教委，之后国家教委又变成教育部。为了保持原汁原味，我将继续沿用"科学院"和"高教部"这两个称呼。）

从申请者的履历来看，只有小部分是念物理的，其他都是化学、数学、工程等。念物理的，也以高能物理、核物理、天文物理这些我不熟悉的专业为主。亦有凝聚态物理，可是连这方面都是我所不熟悉的实验物理和技术物理。隔行如隔山，这种情况下我怎么跟美国教授联系？甚至怎么知道跟哪一位教授联系？

那个年代连传真机都还没出现，至少还得等二十多年才有电子邮件。越洋电话呢？有，可是挂给谁？除非你是高干，一般人家里没有电话。可是问题并不在电讯技术，而是制度根本不允许你直接去信给申请者。任何联系必须找科学院或高教部的外事处；而外事处把问题传达到申请者手里还需经过不知道几个关口。最大的困难是，转达远不像想象的那么简单：不是说干部们的效率低，而是外事处的干部不是搞科技的，弄不清楚你想要的是什么资料。

小部分申请者曾经发表过论文或内部报告。他们看过参考文献，能够为我提供一些与他的科研有关的美国人名和校名，给我初步线索。身在美国的我，凭这点线索就可去信或电话询问。这时，系主任的名头和较广的人际关系派上了用处。我首先告诉对方中美学术交流的来龙去脉，趁他听得莫明其妙之际，老着脸皮来个突击，问他愿不愿意冒个风险收一位"访问学者"。当然十之八九会被推辞。接着，趁他感到歉意时，请他推荐几位他校的同行。

这就给了我新的线索，让我一个个去找。美国人有点冒险精神，对中美学术交流蛮有点新鲜感。一路找下去，只要不怕花时间、花口舌，不怕推荐错了日后被人责怪，迟早总可能碰上一位说："好吧，我愿意试试。"

这只是第一步。下一步更困难，更需要脸皮够老，问他能为这位访问学者提供多少资助？十之六七到此就谈不下去了：收一位来路不明、职称不清、发表过极少（甚至没有）论文的人员，已经完全不符学界惯例，还要他给资助？

能行吗？再说，科研经费来自政府科研资助机构，支出必须符合申请经费时所写的项目建议书，不能任意发放。这时我就会说："不用给相当于博士后的薪酬。每月 600 美元，能照顾到生活费用就行了，风险不大。"当时中国政府公派人员，经我力争后每月也只拿到 400 美元。我若要得太多，日后非但美国教授会质问，连公派人员也会抱怨。

跟着还有个难关，就是美国教授不大可能立马发出邀请信。他手上有多少经费，就已雇足了多少人，不会让经费闲置，也就是说，他的研究组当时一定满额，总得有人期满离开，才会出现空缺。一般博士后一来就两年，博士生则更久。于是走到这一步往往还会功败垂成，又得重新为申请者另找去处。

成功安排一位访问学者，至少得花上三四个月。可是国家闭塞太久，科学院和高教部的干部很难理解国外情况，更不熟悉美国学界惯例。在他们心里，既然学术交流一事连总统都已批了，大学应该全力支持，一旦联系上，该能立马安排妥当，何需考虑教授们的个人意志或客观条件？再说，国家给了科学院和高教部这个任务，他们必须尽快交差。他们不明白外边情况，上头更不明白。

过了这么多年，终于可让我发点牢骚了。这部分与中国无关的牢骚，对象是美国学界和科技界的华裔同胞。

华裔教授专家为数不少，但是绝大多数来自台湾，愿意与祖国大陆科技人员来往的毕竟不多。而那些与祖国大陆来往频繁的积极分子，特别是一些地位较高、受国内领导层和同行尊重的人，在这关键时刻绝大部分不愿出力。原因很简单：为访问学者寻找进修去处是极为劳力密集而难以讨好的任务，他们无意承担。还需到处欠下人情，若是经手安排的人员水平过低，日后会被人责怪，何必冒这种风险？

能理解他们的心理，有些情况却不能原谅：我为了提高效率，碰到实在不熟悉的专业，就在有关专业领域里找上历来表现积极的朋友，求他们出手相助。若不愿承担，婉辞就是，无须给什么理由。可是找到的人往往说得好听，一口答允；之后石沉大海，毫无音信。结果我还得收回要求，靠自己去闯。这样的朋友误时误事，成事不足败事有余，为工作增加困难，想来心痛。

向"准访问学者"传递信息

回国四个月里，凭记忆写下三十六所美国大学的概况，之后又在不记得多少城市里作报告——从沿海一带到新疆，前后四十七次——介绍美国的教育和科研情况，包括史地政经的背景、科教体制和资源、学习与生活环境。你问：有必要这样到处跑吗？为什么不把录音传送到有关学校和研究所？答案是：做不到。倒不是技术问题，虽然有些单位只拥有几台录音机；而是什么信息都属"机密"，不能胡乱传送。连我写下的资料和报告的记录都被看作"内部文件"。

非但对外闭塞，对内几乎同样闭塞。上述资料——我说的写的也好，外国寄来的也好，到了大学和研究所这些单位，没几个人可以看到。据说通常立即入库，有关的人非但看不到，连单位是否收到过这些资料都不让知道。我去信三百多个美国单位，请它们给一百四十多个中国单位寄上资料，大多资料很可能从没见过天日。一半以上的大学校长和研究所所长从不给我回信，可能是因为心有余悸，也可能是未经上级许可不能与我直接通信。

"上级"是谁呢？不很清楚。带团访美进行谈判的北大校长周培源、科学院的副院长、高教部里的外事局局长，该都算是上级了吧？在某些事情上我怕也不见得。譬如说，当时我与周老争论公派访问学者应该给多少津贴（我建议每月从两百美元增加到四百美元），是否应该向美国大学缴费（我说既然在帮助美国教授进行科研，当然无须缴付学费或仪器费），应该申请哪种入境签证（我说须从 F 签证改成 J 签证）等，发现别的有关领导们并没听到过这些争论。看来很多事情连"上级"之间也互不通信息。也可能并非如此，只是不想告诉我他们之间通过什么信息。

被选为访问学者的人，来自不同单位、不同地区。唯一相同之处是对美国的情况一无所知。最初那几百人全由上级代为安排——包括让我经手的约一百人。跟着人数当然越来越多，哪能不让他们自行联系？可是有关资料都到不了手，叫他们从何联系？唯有让我一个个国内城市、一个个教研单位去跑，每到一处就直接为大群有志外出进修并有可能日后被选上的"准访问学者"上课。

这些事发生在我当热菲尔学院院长的那几年里。假期间飞去中国，像"云游僧"那样到一个个庙里上香说经。出家人不打诳语：所说的"经"必须头头是道，细致得被很多华裔教授们嘲笑，说怎么连小青年们知道的事都需你去一笔一画勾画？

不理他们。每到一处，首先讲一番美国的背景和大环境。跟着让听众知道：美国不设统一办学法则，什么人都能开办"大学"，无须获取政府教育部门批准，因此大专院校有好几千所。值得去深造的大概只是两三百所，申请前务须打听得清清楚楚。接着就告诉他们："申请时，只需直接去信给你自选的教授，最好多选几位，以免落空。除非对方认得你的老师或同事，无须找人介绍。找个知名人士或什么'长'替你写信的话，起不了作用。"

听众除"准访问学者"外，总还有些想申请念研究生学位的。我建议他们直接写信去美国的有关学系，因为研究生的选录权不在校方而在学系。不过由于当时国内不设学位制度，申请者没有本科学位，不合国际常规；即使得到学系选录，校方亦未必能发录取函。没有录取函，就无法获得美囯的入境签证。于是申请者必须在信里解释清楚为什么没有本科学位。还有呢，必须说明须有助学金或奖学金才能出国——今非昔比，那时哪有养得起留学生的家庭？

有些美国大学要收取申请费。虽然只是二十五美元左右，但是二十世纪八十年代初二十五美元对国人来说是个大数，况且非官派者根本换不到外币。那么，申请信里还需把情况说清楚，要求免缴申请费，或是将来领到助学金或奖学金后补缴。

这些话还没说完，就看到听众一张张脸神情愕然：普通英文都难过关的人，怎会写这样的申请信？不急，"云游僧"早已料到，准备了幻灯片，上面写好样本信，一行行予以讲解，并要求安排听讲的"庙祝"为一众复印分发。（原来我想到"庙祝"未必愿意分发，因而考虑预先复印一大沓，就在"说经"时自行分发。后来想想不妥，不能过分越俎代庖。）

下一步是教听众怎么准备履历。这时已经有了那被称为"十四点"或"十四条"的样板，比较容易说明。只是请听众务必拿本字典，好好查明汉语拼音的英文姓名。此外，请他们写申请信时不要过分死板，更不要完全按照样板；能写得生动一些更好，当然内容越丰富越好。这时看到听众脸色有变，又拿出几张幻灯片，为怎么才算"生动丰富"显示了几款样本。

对方收到信后，极可能要求几封推荐信。下一步乃是教听众怎么请他们的导师或前辈甚至在职单位的领导写推荐信。

推荐者的信应该十分真实诚恳。英文不好不打紧，但是必须言之有物。为此我写了些虚构的样本信，没想到有些推荐者拿到就抄，甚至抄得前后不符。还记得有过那么几封，申请者的专业属工程领域，但是推荐信里说是理论物理。也难怪，样本信是依照我自己的理论物理专业而拟的，照抄的人没多理会，抄完就寄。

难免收到推荐信的美国教授看得莫名其妙。这些信有多少可信度，可想而知。

听说三十多年后的今天，很多来自中国的推荐信可信度依然很低；不过当年的落后被今天的"先进"取代：推荐信已属职业化，自有收费的中介公司为申请者包办。不幸当年的同情沦为今天的可悲。

安排访问学者所遇到的困难

为了安排访问学者，我不断向无数美国大学输送有关中国教育和科研的信息，并开始与它们直接打交道。

第一个对象当然是自己任职的西北大学。校方高层持有美国中西部的保守传统，不过作为一所国际化的研究型大学，视野较宽，思想比较开放，什么建议都愿意听。特别是文理学院院长，出身于哲学，背景是博雅包容的犹太文化，认为我干事勤奋细致，不该出问题，因此愿意给我精神和实质上的支持。他与研究部门的副校长商量后，承诺拨款十万美元，让我邀请中国的科研人员来校深造。那时的十万美元相当于今天的五十万至一百万，为数不小，为中美学术交流作出开创性的贡献。

可惜这件事被不明事理的人无意中破坏。前面说过，斯坦福大学的非理工学科教授来华与中方交涉，竟然获得中方高层的赞许，同意以"非注册的研究生"名义派送教授级人员来美，并向斯坦福交付高额学费。这样一来，西北大学不得不取消承诺，让我吃个闷棍。中方高层与斯坦福达成这样的协议，为中美学术交流开创了很不公平的先例。幸好西北大学物理系的同事们给我大力支持，用自己负责的科研经费邀请第一批以"访问学者"名义来美深造的科研人员，开创了良好的先例。

一正一反两个先例在美国都有一定影响。西北大学的先例非常正面，之后屡有美国大学找我了解情况，并让我为他们的中美学术交流计划出主意。西北大学属于一个所谓"十大"（Big Ten）的大学联盟，成员包括十所中西部主要研究型大学。我跑了其中好几所，最有成就的在明尼苏达大学：为中国项目办公室的筹建提出建议。该校很多年后竟然还记得这件往事，把我从香港请去接受奖状。

斯坦福大学的先例相当负面，直接、间接打消了部分美国教授向访问学者提供资助的意愿。最令我气结的是：曾有几次，安排工作进行得很顺利，突然美方教授说不能运用科研经费资助中国的访问学者，因为他们的科研经费来自美国政府的能源部，而能源部听了李政道的建议，说中方应该自行负责访问学者的经费，不能动用美方资源。我心想："李政道怎会提这样的建议？"不过当时不好问他。时过境迁，几十年了，或许有一天该去找他澄清。

平心静气反思：美方完全不了解中国的情况，出了斯坦福这种事，还得责怪中方自己。中方的领导层与外国隔离太久，不明世事。非但如此，对自己国家的经济能力、规章制度、学术水平，往往也不清楚。

怎么会这样呢？我看问题出在部门之间壁垒森严，除非更高层有明确指示，彼此间不相往来，也看不到别部门的资料。对自己部门以外的事情，更是不明不理不问。自己所收集到的资料，当然也不会转送去别的部门。

前面说过一些最简单的例子：除了上级指示可以分发的资料，不同单位间不予传送。我写的资料被印成内部文件后，连自己都收集不到。外国寄来的资料当然更不能传送了。事实上，资料如此，人也如此。每次我回国，由一个部门负责接待，若要去另一个部门的单位谈事，必须由我的负责部门预作联系。甚至另一部门的单位要我去讲学，也得向我的负责部门"借"人。

部门间樊篱之高，简直不可思议。一次在北京，为了安排访问学者的事项，需要与科学院和高教部开会。那次行程十分紧张，只有一个下午可用。我要求与两个部门同时开会，一方面免得分别开两次内容相同的会，还可以运用省下的时间谈得细些深些；另一方面，两个部门的负责人同时参加会议，可以从不同的角度看问题，讨论得更客观周全。对这要求，两个部门的接待同志都表示有困难。经我坚持，终于达到了目的。事后接待同志向我透露：两个部门同时与"外宾"开会，不合规矩。这是第一次，应该也是最后一次。

自己内部部门间樊篱如此之高，对外的樊篱该有多高还用说吗？前文所说我给美国大学和研究所写信，请他们与中国科学院的研究所和高教部的重点大学互寄资料。这点事既普通又简单，国际上每个单位都有公关部门，大堆公开资料说寄就寄。可是"互寄资料"这句话，在当年的中国却太不普通太不简单。单位里没有最高领导层的批准，哪能轻易向外界递送资料？最高领导层又哪敢冒"里通外国"的罪名轻易批准？再说，根本就没有资料可寄——中文的没有，外文的更不用说。

后来才知道，我的做法本身就破坏了规矩。外国资料应该寄去单位的上级部门，让上层审查后决定是否可以分发、分发给谁。哪有直接寄到下属单位的？难怪不少单位收到后把资料封存，甚至上缴。

我这个不明国情的人，当时给科学院七十多间研究所和高教部七十多所重点大学的领导们写了很多次信。为了让他们迅速了解情况，这些信都直接寄上，没让政府上层预先审批，然后转交。无论那封信多么重要、多么迫切，总有一半以上的所长或校长不给我片字回音。

啊，说是一半以上，其实给我直接回信的只有极少几位。

摆在眼前的是：受尽猜疑和冤枉的知识分子，心有余悸，害怕跟我通信，担心万一再来一场运动，会不会被扣上"里通外国"的罪名？

当然只是我的猜测，其实他们有没有收到、收到后有没有拆封，我都无从断定。没经历过"文革"的青年读者们，你们很难相信我说的这些情况，对吗？

安排访问学者的更多故事

有些信件我不能不写给科学院和高教部的负责人，同时也直接写给研究所所长和大学校长。这些信的内容特别重要，并有时间性。且举两个例子来说。

一是震惊两国学界的自杀事件。

新闻传来，说一所"常青藤"大学里，一位中国访问学者自杀了。听到姓名，我立刻跳起来：这位访问学者是我经手安排的！还是个安排得非常到位的实例。我从来没有见过他，就凭国内部门送来的简单履历，替他成功安排到一位名教授的研究组。

怎么会搞成这样的？碰到困难为什么不给我来信？虽然没见过面，亦没通过信，但是他到美国后总会与导师谈起，总会知道是我经手安排的吧？怎么在紧急关头不来找我呢？唯一的答案是像上节所说，按照国内习惯，怕直接找我"不合规矩"。

辛酸心痛之余，我尽可能去了解究竟发生了什么事，免得以后再出现这样的悲剧。唯一发掘到的是"压力太大"。什么压力呢？哪里来的压力？来自他的导师吗？好像不是。我不能不仔细打听别处的访问学者遇到过什么情况、感到过什么压力。

原来压力来自国内。很多访问学者不时收到单位领导和家属的来信，都属好意："国家培养你花了很多资源，千万要努力学习，不要辜负国家和家人的期望。"这类话听在常人耳里，尽是关怀和励志之情。可是最初来的一群访问学者不全是"常人"：经过十年内乱，部分学者精神比较脆弱。若是学术水平不够强担心工作过不了关、英文水平较差无法跟人沟通，这样的好意来信就会加强心理负担，甚至被误解为责备。人地生疏，无人化解，一不小心就可能走上寻求解脱的绝路。

这个信息给我很大打击，于是立即直接向所长们和校长们写信，发出严重警告。内容约摸是："请不要给访问学者写这一类的信。信固然要写，更需常写，内容却该温温暖暖报告家人的健康平安、高高兴兴报告单位的最新进展，请学者万事安心，不要过分辛苦，好好照顾自己的身体。"为了坚持这点，我同时去信给科学院和高教部的高层负责人，建议他们按我所说的向所长们校长们发出"指示"：若是继续写些八股式的"鼓励信"，万一访问学者出事，他们难逃责任。（看，我开始学乖了。）

当然没人给我回信。部里、所里、校里，全都没回。

另一个信息没有给我打击，可是吓了我一跳。

有学成归国的学者写信给我，说领导令他上缴留美时所积蓄的美元。

那时国家穷，单位更穷；偶尔需要向外国订购一点仪器，外币两手空空，难怪领导们会作出这样的要求。公派的，我不能干预，反正每月四百美元仅仅够用，学者不会有什么积蓄。可是在我安排下接受美方经济资助的，可不能不管：每次安排时都请美方为访问学者每月提供约六百美元的生活费用。不少学者习惯省吃俭用，每年能积蓄两千多美元。万一单位领导逼他上缴的消息传回美国，仇视中国的人会说："来自美国政府的科研经费流入访问学者单位的口袋，间接津贴'赤色中国'。"那还得了！

于是我又去信给所长们和校长们，同时写给科学院和高教部的高层负责人，再次建议他们向所长们和校长们发出"指示"，禁止要求上缴。为了进一步保证这点，我建议不允许单位接受任何回国学者的"志愿"捐献；带回的美元要存入学者个人的银行账户，让他们来日再有机会出国时自由使用。

当然又没人给我回信。部里的负责人、所长们、校长们，全都没回。

不过自此以后没再听说过上缴或捐献的事，不知道是我的信产生了作用，还是不再允许归国学者向我传送这类信息。

1981 年后，部门高层不再管得那么紧，开始有国内单位直接来找。请读者们听一个很有趣的插曲。

一天下午就快下班，我在院长办公室突然接到长途电话。直接来自中国的长途电话，多稀罕的事！

很重的口音："你是哪里？"我回答："我这儿是美国加州，我叫吴家玮。"

"我是××大学的。我校的李××、张××、陈××，都安排得怎么样啦？怎么还没消息？"（姑隐校名和人名。）

我回答："唔，××大学。是的，高教部给我送来十个贵校的学者简历来。材料就在我身旁的文件柜里，请稍等。"片刻后，查完材料，我回应："十个简历里面没有您所说的李××、张××、陈××。看来高教部没把这三位交托给我。"

"不可能。"

"真的没有……"

话没讲完，对方"叭"一下就挂断了电话。

五分钟后，电话又响了。又是这位同志："怎么啦？怎会没有？"

"真的没有。"

"不可能的。你不是我国的驻美官员吗？"

秘书小姐接到语言不通的电话，就得向我这个被称为"小青年"的院长求救。这张照片据说也是热菲尔学院校友会的"珍藏"。

"哦，不是。我只是个华人教授，替高教部义务干些访问学者的安排工作……"

话没讲完，对方又挂断了电话。之后就没电话来了。

我一方面觉得莫名其妙，很有点纳闷；另一方面还有点惊奇：国内的大学工作人员能对"国家的驻外官员"这样不礼貌？多少年过去了，始终没想到解答。

另有一个插曲，亦与长途电话有关，不过这通电话来自美国中部一所著名大学的院长（或是副校长，记不清了）。他邀请了一位中国资深教授来校访问一年，按例尊称他为"客座教授"。哪知这位资深教授的大学不同意，坚决要按高教部的规定称他为"访问学者"。他向我求救："我们不想侮辱他，怎么是好？"

天啊，三年前国内负责领导不愿意接受"访问学者"这个名称，直到方毅副总理（或许更高层）拍板才挽回局面。现在却非用这个名称不可。面对这位美国院长的询问，怎么向他解释？说多了让人笑话，不如不作解释，含含糊糊地说："没关系的，很多名词不容易翻译。你就让他以'访问学者'的名义来吧，来后给他添发一封邀请信，改称'客座教授'就是。"

这种事情美国人好说话。问题迎刃而解。

接待来自祖国的访问学者和代表团

到 UCSD 之后，除直接来我研究组里工作的访问学者，另外好几十位我经手安排的，都只见过简历没见过人。这些年来倒在香港和内地碰巧见上几位，特别是来香港科技大学访问的，其中包括一位副省长、一位大学校长，至少一位院士，都是他们在见面时说，当年去美国深造是由我安排的。听了很觉欣慰。

其实来我身边当访问学者的，并不全学物理，更不一定与我的科研项目有关。最特出的有两位，都是科学院的行政干部。科学院送他们出来了解美国的科技管理方法，特别有关科研经费的派发和监控。一位是赫春民，归国后离开北京来到南方，后来还在一个重要城市里当过市人大领导。

另一位回国后作了重要贡献，也值得一说。

郝春民（左二）与团员们在热菲尔学院院长办公室前与
我们夫妇合影，很难相信那时我俩这般年轻。

　　竺玄是位头脑清晰灵活、工作勤奋扎实、研究深入细致的年轻干部。一在宿舍住定，立刻锲而不舍为自己打好英文基础。听同住的访问学者说，他白天上图书馆查资料，晚上抱着英文书籍死啃，念到半夜两三点钟。

　　在图书馆里挖掘些什么资料呢？原来是细读美国政府科研经费管理机构的运作原则、同行评议的理论和落实、监控方面的操作方式，并不时与我讨论，求取印证。没多久后，发现他懂得比我彻底。

　　怎么可能？答案很简单：作为教授也好、系主任也好、院长也好，大学里的人都是科研经费的申请者、接受者。我们的兴趣集中于争取和运用经费——有时评估别人的申请书，而不甚理会经费的综合政策或统一管理。说得粗俗：拿钱的与给钱的立场不同，于是看事的角度亦不同。这位访问学者回国后的任务，是帮助科学院建立科研拨款系统，因此在 UCSD 那段时期必须对美国国家科学基金会（NSF）的一切做法一五一十彻底了解，消化吸收。

果真起了作用。据我了解，科学院领先建立了同行评议的拨款制度。不久后，在他的影响下，国家运用同样原则成立了国家自然科学基金会，连名称都与 NSF 相仿：National Natural Sciences Foundation（NNSF）。初期我被聘为 NNSF 的顾问，从内部的小道消息听到上面这段话，不知是否属实，不过想来总该有点根据吧。

八十年代，回国次数渐多，与国家科委有很多来往。我非常佩服国家科委的两位中年高级干部吴明喻和林自新。他们很了解外国情况，思想十分开放，样样事情为人民着想。这句话有例为证。一次，他们问我能不能介绍美国商界的人来华展览家庭用品，说："需要引进的不是高级货品，甚至不是中层阶级的家庭用品，而是制造技术简单、成本菲薄、价格低廉的日用品——譬如最普通的塑料品。因为这些年来我们的人民穷得实在厉害，生活条件太差，即使不易一时提升，还是应该尽可能学会生产让他们过得稍微舒适一点的用品。"我不熟悉商界的人，这方面出不了力，但是听后心头一酸，几乎流下眼泪。

来美访问的，有一些声名远播的资深教授。我接待过他们，为他们安排过讲座。三十年的闭关自守、十年的"文革"，非但使他们的学术水平相形落后，连他们的思想境界也停留在五十年代。他们所想的、所说的、所干的，竟远不如上面所说的两位行政干部和刚出道的青年那般开放和务实，令我这个学界中人吃惊。而他们对此懵然不知，面对访华的外国专家学者，或访美讲学时的听众，竟能说得天花乱坠、大言不惭，令我为祖国的学界担忧。

说个令人怀旧和高兴的事。UCSD 来了个中国大学校长代表团，自然让我负责接待。这几位校长年纪较大，却兴高采烈得像年轻人，且富有幽默感。我驾车带他们周围观看。校园外围的一段 5 号州际公路，来去两边各有四至六条车道，甚为壮观。我说："我们国家将来也会是这样。"他们说："不会的。我们不会建造这样的高速公路——所需地皮太多，我们不能这样占用耕地。"哪里想到如今高速公路漫山遍野，让人深叹今非昔比。

代表团团长是位诗人，每到一处即兴吟诗。团员们说他山景海景、校园公园、铁路公路，什么机会都不放过。一位特别喜欢促狭的校长笑道："昨天去参观农场的时候（真的，那时还兴去参观外国的农场呢），幸亏你不在场，否则看到他在猪圈边对着一群小猪吟诗，那才有趣呢！"我说："也太夸张了吧？"团长一本正经地回答："不，他没有夸张。那群小猪非常可爱，我的确写了首诗。"

几天后，在欢送会上团长有感于心，说："我不善于演讲。今晚与诸位主人告别，就以诗代词吧。"说完就吟了首七绝。在座的美国教授拍完手就说："请吴家玮院长替我们翻译。"天啊，中英文化的差别多大！什么文章都不易翻译，何况音韵有别、隐喻特多的中文诗句？我站在团长身边，勉为其难地逐句挣扎，竟即席把那七绝译成英文，出了一身大汗！团员们见我难受，竟还呼喊："再来一首！"幸好团长还有点人味，摇摇手说"够了够了"，让我大难不死。

讲了这么些故事，其实还有许多。回头看看，开放初期的诸多困难，绝大部分早已烟消云散。有目共睹，人的思想、心态、办事方式都起了天翻地覆的变迁，令人额手称庆。世事越变越快，幅度越变越大，不少方面还需迅速改革。不进则退，事不宜迟。

第八章　打破学界的玻璃天花板

那天天气晴朗，习习清风，两个不认老的退休老人坐在拉霍亚海畔的小餐厅里闲聊往事。越谈越有劲，一顿早饭竟吃了两个小时。

埃特金森说："你去旧金山州立大学当校长的时候多大年纪？"我说："四十五岁。"他说："啊，那是你职业上的战略错误。不该去的。"我问："为什么？"他答道："还那么年轻。当时你若愿意等上一两年，伯克利加州大学该是你的。"我说："何以见得？"他说："大卫·伽德讷非常赏识你，总是赞你。"

大卫·伽德讷（David Gardner）是谁？他在1983年就任加州大学总校校长，当了九年，于1992年退休。继任者只当了短短三年，1995年由埃特金森接任总校校长，当了八年，于2003年退休。

加州大学总校说是"总校"，其实不是一所大学，而是个庞大的州立高等教育系统统筹协调机构，位于旧金山湾区东部的奥克兰市。（旧金山州立大学位于旧金山市的西南角，属于另一个州立高教系统。）伽德讷与我相识于1983年，正是我离开圣迭戈加州大学就任旧金山州立大学校长的那年。湾区的大学校长们在很多场合上见面，按期开会，结交为友。我是天生的工作狂，那时又年轻力壮，或许给他留下了一点印象。特别是一起去以色列那年，机舱里别人都蒙头大睡，我却埋头苦干，十几个小时里工作不停。后来他到处跟人说这事。

我跟埃特金森说："当时假如没去旧金山，位于北加州的总校与位于南加州的 UCSD 地理上相距甚远，总校校长与 UCSD 的一个院长难得见次面，最多只是点头之交，做不成朋友。那么他怎会'赏识'我？"埃特金森说："那也是。不过你去旧金山州立大学总还是个战略上的错误。"

一些华人朋友后来也这样说。可是当时推使我去旧金山州大当校长的也正是这些华人朋友。美国华人运动的主导思想之一就是：华人必须尽快打破"玻璃天花板"。

打破学界的玻璃天花板？

大学理应是思想最开放最先进的园地，社会上的各种不平现象，譬如种族歧视、宗教歧视、性别歧视等，都不该在校园里出现。事实并非如此，只能说这些现象没有社会上那么显著。不足为奇——大学脱离不了社会，什么习惯都被带入，什么风气都被染上，中外无别。

可是学者们的思想境界毕竟还是比较开放和先进，年轻的学生们受到教授感染，往往倾向理想主义，企求进行改革。于是各种反不平反歧视运动经常首先出现于大学校园，至少过去在美国确实如此。那么，若要打破"玻璃天花板"，哪能让大学置身事外？当年这是美国华人运动关注的大事，至今仍然。

"玻璃天花板"是什么？请容许我多说几句。

据我所知，这个名词起源于美国。由于种族歧视（当年针对的是非裔和西班牙裔，美国人还没注意到亚裔）、宗教歧视（起初针对的是犹太教徒、天主教徒，今天的对象是伊斯兰教徒）、性别歧视（素来针对的是女性，现在扩展到同性恋者），被歧视的专业人士在上升途中迟早会遇到阻碍。抬起头来向上望，似乎看不到什么阻碍，可是攀登至某个地步，自然会遭遇压制。这无形的压制像是块透明的玻璃天花板（glass ceiling），挡住被歧视者的上升通路。

美国的主要大学里都有留学生出身的亚裔教授，尤其是理科和工科的院系。除非英文的沟通能力太差，影响了教学，否则按部就班逐级上升，并不明显遭遇歧视。学术研究上有特别成就的还被普遍尊重，职称和待遇两方面都不吃亏。主因是大学人才竞聘剧烈，不容亏待优秀的教授学者。可是管治能力有异于研究能力，不易作出客观评价，因而管治岗位常与亚裔绝缘——学术治理如此，非学术管理更是如此。

必须承认：留学生的成长环境与土生美国人不同，因此表达、沟通、处事等方面，较难全面适应管治岗位的需求。对不少"老美"来说，与你一起当"阳春教授"没有问题，让你来"管"则是另一码子事。

系主任这岗位属"半阳春"。人事方面，系主任作出的评估和判断难免涉及部分同事的个人利益，导致不和。可是公事方面，毕竟系里的同事属于同一学术领域，观念和逻辑大同小异，因而决策上分歧较小，较易处理。于是二十世纪七十年代，学界开始有些华人当上系主任。我任职西北大学时，理学院与工学院共十几个系，连我在内竟同时有三个华裔系主任。

院长的情况则很不相同：职责以学术治理为主，兼挑非学术管理，岗位不再"阳春"。不但如此，所需统筹协调的远非一二学术领域相近的学系；面对的挑战，不论范围与强度，都远超系主任。当时，在我所熟悉的大学里，除七十年代在伯克利加州大学出任工学院院长的葛守仁外，没看见过别的华裔院长。（深信还有，只是我孤陋寡闻，若无意中有所遗漏，请勿见怪。）因此我在圣迭戈加州大学出任热菲尔学院院长时，某些华人运动家说是打破了"玻璃天花板"。

华裔副校长更没见过。圣迭戈加州大学的制度与一般大学不同，学术方面的副校长当时只有一位。我的职称英文是"provost"，若在别的大学，中文译名应该是"副校长"，甚至是"第一副校长"或"首席副校长"（也曾被译为外国人看不懂的"教务长"）；可是这所大学有四位"provost"，不能这样翻译。每位"provost"负责一所半独立性质的学院，所管不仅有学术方面，亦不仅是学生生活，还与其他三位"provost"联手统筹众多全校事务，应该说是介乎院长和副校长间的岗位。我把它译为"院长"。

至于校长就更不用谈了。有人听说多年前出现过一位，又听说他的学校只是所分校，又听说他在美国土生土长，还不一定真是"华裔"。反正主要大学里没有出现过华裔校长，或许原因如下：

校长分内的任务，与院长和副校长完全不同，在大学内部既是 CEO（Chief

Executive Officer），又是 CAO（Chief Academic Officer）（我国将 CEO 译为"首席执行官"，我认为非常不妥，特别是那个"官"字。这译法来自企业界，其实，用在企业界亦不合适。至于 CAO 该怎么翻译，我真还没听过——当然更不能用上让人笑痛肚子的"官"字。不如就借用拉丁字母吧，反正汉语拼音也借用了拉丁字母）。此外还得为大学挑起大量外部工作，包括与政府机构、社会组织、教育界、文化界、科技界、企业界、舆论界等的交往。若是主要大学，则还须与国外多种界别建立国际交流合作关系。

由于历史原因和成长环境，那个时代的美国亚裔教授学者多以留学生为主。亚裔的语文和文化背景与欧裔毕竟有所差别；连土生土长的第二代都难免如此，何况是第一代移民，更何况是留学生？学术成就很高的、在大学内部能走上学术行政岗位的，未必有足够机会获取管治经验，更未必善于与校外界别打交道。这些是不容否认的客观条件。除此之外，当然还有连思想境界超前的学界都挥之不去的种族歧视。主要大学里没出现过华裔校长不足为奇。

那块玻璃天花板确实既厚又重。

美国大学如何遴选校长

美国十分注重大学自主，大学的事务，联邦政府的教育部不予干预，州政府也不能直接干预。公立大学如是，私立大学更不用说。遴选校长是大学的一件首要大事，非但政府不能干预，"自主"两字更反映每所大学建立了自己的传统、政策和制度，与别的大学未必一致。这节所说的是我自己熟悉的制度，特别是公立大学。其他公立大学的制度想来大同小异。

大学的最高权力属于校董会。州立大学的校董会成员一般均由州政府任命，于是州政府在大学事务上持有某种程度的影响力。可是校董会成员都有固定任期，不容任意撤换，因而州政府不直接干预大学事务，影响力只属间接——所谓"一臂之距"（arms-length）。受这传统限制，校长的任免权直属校董会。

据我所知，五十个州里有四个州的州立大学校董会成员不由州政府任命，而来自按期举行的民选。私立大学的校董会成员，一般来说由在位的成员自行按期补聘，校董会更不受政府影响，更是大学的最高权力机构，更直接拥有校长的任免权。

校董会聘任校长，通常需时一年或更多。首先必须组成"校长遴选委员会"（presidential search committee），成员来自校董会本身、教职员和社会。整个遴选程序严谨保密，否则一旦候选人的名字或有关遴选的进程泄露，候选人极可能退出，以免影响他在现任机构的工作，甚至招来非议。一般规矩是：遴选委员以个人身份出任，不代表任何组织。譬如说，出任遴选委员的教职员需是受同事们尊重和信任的人员，可是身为教授的不代表教师组织，身为职员的不代表员工组织，因而遴选期间无须向所属组织提出报告，以此减低内情外泄的可能。

遴选委员会一般不让学生加入。一方面是学生经验不足，不可能深刻了解校长的职责所在；一方面是学生在校时间最多只有几年，难以彻底赢取同学们的尊重和信任、真正代表学生的需求；更重要的是年轻人不太能承受来自同学或舆论的压力，泄露内情的可能较大。不过时代有所变迁，学生组织的力量越来越大，较多大学的校董会开始允许学生参与校长遴选，至少在部分不十分敏感的遴选会议中以观察员身份入场。

遴选委员会的第一步工作是接受他人推荐或个人申请，建立候选人名单。方式有二：一是在高等教育报刊里公开登载广告；一是以遴选委员会名义去信同类大学的高级管理层及资深学者，要求推荐。前者最通常的途径是在《高等教育纪事报》（Chronicle of Higher Education）刊登招聘广告。这个几乎必干之事，多半只是官样文章——特别以主要大学来说。有资格被考虑的人选都已有满意的职位，不兴看招聘广告；即使看了，也不会"降低身份"自行应聘。享有地位和威信的学界人士所作的推荐才是人选的真正来源。

英联邦学界对刊登广告的看法与上述略有不同。一是运用更多报刊招聘，除美国的《高等教育纪事报》外，更注重英联邦的《泰晤士高等教育》（Times Higher Education）之类；二是不那么轻视个人自荐。虽然这样说，我曾见过有人自行申请院长及较低级别的职位，却没见过自荐者成为副校长或校长候选人。

公开聘请下谁都能被荐或自荐。各种来源的"人选"很可能多至几百，可是绝大部分上不了台面。第二步工作乃是进行初步筛选。无须全部遴选委员参与，因为绝大部分被荐和自荐者分明不够资格，几位委员加上几位后勤人员的小组，花上两个月光景，就能把他们逐一淘汰。剩下二三十位第一轮候选人。

接下来的工作必须十分严谨：小组详尽分析推荐者所给的理据和结论，收集每位被荐者或自荐者的公开资料，总结后呈报给遴选委员会。委员们细心讨论，从中挑选十来位第二轮候选人。

跟着，从各方面收集分析第二轮候选人的教研经验、学术成就、行政能力，并打听他们校内校外的人际关系。继而再次讨论多番，挑选五六位第三轮候选人。这两轮所花的时间少不了要两三个月。

最后，遴选委员会派人到第三轮候选人所任职的校园里小心翼翼暗中进行实地调查。最关键的该是与他们的上司和有关同事谈话，在彼此承诺保密的条件下询问候选人的实际表现、日常为人、应变技能。这些又得花上两三个月。面对面、有问有答、坦诚的质询所能发掘的真相，往往远多于之前的间接观察和道听途说。这时总有候选人过不了关。

几轮筛选后，剩下人选寥寥无几，往往不多于三位，被称为"最终候选人"（finalists）。遴选委员会缮写报告，正式作出推荐。

是否需要这么几轮、资料收集和分析该如何详尽、每轮筛选留下多少候选人、每阶段由哪些遴选委员参与讨论、前后总共开多少次会……这些都由全体遴选委员酌情决定。我所简述的来自间接和直接经验，只能算一般情况。

遴选委员会至此大功告成，上呈校董会。校董会逐一邀请最终候选人访问校园，在完全保密的安排下与大学的关键人物，包括某些校董、教职员代表，甚至学生会领导等见面长谈。之后全体校董开会，听取反馈，并逐一会见各位最终候选人，提出各种各样的问题。

最后，遴选委员会关上门举行全体会议，讨论、辩论、争论，投票作出决定；在征得被选中者的同意后，向外公布。这段进程十分紧凑，尽可能排除敏感信息外泄的机会。

多多少少繁复的工作、多多少少背后和当面的调研检查、多多少少次大小会议，万一选中的人到时为了种种原因不愿接受聘任或不能走马上任，整件事还得从头来过。难怪从刊登广告到聘定新校长需要至少一整年时间。聘任校长是件大事，校董会职责所在，不容苟且。

国内曾经做过一次类似的遴选，试行与国际接轨。原意甚佳，可是把任务委托给一家猎头公司，阵容很强的遴选委员会只开过一次会，看到一份只含六位候选人的名单和简单介绍。过后当事人自称他是经过全球海选，从多少多少候选人里选拔出来的。事实上整个过程与我所熟悉的完全不同。

旧金山州立大学的遴选过程

1982 年秋的一天，上午九点多钟，院长办公室的电话响了。来自中国的吗？哪所派遣访问学者的大学遇到了困难？不像，北京时间已过午夜，不至于有那么紧张的事急需半夜来电。再说，那时访美学者业已来往频繁，不再需要我们这些老一辈的留学生带路了。

电话那头是位老美，自我介绍说："我正从长滩市打来，是加州州立大学校董会的职员，有事找你。"奇怪，加州州立大学与加州大学属两个完全独立的系统，井水不犯河水，找我干吗？还打着校董会的大旗，更加古怪。于是按照美国人的习惯，问他："How can I help you？"（我怎能帮助你？）

他说："我们正在为旧金山州立大学聘请校长，有人推荐了你，需要知道你是否有兴趣？同不同意让我们考虑你为候选人之一？"

短短几句话，反映了不少情况。一是加州州立大学系统当时已有十九所，加州大学系统也有九所，每所大学虽然独立自主，却不拥有自己的校董会。两个系统各由一个"总校"校董会统筹领导。系统内的大学，校长任免由其所属校董会负责。二是美国人崇尚个人隐私权，你不同意的话，不能无缘无故对你进行调查——无论是好事还是坏事。三是推荐我的很可能是位华裔运动中的朋友，甚至就是几年前向 UCSD 推荐我来当院长的那位或几位朋友。

遴选过程很长，按照上节所描述的步骤，他所说的还只是早期：遴选委员会在刊登广告两个月后开始第一轮筛选，花上两个月光景进行淘汰，剩下二三十位第一轮候选人。我大概是那二三十人之一。

既然运动中的华裔朋友这么积极地叩打玻璃天花板，又有人这么看得起我，不妨同意在先，让遴选委员会进一步调查和考虑。虽然心里没法想象再次离开UCSD，参与校长遴选过程毕竟是个学界独有的学习机会和罕有经验。当然，进入第二轮后很可能被淘汰，石沉大海，也就无须费心了。

果然好几个月没人再来联系。后来才懂得上节所说的运作规律：遴选委员会的小组需要时间详细调研和分析候选人，暗中进行第二轮、第三轮工作，候选人对这些步骤当然毫无所知。甚至小组走进调研对象的任职校园、进行实地调查的过程中，候选人还完全被蒙在鼓里。

讲到这里，值得打个岔。有些大学的遴选委员会愿意雇用所谓"猎头公司"（head hunting firms）协助调查。听上去似乎让猎头公司的招聘专家来替自己干遴选工作，其实不是这么回事。猎头公司的观念来自企业界：商业机构急于求才，经常彼此挖人——特别是高级管理人才，促成了"猎头"行业。学界雇用猎头公司的动机与商业机构很不一样：一则猎头公司的人员缺乏学术领域基础，无法在学术方面作出评价；一则大学里"教授治校"，领导层在学术人事方面并不握有生杀大权，猎头公司不熟悉这种学界特有的规则，很难鉴定什么样的人是特出的管治人才。

那么，雇用猎头公司干什么？说穿了，并非猎头，而是后勤。大学不缺乏人手，人事处不缺乏职员，何需找它干后勤？答案又得回到防止内情外泄那点。调查、收集和分析个人资料，进行几轮筛选工作，过程漫长，不易防止泄密。而大学崇尚学术自由，环境宽松，万事透明，教职员办事开放，没养成保密的习惯。进入最后关头——特别是走进候选人的任职校园，短兵相接、深入调查之际，更不容丝毫泄密，否则很可能前功尽弃。猎头公司善于收集资料，惯于保密，更能紧守雇用合同的约束，确实做到万事滴水不漏。这是它的功能，也几乎是它的唯一功能。遴选过程中校董会绝不让它反客为主，由受雇转为主导。

　　加州州立大学系统则有个特点：根本无须雇用猎头公司。校董会领导下有十九所大学，需要不断为多所大学聘求行政领导，乃为此建立了自己的调研队伍，长期在学界里打听各种管治人才的背景。多年后，有位调研队伍的负责人跟我说："我们必须照顾十九所州大。假设每所州大的校长在位九到十年，则每年平均需要聘请两位新校长。于是我与我的同事们经年在多所主要大学的校园里打滚，今天打听这个，明天打听那个，令人眼花缭乱，无法猜测真正被打听的对象是谁。"很有趣，也很科学。

　　此外，系统本身不是大学，而是统筹兼后勤的机构。职员们不受学术自由风气的熏陶，很能坚守保密纪律。

　　大概四个月后，突然又来了一通电话。这次来联系的人不是普通职员，而是校董会的高级领导（若在内地，大概会称为秘书长或办公室主任）。他的话既简明又严肃，就这么几句："旧金山州立大学的校长遴选委员会已经完成任务，向校董会呈交报告，推荐了三位最终候选人。你是其中之一。校董会在作出最后选择前，希望你和你夫人尽快去一次旧金山，参观校园与周围环境，并在保密情况下与为数不多的关键人物见面细谈。行吗？"

　　很有点出乎意料，因为当时的我还只四十五岁，当校长似乎太嫩，难道校董会没注意到这点？迅雷不及掩耳之下，我说："请让我与妻子商量，两天里给你回电。"他说："去完旧金山，几天后还须请你来长滩市的州大系统总部，参加校董会全体会议。事不宜迟，请尽快答复，我好安排行程和日程表。"互相道谢后，结束谈话。

　　"参加校董会全体会议"的含义，分明就是进行面试。

　　当时尚不知道筛选过程中有不少内情，当然他也不说。似乎部分信息已遭泄露，一些校董不断受到来自多方的社会压力和政治困扰。他们希望尽快举行全体会议，作出决定，以便完成任务，放下重担。

最后关头召开家庭会议

什么社会压力？什么政治困扰？说穿了，两样都属同一问题，就是：让不让一个华人当上校长？在二十世纪七十年代的美国，连世世代代生长于此的犹太人都还当不上明尼苏达大学的校长，十年后就让个来美留学的华人打破玻璃天花板？

不是说校董会里有种族主义者（不是没有！），而是很多人不放心让个缺乏美国文化根底的人当上主要教育机构的学术和行政领导。亦或许不是完全没有道理。请看，我国大学有没有让"老外"当校长的？（早年外国教会所办的学校例外。）

两国不同之处是：美国本来就是个移民国家，不断从世界各地吸引和吸收各种人才，社会不该以种族或出生地为根据来划分界线。欧裔移民能当大学校长，亚裔移民就不能？归根到底，歧视就是歧视。

那个时代，当上热菲尔学院院长已经很不寻常，被选任为旧金山州大校长简直不可思议。我这样想，伊芳更这样想。因此，虽然几个月前她就知道有这么件怪事在酝酿中（除她和我，周围没人知道），对此毫不经心。州大系统总部来电，还是甚不经心，亦不担心仅仅四年又要搬家。她与我一般，认为另外还有两位最终候选人，我该是个"陪跑"而已。既然如此，与我去旧金山走一遭，没啥问题。

说也奇怪，今天我俩都不记得那次在旧金山究竟干了些什么。伊芳记性特好——尤其是生活和旅行途中所遇到的琐事，可是竟完全忘却这次北上的经历，甚至不记得有没有发生过这回事。心理学家说：人遇到不愿意的事情，为了自我保护，会启动失忆本能。信然。她当时非常不愿意离开拉霍亚，更不愿意再次搬家。而我呢？说不出失忆的特别理由，可是除了与在任校长、学术副校长、行政副校长、教授委员会主席、两位院长，还有学生会会长分别见过面，不记得此外见过谁，也不记得与他们谈了些什么。

伊芳确实陪我跑了一遭——这话绝对没错，因为后来《人民日报》登过一篇有趣的文章，以这件事为例，说美国大学聘请校长还须兼考夫人。其实有点误解。美国的生活习惯和社交礼节与我国不同，夫人经常陪伴丈夫出席社会活动（丈夫却未必陪伴夫人，可见男女并不平等）。大学和校董会里的关键人物确实想在定案前预先见见几位"准校长"夫人；并非"考"夫人，并非要求什么，只是不想校长有个太不像话的夫人。至于什么叫作"太不像话"，我让读者们各自揣摩，各订标准。

回到 UCSD，没两天后校董会又来电话。正如前面所说，邀我到设于长滩市（Long Beach，洛杉矶南郊市镇）的州大系统总部参加校董会全体会议——也就是接受面试。至此突然醒悟：该是最后关头了。不想当校长的话，还可以找个借口临阵退缩；否则万一真被选上，到时绝不能婉辞，因为婉辞的消息泄露出去，会令接受委任的新校长难堪，并让校董会尴尬。

伊芳啊，你可得打定主意了！伊芳说："你自己怎么想？"我说："很矛盾。好不容易回到 UCSD，不就是想在这儿过一辈子的吗？当几年院长后回系里做物理，多好的如意算盘！不还说过：在郊外找一大块地，让孩子们长大后，成家立业，围绕着我们住？"可是另一方面，这么多年来参加华人运动，哪能没点责任感？到这地步，总得有人打破这块玻璃天花板吧？坦白说，我若不是中国人，绝对不会去当校长。伊芳说："我也是这种心理，很矛盾。该去问问两位老人，看他们怎么想。"

父亲听后说："该做的事就做。"他素来非常认真和能干，清华大学毕业后留美五年，原应能干番事业，只是生不逢时，一辈子处身于战乱，忙着避难、谋生、养家。人虽已老，壮志犹存，或许正是把愿望寄托在儿子身上。母亲呢？跟着父亲一生奔波，所期望的只是安定，并不愿意再次搬家，可是从小饱读圣贤书，以贤妻良母为生活标杆，只要大家愿意，她也不强烈反对。

问完老人，是否应该与下一代开个美国式的家庭会议？三个学生各有想法：儿子念了两三年大学，已经建立了自己的生活，反正不常留在家里，搬不搬家不是大问题；大女儿喜欢大城市，爱好新鲜，很愿意考虑换一所大学，与我们一起北上旧金山；二女儿虽然进了大学，入学时还只十五岁，既不愿意离开我们，又不愿意离开 UCSD，一时无法决定。三女儿呢，无须多问：两岁多的娃娃躺在爷爷肚子上睡她的大觉，或许在梦中含含糊糊听到老人与我们的对话，算是参加过讨论了，可是还不会讲多少句话，没有表达独立意见。

既然如此，伊芳说："那你就跑一次长滩吧，与校董们见见面，好好应对。成就成，不成就不成，听天由命。"什么事都如此：她在无法作出决定时，总爱亮出这招，把责任推给上帝，事后开开心心。其实她虽不说，心里还是认为校董会一定不会选上我。

我也这样想。

真就打破了学界的玻璃天花板

清早驾车来到长滩，州大总部有人接我，带我住进附近的酒店，然后跟我解释这天的程序。

他说："最终候选人还是三位。今天三位都来了，都住在这个酒店。校董会将在上午八点开个预备会议，聆听和讨论校长遴选委员的口头报告。之后逐一会见三位候选人，九点整开始。每位最终候选人入场后与校董们谈 50 ～ 55 分钟，然后赶快离场，总部自有职员送他回酒店'休息'。会场的布置将是左厅进、右厅出，免得候选人碰面。中午休会，举行新闻发布会和记者招待会。"就这么简单，却这么周到。说完后加上一句："你是第一位入场的。酒店离会场相当近。我们八点五十分走，十点钟回来。之后请你'休息'。午后就可驾车回家。"

我没说话，心里有个令我自己都觉得古怪的惯性反应："糟糕，没带上工作。十点到十二点那整整两个小时怎么打发？"

进到会场，只见十几位校董一字摆开，有些点头微笑，有些毫无表情。主席说了礼貌性的开场白，就邀请校董们提问；从左到右，每人限问一个问题。

这种做法我还是初次见到。美国人开会时一般紧跟议程，逐个议题讨论。

加州州立大学系统的总部，
当年很像个政府机关。

发言者举手示意，静候主席点到——至少这是议事规则。不过当讨论激烈得变成争论时，经常有人不举手就插嘴，怒目相视者有之，七嘴八舌者有之，不以为忤。这次却一人一题，不允追问，亦无机会讨论——那怎么能够明确理解答者的思路呢？（倒很有点像我国内地的会议。近三十年来，我参加过内地无数的咨询会议、评估会议，开会过程大多如此。好处是人人有平等机会发表意见；坏处是程序呆板，一人几句，缺乏对话，往往结论不清。）

既然有十几人在座，每个问题只能简答，否则会剥夺最后几人的提问权利。啊，是否校董会故意安排这种不寻常的开会方式，看候选人善不善于控制场面、掌握时间？我决定直接回答问题，不去花时间仔细说明理论根据或背景，一改过去作风。五十来分钟，正好每位校董都问上一个问题，获得一个答案。他们似乎很满意，我却纳闷之余，感到回答得很不舒畅。

商界与学界就是不同。除三位政界人士，校董们绝大多数来自商界。我们这些教书匠，什么事情都要为听众（学生们）把每课内容的背景和来龙去脉解释得一清二楚，然后才讲下一课。干理论研究的，更须把一个个环节的逻辑搞通，才敢进入下一环节。商界受"时间就是金钱"的驱使，缺乏学界的耐性，不愿把时间用得那么奢侈。我以往当阳春教授、系主任、院长，都没有与校董们打交道的机会，至此更感到商界与学界间的偌大差距。万一当上校长，能与校董们搞好关系吗？

准时回到酒店。手头没有工作可做，真不习惯。打开电视混时间，可是电视台播的不是幼儿节目就是给家庭主妇看的体操或烹饪；上午没有新闻广播，亦没有纪实节目，实在看不下去。桌面放着的几本杂志都不合我口味。你说为什么不上网？啊，那个时代个人电脑还在萌芽，手提电脑尚属科幻；不像今天，背囊里一台电脑两本书，跑遍全世界都不怕没事干。

清早上路，没睡够，不如上床打盹。一下就睡着了，竟还睡得打鼾。

突然间被电话铃声惊醒。对方没作自我介绍，只说："我在大厅，请你赶快下楼，与我一起回总部。校董会即将宣布你当选为校长，然后要你面对记者。"

还没醒透的我，一看手表，已是十二点半。忙问："什么？请再说一次，说得慢些。"一问一答之后，我听懂了他的意思，说："请给我时间打几个电话。"他说："不行。大群记者已在会场外的休息厅等了几个小时，不能再让他们等下去。必须打电话的话，只能打一个，请不要超过两分钟。"

不就像好莱坞的警匪片吗？被警方逮捕的疑犯有权打一通电话。还没上任，就被递来教条：记者是千万不能得罪的。（可惜一辈子学不会怎么应付记者。）

限打一个电话，当然对方是老婆大人。汇报完后，请她转告双亲。连UCSD的顶头上司都不能预先告知，后来他说从收音机里听到这个消息。你看多么失礼！

可爱的老婆在电话上说："是吗？老天为我们作了决定。爸爸妈妈在吃午饭，我会立刻替你转告。"声音不高不低，十分平静。

很不愿意放弃UCSD和拉霍亚那种稳定生活的伊芳，一辈子不慌张，可是面对这么大的转变，怎会平静到这个程度？多年后，她在深夜寂静时刻用同样平静的声调告诉我："我千真万确相信校董会不会选上你。同时又千真万确相信他们一定会选上你，因此听到后不觉惊奇。"干理论物理的人实在无法理解这样的逻辑。她就是她，自有一番道理。

车到总部，校董会已经散会，会场上乱纷纷，却不喧闹。好多位校董向我走来，也不问我是否接受聘请，就伸手道贺——包括一位"面试"时态度不那么友善的，他还说："你该知道，校董们的最后投票是全体一致的。"

怎么会？相信校董们经过一番争论，凭这天的表现，确实倾向选我。很可能相当一面倒，可是不见得一致。不过美国有这么个做法：争论归争论，差歧归差歧，一旦投票后出现大多数——特别是比较悬殊的大多数，输的那方会以大局为重，提议再次投票，让会议记录显示全体一致。当然，假如票数不那么悬殊，输方也会向赢方致贺，呼吁团结，可是未必亮出那么积极的君子风度。

记者招待会就在会场门外的大厅里举行。果真一大群，都带着摄影机，镁光灯闪个不停。所问的问题并不深奥，看来记者们等得肚子饿了，只想取得现场照片，好与校董会派发的新闻稿及我的生平一起登报，交差了事。当然他们都会指出这是美国有史以来第一位华裔校长。那时南加州的华人比北加州少，住得很分散，中文报纸没多少市场，现场没看到华裔记者。

据说旧金山的大报翌晨把这事登在首页。该如此吧，毕竟旧金山州立大学是市内的唯一公立综合性大学。

北上前夕的琐思杂念

驾车回拉霍亚途中，想想这，想想那，头绪有点乱。真去当校长吗？我有这能力吗？

怎么回答？几小时前与校董们对答，或许他们所问的问题能给我点启示：当时他们已经想到可能会选上我，那么所关注的或不放心的是些什么？

一位看来最懂得高等教育的校董问及教学与研究的关系。研究型大学里教学与研究并重——至少口头上这么说；事实上大家都知道：评估教授的贡献时，研究成果所占的比重远远高于教学。行外的人——特别是资助大学的政府与缴付学费的家长，不时会问：教授们为什么花这么多时间做研究？答案是：学问总在不断更新；教授若不用功做研究，学识就会落后，教学内容跟着也会落后。还有：学术研究带来无止境的挑战，让教授不断在攻取知识中提高兴致；这种兴致具有强烈的感染性，会令学生学得更有劲头。

校董之所以这样提问，大概是因为旧金山州立大学是一所教学型大学，对我这个背景全属研究型大学的人不很放心。后来才知道，不很放心的还不上他一位。他们心理上都有些矛盾：既怕我不清楚州大系统的教学型定位，又为能破天荒从加大系统——特别是 UCSD——把人挖来感到自傲。其实州大系统的官方定位是"教学及研究型大学"；特别是旧金山的这所州大：研究工作不亚于好几所加大，在不少学科里很有学术地位。可是正为了这点，日后我与某些校董起过冲突。或许他们的担心并不全错。

另一位既像政界人物又像社会工作者的校董，提的问题有关大学与社会的关系。这是个好问题：当院长的不大需要抛头露面外出社交，当校长的却须天天与政界和社会人士来往。我这个留学生出身的人懂不懂美国的文化根基和风土人情，会不会与外界交流互动？这方面，校董们又认为研究型大学与教学型大学间有很大差距：前者贯注于真理的追求，不谙人情世故可以原谅；后者扎根于群众的培育，必须熟悉怎么在社会活动中与人打交道。这种差距属老生常谈，其实过分夸张。

校董们该关注的并非上面所说，而是大学与社会间的另外两种关系。这两种关系与大学的类型和定位完全无关，而是环境上的差异。一是市区与郊区生态氛围的差异，一是北加州与南加州政治气候的差异。

说也奇怪，从求学时期的华盛顿大学，到就业时期的西北大学和圣迭戈加州大学，我所熟悉的环境都是大城市的郊区；而旧金山州立大学位处大城市的闹区。大学脱离不了环绕四周的社区，社区免不了以大学为其核心。这种被称为"town and gown"（城镇与学袍）的密切关系，强烈影响双方的成长过程和生态氛围。譬如说，市区土地有限、人口稠密，校园建筑和交通设施都受其支配，与郊区情况迥然不同。市区贫富不均、噪声和污染、忙碌和拥挤，以及擦身而过却视而不见的人际关系，与郊区仿佛两个世界。大环境的差异直接影响人的心态、习惯和要求，间接影响大学的教学内容和研究方向。

旧金山的市区与圣迭戈的郊区相比，完全是另一种氛围。校董们没有想到，我也没有想到，蛮长一段时期才学会适应。

至于北加州与南加州政治气候的差异，学界里问题不大。南加州——洛杉矶南下到墨西哥边境，人们的政治思想比较保守、比较"右倾"，属共和党天下。而北加州——主要是旧金山湾区，人们的政治思想偏向自由主义、比较"左倾"，属民主党天下。不过两地学者的教育和工作背景令他们思想开放进取，因而学界罕见保守派。位处南加州的圣迭戈加大与位处北加州的旧金山州大，校园里的政治气味差别不大，适应没有困难。可是校董们来自加州各地，有些思想异常保守。在教学政策方面，甚至基础研究与应用研究的比重，当校长的与他们之间难免会出现碰撞。

另一位校董，一看就知道是投身于争取和维护少数民族权益的社会活动家。请注意：加州所说的少数民族主要是指西裔［或称西班牙裔（Hispanic）、拉丁裔（Latino），不同时代不同地点有不同称呼，叫错了会被人责骂］和非裔，亚裔不在被维护之列。理由是亚裔教育水平高、经济情况好，无须维护。其实只是借口。

这位校董问的是：当旧金山州大校长的人该如何看待少数民族学生？他所指的是西裔学生。旧金山的少数民族，人口最多的其实是亚裔，其次才是西裔。他担心亚裔的校长会不会亏待西裔学生。他知道 UCSD 的西裔和非裔学生绝大部分在当时尚未命名的第三学院，而我所管治的热菲尔学院里几乎绝无仅有，令我缺乏与西裔学生直接接触的机会。我不记得自己怎么回答他的问题，却记得另一位校董挺身而出替我解围，说遴选委员会暗中派人到 UCSD 进行调查时，问题之一正是这个，而这方面的调查报告对我甚为赞许，说我在处理全校行政事务上，一贯对不同民族的学生一视同仁。

过后才知道另外两位最终候选人里有一位属西裔，当时正在某所州大当副校长；他的管治能力很强，政绩斐然之余，深受学生爱戴。南北加州的不少社会人士，包括某些政治影响力很强的社团，都积极支持他，希望他被选上。前文提到有些校董在遴选过程中深受社会压力和政治困扰，所指就是此事。前文提到一位"面试"时态度不那么友善、公布决定后却向我伸手道贺的校董，所指的就是上述那位社会活动家。

第九章　美国、加州、旧金山湾区、硅谷

到旧金山州立大学上任前，需要好好学习这所大学的历史、地理和人文背景。上任后，更需尽快了解它的定位、定型和近况。

时间与空间是人类文明发展的框架：时间展示的是历史，空间展示的是地理。两者各有连续性。学习一所大学的人文背景，需从历史和地理着手。以旧金山州立大学来说，首先需要跟踪美国西部和加州的开发，进而了解旧金山湾区的形成。后者当然少不了硅谷。

我虽然从小喜欢历史地理，却不是念历史地理的。请容许我说一些对当年历史地理教学方式的个人观点，说得不对务请原谅：

学校里经常把历史和地理分成两块来教，导致课程支离破碎，两者都学不好；

以"合久必分，分久必合"的朝代兴亡来学习历史，过分注意统治者的迭换；

诸如南北朝、五代十国的历史，要就不学，要就以汉族的主观意识为出发点；

唐宋元明清千多年的融合创造了今天的中华民族，不宜过度着重汉族的贡献；

历史课程大多以征战兴亡、朝廷内争为主题，很少深入分析社会经济或民生；

地理课程以省市、人口、物产等的陈述为主，缺乏科学分析，不谈历史背景；

本国历史地理的基本课程很少涉及国际情况，令学生难以认识全球化的背景。

若要了解他国，不论是政治、经济、文化、科技、社会，还是民生，都须冲出传统教育给我们建立的牢笼，走入人类文明发展的时空，重新从客观的甚至别人的角度来看历史和地理。

汉代的"西征"远达西亚，却未能与罗马连接。罗马安东三的使节到达中

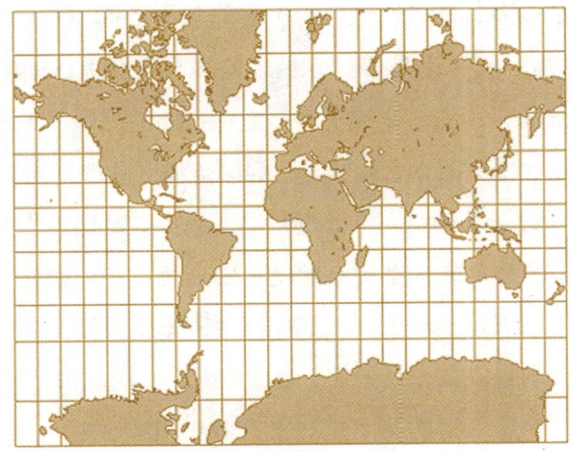

经常看这样不同的世界地图，难免会产生不同的世界观：上图是我们熟悉的世界地图，太平洋稳坐中间；下图是欧美人熟悉的世界地图，大西洋稳坐中间。同一个地球、两大海洋，只是从小到老看两种不同的投影；莫怪中国人与美国人疏远，而西欧人与美国人如此亲近。人们眼睛所看到的，确能影响心理和观念。

国，之后却没下文。成吉思汗挥军西进，继而忽必烈南下，从西方带来"色目人"，所进行的却是杀戮和征服。马可·波罗把在中国的所见所闻带回欧洲，却未能积极推动两者间的文化融合。郑和下西洋到了非洲，却没北上欧洲，之后明清两代封国自锁。两千年来，中国与西方总好像失之交臂。

今日中美两国是世界最大的经济力量，往后多年亦将如此。两国之间的关系定必左右全球的发展前景。加州的旧金山湾区濒临太平洋，与我国的沿海城市可说是比邻。硅谷是美国高科技创新和产业的核心地带，我国的城市——从沿海逐渐延伸至西北和西南——亦以发展高科技创新和产业为己任。这章里我将以认识旧金山州立大学为由，简介加州、旧金山湾区和硅谷的成长过程。

1850年前的加利福尼亚

1492 年，哥伦布"发现"新大陆。一个多世纪后，欧洲的天灾人祸和宗教迫害造成一波又一波的移民潮。1625 年新大陆的欧洲移民还不到 2000，1700 年达到 27 万，1775 年已增至 240 万（见 *Wikipedia*）。统治者的暴政苛税令移民极度不满，反抗活动迅速转变为独立革命。1776 年革命成功，建立了临时政府，继而奠定了建政宪法、治国原则，及美国的成长基础。

疆域最初限于新大陆东北沿海。英国的宿敌法国、西班牙和荷兰都支持革命者；而多数印第安土著部落为了遏制移民的土地扩展，变成英国的盟友。1783 年，《巴黎条约》带来停战，英国承认美国独立，不经商议就把印第安盟友的大片疆土让给美国。独立初期的美国，一方面追求自主、生存、法制和稳定，一方面蚕食印第安人的居留地，进行史无前例的疆土扩张。

十八世纪末十九世纪初，凭掠夺殖民地资源而发迹的一些欧洲国家，理应对富饶的新大陆虎视眈眈，不会放过。可是那正是拿破仑东征西战、翻天覆地大闹天宫的时代，战乱使那些国家生灵涂炭，自顾不暇，有心无力。新诞生的美国得以在无人干扰下走出局限，西向进占不见边际的空间。

最关键的国土扩展来自 1803 年与法国签订的《路易斯安娜购买条约》。美国以总共 1500 万美元的低价买到密西西比河以西两百多万平方公里的土地——相当于今日全美疆土的四分之一、法国疆土的四倍。

用今天的话来说，西进所用的一是机会主义，二是孤注一掷，三是廉价购买。譬如"以夷制夷"，使较为强悍的印第安部落自相残杀，把较为弱势的印第安部落征服后赶尽杀绝。譬如支持邻邦的部分居民起哄造反，宣称独立，之后加入美利坚联邦。又譬如十九世纪中期与墨西哥签订割让条款，以 2800 万美元的低价购得西南部和西部；与英国签订条约取得西北部；与帝俄谈判，以 720 万美元购得远在天边的阿拉斯加。

假如当初没从法国购买路易斯安那领土，今天的美国大陆很可能分为由东至西三个分别运用英语、法语和西班牙语的独立国家；三者疆土虽大，却都不足以称霸于世。法国为了蝇头小利，丧失了一个雄踞北美核心地带、同文同宗的自然盟友。气吞山河的盖世枭雄拿破仑怎么就没料到这点？

历史脱离不了地理。若不求精确，美国的地理好记。东西两头都是大洋，两岸相距四千多公里。中部偏东有一条密西西比河，自北到南，冲出大片平原。中部偏西有一串落基山脉，自北到南，矗起大片高原。这两个地理特征把美国大致均匀地割成三块，每块宽约一千五百公里。大河高山素来称天险，路易斯安那领土正在其中，几条主要河流犹如天险间的桥梁，步步为营的扩张历史与地理条件不无相关。

密西西比河之西是美国真正的中央地带，土地肥沃，水源充足，至今仍是高产的农业区。早期移民寻求生活空间，西向开发的出发点就是密西西比河畔的圣路易市。今日圣路易市中心的河边矗立着弧形高塔，以"西行之门"（Gateway to the West）之名纪念这些开荒者的艰辛事迹。

中央地带之西，不是干旱沙漠，就是雪山峻岭。假如没有很特殊的诱因，绝不可能招揽到五湖四海开垦者克服万难来此险境。假如没有强势的国家领寻，绝不可能开辟交通要道为络绎不绝的西行老少提供方便。今天的加州必将是另一世界。

加利福尼亚东面是令人止步的雪山峻岭，西面是无边无际的太平洋，要来今天的加利福尼亚，唯有由北南下，或由南北上。

考古学家相信大约 16500 年前人类跨越当时还是陆桥的白令海峡，从亚洲的西伯利亚走到美洲的阿拉斯加，发现了后人所称的"新大陆"。那么，继续从阿拉斯加南迁到今天的加利福尼亚，该是 13000 年前至 15000 年前的事。

第一次读到这段纪实，几乎完全不能相信。我国的仰韶文化距今约 6000 年。美索不达米亚和埃及都已有了更早期的人类文明。新石器时代之始距今约 8000 年。难道短短 16500 年前整个美洲还渺无人迹？毕竟有石器为证，考古学家错不了。

考古学家发现，一万多年前加利福尼亚地带可能住着六个语种的三十几个部落。他们分居于海岸、河谷、山区、沙漠，各适其所，依靠渔、农、猎、商谋生。部落之间有战有和，疆土有伸有缩，可是变迁不大。

哥伦布到达新大陆后，欧洲人逐渐跨越大西洋，进入美洲东部。十六世纪，西班牙人"一手持宝剑，一手持十字架"，以武力攻占和宗教传道的两手政策征服南美洲的秘鲁和中美洲的墨西哥。继而沿太平洋海岸北上探险，于十七世纪初登陆加利福尼亚。

十七世纪末至十九世纪初（1697 ～ 1821 年），西班牙教士在加利福尼亚沿海一带向土著传教，拓展信徒集中居住的教区（missions）。特别是 1769 年至 1785 年间，教士胡尼珀洛·塞拉（Junípero Serra）在长达一千公里的沿海地带传道。五千多个土著皈依了天主教，建立了二十多个教区。

所谓教区，其实是极为简陋的根据地，每区除土著信徒外只驻两位教士和六至八名士兵。区与区间相距约五十公里，也就是一天的驴马路程。这一千公里的通道后来被称为"国王大道"（西班牙文：el Camino Real），实际上只是供驴马驮物行走的羊肠小径，主要的生活和农作货物还要靠海路输送。

其间英国与俄国也看中新大陆的西岸，曾经试图把殖民势力延伸至此，却功亏一篑。西班牙的教士和士兵——后来加上牧民，既有开垦中美洲的经验，又刻苦耐劳，他们从海边的教区逐步进入内陆，建立一系列宽约几十公里的殖民区。区外总共有近三十万土著，依旧照常生活。

部分西班牙人与土著通婚，产生了后代的墨西哥族群。1821年墨西哥人独立革命成功，铲除了"纯"西班牙人的殖民势力。随后教区影响迅速没落，从事畜牧和贸易的地主和富豪家族取而代之。

十九世纪中叶，加利福尼亚南部有近千户墨西哥畜牧人家，总人口近万人。这些墨西哥人不觉得有大幅度向北扩展的需要，于是给来自东部的新移民留下了发展空间。近两千名美国人及不同国籍的欧洲人克服沙漠和山脉的险境，跨陆西进，令加利福尼亚北部的人文起了很大变化。

1846年，美国人南征北战，在今日的旧金山、萨克拉曼多、圣迭戈和洛杉矶等地击败墨西哥人。两年后，双方签订割让条款，美国取得加利福尼亚及其他地区。

1847年至1849年间，加利福尼亚由军队管治。1849年底，居民召开立宪大会，决定加入联邦。1850年，经国会通过，正式成为联邦里的一州，首府初设于圣荷塞，三年后迁至内陆的萨克拉曼多。

1850年后的加州

金矿诱人，加利福尼亚成为冒险者的梦乡和天堂。可是毕竟路途遥远艰苦，除非交通上出现突破，不可能变成扶老携幼全家移民的福地。强势的国家领导带来突破。

1861年春，美国打上了历时四年的惨酷内战，双方伤亡高达百余万人[①]。北方政府的林肯总统一方面忙着打仗，一方面却发挥远见和魄力，在这困难时刻启动了建造太平洋铁路的创举。

太平洋铁路分为东西两段。东段西向，起点是内布拉斯加州（Nebraska）的奥马哈市（Omaha），全长1700余公里，叫作联合太平洋铁路。西段东向，起点是加利福尼亚州的萨克拉曼多市，全长1100余公里，叫作中央太平洋铁路。

---

① 有说伤亡人数高达150万人。当时美国人口总数约3200万。13～43岁的男性约有8%死于内战：北方是6%，南方多至18%。

七年之后两段铁路分别竣工，在犹他州的奥格登镇（Ogden）接轨。铁路把芝加哥到西岸的路程从数月缩至六天，造就了加州，也造就了美国：假如当年没有建造这条铁路，美国绝不可能迅速向西扩展，绝不可能继而建立超级大国，那么，世界的近代史必须重写。

从太平洋铁路的建造史看到，这项破天荒的工程里最难能可贵的贡献来自华夏同胞，华工为克服无穷天险作出了巨大牺牲。建造西段的工人足足八成是华人，事成之后并没有获取应得的报酬或感赏，在盛大的庆功典礼上，主礼嘉宾高声赞扬加州劳工得自法兰西、德意志、英格兰和爱尔兰移民的伟大传统精神，却极其方便地忘掉了华人的功劳。更令人痛心的是，工程完成后，华工流离失所，到处受人欺凌，幸好大部分勤劳成性、毅力过人，终能在人地生疏、贫困落魄的逆境里找到生路。二十世纪六七十年代，驾车西游的人在偏僻的小镇上，会看到一二散户人家所开的中国餐馆；若愿花些时间与店主兼厨子攀谈，会发现他们就是当年华工所留下的后代。

为了争取就业，由白种工人所组成的工会，伙同部分政客，进行各种各样的反华人活动，并在 1850 年至 1900 年间让州政府通过大量排华法案（Chinese Exclusion Acts）。1879 年所通过的加州宪章禁止公司雇用华人，禁止或限制华人在某些城县居住。1882 年起美国国会通过一系列排华法案，严厉限制或排除华人留居或移居美国。这些法案直至二十世纪中叶才被取消。无数华人当年被扣押于旧金山海湾的拘留所，或被禁锢后遣返。"天使岛美国移民站"（United States Immigration Station，Angel Island）今日已被建为纪念馆，为华人移民的血泪史作见证。

辛酸的话就此打住。加州的自然地理和人文环境与众不同，值得细说。

加州东西两方都有南北走向的峻峭山脉，高峰达 4200 余米。中间是长度近1000 公里、早已干旱的大河谷。中部偏北，可见一巨大的天然海湾，这就是旧金山湾区。最南端沿海，可见直达墨西哥边境的长条平地，这就是从洛杉矶到圣迭戈的城镇链。

太平洋暖流顺时针自北向南掠过加州海岸，为沿海地区带来冬暖夏凉、四季如春的宜人气候。河谷地区则比较潮湿，加以高山上融落的雪水，特宜农耕。南部内陆则是不宜居住而风景奇特的荒山石漠。

加州天然景色优美，单是面积庞大的国家公园就有三十多个。最著名的是约塞米蒂国家公园（Yosemite National Park，有人顾名思义地把它巧译为"优山美地国家公园"），公园中有近 1500 米高的峻峭岩壁，被名为"半圆顶"（Half Dome）。

此外北部有金鸡独立、终年积雪的夏斯塔山（Mount Shasta），东部有明亮平静、清晰如镜的太浩湖（Lake Tahoe），南部有树高百米、腰逾十米的红杉森林公园。

适当季节，山谷里罂粟花盛开，漫山遍野只见金黄，于是人们把加州称为"金州"。其实沿岸一带只有冬季才见草木茂盛，夏天则全州干旱，到处黄山黄土、黄草黄木。干燥的空气令阳光格外充沛，照在地面和山坡，反射一片金黄。于是好事之徒和贫嘴之士又为"金州"找到一个金色的名堂。

"美国华裔教授专家网"上有一篇署名萧冬的文章，写道："说加州是'黄金之州'，绝非浪得虚名。在天空，有阳光，有蓝天；在地上，有森林，有沃土；在地下，有石油，也真的有黄金。在加州的庭院里，随意种下的果树，总会结出累累硕果。"

这么好的自然环境，只要有诱因、有交通，还怕人不来？难怪人口增加特快：1850 年 9 万余，1900 年 149 万，1950 年 1059 万，2000 年 3387 万；2010 年达到 3725 万，约占全美人口的 12%。人口的主要集中地带是北部的旧金山湾区及南部的洛杉矶 – 圣迭戈城镇链。

其中非西班牙裔的白种人约占 39%，西班牙裔（主要是墨西哥人，部分属白种）亦接近 39%。亚裔正在增长，接近 14%。非裔则不到 7%。此外包括极为少数的（例如印第安人）、不愿接受调查的、无法断定种族的。特别值得注意两点：一是州内已无超过半数的"多数民族"，一是不久西班牙裔必将超过非西班牙裔白种人。

旧金山湾区的历史与地理

今日加州的最大城市是洛杉矶（Los Angeles），人口近 400 万，在全美排第二。圣迭戈（San Diego）约 130 万，排第九。圣荷塞（San Jose）近 100 万，排第十。旧金山（San Francisco）约 80 万，排第十二。特别在此把几个最大城市的"英文"名字标出，为的是证明它们的开发者是西班牙人，因此市名都用上了西班牙文。其中三个以"San"字带头，明显是早期天主教教士建立教区时所起的名字：纪念几位宗教圣人之余，还要求这些圣人为教区祝福。至于唯一例外的洛杉矶，全名是"La Ciudad de Los Angeles"，译成英文是"City of Angels"，译成中文是"天使之城"，起源也是宗教。

西班牙文的"j"和"g"，发音犹如英文的"h"或汉语拼音的"h"，因此"San Jose"的中文译名是"圣荷塞"。可是"Los Angeles"却被英语化了，念成"lo-san-ge-les"，于是中文译名跟着被搞成那个样子。移民创建的国家，连文字也进了熔炉，蛮有意思。

此外加州还有几个中型城市，人口四五十万，进入全美前五十名。美国的市镇划分县大于市，一个世纪以来，洛杉矶与其周围的几个县各自伸展，早已融合得边界不清；这个总人口达 1800 万的集居地带被人们称为"大洛杉矶"（Greater Los Angeles），是仅次于纽约的全美第二大都会。一般人所说的"旧金山湾区"（San Francisco Bay Area）则包含分属九个县的 101 个城镇，面积共达18000 平方公里，总人口约 800 万，是全美第六大都会。

有说旧金山的发展史就是加州的发展史，至少早期确实如此。单就 1848 年至 1849 年间，掘金狂令旧金山的人口从 1000 人剧增至 25000 人。其实圣荷塞建市早于旧金山——因为把金粒从矿石里分离出来需要用汞，而圣荷塞境南有汞矿。掘金狂的年代，汞矿成为主要工业，圣荷塞为此而"发"，却没有旧金山发展得快。毕竟经济发展牵涉各种各类工商业和服务业，不仅是原材料。

十九世纪中叶起，旧金山的银行、铁路、港口、制造业发展迅速。相继而来的是贸易、休闲和娱乐，及文化、教育、宗教等事业。城市北岸还建起了重要的军事基地。市内交通网络、房产、旅馆、剧院、公园等应有尽有。短短半世纪内，太平洋沿岸俨然冒出了这么个令人意想不到的文明都市。

乐极生悲。1906 年 4 月 18 日清晨，一场大地震破坏了整个城市，市中心尽遭毁灭，当时的四十万人口，半数无家可归。

血气方刚的旧金山决不甘休，立志重整旗鼓。不到十年就重建都市，竟能在 1915 年举行了称为"巴拿马太平洋国际博览会"的世界博览会。

借助整个美国西岸的新兴经济势力，旧金山很快发展成为一个重要的金融中心。1929 年全美股市崩溃，旧金山却无一银行倒闭。非但如此，还能在大萧条的年代同时建造两座举世闻名的大桥："金门大桥"（Golden Gate Bridge）和"海湾大桥"（Bay Bridge）分别在 1936 年和 1937 年竣工。

1939 年至 1940 年再次举行了称为"金门国际博览会"的世界博览会。这次更别出心裁，在海湾大桥的中段建造了称为"宝藏岛"的人工岛。此外，还在仅仅 120 平方公里的市区里修了长约 80 公里的景观道路。

旧金山在1915年举办了"巴拿马太平洋国际博览会"。

旧金山人惯于自嘲，把自己叫成"7×7 英里的正方"（Seven-by-Seven Mile Square）。1 英里相当于 1.6 公里。7 英里是 11 公里。对家乡特别有感情、有研究的旧金山市民，看到这儿会说："我们市区的面积有 121 平方公里，不是 120！"瞧，真是惜土如金，一平方公里都不能放过，可见这城市小得多么可怜。

第二次世界大战时，旧金山是美国太平洋战线军队的输送和补给港。战后，1947 年联合国的宪章、1951 年与日本的正式和约都在此签署。这两件事把旧金山首次推上国际舞台，同时或多或少增强了旧金山人的国际视野和反战意识。

从太平洋东进旧金山海湾（San Francisco Bay），只有一个入口，就是金门大桥所在。大桥之北是马林县（Marin County）。大桥之南是个长形的半岛。另一大桥——海湾大桥横跨旧金山海湾，连接桥西的旧金山市（既是市，又是县，全名叫作 San Francisco City and County）和桥东康特拉科斯塔县（Contra Costa County）的奥克兰市（Oakland）。

旧金山向南走去，先是海湾西岸的圣马刁县（San Mateo County）。向东转去，走进海湾南端包括圣荷塞市的圣克拉拉县（Santa Clara County）。之后北上，进入海湾东岸的阿拉米达县（Alameda County）。所谓"硅谷"（Silicon Valley）就散布在这三个县里。

旧金山、奥克兰和圣荷塞鼎足而立，是湾区的三个主要城市。而圣马刁县、圣克拉拉县的北部、阿拉米达县的南部，一般来说是较高档次的住宅区及随之而来的高水平学校。很大部分在硅谷上班的科技工作者选择在此安家。

硅谷的原始背景

半岛北端的旧金山市只有那么一小块土地，发展很受局限。进入二十世纪下叶，虽然旧金山仍是金融中心和文化中心，但是企业和居民纷纷南迁。半世纪内，旧金山市的人口无甚变化，一度竟不增反减；而南半岛沿海湾的那三个县人口迅速膨胀，增加一倍有余。

旧金山湾区的重心南移，土地和人口只是诱因之一，更重要的是科技创新为南湾所建立的经济框架及硅谷的诞生。

首先，为什么叫硅"谷"？从地图上看，海湾一左一右呈现两列山脉，中间——特别是海湾以南的地带，不就是由北向南的长形山谷吗？

这地带是怎么走上电子工业之路的？

三十年代初，南半岛还是个科技荒漠，虽然有些无线电公司，但规模都十分小，加在一起也不过几百位工程师和技师，主要的工作是替美国东部的庞大电子工业做点加工，生产一些零件。六十年代末，几乎可说转眼之间，南半岛变成电子工业的聚焦点，技术人员将近六万。之后，半导体技术的开发和产业蓬勃兴起，势不可挡，直接带动了全美国甚至全球的经济转型。那种拔地起飞不断求进的创新势头和创业精神，孕育了举世仰慕和试图复制的"硅谷文化"，并改变了全球的经济、社会、政治形势。

这究竟是怎么回事？

不少作者著书发表他们的解析；各有千秋，数之不尽。有些还用上几百页单写一家企业的兴衰。篇幅有限，我只能非常简单地说一些最早期的历史背景。

1910 ～ 1920 年，南半岛上出现了很多热衷于无线电技术的业余爱好者。正如一般业余爱好者，他们未必有深邃的学术或专业基础。这种缺陷反而让他们不受成规束缚，敢于大胆创新。他们兴致勃勃地交换信息、共享新知，通过通信、集会等分享嗜好与激情，并构建业余组织。初时只是搞搞业余电台，后来经验和知识日益丰富，应付挑战的能力也愈来愈强，竟打进了火红的短波世界。

三十年代，这群人里出现了三位突出人物。他们都属中产阶级，家里有比较原始的机械背景。一位威廉·埃特尔（William Eitel）不爱念书，只有中学学历，却十分喜欢动手。一位约克·麦克娄（Jack McCullough）进过技术学校，还念了点大专。最重要的一位是查尔斯·李登（Charles Litton），他进入着重实效而学术研究还并不起眼的斯坦福大学，在那儿念完本科；所获得的不单是理论基础，还有实际技能和好些臭味相投、惺惺相惜的同学。1924 年，他与斯坦福无线电俱乐部的同学们改良了短波手段，使高频通讯能够远达澳大利亚和新西兰。

这三位在业余爱好中学到了真空管、电路和无线电系统的技术。正当全球经济大萧条之际,他们创办了公司和工程实验所,从纯粹业余嗜好走进企业。

真空管大幅度增强了产生、接收和放大无线电信号的能力,为电子工业带来跨时代的革命。制造不同种类的真空管需要多方面当时认为先进的技术,包括玻璃吹制工艺、精密机械工艺、密封工艺及先进材料,此外还须自行设计和研制各种市面上找不到的特殊真空管生产设备——甚至真空泵和烤箱。这样才能生产高功率的三极管、热离子整流器、强信号栅极管、长程无线电传输管。

美国政府眼见欧战爆发,知道难避厄运,开始着手备战;继而积极参战。电子工业发挥了极为重要的军事功能,让小公司的业务扶摇直上。"二战"结束,来自政府的订单骤然下降,逼使公司转向。战时为无线电传输和高频雷达设施所开发的微波管,迅速进入民用工业。四极管、速调管、磁控管的相继发明助长了长程通讯和电视广播事业;公司凭优势占领了市场,成为全美最大的微波管制造商。

从高功率栅极管到微波管,从微波管到半导体,电子工业不断开创新局面,步入新阶段。新陈代谢令这类公司在五十至六十年代间被转手或吞并。

李登开创了极为重要的科技企业,还一辈子为学、研、产、政建立各种互动关系,在科技工业史上首屈一指、功不可没。

跟着要说政府所扮演的角色。

作为太平洋沿岸有史以来的最大海湾,旧金山开头就是重要港口。政府在此建造了几个军事基地。二十世纪初,航运公司和海军基地都需依靠无线电通讯来监控船只的航行和运作。这无疑提高了年轻人对无线电通讯的兴趣,开了风气,为无线电技术培养了更多的业余爱好者。航运公司和海军基地又都需要雇用很多无线电操作人员,提供了大量就业机会。于是业余爱好者与专业操作员间起了互动互补的作用。

政府的海军研究所和通信兵工程实验室为了发展雷达技术,都需要功率高而可靠性强的高频雷达管。大规模生产雷达系统之际,传输管的年需量以百万计，令东部的大公司无法满足要求。军方最初把合同颁给富有批量生产经验的东部大公司，运用影响力让零件供应商来旧金山湾区的南半岛订货；继而自己找上门来，直接定购所需，并邀请科技人员回访，共同讨论和设计雷达技术所需的特制真空管；此外，还为南半岛的公司出资建厂。销量和利润的惊人增长、专业岗位的大幅膨胀、技术和研究的腾飞，合力为南半岛提供了良性循环。

硅谷大型电子工业的起家

人才当然是主要因素，而大学是培养人才和科技萌芽的温床。

欧战在望之时，一位斯坦福大学的物理学硕士毕业生鲁素·瓦里安（Russel Varian）和其动手能力极强的兄弟斯谷德·瓦里安（Sigurd Varian）虽不知道军方在干雷达实验，却想到远程检测敌机的必要，于是选择微波管为发展路向。这时，大学为他们提供了诸多方便，起了莫大作用：物理学教授威廉·汉生（William Hansen）当上了顾问，校友李登给予他们工程技术上的帮助。瓦里安兄弟很快制造出真空管与电路组合而成的速调管。电子工业大踏步走进微波时代。

这些是热战的产品。战后美苏之间长期争锋，及地区性的独立革命和朝鲜战争，令全球进入冷战时代。美国政府为了军力竞赛，对微波管技术和生产的投资有增无减。瓦里安兄弟所建立的瓦里安联合公司（Varian Associates）是主要得益者。他们的工程技术、管理组织、应变能力和用户关系，在行业里别树一帜，于五十年代击败和取代所有对手，成为美国最大最先进的微波管公司。

有人说：没有斯坦福大学就没有今天的硅谷。确实如此。直至二十世纪中叶，斯坦福大学在学术地位、人才培养、科研成果方面还远不及东岸的某些"常青藤"学府，但是通过与企业合作，它为学界开创了一种崭新的风气。当然，政府的经济支持给了它开创新风气的机会："二战"前，斯坦福大学学会配合政府的军备需求；"二战"后，接受并积极争取政府的非军事科研经费。

早期的功劳属于弗雷德里克·特曼（Frederick Terman）——一位电机系无

线电工程专业的青年教师。特曼走出校园，结识了前文里所说的李登，得悉真空管的无量前途，乃把李登请到斯坦福大学担任兼职讲师。李登捐了 1000 美元给特曼，让他培养大卫·帕卡德（David Packard）这么个研究生，后来还教他与威廉·休利特（William Hewlett）怎么经营两人合创的小公司。这就是惠普公司（Hewlett-Packard，简称 HP）的起源。

特曼的鼓励和合作让李登在斯坦福大学开展了多种真空管研究项目，配合政府军备需求，并培养了不少人才。两人打造电子学专业的理论与实验基础，终于让斯坦福大学成为"二战"后最先进的真空管电子学基地。

特曼继而晋升为工学院院长，后来还当上了学术副校长。任期内，军方为发展微波管工程专业提供了大量科研资助。他还鼓励大学人员外出创业，研制战后所需的各种军用和民用微波管。

瓦里安兄弟与斯坦福大学的关系极深。好几位物理系的教授和研究生与他们密切合作，参与瓦里安联合公司的创建，并兼任公司董事。虽然瓦里安兄弟的事业与军备有关，但他们宗教思想浓厚，是胸怀理想主义的"另类人物"。在极右政客麦卡锡当红的年代，几位与他们合作的物理学教授被认为思想过于左倾，几乎在政府审查中失去国家安全保证。若果真如此，这家依靠大量政府合同发家的公司必会全盘尽失，甚至倒闭。结果由一位具有影响力的董事从中牵线，通过商业部长的插手与国防部作了沟通，让涉嫌的董事辞职，了事过关。

1951 年，斯坦福大学在特曼推动下建立斯坦福工业园，瓦里安联合公司随即迁入，成为工业园里第一家科技企业。1957 年，瓦里安联合公司在园内建造了全新的速调管工厂，短短五年里成功研制了两百多种速调管。至今公司的大本营还在园里。

三十年代后期初创的惠普公司原来只是一家研制试测仪器的小公司，直至向瓦里安联合公司买到微波测试的生产和销售权，及进一步利用了斯坦福的人才和科研资源，才扩大了事业。正如瓦里安联合公司，惠普公司也一早搬进斯坦福工业园，享受最有利的科技创业环境。其后抓紧机会，每每在关键时刻进入新产业，包括半导体、集成电路、微型计算机、个人电脑等，成为电子业的

瓦里安联合公司——硅谷科技创业的先导。（1949年和1953年）

巨人。这一切都可归功于斯坦福大学的赐予。

今天写硅谷故事的人，经常把现名"斯坦福研究园"（Stanford Research Park）的斯坦福工业园称为硅谷的发源地或心脏，并把特曼称为硅谷之父或始祖。很少人知道他早期在麻省理工学院念完博士，是由于需要养病才回加州老家的。看来世事常源于意外。

这位才学高超的发明家（36个专利权）亦是战略家和活动家。他运用卓越的判断力和人际关系，找到最适当的科技创业者，让他们把公司迁入新建的工业园；同时他还吸引了柯达（Kodak）、通用电气（General Electric）、洛克希德（Lockheed）等大公司进园设立据点。

旧金山南半岛的创业者建立了自己的企业文化。那群出身为业余爱好者的企业家不懂得如何管理和经营，反而有点好处：他们不受传统捆绑，既可毫无拘束地在既有的管理方法里任选一套，也可自创新猷，例如采取较先进的人事管理制度、提高员工的福利和保障、拿出盈利给员工发花红，让劳资分享成果。

瓦里安兄弟有更"左"的主张：员工们在公司业务上执主导地位，生产所得应该人人有份；也就是说，人人都当伙伴，活像个合作社。他们拒绝外来的投资，只允许员工、顾问和董事拥有股份。这种条件下，资金从哪里来？惟有自掏腰包，及掏对他们的理念和事业抱有信心、愿意大力支持的朋友们的腰包。公司就靠这样筹来的十二万美元开张。用今天的词儿来说，初期的本钱来自"天使资金"（angel money）。

硅谷高科技工业基础的奠定

"硅"的出现带来了另一种筹资方式，也带来另一种企业文化。这话需从晶体管发明者之一的威廉·肖克莱（William Shockley）说起，若不是他在贝尔实验所里彻底搞坏了人际关系，弄得要一走了之，谁知"硅"会在哪儿落户！

这位怪杰脾气极坏，却很孝顺母亲。老同学所开的贝克曼仪器公司（Beckman Instruments）请他来加州办一家半导体公司。虽然贝克曼公司开在洛杉矶，肖克莱为了老母住在旧金山南半岛的帕罗奥图镇（Palo Alto，正是斯坦福大学所在之地），把肖克莱半导体公司（Shockley Semiconductors）办在帕罗奥图邻近的山景镇（Mountain View）。跟着就到处招兵买马。

贝尔实验所的老同事没一个愿意迁来与他共事。他倒很有本事，从别处招来能人——想来与他被颁诺贝尔奖不无关联。只是好景不长，他那不近人情的专制和怪招令请来的精英无法忍受。特别是战略说变就变，令人无所适从：别人都用锗为半导体材料时，肖克莱决定用硅。进展稍慢，他又突然叫停，结束了硅的项目。

八位能人忍无可忍，于 1957 年集体辞职，找上仙童照相机与仪器公司的老板，获得所需的"种子资金"（seed money），联手创办了仙童半导体公司（Fairchild Semiconductors）。由于他们联袂从肖克莱身边撒手出走，被硅谷的野史笑称为"八叛徒"（Traitorous Eight）。

　　八人中最出名的是罗伯特·诺伊斯（Robert Noyes）和高登·摩尔（Gordon Moore），此外还有金·赫尔尼（Jean Hoerni）和杰·拉斯特（Jay Last）。诺伊斯是位物理学家，于 1959 年阐明了集成电路的理论和可行性。赫尔尼发明了平面工艺。拉斯特带领小组把集成电路放进硅片。1961 年，高质量的数码集成电路——芯片终被制成上市。芯片技术进步神速，硅片上的电路越来越复杂，电

肖克莱与他的"八叛徒"。
没有这群人，很难想象今天
的世界会是个什么模样。

路里的晶体管越来越多。摩尔预料每年会多上一倍；这说法得到证实，被人称为"摩尔定律"（Moore's Law）。

"八叛徒"开创了当今年产超过 2000 亿美元的微电子制造业。

六十年代初期，世界太平。眼见军方的需求量不断减低，仙童决定大力开创民用消费市场。战略是把电器和汽车工业的批量生产手段移植至芯片工业。同时设法增加市场需求，及减低生产成本。增加市场需求的方法是以芯片为核心，设计各种复杂的电路系统提供给消费品的生产商，免费帮助他们，满足他们的需求。全固态电视机和六十年代兴起的计算机就是其中两例。减低生产成本的方法是把劳力密集部分搬至香港和韩国。（这一举动帮助香港和韩国走上电子制造业之路，兴旺了两地的工业。）仙童借此控制了全美集成电路市场。

赫尔尼、拉斯特和谢尔登·罗伯茨（Sheldon Roberts）走出仙童，创办了特立丹公司（Teledyne）的前身。朱利厄斯·布兰克（Julius Blank）则创办了希考尔公司（Xicor）。最后连诺伊斯和摩尔也离开仙童，联手创办了横霸天下的英特尔公司（Intel Corporation）。这些仙童的"后代"被戏称为"仙童子们"（Fairchildren）。仙童子们本身还有后代，包括专门从事集成电路生产的超微半导体公司（Advanced Micro Devices 或 AMD）和国家半导体公司（National Semiconductors）。八人中，只有维克多·格里尼克（Victor Grinich）安分守己，没找财发；他走进学界，先后在伯克利加州大学及斯坦福大学任教。

最后才说八人中的尤金·克莱讷（Eugene Kleiner），因为此人别树一帜，影响深远。他看到仙童的子子孙孙都有私人投资者做后台，让出力出钱的一起发达，于是在 1972 年与资深企业管理家汤姆·帕金斯（Tom Perkins）联手开办了一间最早期的高科技私人投资公司"克莱讷 – 帕金斯"（Kleiner and Perkins）。此外，另一家极为成功的高科技私人投资公司"水杉创投基金"（Sequoia Capital）亦在同年创立。它们都选址于斯坦福大学北界的沙丘路（Sand Hill Road）。自此沙丘路成为风险投资公司的宠儿，被称为私人投资基金的华尔街。

众所周知，风险投资终于成全了硅谷。

从强信号栅极管到微波管，到硅原件，电子制造业突飞猛进，短短三四十年里改变了世界。旧金山南半岛找到了自己的科技、投资和经济发展模式：电子科技与风险投资融合，为硅谷的产业系统奠定基础，创造环境。赚了钱的人把盈利不断重新投入使用，发展精密仪器、计算机、电子通信等高科技行业。无数小公司也加入行列；十年里出现了六十家半导体公司。

　　靠高级芯片发展出来的最关键产业，当然是个人电脑。七十年代后期八十年代初期，小公司苹果电脑（Apple Computers）既能善用新兴的风险投资，又能善用从仙童和英特尔挖来的优秀管理人才，冲劲十足，势不可挡。除本身得以飞黄腾达，还与其他或大或小的电脑公司一起提挈了整个南半岛的软件和磁盘行业。

第十章　加州高等院校的定位和定型

为什么埃特金森说我去旧金山州立大学当校长是职业选择的错误？

一是一般当校长的总该是五十五岁光景，四十五岁确是早了些，放弃专业教研不觉得可惜？

这话怎么说呢？当系主任那五年里，非但没有放弃教研，反而是专业上的高峰。当上院长，日常院务工作繁重，校务会议亦多，时间不敷用，每年只教一学季的课，也只是一门课而已。除了从西北大学带来的访问学者和一名博士生外，只收了一名新的博士生。来自中国的访问学者亦都是较短期的。不过无论如何，还是有些新的想法，继续争取到研究经费，科研工作还在进行。

原来的主意是当几年院长后就鞠躬下台，回物理系做阳春教授，恢复教研生涯。哪知会在四年后当上校长，梦想告吹。校长的职责是为全校师生创造最优良的学习和研究氛围，争取最完备的条件。这是"职业变换"（career change），必须一头扎入，不再顾及自己的专业成就。四十五岁放弃专业教研，确实早了十年。

二是能放弃 UCSD 和拉霍亚吗？能放弃这么个学术仙境和人间天堂吗？教授们来到这个仙境，没一两个会自愿离开。担任行政职位的，要就不走，走的也会回来。请看，我所知道的历任校长，一位去当了大使，一位去哥伦比亚大学当校长，两位当过加州大学总校校长，三位恢复教授岗位；个个都回拉霍亚常住。这七位里，六位是理科的，可见这所大学对科学家的吸引力多强。

假如当年没离开拉霍亚，而是在 UCSD 继续担任学术行政工作，十年后会升任校长吗？也许埃特金森的问题还包含这个含义。九十年代他当加州大学总校校长时，确曾打过电话来香港，问我愿不愿意回加州当一所加大的校长。重任在身，当然婉拒了他的好意。

三是旧金山是个政治很复杂的城市，旧金山州立大学又是反建制气味非常浓厚的学校。我能适应那么样个社会环境吗？

四是旧金山州立大学隶属加州州立大学系统，定位定型都有异于加州大学系统，而州大系统校董会内部经常不和。我能适应那么样个学术和管治环境吗？

相信埃特金森之问的含义可能集中于这两点，特别是后者。

UCSD 的美国同事们对我接受旧金山州立大学之聘反应很不一致，其中包括疑惑。美国的华人界——甚至太平洋彼岸的同胞们，大概是为了想尽早有人打破玻璃天花板，给我的却是一面倒的支持。孰对孰错，尚待读者们从以下几章里观察当时加州学界的背景和实况，替我作番分解。

高等院校的定位

分析高等教育的种类，不能不从院校的定位和定型讲起。

"定位"有关那所大学的地区观、国家观、世界观。与其讲得太抽象，不如用多年后创办的香港科技大学的定位为实例。

地区观：作为地区的主力分子之一，与政府、各界、群众通力合作，把本地区发展成为以知识为本的社会。

国家观：按所选定的院校类型，不断提高水平，攀登峰顶，为国家的文化、社会及经济发展作出贡献。

世界观：在每一个自己精选的教研创作领域，争取与全球同一类型的优秀院校并驾齐驱，走向国际前沿。

这样的定位来得自然。

其一，地区观。香港科大是香港纳税人资助的公立大学，而在"一国两制"

的原则下香港保持经济独立自主，于是香港科大必须把服务香港特区定为自己的地区观。说得直率：既然资源来自香港市民，他们就有权要求香港科大以贡献香港为首要任务。这方面与加州大学（加大）和加州州立大学（州大）有所区别：加大和州大也都是公立大学，教学资源依托加州政府，可是研究经费几乎完全来自国家（联邦政府），因此它们的地区观不如香港科大强。

其二，国家观。为香港科大着想：香港人口少，生源——特别是至为关键的优秀博士生不足。特区内没有同类型的大学，较难推动交流合作；缺乏企业伙伴来联手开发和运用科研成果；地区的文化气息和氛围都不足以孕育一所真正世界级的大学。香港需要以国家为靠山。同时须为国家着想：不管特区怎么特、经济多独立自主，香港毕竟是中国的一部分，更是中国的主要城市之一。作为地区的主要学府之一，香港科大有责任对国家作出贡献。

其三，世界观。学问不分国家和地区。科大在创造知识的过程中，务必与全球学府争先夺后；获得成就后，又该与全人类共享。任何大学都面对人才和资源的限制，不可能学科专业样样占先。于是需要自行精选教研和创作的领域，在那些领域里争取与全球同一类型的优秀院校并驾齐驱，努力走向国际前沿。至于怎么精选这些领域，则与学校的定位有密切关系；还请继续以香港科技大学为例，让我以个人的看法和经验为阐述工具。

在"一国两制"的原则下，香港与内地经济分家，因此一切教学和研发资源都必须来自本地区。而香港资源有限，养不起样样都出人头地的大学。若要对得起香港、贡献于国家，还要立足国际一流，必须以精取胜，把仅有的资源集中于少量精选的学科和专业，尽力把这些学科和专业搞得出人头地。

从香港和邻近地区的客观条件来看，人才方面究竟有多少资源、什么需求？社会有什么样的文化背景、多大能量？有多少经济资源，愿意选择向哪些方面投资？

单就香港特区来说，高等教育是谁在办？用什么样的教育体制？管治体制有多大灵活性，允许多大变通？与内地的学界、科技界、文化界、企业界能否合作？

这两组问题都有关办学环境。把环境搞清楚以后，考虑天时地利人和，断定如何精选学科和专业。

先回答第一组问题。

八十年代，内地经济向外开放，充裕的土地和廉价的劳力吸引了大量香港资本家，令他们纷纷把工厂北移。既然挖空了自己的传统工业，哪能不以科技工业取代？于是有识之士呼吁社会走向高科技，推动经济转型。

转型需要什么条件？素来是商业社会的香港，科技方面缺乏人才资源，需求极大，并十分迫切。香港社会不很注重文化，甚至不尊重文化，而科技创新的孕育又不能脱离文化土壤，因此除理工商学科外，香港科大必须争取开办人文与社会科学学院，即使规模较小，也多多少少为学校带来一点文化能量。

香港虽小，其实并不真正缺乏经济资源，只是历史造成的过路心理令市民急功近利。这是群众和政府投资于高等教育时的心态。我们选择学科和专业时，就不能把眼光放得太远——至少初期如此。市民期望新建的科技大学很快成为地区的主力分子之一，与各界通力合作，发展知识经济。这些与香港科大的地区观有关。

至于第二组问题，答案直截了当：香港科大由政府全力负担。（后来向政府捐赠巨款建造香港科大校园的香港赛马会是个非营利事业，却在多方面愿意接受政府的主导。）教育体制早已决定：无论基础教育、本科教育、研究生教育，都跟随（当时统治香港的）英国常规。此外，政府明文规定香港科大的教育和管治体制以至经费，都必须与两所早已设立的大学同步。也就是说，没给我们多大灵活性。

跟随英国常规有个好处：西方传统中的学术自主和自由都有了保障。内地的教育政策正在发展和改革，过程中难免出现波动，而面临回归的香港，大学教育和管治体制可以毫不受影响。与已设大学同步则既有好处又有坏处：好处是主要框架和边界条件都很清楚；反正不能改动，我们大可把精力放在依据现代科技大学所需，争取合理的变通。坏处是事项无论大小，都须据理力争。

至于与内地各界的合作，港英政府并不鼓励，却也不劝阻；任由学校自行决定。香港科大创校学者放弃了在美国的已建基础和优厚条件，来港服务，主要目的就是为香港作出贡献，同时帮助回归后的香港为国家作出贡献。这些与香港科大的国家观有关。

至于世界观，不精选学科和专业，香港科大不可能与国际优秀院校并驾齐驱。

上述的一系列观察让创校者为学科和专业的"精选"定下了三个判据：第一，是否对香港的经济、社会和文化发展起到作用，对国家有所贡献？第二，是否找得到、请得到该学科或专业的一流学者来做带头人？第三，是否找得到足够经费，养得起这些组别的教研人员，让他们粮充饷足，把仗打好？

根据这三个判据，香港科大开办了四个学院，包括十九个系，并在创校初期尽可能让每个系开办不多于三至四个专业。

大家都想把香港发展成以知识为本的社会。遗憾的是香港并没有按照原先的想法进行转型，令香港科大至今没能发挥全力作出应有的贡献。我经常担心香港僵化。政府和社会若不制定富有前瞻性的政策，予以高效执行，将来七百多万人靠什么生活？对国家又能作出多少贡献？

学校能为自己定位，可是改变社会的主动力不在学校手里，而在大环境。可惜回归后的特区政府没能深思熟虑重新为香港定位，没能创造转型所需的大环境。

高等院校的定型

我把高等院校的类型分成六种：巨无霸型、研究型、教学型、专业型、培训型、普及型。这种分法未必确切，连我自己也经常加以修改，因为高等院校的类型理应是个连续谱，不能任意切割。没关系，分类的目标只是引进足够的概念来帮助院校自行思考，继而为自己"定型"。

巨无霸型：学科齐全、学生人数庞大，教学、研究、服务无一不干。

有段时期国内风行大学合并，为的是追求学科齐全和规模扩大，尽快跑出二十世纪五十年代"院系调整"所造成的支离破碎局面。不过，就像国内很多领域都会出现一窝蜂现象，矫枉过正。事实上最受尊重或爱戴的院校都不求既全又大，都不是巨无霸。

研究型：学科众多，有所为有所不为，部分学科表现特别出色。

说是"研究型"大学，其实应该教研并重。这类型的大学一般把教学看得太轻。大学若不注重教学，还能算大学吗？为什么不就干脆办个研究所？

全球的著名大学绝大部分属于这个类型。主要原因是它们的教授科研和创作出色，屡屡获得荣誉，受人尊重。而一些排名机构把知识的创造（科研）远远高置于知识的散播（教学）。排名影响了入学申请者和家长的心情，帮助这类学校吸引优秀的学生。学生之间的互相学习非常重要，优秀的学生吸引优秀的教授，这些都有利于良性循环的建立。因此外国的哈佛、剑桥、斯坦福等，我国的北大、清华、复旦等，都令莘莘学子趋之若鹜。

不过无论多出名的研究型大学，即使学科众多，还是并不齐全。资源始终有所限制，令大学必须作出选择，有所为有所不为。譬如说，哈佛就不追求传统工科，麻省理工学院就不办医学院或法学院。再说，虽然它们所办的学科一般都不错，部分表现特别出色，总也有些不过平平。

教学型：提供优质教育，研究为了教学，学术科研和创作退居二线。

所谓"教学型"大学也须教研并重，但教研的比重与研究型大学有异。它们的教授不是不做研究（包括创作），而是以提供优质教学为主，研究为辅。进行和参与学术研究的目的是充实自己，赶上专业前沿，一方面借此提升教学的内容和水平，另一方面保持对自己专业的兴趣。

对教学来说，"兴趣"十分重要：它既是教授不断求取新知的推动力，又是教授用以激励学生的感染力。

这类型的大学里，发表论文不是聘留升迁的主要标准，于是学术研究可说退居二线。可是某些教学型大学不乏杰出的科研学者，亦不乏出众的人文和艺术创作家，应予鼓励及给予实质支持。

教学型院校的规模可大可小。公立大学绝大部分属这类型，因为本科教育是国家和社会主要的人才培养基地——我国这样，别的国家也是这样。纳税人最关切的是子女的就业前途：群众毕竟先看近处后看远景，对国家和社会的宏观发展看得不那么急迫。

至于私立院校，美国有约两千所规模较小的"博雅学院"（或译为文理学院：liberal arts colleges）。这类院校推崇师生间的交流互动，全心全力培养优秀的本科生，一般不收研究生。

专业型：规模较小，在某些精选学科上集中力量培养专才。

专业型院校不很好定义，只能说一般比研究型大学为专，规模较小；精选某些学科，集中力量，培养专才。加州理工学院可以算这类型，它只有两千多学生，一半以上是研究生。很多学科它能干而不干；人文学科有一点，社会科学也有一点，都只录取少量学生，可是水平很高，以质取胜。

办得最成功的专业型学院大概是法国的 grandes ecoles（译为"高等专业学院"，或称"精英大学"），一般只有几百到两三千学生。

法国的高等院校主要分为两种。原来有一所历史悠久（凡 850 年）、众所周知的"索邦大学"（College de Sorbonne）。二十世纪六十年代后期，西方国家的青年极端不满时政，聚集示威，法国大学生的群体行动特别激烈。政府乃于 1971 年开始拆散索邦大学，把它分成十三所独立的巴黎大学。规定只要高中毕业，取得预科资格，都有权进入巴黎大学这样的公立大学，至今依然。学生的水平难免参差不齐。另一种就是上面所说的高等专业学院；它们亦属公立，却不受这规定限制，能够分别通过严格考核自主招生。学生水平极高，毕业后都能顺利进入政府或企业界就业。

举两个例子。一所是"国立行政学院"（Ecole Nationale d'Administration，简称 ENA），专为国家培养行政人员。每年只毕业约一百名研究生，很多进入政府服务，部分日后升任高级官员，甚至总理。另一所是"巴黎综合理工学院"（Ecole Polytechnique），被誉为法国最强的工科大学，甚至欧洲的最强之一。学校建于拿破仑时代，隶属国防部；早期的毕业生往往从军，升任高级军官，甚至将军。有趣的是，学生的正式制服是拿破仑年代的军服，头顶船形军帽，腰缠绸带佩剑。至今每年国庆，凯旋门前香榭丽舍大道上的盛大游行，据闻带头的队伍里总有这所大学的学生。

培训型：针对社会所需，从事职业培训和应用开发。

请不要一听到"培训型"，就以为是不颁授学位的大专。

这类型包括高等专职学院或学校，应付社会当前及长远的需要，不可或缺。它们从事专业和职业人才的培养，除立刻想到的技术、护理、旅游等外，还包括独立的医学院、法学院、商学院、教育学院、公共管理学院、语言学院、音乐学院、美术学院、戏剧学院，以及英国式的理工学院（polytechnics）等。很明显，它们可以颁授学位（至少国外如此），包括研究生学位。

普及型：运用各种形式，大规模从事全民教育和终身教育。

在文明、健全的社会里，普及型教育十分重要。我国的电视大学、老年大学，英国的公开大学，美国的社区学院等，所从事的是大规模的全民教育和终身教育。它们一方面为社会各行各业的在职人员提供补修及深造机会，加强工作能力；一方面为社会各阶层、年龄、背景的人士提高知识水平、增加就业机会；一方面为居家和离休人士提供新知、扩展视野、带来生活情趣。

追求"名校"的现象

上面的分类当必有遗漏，就像前面所说，高等院校的类型该是个连续谱，不能分块切割。我这儿着重的只是：高等院校有多种多样，在不同地点、不同时期、不同情况下，社会有不同的需求；求学的人又有不同的性格、兴趣、天赋、志向、处境和要求。高等教育的任务是全面的，办学必须多样化，不能限于一两种模式，不能集中精力和资源培养一两种人才。既然如此，每所学校都该走自己的路，在自己所选择的类型里追求卓越，不去理会那些没有科学根据的统一排名。

我想借这个机会与读者们讨论目前的几个社会现象。

一是学生和家长们都爱追求名校。所谓名校，往往出自五花八门的排名表，而排名表的前列全是研究型大学。这些大学固然不错，但是并不一定适合所有学生。

申请大学者务须考虑好些前提。譬如说，那所大学提不提供他个人兴趣所在的学科和课程？那学科的教授学术水平多高？那课程的教授教学水平多高？教研水平高的教授给不给本科生上课？大学的整体校风如何？这种校风适不适合申请者的性格？排名高的大学在这些及更多方面能不能满足申请者的需求？

谁说著名的研究型大学一定是最好的去处？

香港科大有次开教授会议，讨论到谁该教本科课程。有位教授站起来说："传授知识是大学的一个主要责任，研究能力强的资深教授不该躲避本科生，可惜大多研究型大学做不到这点。"接着很不客气地说："就拿我自己的经验来说：我在伯克利加州大学念了四年本科，没见到过一位好教授。毕业后去哈佛大学，当了四年博士生，也没见到过一位好教授！"他所说的"好"，是指那些研究成就卓越的、令大学排名特高的著名学者；所批评的对象也就是某些深藏在科研实验室里、不愿花太多精力备课教课的教授。（对不起，点了伯克利和哈佛的名。这两所是他当天所批评的，不过几乎所有研究型大学都有此通性，绝不限于这两所。）

在另一个场合上，有位同事说："麻省理工学院的学术水平高，教授要求高，学生间竞争激烈。我们国家的学生从小注重考试，因而特别能考，让一个个美国学生都怕了中国留学生。这么好的学校、这么难进的学校，我都进成了，一点不怕激烈的竞争，并且读得很顺利。"那么，不是应该生活得很舒畅吗？跟着他却说："可是那几年里我生活得并不开心。"这还是一位非常聪明、不怕竞争、性格外向的人。试想，一位自信没那么强、不爱竞争、性格比较内向的青年，该去那样的大学吗？这儿点了麻省理工的名，并不是批评它，而是想指出：不同的学校有不同风气，未必适合每一个学生，何必为了名气而跑错地方？

说明白些：每一类型的院校都有其独特性格，适合某些学生。每一类型的院校都有不同的功能，社会需要多种类型分工合作。而每一所院校都能在自己所选择的类型里进入一流，无须为统一排名奔波，以致放弃自己的理念或改变自己的使命。

　　每所院校必须明晰为自己定位、定型。位定错了，师生无所适从，迟早会失去社会的支持。型定错了，很快会变得不伦不类，沦入二流三流，甚至入不了流。错失的后果是既对不起学生，又对不起社会。反过来说，无论哪种类型，若能厘定自己的理念、认清自己的使命，坚守岗位、干得扎实，都能在所选的类型里出类拔萃，作出贡献，为社会造福。

　　二是即使追求名校，也得进一步了解什么是"名校"。不少美国的名校并非研究型大学，而是博雅学院，譬如威廉斯学院（Williams College）、阿姆赫斯特学院（Amherst College）、克莱门特学院群（The Claremont Colleges）等。它们的本科毕业生学业优越，很受"名校"的研究生院欢迎，亦受企业界欢迎。可是有些学生和家长一听到是"学院"而非"大学"就会摇头。

　　什么叫大学？什么叫学院？我们国家把名称看得重，国外并不如此。譬如，"常青藤"大学群里面的达特茅斯学院（Dartmouth College）、英国的帝国学院（Imperial College）、法国的巴黎综合理工学院（Ecole Polytechnique）等都是国际一流的研究型大学，可是为了尊重自己的悠长历史和珍贵传统，至今还叫作"学院"，无论如何不肯改名，校友们也不允许它们改名。

　　哥伦比亚大学的教育学院、宾州大学的商学院、西北大学的管理学院，一个个都与所属大学齐名，招生时无须借重大学的名号。美国的加州理工学院、麻省理工学院、佐治亚理工学院都是享有国际盛名的科技大学。它们都自称为"institute of technology"（被不很精确地译成"理工学院"）。即使这个称呼与完全不同类型、不同使命的英国式理工学院相类，可能产生混淆，亦绝不考虑改称为"大学"。

　　我国很多院校为了建立响亮的招牌而"正名"。明明是名正言顺的一流文理学院，硬要改称为大学；明明是名正言顺的一流专业学院，硬要改称为科技大学。其实反而失去了特色，搞得与别人千篇一律，何苦来？为的当然是担心不这样"正名"的话，优秀的学生就不肯申请入学。唉，怪谁？

　　还有呢，有些美国学校挂上历史人物的名字、州名、市名或科技重镇的名字，竟能因此吸引中国留学生。大概是我国学校的冠名须经政府教育部批准，若能打出某些名号，必定表示政府已经承认它的地位。于是学生和家长们就把国内的规矩套用到别的国家，自求误导。殊不知，美国政府尽可能不干预高等教育，随你怎么自称都行。例如在加州，谁都可以通过商业注册开办"大学"并颁授任何学位。打开旧金山或洛杉矶的中文报纸，你会看到好些"大学"的招生广告。甚至有人在网上公开宣扬"你的人生和工作经验就是学问"，只需注册缴费一两年，就能获得硕士或博士学位！

三是把不同类型的高等院校放在一起，统一排名。这样一来，无论用什么评估方法，总难免误导。家长们——特别是一些倾家荡产送孩子出国留学的，若过分依赖排名，不自行深入研究，即使成功送入名校，亦未必真正适合自己孩子。

近年来，提供出国升学服务的中介公司、广告媒体、外国教育展览，多如雨后春笋。大多并不考虑学校的类型，更不考虑个别申请者的兴趣、性格、能力。家长们若过分信任，听了片面之词就误打误撞，非但会浪费得之不易的积蓄，还会浪费孩子的大好光阴。

重名轻实的风气为诸多高校排名行业开辟了市场。即便要排，是否至少应该分类来排？请问：三万多学生、学科众多、公立的伯克利加州大学，与两千多学生、科技特强、私立的加州理工学院，放在一起评比，会有多大意义？西方谚语称缺乏意义的比较为"苹果与橘子之比"，我说更恰当的描述该是"苹果与眼镜之比"。

还有些诚心诚意的家长，不幸被名人的号召和传媒的包装误导。他们渴求教育改革，却误信了某些所谓教育改革者的宣传，把自己的子弟推上前景不明的险途。

这是信息时代，所有上轨道的国内国外院校都有完整的网站。学生和家长们不难在网上找到每所大学的自我介绍，及对该大学有过亲身经验的网友的大量点评。院校的选择是否恰当，会影响学生的终生事业和生活，千万不要轻信道听途说。

加州的高等教育体系

二十世纪六十年代初期的加州，富可敌国，壮志凌云。说它富可敌国还是小看了它，全球芸芸众生的一两百个国家，以 GDP 来算，竟没有几个能与加州较量。说它壮志凌云则完全符合事实，一个《加州高等教育总体规划》(*California Master Plan for Higher Education*，本书亦简称之为《总体规划》）竟决定让州政府供养百多所公立院校，让州里每名中学毕业生都有享受高等教育的机会。

1945 年，"二战"结束，全国复员；那些"婴儿潮"时期出生的孩子，1963 年起都将是高等教育的适龄青年。同时加州已经开始走进科技经济，需要不遗余力培养人才。可是政府的准备工作尚未跟上，院校不足；知名的大学屈指可数：北部有伯克利加州大学、斯坦福大学和旧金山州立大学，南部有洛杉矶加州大学、加州理工学院和南加州大学，几乎仅此而已。其中三所还是学费昂贵的私立学校。在州民急切要求下，政府决定把零零星星散布于全州的公立院校合理顺当地组织起来，同时大幅度增建不同类型的院校。当务之急是汇集教研专家，拟订完善的总体规划。

不鸣则已，一鸣惊人。这个空前绝后的 1960 ~ 1975 年《总体规划》持两大原则。其一是普及化：让有能力学习的人不论贫富都有机会接受某种类型的高等教育。另一是区别化：建立三种功能各异的院校系统，各在不同类型里以优取胜，以此避免架构重叠、浪费公帑。

一是加州大学系统，培养本科生、硕士生和博士生，并致力于学术研究；为所有成绩在前八分之一的高中毕业生提供学额。一是加州州立大学系统（一度称为州立学院），培养本科生和硕士生，与加州大学联合培养博士生，并进行学术研究；为所有成绩在前三分之一的高中毕业生提供学额。一是两年制的加州社区学院系统，接受所有有志向学的申请者，只要中学毕业，来者不拒；毕业后或可转去加州大学或加州州立大学，进入本科。

这三种类型与我所分类的研究型、教学型、普及型相似，只是加州州立大

185

学——至少水平较高的几所，介于教学型与研究型之间。至于另外三类（巨无霸型、培训型、专业型），有几所综合性的加州大学和加州州立大学迹近巨无霸型，并提供某些高级的培训课程；加州社区学院则提供各种普通的培训课程。当时政府没有考虑专业型——花纳税人钱的政府必须照顾全民的需求，为表示在善用公帑，建校时不能选择得太精、规模不能过小。（后来虽然旧金山加州大学既精又小，只提供医科课程，却并非《总体规划》的原意。）

读者从上面这段话看得出——不妨再说一次：高等院校的类型本来就是个连续谱，不可能把它们分得完全清晰准确。时间一久，有些院校会超越规划所说的功能，有些院校做不到规划的功能，有些需要应付所在地区的大量人才需求，有些受所在地区的影响无法收足优秀学生……种种情况下，好些院校有意无意中逐渐改变了《总体规划》所制定的功能和类型。还有，经济萎缩使州政府减少教育拨款，特别是 1980 ～ 1981 年开始，教育拨款几乎不断下降（按通货膨胀调整计算），令院校不得不更加依靠来自联邦政府的研究资助、学费增幅及私人捐赠。州政府自然更难按照《总体规划》发号施令。

八十年代初，我到旧金山州大当校长时，高等院校数量已按照 1960 ～ 1975 年的《总体规划》扩展到 9 所加州大学、19 所加州州立大学、106 所加州社区学院。今天更已增至 10 所加州大学、23 所加州州立大学、不少于 109 所加州社区学院（随时间变动）。那时的加州人口是 2400 万，今日是 3800 万；与人口相比，高等院校的增幅甚低，所反映的一是当年的繁荣景象，二是今天的经济实况。

回过头来，说点历史。

1868 年加州议会立法，在伯克利建立加州大学，1873 年正式开学。这是今天的加州大学系统的源头。同年在旧金山市内开办了医学"系"，五年后又在市内开办了法学院。1927 年，批准大学的南方校区独立，建为洛杉矶加州大学。

二十世纪五十年代和六十年代交接之际，在《总体规划》的指引下正式批准了 7 所新的加州大学，分别设于北部的旧金山、戴维斯（Davis，位于加州首府萨克拉曼多近郊）、圣塔克鲁兹（Santa Cruz，旧金山之南约 100 公里的滨海城市），以及南部的圣迭戈、圣芭芭拉（Santa Barbara，洛杉矶西北 140 公里的滨海城市）、尔湾（Irvine，洛杉矶东南约 60 公里、圣迭戈西北约 120 公里的新兴城市）、河边（Riverside，圣迭戈之北约 125 公里的内陆城市）。四五十年后，经地方议员和群众大力推动，又在墨西哥裔州民较多的农业城镇墨塞德（Merced）建立了第十所加州大学。

1857 年政府批准创建的加州州立师范学校，也就是今天的圣荷塞州立大学（San Jose State University），是加州州立大学系统的源头，比加州大学系统早 11 年。1887 ~ 1899 年间又增加了 3 所师范学校，分别建于旧金山、圣迭戈、齐蔻（Chico，北部的内陆城市）。"二战"之前，陆续加建了 2 所师范学校和 2 所技术学校。师范学校被改称为州立师范学院（State Teachers Colleges），继而升格为州立学院（State Colleges）。战后五年里又增加了 3 所。五十年代和六十年代交接之际，在《总体规划》的指引下一口气增建了 7 所。1965 年又建立 1 所。这19 所于 1972 年被合组为加州州立大学及学院系统。虽然还有个别被称为"学院"，整个系统于 1982 年被改名为加州州立大学。

整个州大系统在州长里根签署下被改称为加州州立大学。有说里根素来与加州大学不和，为了压低加大系统而把州大系统象征性改名升格。

1907 年，鉴于当时州内高等院校过少，无法应付州民需要，州议会允许中学为高中毕业生提供相当于本科一、二年级的课程。十年后终于通过法案，在州教育局的领导下建立两年制的初级学院（junior colleges），并增添职业培训课程。这是加州社区学院系统的源头。五十年代初期，初级学院已增至五十所。

六十年代初的《总体规划》里说：每名加州学生都该有机会接受公共高等教育。虽没明言，所谓"公共高等教育"实际上包括各种普及化教育的项目，例如为在职人员提供补修机会、为社会大众提高知识水平、为居家人士带来生活情趣。这个庞大繁复的多元化任务就落在初级学院头上。1967 年，加州议会决定让初级学院群脱离州教育局的管治，合组独立自主的加州社区学院系统。

加州大学和加州州立大学办学点评

现代社会受了科技发展的影响，习惯以数据描述一个机构的概况。几乎每个美国机构都印就所谓"Facts and Figures"（实况与数字）的单张，即索即发；高等教育机构亦不例外。单张上的信息当然不可能详尽，更不可能深入；好处是一目了然，坏处是讲量不讲质。什么机构都能在网上查到，读者不妨上网试试。

我在这里点评两个大学系统的办学，好比是个餐饮评论家。怎么说呢？走进餐馆，让服务员递来菜单，看到全部菜式的概况，却不清楚味道好坏。点了两三道菜，吃完就敢写评论，胆子不小，可是哪能不以偏概全？我呢？看到两个大学系统的"菜单"，可是亲身经历的只有 UCSD 和旧金山州立大学那"两道菜"。当然写出来的点评只偏不全，要请读者们包涵。

先说加州大学。北部的伯克利加大和南部的洛杉矶加大是两所老校——典型的综合性研究大学。有关它们的书和文章很多，我就不写了。

由北至南，北部的戴维斯加大前身是伯克利加大的农科分校（"大学农场"：University Farm）。旧金山加大前身是伯克利加大的医学系。成立于 1965 年的圣塔克鲁兹加大和 2005 年才宣告成立的墨塞德加大则都从一张白纸起家，没有

"前科"。南部的圣芭芭拉加大前身是由师范学院转化的州立学院。河边加大前身则是由加州大学柑橘属果类试验站演变而来的小型文理学院。成立于1965年的尔湾加大，及前文里说得特别多的圣迭戈加大都属新创，亦都没有"前科"。（加州大学原来在圣迭戈就建有强大的海洋学院。政府的原意是让它作为建立圣迭戈加大的基础，没想到被邀创校的海洋学院院长另有一套教育理念，建立了崭新的研究型大学，反而吸收了海洋学院。）

有前身的，无可避免会有"前科"。我有意用这个不雅的字眼，目的是指出前身可以是个负担：以其为基础建校，难免受其固有办学观念和学术兴趣的牵制；既得利益与新生事物间出现的人事纠纷，会让新人处事时不断感到束手束脚。热菲尔是海洋学院的院长，却不愿让自己的学院阻碍新大学的健康诞生和成长；这是他的智慧和卓见。（几乎三十年后香港筹建科技大学，不少人说何不就扩建香港大学或香港中文大学。筹备委员会主席钟士元力排众议，听说也就是为了这个原因；这是他的智慧和卓见。）

八所新的加州大学中，戴维斯、圣芭芭拉、河边这三所多多少少都遇到过这个问题。我说的当然是早年的情况——界内的道听途说，不一定完全正确。譬如说，戴维斯加大既被定为综合性的研究型大学，新到的教授们都希望能撤除过去那农学院的形象。八十年代更换校长时，总校校董会聘来一位农业生物专家，令他们大失所望。河边加大一时也很难甩掉农业背景脱颖变型。

又譬如说，圣芭芭拉加大争取国家科学基金会理论物理所时，正当加州经济不景，政府教育拨款不足，校长却愿为之提供大量资源。这个决策给其他院系的利益带来负面影响，令不少教授极度不满——特别是师范学校时期留下的"遗老"。

旧金山加大是个例外，所走的路线始终保持单一。一方面因为总校原来就想以它为首大力发展生命科学和现代医学；一方面因为它的医科教学和研究当时都已享有盛誉，在校的教研团队正是最扎实的建校基石。

你问：圣迭戈加大的背景与它很相似，为什么没走单一路线？答案很简单：一是热菲尔的意志和魅力；二是生命科学和医学攸关人命，而环保观念未深的当年，海洋科学没进入政府的视线焦点。

六十年代新建的三所——圣塔克鲁兹、尔湾、圣迭戈加大选择了完全不同的路向。

圣塔克鲁兹加大的创校教授们有一番先进念头，声言高等教育亟须改革，特别是应该走向跨学科教育，并把学习看得重于考试。为了铲除学系之间的藩篱，决定不办学系，而以一系列的"学科组"（Boards of Studies）取而代之。另一方面，为了铲除考试的压力，授课老师期终不给分数，而为每位学生分别写一段对该生的印象。

其后经常有人批评"学科组"与传统的学系分别不大，有名无实。而授课老师所写的印象往往含糊不清，甚至千篇一律。蛮长一段时期，该校学生的学习和生活相对松散，为学校带来"派对学校"（party school）的恶誉。同时，不成熟的改革引致不必要的折腾，消耗教授们的大量时间和精力，并令被礼聘的资深学者闻而止步。（可见改革毕竟不是儿戏，亟须严谨务实的深思熟虑。）

2005 年开办的墨塞德加大据说是个政治产物，短短几年里见过四任校长，办学方向和前景暂时还没什么好说。至于尔湾加大，很长时期大家弄不清楚它的主要办学观点。圣迭戈加大则是我的"老家"，已经写得太多，无须再说。

接着说加州州立大学。

当年的州大系统有十九所院校。当时我所略知的只有旧金山州大、圣荷塞州大及圣路易斯·奥比斯波加州理工大学（California Polytechnic University，San Luis Obispo，简称 Cal Poly）。知道旧金山州大的原因包括它的名气、旧金山的城市特色（五十年代我来美时第一个到达的城市）、师生的反战运动（六十年代与伯克利加大首先罢课示威的大学），及教授们对科研环境的看法（七十年代争取国家科学基金会理论物理研究所时提出的观点）。

圣荷塞州大是加州第一所高等院校，位于硅谷南端，为科技企业培养大量技术人员。圣迭戈州大也是加州最早建立的大学之一，虽然六十年代之后被圣迭戈加大抢尽风头，却能在多方面保持原有的教研特色和力量。

最有意思的州大或许是圣路易斯·奥比斯波加州理工大学，位于加州中部近海地区，不南不北，相对偏僻，却风景怡人，是专心教研和求学的好地方。它是美国罕见的高等理工学院，主攻应用科技，成绩有目共睹。

讲到州大院校，除以上几所，竟写不出更多点评。这个旧金山州大所隶属的系统，定位和定型都有异于加州大学和其他我所熟悉的研究型大学。一辈子没在这样的大学里念过或教过书，对其学术环境几乎一无所知。那么，就这样贸贸然进入这么个系统，我能适应吗？

埃特金森之问所凸现的，主要就是这个问题。

第十一章　旧金山州立大学的定位和定型

　　到旧金山州大上任不久，就参加了新学年第一次加州州立大学校长会议。

　　加州州立大学系统虽有 19 所大学（今增至 23 所），却只有一个校董会。加州大学系统亦是如此，9 所大学（今增至 10 所）亦只有一个校董会。好处是让系统的大方向、主要功能、宏观管理、对外关系等保持一致，符合当年制定的《总体规划》。坏处是无从照顾每所大学所在地的经济情况、人文环境、独特需要，因而难以因地制宜。还有，系统内的大学有强有弱，许多事情不宜一刀切。

　　此外，总校校长直接向校董会负责，站在每所大学与校董会之间，阻碍了大学校长与校董们的交流互动。事实上所谓"总校"只是行政单位，没有自己的校园或师生，缺乏与师生经常接触的机会，久而久之，形成极为庞大的官僚机构。

　　州长委任校董会成员，需考虑种种因素，包括这群校董的地区分布、专业背景、社会阶层、族裔性别、舆论影响等。关注这些因素本来是很合理的事——毕竟大学属全民所有，校董会作为大学系统的最高权力机构，应该求取结构上的平衡。不幸的是，历来州长选择校董时难免偏向政治理念与他本人相似的，其中又难免暗中偏向由于政治理念相似而在州长竞选中向他捐献经费的。更糟的是，里根当州长时，由于政治观点与绝大多数师生对立，竟公开选聘自己党里的右派人士为校董，以此加强对大学系统的控制，直接把政治注入了高等教育。自此往往有些强势校董试图左右教研方向，钳制总校校长的决策，多多少少影响到学术自主。

校长会议的会场设于加州南部的长滩市，也就是校董会的会场。会场的布置无意中反映了大学与校董会的对立局面（虽然我来此开会时，电影明星出身的里根已经更上一层楼，当上了美国的第四十任总统）。长方形的会场，一头是接近圆形的一排座位。校董会开会时，校董们以姓氏字母为序排排坐；校长会议开会时，则总校校长、副校长们和一群总校"官僚"按行政职位高低排排坐。另一头是略呈阶梯形的两排校长座位，座位前面预先安置名牌，校长们进场后对号入座就是。学年第一次会议怎么坐，以后每个月开会不再改座。

看到我的名牌被放在第二排的最左角；左边没人，右边是圣迭戈州大校长汤姆斯·戴伊（Thomas Day）。他也是理论物理出身的，而圣迭戈州大与旧金山州大同是老牌大学，也同是注重学术研究的教学型大学。我说多巧！哪知并非巧合，幕后有个小故事，看下去自有分晓。

旧金山州立大学的历史背景

旧金山州立大学是美国西部最古老的大学之一，创建于十九世纪末。

"创建于某某年代"这句话，对一般读者来说反映的是一宗孤立事件，联系不上时空背景，意义不大，说完就忘。因此我想任意简列那时代与其前夕所发生于美国和中国的一些历史片段。

1840～1842年，鸦片战争暴露了中国的积弱。1848～1849年，旧金山之西发现金矿，卷起掘金狂。1850～1864年，中国爆发内战，太平天国进取大清帝国的半壁江山。1856～1860年，英法联军轻易侵占中国的主要沿海城市。1861～1865年，美国南北之争引发内战。1868年，美国完成太平洋铁路的建筑。1870年，美国耶鲁大学和哈佛大学开办研究生课程。1883～1885年，中法战争再次暴露清廷的无知与无能。1886年，美国劳工联合会成立。1889～1890年，美国西部六州相继加入联邦。1890年，美国妇女选举权协会成立；国会通过维护经济竞争的反托拉斯法案。1892年，美国通用电气公司成立；环保组织塞拉俱乐部成立。1894～1895 年，甲午战争让日本实现了侵华野心。1897 年，波士顿地下铁路投入使用。1898 年，美国在占领古巴后，进一步进入菲律宾、夏威夷，表露海洋强势。1900 年，义和团进京，包括美军在内的八国联军继而进京，彻底破坏清廷统治，令其加速走向没落。1903 年，莱特兄弟在北卡罗来纳州初次成功飞行。

这么一大串历史片段与旧金山州立大学有什么关系？

我故意把它们混杂在一起说，让读者们同时感受中美两国的兴衰。半个多世纪里，丧权辱国在中国引为常事。虽说是遭列强侵略之害，可是朝廷管治无能，国家积弱不振，难逃咎由自取。洋务运动下的"兴学育人"改革观点，启迪了新的思维，却没能开创完整的教育体制。反顾美国，历经四年残酷内战，重整之后，各方面不断进取，并大踏步向西迈进——包括今天不以为然的武力扩张。在经济和社会迅速发展的需求下，高等院校应运而生，教育体制急速建立。

就在那半世纪里，加州开始注重教育。1867 年，旧金山的女子中等师范学校开办了教师培训课程，这是旧金山州立大学的前身。1895 年，教师培训课程独立，成为旧金山市立师范学校。1899 年，州议会通过法案，把它改建为旧金山州立师范学校。1906 年，旧金山大地震尽毁市中心，师范学校迁往新址，是震后首先重新开课的学校。

1910 年，师范学校启动教育学研究。1921 年起，提供通识及学位课程，改名为旧金山师范学院，两年后颁授学位。课程不断扩展，1935 年，成立旧金山州立学院。1946 年，首创通识教育核心课程，为全国建立模式，并开始颁授研究生学位课程。1949 年，在现址建造新校园，进入新时代。

1950 年至 1969 年间，教研项目和学术活动不断增加，影响深远。同一时期，校内政治运动此起彼伏，师生发起多次示威抗议——包括反白色恐怖、反种族歧视、反越南战争、反强制兵役，甚至所谓反落后课程。屡屡受到镇压，影响亦极深远。其间加州颁发《加州高等教育总体规划》，在师生全不知情下被纳入加州州立大学系统。1972 年，改称为旧金山州立大学。

1983 年我到任时，大学有两万两千名学生，是旧金山市内的唯一公立综合性大学，亦是旧金山湾区海湾之东的唯一公立综合性大学。三十年后的今天仍是如此，学生人数却已达三万，校友人数二十多万，为湾区的成长作出极大贡献。

不知道读者们有没有注意到上面"在师生全不知情下被纳入加州州立大学系统"这句话？它决定了这所大学的定位和定型。幕后过程甚耐人寻味，值得一说。

第五任校长格伦·邓基（Glenn Dumke）被委任为《加州高等教育总体规划》的调查组成员，协助州议会制定规划法案。成员们原来的主张是把位于旧金山的三所学院——主攻文理、教育、艺术、商管的旧金山州立学院，主攻生命科学的加州大学医学院，及主攻法律学科的加州大学法学院——合并为一，成立与伯克利加州大学和洛杉矶加州大学同类型同级别的研究型大学，命之为"旧金山加州大学"（University of California, San

格伦·邓基（Glenn Dumke）。

Francisco）。在加州大学系统里，这么一所综合性研究型大学会远强于另外几所由单一学科领域演化而成的加州大学，亦会远强于几所教育理念尚未成熟的新生大学。

可是据说邓基心中自有打算。他建议把公立大学分成加州大学和加州州立大学两类，各自成立系统；前者属研究型大学，后者属教学型大学。在传统的"教授治校"原则下，他理应与同事们深入讨论，共同决定以他为首的学校——旧金山州立学院——何去何从。日后学校里传下的故事却是他隐藏了调查组的原有主张，把几所成绩卓越的州立学院——旧金山、圣荷塞、圣迭戈等——纳入加州州立大学系统，自己当上了这个系统的总校校长，壮大了阵容，与加州大学系统一争雌雄。

我从未见过邓基，也没看过与此有关的文件，只是旧金山州立大学的前辈都这样说。与埃特金森吃那顿两小时的早餐时，他突然提起此事，说得跟以上一致。当过加州大学总校校长的他一定看过文件，掌握这段历史。看来故事属实。

旧金山州立大学的定位和定型

作为大学校长，首先需要认清他那所大学的定位和定型。埃特金森不好明言，可是听得出他觉得我不适合旧金山州立大学的定位和定型。需要承认：当年我接受聘任时，对《加州高等教育总体计划》有点认识，但是并没认清。或许应该说：我没有感到加州两大高等教育系统的功能会分得那么极端。

我把高等院校分为六个类型，目的是指出高等教育的职责很全面，应该有多种类型；而每种类型都属社会必需，因此办学必须多样化。院校各为自己定型，努力在那种类型里攀登一流。其实院校的功能包罗万象，不必也不可能予以硬性限制。类型原该是个连续谱，一所院校选定类型、认识自己的主要方向和功能，并不表示四周都是不允跨越半步的雷池，更不表示不许按社会所需在某些方面与时并进。也就是说，既然社会不断演变和进化，那些为社会培养人才和创造知识的大学怎能僵化？

邓基的动作为旧金山州立大学定了型。相信他当时并没想到把州大系统的功能定得那么死，否则怎会想到自己即将领导的州大系统能与加大系统一争雌雄？我猜连他也没想到政府的行为会那么僵化，《总体规划》的实施会死板到那个程度。

《总体规划》把高等教育分设为三个院校系统，硬性规定各个系统的功能，确实写得很周全。问题出在写得过分周全，也就过分死板，没有充分考虑现实和未来。现实是：一些已存在多年的院校各有其独特的历史和风格，不可能一下子就按照《总体规划》关进被指定的笼子；结果某些院校被荒废武功，某些院校与要求错位。未来是：在学术自主和教授治校的原则下，规定得再仔细，假以时日总会走样。

加州社区学院前身是初级学院，毕业生可转升大学，进入本科三年级。这反映其所提供的是相当于两年制的"副学士学位"（associate degree）课程，明显有别于两个大学系统。它们所提供的普及化教育，本来就不属大学系统的功能范围。此外，亦不要求教师们从事学术研究。因此社区学院与大学之间没有重叠，没有矛盾，也就没有直接冲突。矛盾一般出现于加州大学系统（UC）与加州州立大学系统（CSU）之间——特别是一些不能保证研究水平的新建加大，与几所早已拥有学术传统的州大。

旧金山州立大学有其独特的历史和风格，并有优秀的学术传统，教授们不可能心甘情愿放弃学术研究，跟从《总体规划》转型。与加大医学院和法学院合并为"旧金山加州大学"原是最合理顺当的安排，一旦在邓基的动作下被排除于加大系统之外，教授们的思想和心理都难以适应。有些学术性不那么强而被强制纳入州大课程的学科，则还需为它们另起炉灶。

旧金山州立大学就这样掉进了研究型大学与教学型大学的夹缝。

如此为学校定型，直接间接影响了学校的定位。社区学院面对群众，服务对象无疑限于周围地区，定位十分清楚。州大和加大之间则又见矛盾。两所老加大（伯克利、洛杉矶）原来已是所在地区的老大，同时亦是国内外的著名学府。一所新加大（圣迭戈）迅速迎头赶上，成为所在地区的老大，并在国内外被称为奇迹。它们的定位十分清楚。另外几所加大则还前景未明，它们的地区影响无可置疑，至于国家观和世界观则说法不一，很难定位。

几所老州大原来已是所在地区的高教基地，某些专业和学科还在国内国外建立了声誉。这些大学原该跨越类型，却被《总体规划》限制了资源和生源，挫压了它们的国内和国际地位，破坏了定位。其他州大更是前景未明。它们的地区影响亦无可置疑，但是在《总体规划》的抑制下，立足于学术研究高地的机会甚微，如何在国内和世界上为自己定位，数十年后依然不很清晰。

《总体规划》产生于二十世纪六十年代初期。六十年代中期至七十年代中期，旧金山州大师生的激烈政治运动固然与时事气候和社会环境有关，我深信学校定型和定位不清所引致的恍惚亦是因素之一。七十年代中期之后，运动大致平息，在一位公认平和却无为的校长领导下，师生们逐渐接受了州大系统所赐予的定型和定位。1983 年我到任时首先注意到的就是一些学术尖子的失意和无奈。

定位和定型所造成的困境

按照《总体规划》，加州大学系统走研究型大学的路线，加州州立大学系统走教学型大学的路线。这一下子，定位有了区别，并带来资源分配的不平。

简单说来，加大既然是研究型大学，教授们理应把一半精力和时间花于创造知识；学术研究没有地方性，因此加大的定位应是让地区观与国家观及世界观平分秋色。反之，州大既然是教学型大学，教授们理应把绝大部分精力和时间放在向学生传播知识；教学经费来自州民，对象——特别是本科生——主要是州民子弟，因此州大的定位应该集中于地区观。

定位与资源有密切关联。美国公立大学的惯例是：教学经费和基础建设由州政府负责，研究经费（包括创作，以下亦然）由联邦政府负责。加大系统和州大系统在教学和基建上必须满足州民的需求，研究经费则靠个别教授自行向联邦政府争取。看上去好像很有道理，事实上这个惯例直接影响资源，令分配的不平立即浮现。对身处夹缝里的几所州大来说，定型所带来的定位让它们陷入困境。

不难了解。教学经费来自州政府，按学生人数拨款；人数大致相仿的话，一所州大与一所加大的教学经费亦大致相仿。可是《总体规划》明文规定，要求加大的教授们积极投入研究，而让州大的教授们把时间和精力聚焦于教学。这样一来，加大能名正言顺从联邦政府争取到大量经费，而州大缺乏这方面的额外资源。在这种情况下，州大不得不把教授们的课时加倍；而后者缺乏时间从事研究，就更难竞争到联邦政府的研究经费。再者，缺乏研究经费，就养不起研究生，更难进行研究。请看，恶性循环就此产生。

变本加厉的，一是州政府的教学经费亦向加大倾斜：经费分配所按照的公式里，研究生的人均拨款远高于本科生。二是大量研究生可以兼任助教，为加大的教学提供廉价劳力。两方面都助长恶性循环。

甚至连州政府负责的基础建设都会为难那几所州大。旧金山州大和部分老牌州大早年建于市区，土地深受限制，学生人数狂增，而校园建筑无法扩展。多数州大学生来自市区及邻近，州政府说他们大可走读，不必在校园里为他们兴建宿舍。越是缺乏宿舍，越让学生来自市区和邻近，限制了州大的生源，更令远处的优秀学生选择新建的加大。

请看三所加州大学和旧金山州大的数据，比较它们的资源。

单位：美元／年

学校	本科生	研究生	全职教授	运作开支	研究经费	学费
伯克利加大	25 540	10 298	1 484	21亿	6.9亿	12 128
圣迭戈加大*	23 663	6 236	1 076	20亿	4.4亿	12 128
河边加大	18 293	2 453	1 638	6.4亿	1.0亿	12 128
旧金山州大	26 363	4 137	1 506	4.4亿	0.5亿	6 774

* 不包括医学院和医学中心。

必须指出，这是几年前的数据，不过变化应该不大；反正只是拿来作例。此外，大学账目报表的内容和格式差异很大，很难算得准确。譬如说，教授人数除全职外还有不少别的种类，大学对此各有不同政策、不同算法。圣迭戈的医学院和医学中心很大（包括医院和各种健康单位），怎么把它们撇除后才与其他大学相比，亦是难题。河边加大的资料则甚难跟踪，不易明白。

大致情况该能一目了然：伯克利加大和圣迭戈加大的学生人数与旧金山州大相差不远，全职教授人数也相差不远，但是运作开支竟可相差好几倍。此外，河边加大的研究工作并不胜于旧金山州大，本科生与研究生人数都远低于旧金山州大，其全职教授人数却多于旧金山州大；河边加大学生（本科生和研究生）人均运作开支达3.08万美元，而旧金山州大只有1.44万美元。难怪旧金山州大不服。

州政府、校董会、总校机构间的错综关系

旧金山是个很特别的城市。作为市区里唯一的综合性公立大学，旧金山州大反映城市的历史、地理、经济、文化、移民和种族，成为一所很特别的学校。

州政府的《总体规划》为老牌州立大学的定型和定位所造成的错配、校董会与州大系统总校机构间变幻莫测的权力制衡、总校机构的领导层与几所老牌州大间的矛盾、政治意识挂帅的州长明目张胆对大学自主的干预、那任州长超越常规为州大选择校长……这些因素结合在一起，令高教体制关系错综，让旧金山州大陷入混乱。到头来，这些因素都与旧金山州大的校长有关。值得说详细些。

那位为州政府策划《总体规划》、为一系列州立学院定型的校长，在旧金山州大（当时还称为"旧金山州立学院"）只当了四年校长（1957～1961年），就被刚成立的校董会聘去领导崭新的州大系统总校机构。总校机构与一些州立大学（当时的"州立学院"）为了定型产生过矛盾；矛盾尖锐到什么程度，并没被记录在案，可是旧金山州大在短短六年里（1962～1968年）换过三次校长却是事实，不属偶然。1968年后，出现了一宗与定型无关的大事。

一年前刚当上加州州长的里根原来是位电影演员。他原属政治意识较为进步的民主党，曾一度领导美国电影演员工会，维护影视从业人员的权益。其后作为一间大公司的发言人，与企业领导层接触日久，思想右转，继而加入政治意识保守的共和党，且被认为共和党的右派领袖人物之一。

里根与党内"鹰派"反对民主党执政的政府，对当时不愿扩大越战、不求全面胜利的总统大肆批评。这种好战思路与反战的"鸽派"意愿相背，引发强烈反战的大学师生极度不满和抗争。他就任州长后，即时委任一些同路的新校董，利用他们向大学多方面开刀，包括解雇加州大学总校校长、削减经费、征收学费，甚至让幕僚审查教授的任免。这些行动在素来崇尚大学自主的加州都是"新生事物"。

闹得最凶的旧金山州立大学自然首当其冲。里根特别欣赏的人是位生长于加拿大的美籍日裔教授，亦是位著名的语义学家；所欣赏的却非后者的学问，而是后者的右翼思想和倔犟脾气。在里根亲自点将下，这位毫无行政经验的教授当了五年校长（1968～1973年），采取强硬手段压制学生运动，与师生们对抗，"联手"把大学搞得天翻地覆。

1973年，越战双方签署停战协议，美军作战部队撤离越南。旧金山州大又换了校长。新校长是位植物学家，才接到校董会的任命，就被教授们在不信任校董会的情况下要求其拒绝上任，气氛搞得很不愉快。过后，这位寡言的新校长安静无为，平平稳稳干了十年。离职一年半后，他因心脏病突发去世，《洛杉矶时报》的报道将了他一军，说1983年我"在旧金山教授们的热烈支持下继任"，有意无意地以两人的对比为他盖棺论定。

回头再看《总体规划》的错配怎么让这所老牌大学掉进研究型大学与教学型大学的夹缝，失去了固有的地位和个性。

按照州政府的经费发放制度，州大不让重视研究和创作，须把教学任务平均分配给教授。一些研究和创作能力很强、不断创造新知的教授，所分配到的课时与单一从事教课的同事一致，令他们不得不减少研究和创作，改变工作方向。这种一刀切的政策对学校、对社会，都造成很大损失。

州大系统总校机构的首任校长既然当过旧金山州大校长，相信不会不明白让老牌大学如此转型会带来什么后果。那么，为什么当初没把州大系统里的一群大学安排成连续谱——也就是说，在研究和教学两方面，为不同的州大制定不同的比重？有人说他为了建立自己的王国，根本不在乎；有人说他要平等对待所有州大，赚取人心；有人说他准备首先接受《总体规划》的指令，建立系统，之后再争取变型。现实是：《总体规划》指令下得益的加州大学系统，绝不会给他变型的空间。

众说纷纭，没人晓得他的心理或用意。反正，匆匆建立的州大系统里，总校机构的领导层从头就与几所老牌大学为此不和。

被政治化的加大系统校董会，解雇了深受尊重的总校校长，给教育界一个下马威。州大系统当然感受同样压力。校董会成员本来就几乎全由州长任命，大部分是政界、商界、法律界的知名人物，后来越来越多被委任的是（在州政府换届前后）向州长或党派捐献大量竞选经费的富商，他们难免与当选派走同样的政治路线。总校机构的领导层对此哪能不有所顾忌？

校董会成员里，总有对学界传统和教育体制不甚了了而又自以为是的。一旦他们手握大权，视总校机构的领导层为下属，颐指气使，很快就会在权力制衡中产生矛盾。万一碰到个政治意识特重而又看不起学界甚至厌恶学界的州长，那些唯其马首是瞻的校董就会罔顾大学自主的传统，对州大系统进行无端干预。这种错综关系更令个别州大无所适从。

这些都是我到旧金山州大担任校长之前所没料到的。

新丁的洗礼

还没上任，总校校长那边来电话，说是想与我见面谈谈。

当时还在圣迭戈加大任职，没搬到旧金山。从拉霍亚到建于长滩的总校机构大楼车程只一个多小时，于是就驾车去她的办公室见面。

毕竟只是初次长谈，内容不很深入。寒暄之后，她说了些欢迎的话，可是态度严肃，不知道为什么似乎对我有点戒心。看来是要让我知道此后谁是上司、谁是下属。

其实每所州大都是独立自主的大学，校长由校董会直接任命。总校校长是二十五位校董之一，并无任免权。所谓"总校"之称是中文误译，英文是"systemwide office"（系统办公室）。每位州大校长的英文职称都是"president"，而"总校校长"的英文职称是"chancellor"。（特别有趣的是，加州大学系统里正好相反，每位加大校长的英文职称都是"chancellor"，而"总校校长"的英文职称反而是"president"。当初这样为职称定名，估计是因为老牌州大都是完全独立的，校长自然称为"president"，合并成系统后不太好改。而加州大学早期只有两所，洛杉矶的那所可以说是伯克利的分支，两所大学的独立身份不很明显，于是每所有位"chancellor"，负责统筹者则称为"president"。）

我不很关心这种隶属关系。她自认是我的上司，没有问题。毕竟政府决定每个大学系统只有一个校董会，因此个别大学的校长没有多少机会直接与校董们打交道。坦白说，校长们也没有兴趣与他们多打交道。总校校长乃成为大学与校董间的桥梁，亦是最好的缓冲。校董们讲理时，我们可以靠她为大学使劲争取资源；校董们不讲理时，我们就是躲在母鸡身后的一群小鸡。

倒是她在见面时讲的一段话引起我的警觉。她说："现在你不再在加大系统，而在州大系统当校长了。今后不能花时间干科研工作了。"

这话有两种意思。一是校长的行政工作繁重，不可能继续从事科研。当时听了有点失望：虽然当院长时已经不得不减少教研，总还希望即使当上校长亦不必百分百完全放弃。后来才知道必须告别教研生涯，这话真给她说中，确是中肯的忠告。

另一种意思却是：州大与加大不同，不能把科研当作正事来干。这是对老牌州大的迎头一击。或许亦很中肯。她自己具有不弱的学术背景，原来亦来自研究型大学，可是到了加州不得不向体制低头。于是要我正面对待州大系统的现实，做好心理准备，免得到时在校董会里闯祸，为她制造麻烦。

作为系里的新丁，洗礼来得很快。祸端便是在长滩的"亮相"。

首次到长滩参加校长会议，圣选戈州大校长戴伊暗中动了手脚，在会场上偷偷置换了名牌，让我坐在几位老牌州大校长一边。这个安排对我来说很合理，也很值得庆幸，因为这些老牌州大正是研究和创作比较强的几所，亦是不满一刀切式定型的那几所。这几位校长在校董会会议上不时发发牢骚，表达一些与总校校长相左的观点。其实总校校长不是校长们抱怨的对象，校长们的观点与体制相左，因而与部分校董会成员冲突，把她挤在中间，左右不是人。

哪知我这一坐无意中威胁了总校校长。她来到会场，对准两排校长远远坐下；眼睛从左到右扫视一周，突然发现州大系统首次成功从加大系统挖来的"明星"竟与她的对头们坐在一堆。啊，不又多了个"bad boy"（坏小子——造反派）？虽然她该知道会场名牌怎么安排与我个人无关，总免不了下意识怀疑我

州大系统校董会的大会议厅：端坐于圆圈上的都是校董，
远远两行排排坐着的是所有的州大校长。

这新人"不分忠奸，弃明投暗"。相信会后她可能把布置会场的职员叫进办公室，骂他不懂事，借此消消气。

上任三个月，总校校长办公室来电，说是校董会主席召见，要我特地飞去长滩。

走进小会议室，只见校董会主席与总校校长坐在一起，另有一位秘书小姐拿着笔记本，俨然摆出审讯姿态。总校校长开口："我们对你的成绩很不满意。"

什么？丈二和尚摸不着头脑，就给我吃了闷棍。我说："请问什么事情让你们对我的工作这般失望？"她回答："教学方面，今年旧金山州大的入学人数大幅度降低。研究方面，旧金山州大的成绩低落，远远不如其他州大。"我不知天高地厚，立刻拿出事实和数据反驳。

长话短说，跟着几个月里，总校校长那头来的压力越来越大，说来说去就是那几句话，还说校董们对我意见很大。我这个搞理论物理的人搞不懂政治压力，更不懂得政治压力来自何方。于是按照逻辑和就事论事的习惯，写了一封长信给她，还把副本寄给会见时没多说话的校董会主席。

信里列举统计数字。"一、教学方面，今年的入学人数非但没有降低，还超过了总校所制定的名额。二、研究方面，成绩较难与其他州大作客观比较，不过至少教授们从联邦机构和通过同行评议所争取到的研究经费，这年比过去几年多。过去在所有州大里占第二至四名，今年还是一样。"同时当然还需指出："秋季入学的学生，早在我上任前半年就办了申请手续。研究经费也是教授们在半年多前就申请的。两方面的功过，明显都不归我。"

这信不写还好，一写事件闹得更大，竟在校董会全体会议上引起很大争论。过后有校董告诉我，打击我的其实并不是总校校长，而是校董会主席，总校校长只是扮演他的打手。据闻这位校董会主席是个巨富、报界巨子，为州长筹募竞选经费出过大力；又说他素怀种族歧视观念，并特别霸道——极不欣赏那几位老牌州大校长，因此对我这个自不量力的小伙子特别看不顺眼。

我的助理汤姆·斯宾塞（Tom Spencer）是位心理学教授，对州里的政治圈子亦有较深刻的研究和认识。旁观者清，他劝我不要浪费时间和精力打这种无谓的仗。他说："权势都在这种小人的掌心，这种仗你是打不赢的。Just let it roll off your shoulder（就让这事滚下肩头吧。息事宁人的意思）。"还说："我知道你不会愿意写什么认错的信，那就简简单单写上几行，说教学和研究方面都将特别关注，让他下得了台就是。"

我从善如流，乖乖地写了不痛不痒的几行。总校校长这年度不给我加薪，作为警告了事。之后没再在教研方面有过争执。不过由于我还是经常与那几位事事与她争拗、因而被她称为四人帮的老牌校长走在一块，让她在"非友即敌"的心理影响下，蛮长一段时间与我保持距离。

强势州长与州大系统的校董会

州大原来都由州教育局管理，1960 年合并成州大系统后，由新建立的校董会接管。分别应该很大：前者属州政府直接管理，后者是 "at arm's length"（一臂之距）。也就是说大学与州政府脱离关系，直属校董会这么个"民间"组织。

我说"分别应该很大"，又说"校董会是'民间'组织"，话里有因。请听我慢慢解说。

首先说州大校董会的职责。所包括的有：制订州大系统的宏观行政政策；指导和协调大学的课程方向；监察州大系统与各大学经费、物业、设施和投资的运用；委任州大系统的总校校长、副校长，以及每所州大的校长；向州民传达，并让州民领会州大系统的目前效益和今后需求。

有责任就有权力。上列职责范围很广：表面上看来，除委任高级领导外都属宏观，"政策""方向""监察""传达""领会"这类字眼，都可松可紧，看运用时如何定义；事实上，正如国家的宪章，条文写得比较笼统，甚至粗枝大叶，目的就是留下一点演绎空间，不要捆绑得太死。

灵活性固然是好事，毕竟世事变幻莫测，条文的演绎或需与时并进。可是碰到凭政治意识被委任的校董，或是自信过强而不自克制的校董，演绎境界可大幅扩张，让校董会走向微观管理，侵犯大学的学术自主和日常治理。

其次说校董会的组成。州大校董会的成员共二十五位，分列如下。四位是州政府在职官员，包括州长、副州长、州议会主席、州教育局总监（相当于教育局局长）；一位是现任总校校长；一位是校友会任命的校友代表；一位是州长从全系统学术委员会推荐名单中选聘的教授代表；两位是州长从全系统学生会推荐名单中选聘的学生代表 —— 这九位校董有固定来源。此外十六位全由州长任命、州议会确认。二十五位里，除那两位学生代表外，都拥有投票权。州长担任校董会的董事长，主席和副主席每年由董事们自行选举。

请看，二十三位拥有投票权的校董里，四位是州政府官员，十六位由州长直接任命，其中一位是州长任命的总校校长——这就总共二十位，已占绝大多数。甚至所余的三位里，两位由州长选聘，只有校友代表由不得州长决定。那么，校董会究竟能"民间"到什么程度，要看州长尊不尊重大学、对大学自主传统的信念有多强。

结论是：前面所说的"一臂之距"，那条"臂"的伸缩力远比想象为大。遇到强势的州长上台，"臂"可以缩得很短，什么事都来干预。因此我只能够说：由州政府管理或由校董会管理，其分别"应该"很大。

或许也能为此辩护。那就得回到"定位"两字：州立大学是州民所养活的，州民本来就该拥有管辖权。而州长由州民选举产生，代表州民来落实这管辖权。也就是说，大学自主必须尊重，却并非全无底线。至于选举法是否真正产生最能代表全民的州长，这个问题牵涉政治制度，涵盖一切民生领域，远超大学自主。

顺便说一句：国内有些号召高等教育改革的，说美国州立大学的校董都由全民选举，建议我国的公立大学建立理事会时，该向美国的州立大学校董会看齐。我猜他们并不清楚美国的一般情况。美国有五十个州，州立大学校董由全民选举的寥寥无几。

州大校董会每两个月举行一次全体会议。属下的九个常务委员会经常开会，分别处理以下事项：规章制度、教育政策、人事政策、校园规划和产业、财务运作、财务审计、劳资谈判、政府关系、机构发展。请看，校董会不是儿戏，职权广大，工作繁重。必须建立各种常务委员会，通过总校机构进行监督，为州民把关。

监督与干预是两码事，两者之间那条线却甚难画得准确。校董们既没时间又没兴趣样样干预，一般来说甚少侵权。问题在于偶然出现个别权势特重的校董，看到某件令他特别揪心的事，不求甚解不可理喻地进行干预，咬住不放。这类事往往跟意识形态有关，例如政治取向、思想自由、种族歧视、性别歧视、学生运动等。

加州教育法明文规定：州立大学必须独立于政治和宗派以外。按照规定，校董会成员的任命和大学事务的管理，都必须摈除政治和宗派的影响。话虽这样说，打从里根当上州长，政治因素不断侵入校董会，继而转加于总校机构。

几位老牌州大的校长与总校校长及某些校董的关系不好。现任总校校长来长滩就任之前，戴伊曾被提名为总校校长，却在校董会里被否决。据说他的政治意识属保守派，与里根任命的校董相近，因此与政见无关。可是他坚决推动允许州大在研究和创作上与加大竞争，并强烈争取让州大独立颁授博士学位。这些主张与部分不事进取的校董发生了冲突，继而与总校校长反目。

究竟是校董们影响了总校校长，还是总校校长影响了校董们，谁也说不清。总之他被视为"坏小子"的带头人。我跟他走近了，在某些校董和总校校长的

当时的州大系统总校校长（左），及把她管得紧紧的校董会主席（右）。尽管两人都笑容可掬，前者的日子很不好过，后者后来当了加大系统校董会主席。

眼光里，近墨者黑，自然也就走进了"坏小子"的行列。

总校校长是位金发碧眼、长得很秀丽的女士。一旦与人争拗，显露的却是刚强的男子汉气概。久后我才明白：美国的管理文化充斥大男子主义，妇女想在男子汉的世界里冒出头角，必须表现得比男人更男人。学界如此，政界如此，企业界更是如此。能踏上最高管理层的女性确实不多，特别是在企业界。近年来似乎有些变化，企业界冒出了一些并不那么"男人"的"女强人"，但这种情况仍是极少数。看来女性头顶上空的那块玻璃天花板并不比少数族群薄。

其实总校校长另有很女性的一面。我上任两年后，她已看到我虽然在州大定型和某些别的问题上与校董会和她的看法不一致，却还是一个讲理的人，并没有样样事情跟她作对。我们之间过去的不和也就淡化了。

回到长滩，金发碧眼的总校校长一头要应付那位难以理喻的校董会"老板"，一头要对付我们这班老气横秋的"坏小子"，日子很不好过。几年后，终于被那霸道的老板借故逼走。

第十二章　旧金山州立大学的院系结构

　　我国的高等教育政策经常被人们诟病，特别是全国划一的高考制度和院校的管治体制。我不敢力排众议自讨没趣，可是偶尔忍不住要为教育工作者和施政者叫屈。

　　的确，高考制度并不完美，全国划一并不合理。可是三十多年来，这个制度毕竟公平透明，多多少少以往只能望洋兴叹的农村青年考上了高等院校，多多少少低收入家庭的子弟得以接受高等教育。教育专家们不断设法改善制度，一些高校也正在小面积试行不同的录取方法。

　　的确，统一的院校管治体制并不完善，令一些学术水平较高、管治走上轨道的学府感到不满。可是过去这十来二十年，应国家高速发展的需要，院校和学生的数字翻了两番，水平因而参差不齐。有些政策和规矩不能不定得严谨。实施之际，若不一刀切，难免招致不服和不平。

　　香港科技大学在较短时期里获得了国际学界的好评。这些年来不少国内的大学领导层来访，讨论香港科大的创校和管治经验；亦有不少外国的教育部门和大学校长率团前来"取经"。我总老老实实指出：由于外围环境和内部条件的变化，今天所能达到的水平与当年的期望相比，可说有较大距离。香港科大确实取得了一些成就；分析这些成就的来源，不得不归功于天时地利人和。最重要的因素，却是创校的一群人认清自己的定位和定型，遵循国际办学规律，按部就班、实事求是地进行规划，制定和落实管治方针。

　　什么是国际办学规律？前面说过，州大校董会"属下的九个常务委员会经常开会，分别处理以下事项：规章制度、教育政策、人事政策、校园规划和产业、财务运作、财务审计、劳资谈判、政府关系、机构发展……通过总校机构进行监督"。大学的领导层在校董会的宏观指引下，制订学术规划、人才资源、财政经费、校园设施等一系列的政策，按照政策处理一切有关事务。这是国际办学规律的重要环节。

　　学术规划是最核心的任务。有了学术规划，才知道需要何等人才资源、多少财政经费、什么样的校园设施。创校的人，桌前放着一张白纸，大可细心在上面勾画。早已成形的大学却享受不到这种奢侈。

　　历史悠久的旧金山州立大学早已成形，没有新的学术规划可言。也就是说，院系结构都已固定，既不可能亦不需要重建，甚至没有多大变动空间。这却并不表示当校长的不能这儿那儿作些微调，设法合理地导致某些程度的倾斜。

两种类型大学夹缝里的人文学院

　　我不是一个喜欢大动干戈的人。只是从"研究型"的加大系统来到"教学型"的州大系统，没能死心塌地接受这个断层的《总体规划》。或许该说：在研究型大学里"长大"的人，从头就没看透《总体规划》给教学型大学扣上的桎梏。

　　公立大学的定位和定型断定了不同院校的经济来源。旧金山州立大学虽被《总体规划》划定为教学型大学，实质却处身于研究型与教学型的夹缝里。为了提升学校的学术水平，兼以研究和创作的成果来争取更多联邦政府的资助，以此补充州政府所给的教学经费，我设法让教授们把多点时间和精力放在研究和创作上。也就是说，虽被置于夹缝里，仍尽可能向学术研究和创作方面倾斜。

　　这种做法让人感到我在推动大学转型，其实只是在夹缝的狭窄空间里求取移位。自有成功之处，也有失败之处。研究和创作能力强的教授看到一线天日，额手称庆。一些专注教学的教授和总校机构的领导层则给以否定。

旧金山州大有八所学院/学部：人文学院、理学院、商学院、教育学院、行为与社会科学学院、创意艺术学院、健康学部、民族学院。多年后，我的接班人把人文学院和创意艺术学院合并为一，行为与社会科学学院和健康学部亦合并为一，理学院则为了突出工程技术改名为理工学院。据闻除行政架构外，实际变化不大，我还是照自己熟悉的说。

人文学院是校内最大的学院。有人说，一所大学成功与否，应该看校友，也就是说它所培育的学生的成就。这样说来，人文学院倒真出过不少知名的作家和政界人士，只是这些人还未被我国"发现"。

政界人物的国际知名度较高，可以略举数例。当过旧金山市长及加州众议会主席的威利·布朗（Willie Brown）是最出名的一位，因为他非但自己担任过市和州的领导人，还有广深的政治影响，最能替人黄袍加身，素有"king maker"之称，旧金山第一位华裔市长李孟贤就得到他的大力支持。当过奥克兰市长及联邦众议员的朗·德伦斯（Ron Dellums）、连续十二度当选因而在华盛顿影响力极大的联邦众议员乔治·米勒（George Miller）、州参议会副主席约翰·伯顿（John Burton）等都是人文学院的校友。

我最熟悉的难免是该学院的院长。人说人文学教授最难应付，这位须要天天应付院里同事的女院长一定点头同意；我所看到的她，虽然不时显露含蓄的幽默，一般总双眉紧锁，一脸忧国忧民的表情。一次，我为了资源分配和教授课时这两件最让院长们头痛的事与她长谈，我把所有学院的有关数据列明，让她了解人文学院并没吃亏。她很快就看懂了，皱起眉头说："这样吧，下星期院里开教授会议，最好你来参加，把刚才说的在黑板前重说一遍，讲给院里的所有同事听。"

你以为她想说而没说的是"你亲自去讲，免得他们烦我"？不对，她在我任前任后总共当了二十二年院长，人人说她最替同事们着想。律师出身的她是语言与传播学专家，特别讲理、讲逻辑、有说服力。我猜她只是要我站到大群教授前，直接领受一下她日常面对的困境。

我本来就安排到每一学院参加教授的全体会议，每年至少一次。果真去了。

在黑板上写了大片数据，仔细讲解，还趁机鼓励同事们从事研究和创作。几位在研究和创作方面较有成就的一路点头，别的听众却没甚表情。突然间一位教授站起身来，说道："没有道理！"嚷完就想离开会场。我说："且慢，请问哪儿说得不对或不清楚？"他大声回答："明显就是没有道理，我听不懂。你们这些搞科学的就是喜欢用数字和机器来吓唬人。我不喜欢这套。告诉你，我从来不用电脑。人文学者搞的是创作，不需要依靠机器！"说完掉头就走。过后院长告诉我这人是位蛮有点地位的作家。我笑着说："或许当时我该问他：作家用不用打字机？"

院里办了不少创作和研究中心，包括旧金山州立大学人文杂志、妇女研究中心、犹太研究中心、长者人文俱乐部、苏格拉底俱乐部，及领先全国的综合新闻编辑室。

最受人尊重的该是中国现代文学研究中心的葛浩文（Howard Goldblatt）。他既是校友，又是教授，被公认为"英文世界里地位最高的中国文学翻译家"。《百度百科》还说："他的翻译严谨而讲究，让中国文学披上了当代英美文学的色彩。葛浩文的翻译清单包括萧红、陈若曦、白先勇、李昂、张洁、杨绛、冯骥才、古华、贾平凹、李锐、刘恒、苏童、老鬼、王朔、莫言、虹影、阿来、朱天文、朱天心、姜戎等二十多位名家的四十多部作品。"最近竟有人敢说："若不是葛浩文，莫言未必拿得到诺贝尔奖。"这话不完全没有道理，因为在操纵诺贝尔奖的西方世界里，能看懂中文的文学评论家毕竟不多。很可惜旧金山州大留不住这样的学者，我离开后没多久他就被科罗拉多大学聘走。

没能把他留住是我的过失。州政府假设教学型大学的教授们不兴搞研究或创作，全职教课。加州大学的教授们平均每学期教一门半课，加州州立大学的教授们则每学期教三门课。我到旧金山不久，就与学术副校长商量是否可以把教学的课时改得稍微灵活，让特别善于研究或创作的教授教得少些，挪出部分时间来创造知识和学问。他认为难度很大，因为有些领域里谁是学术"尖子"很难断定，即使让教授们自成小组进行评估，很大部分人仍会不服，因而造成同事间的不和，影响士气。

我说："这确是实情。不过该做的还是得做，尽可能做得客观合理。"于是我建议从理学院和商学院着手。理学院是因为科技研究成果总有一致公认的水平和标准，对就是对，错就是错，争执不多。商学院是因为院长很受院里同事们的尊重和佩服，又是一位说干就干的强人，估计争执亦不多。人文学院最难动，因为研究和创作的发表周期很长，什么是成就又不可能像科技那么客观。再说，文人相轻，评估的结果无论怎么都难让大伙满意。

就是因为在人文学院里没有及时推动上述的"倾斜"，葛浩文需在全职教课之余寻找时间从事翻译工作，格外辛苦。科罗拉多大学是名正言顺的研究型大学，教课时间折半。他是否为了这个原因而被聘走，没人明言。可我心里有数，为此自罪。

两种类型大学夹缝里的理学院

理学院院长是个人物。怎么说呢？他是位地质学家、海洋学家，把理学院管治得井井有条。我这儿考虑过用"管理"两字，因为他工作认真，决断力强；在院里是否经常咨询同事们不得而知，可是开朗和气，笑口常开，人人服他。

或许由于他在一流的研究型大学（西雅图的华盛顿大学）当过九年教授，自己的研究能力强、学术水平高，于是对同事们的要求也高。我那"在夹缝里尽可能向学术研究和文艺创作方面倾斜"的政策，首先得到他的大力支持。事后才知道，其实在他的领导下理学院早已走上这条路，只是不声不响，让那位不多与师生们接触、不太管事的前任校长没加理会而已。此时他的倾斜政策终于得以完全公开。

他上任后所聘请的教授绝大多数来自水平很高的研究型大学，很愿意接受他的倾斜政策，只是教学课时太多，难以兼顾学术研究。因此我需要与他紧密合作，设法寻找更多联邦政府的研究经费及社会人士和企业界的资助，以便增加教授人数、减低人均课时。方法之一是建立有名有实的研究中心。

在前任校长的努力下，旧金山州大在海湾之北的蒂布龙镇（Tiburon）向政府取得一块面积约十五公顷的滨海土地，建议在此设立一个海洋实验站。地是拿到了，可是好几年来没有动静。看来总校机构与校董会对旧金山州大发展海洋研究不甚支持，甚至不以为然。前任校长比我"乖"，也就没大力争取。此时，在我的鼓励之下，理学院院长不顾一切，发动攻势，积极筹建"蒂布龙环境研究中心"（Tiburon Center for Environmental Studies）。

这块土地说大不大，说小不小，倒很有点来头。早在十九世纪就为当地渔业发挥过作用。此后被海军收购，建立了补给站。建造金门大桥时，钢缆在此卷轴。之后州政府借地，建立了海事学院。"二战"期间联邦政府收回土地，在此生产防潜艇防鱼雷的网。网长十一公里，重六千吨，以此封住旧金山海湾的进口，防止日军偷袭。六十年代又拨给商业部，让国家海洋渔业局在此建立渔业服务中心。七十年代末实际上已经没有什么活动，大好土地犹如荒置。

蒂布龙是个宝镇，面对海湾，一边是金门大桥，一边遥望旧金山市区。气候温和，天色晴朗，十分宜居，房屋和土地价值极高。相对富有的居民很不欢迎旧金山州大进来，是否有人利用与一些校董的关系在背后施加压力阻止进展，则不得而知。反正理学院院长冲劲很强，说干就干。我们联手向支持环保的人士捐到些钱，开始在土地上修建房屋，着手进行一些规模不很大的研究项目，举办学术会议和论坛。

院长在市区里担任不少有关科技的义务公职，网络很广，社会地位很高。一例是加州科学院，担任院长长达十二年。加州科学院的主要建树之一是旧金山科学博物馆（San Francisco Science Museum）。游客凡到旧金山，除金门大桥和渔人码头外，必到之处是金门公园（Golden Gate Park）；而金门公园里最有教育意义的，也最受人欢迎的"景观"，就是旧金山科学博物馆。

当年的院长现已退休。现任院长是位数学家，出身于普灵斯顿大学与麻省理工学院，在密歇根州立大学任教多年，也倾向研究工作。今日的蒂布龙环境研究中心科研项目甚多，生机勃勃。饮水思源，前任院长功不可灭。

旧金山州大的生命科学课程很强。据国家科学基金会的统计，本科生毕业后继续进修，以至在研究型大学获得博士学位的，数量上占全美首位。

也该说说校友了，就提两位。一位是伊芳·喀格尔（Yvonne Cagle），非裔女太空人。1981 年在旧金山州大毕业，主修生物化学，然后去华盛顿大学，四年后获得医学博士学位。经过多年实习、行医和培训后，于 1996 年成为太空人。可惜一直在地面为太空总署（NASA）担任医务和生命科学方面的工作，没机会上天。

顺便一提：第一位上天的美国女太空人是莎莉·莱德（Sally Ride），与旧金山州大没有直接关系；不过她的父亲是州大校董会成员，当年很支持我——或许因为女儿也是读物理的，而他自己亦是教授。莱德在 1989 年到圣迭戈加大担任物理学教授兼加州太空研究所主任，那时我刚离美回港，与他失之交臂。

另一位是斯丹利·梅舍（Stanley Mazor），六十年代初就读于旧金山州大，主修数学。他的嗜好是直升机的设计和建造，同时对早期的电子计算机发生兴趣。当时州大的电子计算机是 IBM 1620；他一边自学编写程序，一边当教授助理辅助别的学生。就这样，自然而然地一头钻进计算机体系结构。之后他先到仙童半导体公司，然后转去英特尔公司，从事微处理机结构的研究。在英特尔与两位同事一起发明了 Intel 4004，也就是第一台单芯片微处理机。这个创举为他带来很多发明奖，包括美国总统颁授的最高荣誉——国家技术创新奖章。

这两位校友走的是很不同的途径。前者一步步中规中矩接受高等教育，被严格的训练培养成专才。后者则与不少硅谷专才相似，依靠嗜好与自学为自己开创新路。旧金山州大一方面提供扎实的本科和硕士教育，让毕业生继而转去研究型大学攻读博士学位；一方面提供适当的教习环境和风气，让学生灵活自学，寻找新方向；可以说是同时孕育两种专才的温床。

两种类型大学夹缝里的商学院

美国把本科课程看作一切高等教育的基础，把医学、法律、建筑、美术等都看成高等专业学科，颁授硕士或博士学位。

工商管理一般亦属高等专业学科。工商管理学院（简称为"商学院"或

旧金山州立大学商学院。

"管理学院")所颁授的硕士学位，可以是应用性的工商管理硕士（MBA: Master of Business Administration），也可以是学术性的理学硕士（MS: Master of Science）。博士学位则属学术性的理学博士（PhD: Doctor of Philosophy）和偶尔亦有定义未获确认的工商管理博士（DBA: Doctor of Business Administration）。

把本科课程与高等专业学科课程分得这般清楚，自有一番道理。按教育理论说，美国的教育学家认为优秀的专业工作者必须是社会精英，知识面必须较广，因而无论走哪条专业道路，本科教育必须完整扎实。按实际情况说，美国的中学教育实在不敢恭维，往往需要用那本科四年时间来"补课"。按社会条件说，美国经济实力雄厚，不在乎让年轻人在就业前舒舒服服念多几年书。

绝大部分著名私立大学的商学院不收本科生。公立大学则不太一样：它们必须满足社会和企业界的需求，同时尽可能增加青年人的就业机会；因此部分商学院会收本科生——甚至大量本科生。它们除一般性的基础理论和通识课程外，为学生提供应用课程，把他们培养成会计、金融、经济、市场、决策、人事管理、组织管理、劳力资源、信息系统、国际商业、酒店及旅游管理等企业界急需的人才。

旧金山州大亦不例外。商学院除为极大数量的学生提供本科课程外，重要任务包括 MBA 学位、高级管理人员的 EMBA 学位以及各种短期培训课程。为了方便在职人员利用工余时间上学进修，州大还在市中心购置了楼层，专门开办兼读课程。

商学院的研究工作与别的学院不同，需要讲多几句。

我国大学里，"商学院"的全名过去是"工商管理学院"。今天有称为"管理学院"的，有称为"经济管理学院"的；此外还用了些什么名称，我不清楚。国际上，不少商学院（business school）被称为"管理学院"（school of management）。学院里的研究工作林林总总，却都建基于经济学。而经济学兵分两路：基础和应用。美国的大学往往把经济系放在社会科学学院里，主攻基础研究；商学院里的研究工作则偏向应用。我国很长时期不很注重社会科学，很多大学没有建立社会科学学院；改革开放后，应用经济学突然吃香，要就放在商学院里，要就自成学院。

旧金山州大按照美国传统，把经济系放在社会科学学院里，不过商学院也从事科研：应用研究。教授们既须为极大数量的本科生授课，又不愿意放弃学术研究，被困在两种类型大学的夹缝里，疲于奔命。商学院的领导很不好当。

商学院院长原是企业界的高级市场经理，富有实际经验。方头大耳，红光满面，为人爽朗，是位万事一手包办的院长。有人说他独裁，他不在乎。正因为领导有方，教授们对他非但接受，甚至爱戴。1974 年上任，2002 年退休，一口气干了二十八年！我任期内，商学院的在校学生多至三千，今已增至六千。毕业生应用能力强，不愁就业；企业界的招聘部门给予很高评价。学位毕业生的年数量多于伯克利加州大学和斯坦福大学的总和。

很多声誉高的商学院都以教学为核心任务，并不过分从事学术研究。旧金山州大这位企业界出身的院长，向我说明他不走学术研究路线，不掉在我所说的夹缝里，因此我那"在夹缝里尽可能向学术研究和文艺创作方面倾斜"的政策与他无关。我明白他的用意，与他取得共识：为了保持教学内容完整和新鲜，商学院的教授们需要进行一些研究，特别是应用研究，以便关注专业的新动向和新发展，吸收新理论和新见解。

旧金山是个重要的国际城市，商学院理应善于应用所在地的国际地位和影响力。院长同意这点，让一位资深教授负责国际交流和合作项目。那时中国改革开放未久，经济能力薄弱。而日本的工商业则繁荣进取，如日中天，电子消费品、汽车工业特别来势汹汹，所谓的"日本管理模式"（Japanese Management Style）令美国人非常佩服。一时全美国各地纷纷举办学习日本管理模式的论坛。

正好这位资深教授的夫人是位日本女士，于是商学院选择首先让国际交流合作针对日本。为了支持商学院向亚洲发展，我还在院长与日本《国际经济评论》总编辑的安排下，特地去了一次日本，与拥有惊人影响力的日本全国性大企业组织"日本经济团体联合会"（Keidaren）拉上关系。

两种类型大学夹缝里的教育学院

教育学院与商学院既有相同之处，亦有相反之处。主要原因是两所学院的职责不同，两位院长的性格和志向亦不同。

相同处是，正如商学院，教育学院亦需为社会培养大量专业人才——教师。培养教师是州大系统的主要职责之一，加州的中小学教师一半以上由州大系统负责培养。

相反处是，商学院学生所学的是在企业界工作所必须具备的本科和硕士专业知识和操作工具。而教育学院并不注重本科生课程，所从事的是高级的专业培训，因而旧金山州大的教育学院被兼称为"教育学研究生院"（Graduate College of Education）。

教育学院的主要任务，是为已经本科毕业的学生提供教师合格证书、硕士学位课程和博士学位课程。学生在本科四年里已经读完通识课程，亦主修了将来要教的学科的内容；于是到教育学院里来当研究生，学习教学方法的理论和实践，以便将来当个既熟谙自己专业又懂得教学的好老师。

教育学院的学生人数超过三千，大部分为了攻取教师合格证书，因此在入学前必须具有学士学位，并有较高的学习成绩——所谓"平均积分点（Grade Point Average，简称 G.P.A.）"。

旧金山州大教育学院的硕士和博士课程，研究含量很高。博士学位包括两个专业，一个是"Education Leadership"（教育领导），另一个是"Special Education"（特殊教育）。

"教育领导"专业所颁授的，是由教育学院独自开办的跨学院"教育学博士"（Ed.D）学位，目的是为中小学和社区学院培养学术行政领导层。最适合的录取对象该是有高超品格、远见视野、管理能力、团队精神的资深教师。

"特殊教育"专业所颁授的是"哲学博士"（Ph.D）学位。旧金山州大的教育学院在特殊教育领域甚有地位，培养各方面的特殊教育教师和专家，提供教师合格证书，以及学士、硕士、博士等各级认证和学位。特殊教育博士学位的合作伙伴是伯克利加州大学，至今已有四十多年历史。教授来自不同院系，范围极广，包括初级教育、中级教育、教育技术、英文、历史、心理学、妇女学、民族学、物理治疗、心理咨询等。伙伴伯克利加大的教授则来自认知学、语言学、读写能力、社会文化、公共政策与组织、测量和评价、公共卫生、社会福利，甚至人类学。培养的对象是特殊教育事业的领军人物，包括研究、教学、行政、监督工作，特别是原创性的理论研究和实际应用。

教育学院的领导是位女院长。人际关系一流，总是笑嘻嘻的，讲话很温和，去什么地方开会或出差，回来时总会带点吃的，与同事们分享。（我还以为只有我们中国人有这习惯，西方人竟然也讲这套。）她是位犹太女士，我就猜想古老的犹太民族有不少习俗与我们华人相像；可是后来注意到别的犹太人并不如此。可见她（用句中国话来说）特别"会做人"。

不要以为斯文人好欺。为教育学院争取资源、维护权益时，她辩论得极有条理，绝不吃亏——虽然还总是笑嘻嘻的。这方面，态度和表情虽与商学院院长不同，所获的成果相像。作为女士，有时候还占点便宜。

《加州高等教育总体规划》替州大系统的教育学院群留下特殊地位，额外资助几所水平特高的教育学院，鼓励它们颁授博士学位，并从事专业研究。旧金山州大的教育学院名正言顺地支持我向学术研究倾斜的观点和政策，全力培养研究生，加强博士课程，在有关领域里占很高的学术和社会地位。越是如此，在大学内部越受师生们尊重，继而越容易招收到成绩较好的学生，令志向远大的院长在校内外备受爱戴，说话举足轻重，带来良性循环。

说也奇怪，既然州政府很关注教师的培养，为什么加州的中小学基础教育并不成功？其实不仅加州如此，整个美国的基础教育出了问题：中学生的语文和数学水平远远不及别的发达国家，更不用说跟民生和经济发展息息相关的理科了。我在美国生活三十多年，确实观察到基础教育逐步走入困境。我既没学过教育理论，又不懂得教育心理，不敢乱作分析，可是明显看到社会风气每况愈下，包括青少年们对学习的忽视、家长们对教师的轻视、学校降低要求、媒体传播恶习。这样的氛围怎能维持教育水平？

我与教育学院的毕业生们谈过。其中不乏拥有崇高理想的，可是他们走进现实社会、当上学校老师后，发现周围有人可以那么不学无术、不求甚解、不可理喻，而社会"教育"的影响又远大于他们的努力成果，很难不产生无可奈何之感。回头看看我国不少家长的心态，竟有那么多人不满教育现状，那么多比较富裕的家庭想把孩子从小就送到美国上学，我真有点担心，不由得不向他们说一句："慎之，慎之。"

两种类型大学夹缝里的创意艺术学院

创意艺术学院培养了大量艺术人才，同时创作十分活跃，有些学系在美国的学术界和专业界占重要地位。又是一所掉进夹缝中的学院。

我在任时所聘的那位院长十分支持旧金山州大向研究和创作倾斜，因为创作原本就是艺术的命脉，不能被硬性的《总体规划》扼杀。我离开后，虽然我的接班人把创意艺术学院与人文学院合并成"博雅与创意艺术学院"（College of Liberal and Creative Arts），却还以自主单位的面貌出现，成为学院里的学院（school within a college），继续拥有艺术（美术）、广播与电子通讯艺术、电影、设计与产业、音乐与舞蹈、戏剧（剧作与舞台演艺）六个学系，据闻保持了固有的独立性和声誉。

那位院长领导下的创意艺术学院，花样层出不穷。为了要讲下面的故事，我不得不点他的名：奥格斯特·科波拉（August Coppola）。

刚来上任就引人注意，因为他讲了一大堆抽象的话，让我听得莫名其妙。跟着带我去他办公室，很骄傲地让我审视一台 1.5 英尺高的黄铜咖啡壶。（难怪，那台咖啡壶确实不凡，完全像个收藏家的雕塑品，看来是意大利的古董。）

一天，科波拉带头举行了从中午到午夜的"旧金山州大日"。高潮是晚上推出的盛大舞台庆祝，号称"One Evening of Cultural Celebration"（一晚的文化庆典），借此向一伙影剧界的名人颁发"紫球奖"（Purple Globe Awards，紫是旧金山州大的传统校色）。请来的贵宾当然包括他全家的音乐影艺天才，特别是著名

创意艺术学院院长奥格斯特·科波拉、三十六岁宣誓就任州长的杰里·布朗、长得活像父亲的尼古拉斯·凯奇（由左至右）。

作曲家卡曼·科波拉（父亲，Carmine Coppola）、大导演弗朗西斯·福德·科波拉（弟弟，Francis Ford Coppola）、数度被提名金像奖的电影演员塔莉娅·夏尔（妹妹，Talia Shire），及当红青年明星尼古拉斯·凯奇（儿子，Nicolas Cage）。独缺当时还是孩子、没露头角的女演员兼导演索菲亚·科波拉（侄女，Sofia Coppola）。此外还请来一众电影明星以及前任（多年后再次获选的现任）加州州长杰里·布朗（Jerry Brown）。

电影里看到的红星梅尔·吉布森（Mel Gibson）总是个潇洒倜傥、十分高大壮健的英雄——标准的女生偶像。当面见到，才知道他个子并不高——电影公司说他有 1.77 米，可是谣传他实际上只有 1.73 米，演戏时需要加高鞋子的后跟。更想象不到的是，大庭广众，他竟一人躲在角落，默默寡言，开得口来还带点腼腆。与他在一系列警匪片里搭档的黑人明星丹尼·格洛弗（Danny Glover）则高大英俊（约 1.91 米），口若悬河——不足为奇：上大学时，二十二岁的格洛弗是带领罢课运动的黑人学生领袖之一；至今还投身政治活动，包括劳工、平权、反战，到处奔波，为民请命。

格洛弗是旧金山州大创意艺术学院的毕业生。

最有意思的客人是杰里·布朗。他不是电影明星，也不是艺术界的人。他的父亲帕特·布朗（Pat Brown），当过八年加州州长，很关注高等教育，《总体规划》就是在他任上完成的。杰里年轻时一度读过神学院，怀志当天主教教士，后来改变主意，攻读于伯克利加大；毕业后去耶鲁大学念完法学博士，接着在墨西哥和南美洲游学；回美国后当了几年律师，然后进入政界。

这位先生是个很特别的人物。初次当选加州州长那年，还只有三十六岁。上任后首先大幅减低自己的州长薪金；拒绝迁入新建的州长官邸，在办公室附近租了个小单元居住；拒绝乘坐为州长配备的带司机的豪华轿车，自己驾驶一辆低级的老爷车。他的主要政策包括节能环保、紧缩政府开支。这些都是当年官场所罕见的。有人说他还没做完教士梦，有人说他执行的是佛教经济，总之是位"另类"高官。

多年来，科波拉与他是好朋友，乃把干完两任州长的他请来参加"紫球奖"

颁奖典礼。当时他住在洛杉矶，带了位华裔女朋友上旧金山。我们几人在学校食堂共进午餐，竟没有一个学生过来请他签名留念。他神情不很自然。难怪！堂堂一州之长，下台没两三年就被人遗忘了？我想不是，而是校园里来了个尼古拉斯·凯奇，哪儿还有学生会注意别人！

更有趣的是，事后他回洛杉矶前，暗底下问科波拉："你的这位校长好像不怎么喜欢我，是不是因为我的女朋友是华裔？"天啊，怎么会呢！州长看上华裔小姐，表示我们华裔姑娘人见人爱，多好！可惜后来没成，否则今天的加州第一夫人会是炎黄同胞。

深夜，"一晚的文化庆典"终于结束，一众贵宾登台谢幕。有人批评说科波拉过分吹捧他的家人，有人批评有些节目不知所云。我倒觉得很不错，特别是他从一家人合作的著名电影《教父》的现场背景意大利西西里岛请来了弦乐队，从西非塞内加尔请来了手鼓队，为学校带来国际化的文化和欢乐。

假如你觉得这样的节目很浪漫，真正的浪漫还在后面呢。完场后大家离开座位，掉头沿着通道出场。来到剧场后面，发现大门关着，人山人海，挤在一块。突然间整排后门一齐打开，南美桑巴音乐响起；门外一小群穿着暴露的巴西女郎载歌载舞，满脸笑容欢送观众，直至送出剧院，这晚的庆典才真告结束。

说起来，最近看到消息说，连续十五年来，年年好莱坞都有旧金山州大的校友获得金像奖或提名。这些校友大多不是演员，而是电影制作业的各种各样专业人员。

最出名的一位艺员与电影无关，是抒情和爵士歌唱家约翰尼·马蒂斯（Johnny Mathis）。他也有段有趣的故事：还在旧金山州大读书时，除能唱歌，还是位杰出的运动员。他听从父亲劝谕，决心提早成为职业歌手，因而放弃了代表美国参加 1956 年墨尔本奥林匹克运动会的机会。

行为与社会科学学院、健康学部、民族学院

我离开旧金山州大多年，学校的院系结构出现了些变化。创意艺术学院和人文学院被合并为博雅与创意艺术学院，实际变化却不大。理学院本来就包含某些工科，现在名称里出现了个"工"字。商学院和教育学院似乎都没变动。

变化比较显著的是：行为与社会科学学院和健康学部被合并为健康与社会科学学院〔（College of Health and Social Sciences），大学的网站却称之为健康与人本服务学院（College of Health and Human Services）〕；民族学院（College of Ethnic Studies）的地位和状态似乎有所改变。我不清楚这些单位的近况，只能把它们比较简略地写在一块。

为什么小标题没有把这些单位称为"两种类型大学夹缝里的"学院？事实上，虽然这些单位的任务主要是教学——至少我那年代如此，但有些教授亦重视研究，不过研究的方向偏重实用，学术和创作的成就不那么显著。

行为与社会科学学院原来走的是学界传统路线，包含下列主要学系：学术性强的历史学（有些学校把它放在人文学院里）、人类学、经济学、心理学、社会学、政治学、国际关系学等，及应用性强的公共管理、城市规划、社会福利工作、公共事务、刑事司法等。我的接班人实施学系调整，拆散了这学院的结构，把人类学、历史学、政治学、国际关系学搬到重组后的博雅与创意艺术学院，经济系搬到商学院，心理学搬到理学院（改称理工学院），所保留的几乎只是应用性的学系和课程。也就是说，行为与社会科学学院已被全面打散，难怪剩下的被纳入"健康与人本服务"旗下。

我不明白合并的因缘和内情，也不知道其过程。不是说评论学校的成败要看校友的成就吗？这儿简述两位校友进入政界的小故事，借以反映行为与社会科学学院在原有架构下的教学导向。

先看一位土生土长的加州人——近三十年中连续获选的联邦众议员比尔·汤姆斯（Bill Thomas）。他在社区学院念毕副学士，然后转来旧金山州大，

于六十年代中期读了学士与硕士学位，主修政治学。之后教了几年书才进入政界。请不要以为政治人物一定善于广结人缘，汤姆斯在华盛顿的国会圈子里虽以聪慧勤奋著名，亦被公认为最凶狠和急躁的议员之一。经济政策方面，他无疑属保守派（共和党右翼），小布什总统年代，好几个重要经济政策都在他的促使下立法。

接着看一位移民出身的华人——出生在广东台山的余胤良。他毕业于伯克利加州大学，继而来旧金山州大进修，获得硕士学位，然后在夏威夷大学读完博士学位。所学是儿童心理，成就却在政界：历任市教育委员会委员、市议员、州众议员、州参议员，在 2004 年担任州众议会副主席，成为加州立法机构的首位亚裔领导人。

看到这儿，记性好的读者会突然想起前面提到过的几位人文学院校友都是加州政界人物，或许跟着会问：为什么这么多旧金山州大的毕业生会进入加州政界？一个答案是：旧金山州大的本科教育为有志进修法律的学生打下坚实基础，帮助他们考进律师业；而美国竞选公职的往往是律师。另一个答案是：旧金山州大的政治气氛历来比较浓厚，对部分学生的职业趋向不无影响。

健康学部之所以被称为"学部"而非"学院"，是因为它的课程大部分属于职业培训，用高等教育界的"正统"眼光来看，学术性不强。今天的"健康与人本服务学院"提供的课程包括儿童及青少年发育与发展、家政与营养、消费知识、老人健康、运动机能、心理咨询、护理学、临床实验、物理治疗、听力治疗、人类性学、社会学、社会福利工作、公共管理、公共事务、刑事司法、城市规划、游憩与旅游，确实有点高等专科或英国式理工学院的味道。

在我任内，同事们公认这些课程办得很成功——正是州大系统该为社会提供的，称为学部十分适合，无须改称为学院；我同意他们的看法。可是多年来显然成绩斐然，极受学生欢迎，越办越大；更在物理治疗专业上与旧金山加州大学（名列前茅的医科大学）合办了两个高水平的博士学位课程。势头之下，我的接班人把学部升格为学院，学部的主任升任院长，为大学又增加一位女院长。十分恰当，皆大欢喜。

民族学院的名称，直译该是"族群研究学院"。我依循国内对少数民族的简称，采用了"民族"两字；同时抽走了"Studies"这个英文词汇里含有多种意思因而模棱两可的字眼。不是说这个学院不干研究，而是"族群研究"与众不同，不属传统专业；其领域非常多元化和跨学科，甚至广泛得倾向散漫，很难给予严谨的定义。

缘由是，这个美国历史上首创于旧金山州大的学院有很特殊的开办和发展过程，脱离不了少数民族的平权运动，亦脱离不了二十世纪六十年代的政治运动。它的教研主旨基于美国少数民族的平权斗争。它声称学院的使命是"以社区为本的研究和教学、学生领导和运动、有色人种的社区自主"来解除少数族裔所遭受的压迫。文件里说："知识建构应属多范型，研究人类经验需整体结合"，而教育必须"着重以学生为中心的释放式教学法，及社区参与的原创思想学习过程，来解决有色人种面对的社会问题和不平待遇"。

几段话念起来很响亮，铿铿有声。至于如何运用这学院的教研来实现这番哲理，如何脱离人类所积累的专业学识来解除种族压迫、整合社会秩序，当时人们听不很懂，学院建立四十年后还是听不很懂，想不很通。

或许这正是问题所在：没有遭受过压迫的人群很难懂得被压迫者的感受。那么，属于多数族裔的学生至少应该聆听少数族裔的心声、讨论他们的遭遇、体会他们的感受。于是在我任上，由教授主导，通过一项政策：本科生的通识课程至少必修一门民族学院的课；这门课可以选自学院里的四个系——亚裔、非裔、西裔、本土美国人（印第安民族）。

按规定，大学的教学经费要与修课人数挂钩。愿意以民族学院课程为主修专业的学生极少，于是民族学院依靠这门必修课维持生存。

第十三章　旧金山近郊再度重建家园

我被选任旧金山州立大学校长，在美国——特别在华人社会里算是件大新闻。

"二战"后，中国留美学生逐渐增加。二十世纪五十年代里，部分学生选择回国，部分选择留居美国。那是参议员麦卡锡主导的反共恐共时代，留学生被限制出境，需想尽办法才能迂回成行，其中好几位后来为国家作出大量贡献。留居美国的，就业方面难免遭遇歧视和怀疑，却也有好几位特优人物在学界取得非常崇高的地位。

六十年代，大批中国留学生从台湾和香港涌到美国。当时台湾和香港的经济尚未起飞，生活条件较差，绝大部分学生选择留居美国。来自台湾的几乎全是研究生，专业以理科和工科为主，即使回去，也没有用武之地。念完博士后留在美国学界执教或进入工业界从事研发者甚众，不少成绩卓越，建立了声誉，为"华裔学者"在美国乃至全球开辟了新土。

进入七十年代，美国的一流大学里，华人教授比比皆是，特别是研究型大学里的理工学科。可是无论多受尊敬，总难进到高于系主任的行政阶层。当然很多甚至大部分华裔学者并不稀罕或愿意干行政工作，可是院长级以上华人比例之低确属异常。进入八十年代，情况并未转变。我在圣迭戈加州大学当了四年院长，其间出席过无数学界的会议和讲座，竟没遇到过一位系主任级别以上的华人。这种现象不能不归诸歧视。

难怪 1983 年当上校长时，记者都说从来没见过美国大学里出现华裔校长；中文报刊的记者们更显得兴奋，围着我问各式各样的问题。大概因为年已四十五岁的我长得不那么老相，而在我身边、只比我小两岁的老婆更年轻得像个小姑娘，他们的问题逐渐脱离教育、科技、文化，甚至政治这些我略知一二的领域，转向家庭、儿女、生活、嗜好这些与我的岗位无关的题材。

别的记不得了，可是有一个特别敏感的问题，也是我回答得最妙的问题，在此告诉各位，以博一笑。

老婆伊芳站在我身边。一位男记者看着她问我："有说每位成功的男人背后都有位贤惠的女人，你承不承认？"问完就看伊芳的表情。我回答："没这回事。"他故作惊讶状，不怀好意地说："你的夫人就在身旁，敢这么大胆？"我回答："成功不成功还得看将来。不过现在就能跟你说：每位略有成就的男人——不是背后，而是前面，总有位聪慧的女士，否则他怎么知道朝哪个方向走？"

周围的女记者们放声大笑。老实的伊芳不懂这话有什么好笑，没啥表情。

准备再一次重建家园

这位贤妻，跟上了我也真可怜，好像每三五年就得搬一次家。从芝加哥搬到拉霍亚那时，她起初很不愿意——毕竟在芝加哥近郊住定了，还非常喜欢那栋房屋和周围环境。她知道我多年来一直想回加州，又认为拉霍亚的气候和风景那么诱人，住定后孩子们不愿离开，就会永远留在我俩身边，与我们比邻，于是同意搬回拉霍亚，心想这次终于一劳永逸。

哪里想到短短四年后又要搬家了！她有点失望，倒没表示反对。最大原因是她的民族意识很强，认为当大学校长是为华人打破玻璃天花板，该是我们的责任。当然她没料到这次搬家与以往不同，把多年来的八口之家从此完全打散。（"八口"本来包括我的幺妹；她离家后少了一口，我俩到拉霍亚后生了个幺女，补她的缺。）

暑假，孩子不用上学，乃带着他们驾车北上旧金山湾区。说是游览几天，其实是想了解环境，作好找房子搬家的准备。虽然到过好几次旧金山，但不是路过就是开会，印象不深。这次首先需要决定住在城里还是城外；若住城外，能住多远。作出决定前不能不仔细观察整个湾区。

旧金山城市很小，所谓"旧金山湾区"（San Francisco Bay Area）却很大。多座跨越水域的大桥、无数州际高速公路，把城市、郊区、乡镇相连成网，九个县101个城镇，在政治、经济、社会、文化、教育方面互补互助，构成多元化的大都会。

三个大城市分别是旧金山海湾（San Francisco Bay）之西的旧金山市区、海湾之东的奥克兰市（Oakland）、海湾之南的圣荷塞市（San Jose）。三个城市性格各异。

说到旧金山，人们立即想到金门大桥，之后就是城里的金融、文化、富有特色的建筑、浪漫无羁的情调以及政治上的自由主义。但我俩决定不住在城里，也就是说不选择房价特贵而又相对嘈杂的市区。

跟着决定不住海湾东岸的奥克兰。奥克兰原是美国西部的最大海港，可是全国制造业衰落经年，只见集装箱货船从中国满载而来，空船而归，使奥克兰逐渐沦为人口稠密混杂、经济日渐没落的旧城区。加州大学总校机构设立在此，不过很少人知道。伯克利加州大学亦就在邻镇。不过那时奥克兰治安不佳，对我们来说，更重要的是交通太不方便：从奥克兰到旧金山西南角的校园，必须先跨过海湾大桥进入市中心，然后穿越市区，非但上下班时十分塞车，平时沿途也很拥挤。

跟着又决定不住海湾之南的圣荷塞。说起圣荷塞，人人想到硅谷——那从圣马特奥县中部一直南延到圣克拉县北部和阿拉米达县南部、把全球带入信息时代的高科技研发创业地带。不过虽有高速公路，距离实在太远，途中穿越的硅谷，又是个上下班十分塞车的地带。

就这么，三个城市都被淘汰，乃把注意力集中于旧金山市一北一南的两个半岛，亦正是旧金山州大教授们聚居的两个县：北面的马林县（Marin County）

和南面的圣马特奥县（San Mateo County）。

北上南下，驾车兜了几次。旧金山北面的马林县山水交叉，整个味道与圣迭戈相似。我们一家子都喜欢马林县，还在那儿住了两晚。可是有两个缺点：一是每天上下班必须走金门大桥，风景虽好，堵车情况令人却步；二是县里几乎全是白人小区，很少华人居住，因而缺乏华人惯于光顾的店，买菜上小馆子都不方便。于是又得放弃。

既然如此，心也就定了：聚焦旧金山南面的半岛。于是圣马特奥县里的一个个小镇，逐个兜一圈。

大学为我委派了一位联系人。他知道我们不熟悉湾区情况，于是向我们推荐了一位房地产中介。这位中介原是旧金山州大的教师，教英文的，丈夫过世后才决定改行。我们回拉霍亚后开始与她通信，请她给我们寄一批二手房出售资料。不看则已，一看惊人：湾区的房价比拉霍亚高得多！那怎么办？

单靠通信不行。于是夫妇两人飞去旧金山住上几天，跟着中介跑，到处看房。黄昏后看不了房，学校给我俩派辆校车，让我们出入方便，并可仔细观察半岛上每个小镇的生活环境——包括超市、商场、小卖店、给老人看病的诊所、给娃娃上学的幼儿园，等等，以便决定究竟挑选哪个小镇居住。

房屋统统太贵，几天下来毫无成绩，却毫无道理地受了一次气。

那天晚上看完房子与中介分手，就在附近商场吃顿饭才回旅馆。走回商场的停车场，爬进校车，刚准备启动，边上走来一对男女，是五六十岁的白人夫妇。他们走到车的后端，看了看车牌，好像有话要说。我打开车窗，按美国惯例笑嘻嘻地打个招呼："嗨！"谁知道他们黑口黑脸大声说："这是政府的公务车，谁说你们晚上可用？"我赶快解释是州立大学叫我们暂用的校车，满以为他们会立刻表示误会，按美国惯例道个歉。哪知非但不道歉，还恼羞成怒，加上一句："我们这儿不需要你们这种人，你们这种人已经太多了！"说完转身就走。

天啊，原来是嫌我们东方人哪！也不想想没有我们东方人，旧金山湾区今天会是个什么样子；也不想想在这移民国家里，为什么白人就该唯我独尊；也不想想为什么自己搞错了，还敢板起脸来骂人。旧金山湾区素来以政治思想开明著称，怎么蹦出了这么一对宝贝？还想打开车门，追上去与他们讲点文明的道理，伊芳说："不用啦，哪儿没有歧视？你去跟他们理论，反而令他们更羞更怒。万一大吼大闹，引来一伙观众，让你这个刚刚打破玻璃天花板的，没上任就先见报；不管谁对谁错，会带来好印象吗？"

当校长的还得考虑这些？

不是说男人前面必须有聪慧的女士指路吗？端的没错。

八口之家四分五裂

在湾区买房，先得在拉霍亚卖房，才能缴付首期款项。说是自己已经拥有房子，其实所拥有的只是三十年按揭的贷款，房子根本属于银行。搬家之前，必须一头卖出，付清债款，才可另一头重办按揭，贷款买进。于是赶快把拉霍亚的家交托给当地的中介，让他为我们估价，在二手房产市场上兜售。

不估则已，一估惊人。没想到这几年来圣迭戈的房价竟会大跌，假如急忙赶着卖掉，损失必定特大。问题不仅在亏损，而是付清银行贷款后两手空空，想在旧金山湾区买进，连首期都没着落。怎么是好？

还有呢，卖房之前总得把全屋刷新一下，还得把家里累积的杂物清走，反正迟早要搬，不如早些把所有家具、用品、衣服等全部运去旧金山湾区，暂时放进仓库，待房子买成后再搬进去使用。不过卖房子不是一两天的事，全搬空了，人怎么住？

听听父母亲和孩子们的主意。

父亲说，这次搬家他不想住在郊外。这几年来他的身体很好，想多跑动，也算是锻炼。加州天气这么好，空气又新鲜，躲在家里多没意思？不过郊外街道没店，没行人，没公园，走出去没东西看，没劲。母亲说，她反正喜欢整天在家，住哪儿都一样。于是父亲提出结论：旧金山州大的校园在市区，周围一定很热闹；而他俩在香港住了这么多年，喜欢热闹；就是不知道大学附近有没有公寓出租。

我打电话给中介。她说："非但有，并且州大校园紧邻就是全市最大的公寓区；单元有大有小，租金合理。"我问："为什么房价这么高而租金会合理？"她说："旧金山市区有严谨的房租管制法例。"跟着又说这个公寓区素来安全、安宁、安静，很多人家在那儿住一辈子。我说："那好。请立刻替我们到公寓区的管理处登记，最好是个两厅两房两卫的单元。"

次日，中介就回了电话，说有好几个单元供我们选择。她还有个好建议：让父母亲租一个单元，另外为自己租一个，买房子的事乃可慢慢进行，多看一些、细心挑选。至于运到旧金山的东西呢，大部分进入两个单元，小部分暂存仓库。

毕竟中介是专家，说的话特有道理。

孩子们怎么办？三个大的都已经在圣迭戈加州大学上学。十九岁的儿子说："我明年就毕业了，剩下这年可以从家里搬出去，住在学校宿舍。"十八岁的大女儿对课程不太满意，想念商学院，而圣迭戈加大不办商学院，就说："我转去旧金山州大，陪爸爸。"十六岁的二女儿说："我在这儿念得很好，不想转学。去年外婆在离学校不远的地方买了个小单元，过来住没多久就搬回东部去了，一直要我替她管理，不如我就住到那儿去吧。"这个女儿书念得早，十五岁进了大学，很能独立生活，还能照顾家里老少。就这样，三个大的各自解决问题。

老幺呢？还不到三岁的娃娃，没发表意见，也没人问她。

这样一算，八口之家就剩下伊芳和紧盯着她不放的娃娃。伊芳说："也好。你们都先各自动身，我带着娃娃守住空房。一大一小两个人，生活简单，留下一张旧床垫、一些旧用品、一台旧收音机、一箱子衣服就行。房子尽快卖掉后，旧东西送人，提着箱子上旧金山，什么事都好解决！"

就这么定了。八口之家就此拆散，从此四分五裂。这样说很不好听，可也确是事实，此后一家真的没再能团圆。

至于我们夫妇俩，结婚二十三年从没分开住过。原来以为最多一两个月而已，结果两地分居竟一整年。房子也真难卖。我们按中介建议的合理要价，连看房的人都没来两三个，只好一减再减，还是没人表示兴趣。伊芳也真能挨，白天哄娃娃，晚上带着娃娃睡在硬地板上的床垫，吃穿都十分马虎。不敢离家太久，因为要等中介来电话，等人来看房子。幸好儿子和二女儿都住在附近，有机会见面，需要时也能彼此照应。

陪妈妈守着空房的幺女。

我每月一次飞到洛杉矶，租车开到长滩，参加在州大系统总部举行的校长会议。恰巧会议总于星期四上午开始，为期两天，让我在星期五下午一开完会就赶紧驾车到拉霍亚，陪老婆幺女过周末，然后搭星期天的晚机回旧金山。

打个岔。八十年代中期不算太久前吧，可是很多事情年轻的读者们想象不到。前面说伊芳需留在家里等中介电话就是一例：那时还没手提电话。（说的还是技术先进的美国，至于我们国内，连家里都没电话，必须走去街道口借用公用电话。）

到机场登机，却远比今天方便：我拎个小箱子从公寓出发，只需二十分钟车程。把车留在多日停车场，跳上川流不息的穿梭巴士，直赴机场。手持机票，走到登机口，一路上没有任何安全检查，只要机门还没关就能登机。今天的重重安检——把电脑从手提行李里拿出来，把手机钱包从口袋里拿出来，穿过 X 光安检门等，都是后来才有的花样，为的是防止恐怖分子滋事。（美国机场还要求脱鞋、除皮带。）据我记得，最初与恐怖事件毫无关系，而是有个劫机贼持枪抢掠，之后跳伞逃逸。据说发生在科罗拉多州上空，地面尽是高山丛林，劫机贼不知去向，始终没被逮获。

　　租车十分方便，各处机场都有好几家这类公司，凭驾驶证和信用卡就可租到；价钱也很公道，特别是电话预订（今天在网上订）。愿意多花点钱的话，可以在一处拿车、另一处还车。从洛杉矶机场驾车到长滩，犹如沿对角线穿过整个大都会，即使避开塞车时段，也需一个钟头。长滩到拉霍亚也不过一个多钟头。星期天晚上回家，可在圣迭戈机场还车，直飞旧金山，然后去多日停车场取回自己的车。

　　州大系统不时还有别的会议，包括定期召开的校董会，及为突发事件召开的临时会议。反正每到长滩开会，就跑一次拉霍亚。学校放假，我会在同事们走光后，独自安安静静把工作做完，然后赶快飞去。即使如此，伊芳后来说她还经常思念到流泪。收音机里播放了两首新歌，一首唱相思之情，另一首祝家庭团聚，她说一听到又会流泪。直到今天还会说这话。

　　父母亲倒能常见。住在同一公寓小区，不时一起吃顿晚饭，聊聊学校的琐事。父亲很有兴趣听，还偶尔出个点子。母亲则只要是儿子说的，有趣无趣都愿听。

老婆不在身边的衣食住行

　　与伊芳结婚那年二十二岁，来到旧金山时四十五岁，整整半辈子衣食住行由伊芳这位贤妻良母一手打点。从来没与她分离过那么久，这次两地分居几近一年，孤身寡人的日常生活怎么过的？

　　衣：旧金山与圣迭戈习俗不同。旧金山人口虽少，却是个相对来说历史较久的都会——经济、金融、政治、物流、文化、教育的中心。市中心的人衣着不像圣迭戈那样休闲，学校固然有异于市中心，师生们穿得相当随便，可是进出行政大楼的男士们全都西装革履，当校长的不能不入乡随俗。再说，校长需要接待来校访问者，并经常到市中心开会或应酬，总得正装一袭。我天生懒散，不喜欢穿得笔挺，这时人在江湖，已无选择余地。家里虽有洗衣机，从没洗过衣服，更没烫过衣服。那段时期经常进出洗衣店。

235

食：与我一起搬到旧金山的大女儿会做简单的饭菜，说是会像母亲那样照顾家庭。事实上她自己也很忙。刚转学到旧金山州立大学，需要花点时间适应新的环境，熟悉新的课程。善于交友的她，不久后就开始建立人际关系和校内网络，早出晚归，不大见面，更不用说一起吃饭了。我素来一起身就为工作紧张，赶着上班，养成个不吃早餐的坏习惯。人说一日三餐里早餐最为重要，可是我通常到办公室后，以一杯咖啡了事（读者们千万不要学样）。每日三餐变成两餐，就在学校的食堂里吃上两次学生餐。幸好我特别爱吃能吃，同事们说的嚼之无味的快餐，我吃得津津有味。此外，每星期两次到就近的父母亲家里打场牙祭。

住：旧金山州大隔邻的公寓区面积极大，住户极多，主要原因是交通方便，并且就近有个风景优美的湖，叫作默塞德湖（Lake Merced），这公寓区也就叫作默塞德花园（Park Merced）。

我租下与女儿暂住的公寓是连体式的，分上下两层。楼下是客厅、餐厅、厨房，加上一个洗手间；楼上是一大一小两间卧房和一个洗手间；面积总共约是一百平方米。这种面积的公寓在美国不大不小；对中产家庭来说，还算偏小。（这儿打个岔：美国人说到房屋的面积，总是实用面积，不像香港及从香港带入内地的恶习——出售房屋时说的是远大于实用面积的"建筑面积"。）

大城市里，专业人士喜欢在近郊购买独立房屋，一般都远超一百平方米。对我们来说，一家子只来了两个人，房子小些更好，收拾起来没那么费劲。老实说，住了几乎一年，好像没干过一次扫除，甚至不记得有没有吸过尘：美国城市里灰尘确实不大，无须经常吸尘抹灰。再说，我跟女儿早出晚归，在家时候不多，屋里总是静悄悄的，大了反而吓人。

行：首先讲明白，加州政府不为州大校长提供司机。我也不要司机：随时说走就走，没有司机更方便。政府为校长提供一辆小车，并在行政大楼的地库留一个专用车位。两者都很重要：前者不用自己花时间保养小车，后者不用自己花时间到处寻找空位。校长经常要离校开会，进进出出时间十分宝贵，况且任何约会永不能为了交通问题而迟到。

虽说小车是政府提供的，规定既能公用亦能私用，燃料却受限制。不可能要求每次进出都记录里数，于是规定汽油津贴的上限，超额自付。至于停车，校园里有专用车位，出外就得靠自己去找了。不记得多少次，白天去市中心开会或演讲，因为找不到停车场或空位，只怕迟到，急得满头大汗，至今半夜仍会突然间发这样的噩梦。（找车位总是苦差。诺贝尔化学奖获得者李远哲曾经对记者说："你问我拿了诺贝尔奖，伯克利加州大学给了我什么好处？答案是：在校园里给我划定了一个专用车位。"）

一段时期后，比较熟悉旧金山市中心的停车场都在哪儿，日子比较好过。同时学会了怎么在离开校园前想好演讲的内容和提纲，提早上路，开得慢些，边开车边自言自语，按照提纲讲它几次。就这样练成了脱稿演讲的"本事"，讲时反而轻松自如。你说：这样驾车不危险吗？是，蛮有点危险的，不该如此。请不要学我。

几乎一年的日常生活，也就这样混过去了。从此没再与伊芳分离得那么久。

校园与硅谷之间的新家

这次换房子比搬到拉霍亚时还辛苦。伊芳与我两人两地，卖出房屋完全靠她，买进房屋完全靠我。她所听到的卖价都太低，我所听到的买价都太高。

长话短说，最后买进的房屋比卖出的旧得多、小得多，没有景观。卖价比买价低了四万多。也就是说，需要四万多现金才能换房，而我们手头只有一万多的存款。（原来倒是积了四万多，只是在拉霍亚那几年里经常跑洛杉矶，与华人运动的朋友们合作帮助中国科学院和一些省市采购科技仪器，赔上了近三万。）

幸好旧金山一家银行的华人总裁觉得我这个人该很可靠，愿意贷足所需款项。终于在第二学年开学前不到一个月办完卖房屋的手续，让老婆和娃娃北上安家。

找房子的事，国内的情况远比美国辛苦，我无权在此诉苦。就说两个小插曲吧。一是早就找到一个离学校更远的房屋，相当满意，买价与我们拉霍亚的卖价相差无几。在电话上与卖家完全谈妥条件，说定当天下午他来我办公室签约。结果他没出现。打电话去问，他说误会了我的意思，以为我不买了。当然只是个借口，一定是突然有人出了个较高的买价，令他临时改变主意。

另一是银行按揭搞定，一切手续办完，发现还不断收到新的账单。不是政府征的什么杂税，就是水电煤公司要求的按金，或是房屋保险的附加费。反正这儿几百，那儿几十，虽无大数，七七八八竟达两千多。记得我问老婆：你口袋里还有多少钱？能挨到月底学校发薪水吗？读者们请看，所谓"堂堂"一个美国大学校长，竟能拮据到这个程度，想起来也蛮好笑，不是吗？

房屋买在哪儿？答案有二：一是"丘陵镇"，一是"硅谷附近"。

先说丘陵镇。房屋的所在地名为 Hillsborough。我不喜欢从网上查到的中文译名"希尔斯伯勒"。任何地名都有来源，若能按来源意译，不更适当？因此我把新家的地名译为"丘陵镇"。

丘陵镇据说是半岛上最高贵的住宅区之一。其实并不尽然。这镇从西面的山脊一路向东倾斜，东面山坡极多豪宅大园，而我们买在西面的山上，虽然既高又贵，却一点也不"高贵"。半世纪前，这个离市中心四十多公里的小镇西部，实属旧金山荒郊。居住和工作于闹市的富户们为了偶尔调节一下生活，尝尝舒闲的原野和农村风味，愿意趁周末或假期之便带孩子到郊外小住，乃纷纷来此建造简陋的度假屋。

为了保持那种风味，镇里定下法例，什么吸引人群的设施都不准建造——不允许开店，不允许建教堂，不修大马路，初期还不准建学校。道路依循地势，修得弯弯曲曲；除了三五个特别重要的十字路口，不设交通灯；路旁几乎全没人行道。一切确实保留了想象中的乡村味道，几十年来不变。

半岛北部的旧金山经济不断升华，人口迅速增加。半岛南部出现电子管工业，令斯坦福大学所在的帕罗奥图镇变成研发中心，带动整个湾区的科技工业，创造了硅谷。于是南北两头都有人寻找适当的地段安家。他们想：既然丘陵镇就在中途，离两头都不远，何不买下这类度假屋，把它们改造成花园洋房？就这样，镇上房屋逐渐升级，丘陵镇变成众望所归的"高贵住宅区"。

西部山脊上原来有座古色古香、外貌豪华的大宅，被誉为城堡。宅主在那不知多少公顷的庄园里，零零星星建了些小屋，供朋友们度假。据说二十世纪六十年代他过世后，富二代无法瓜分庄园，索性把它卖了。买家是个地产发展商，他把庄园分割，分别连小屋出售。来自市区和硅谷的人把它们买下，进行改造装修，或索性拆除重建。房屋都还装修得不错，算得是中上等，不过当然不能与丘陵镇东部的豪宅相比。我们买的就是这么个二手屋。请朋友上门时须声明：我家不在东面的豪宅区，而在西面的"假丘陵镇"（fake Hillsborough），以免他们找错地方。

新家的主要好处是四通八达：一、离 280 号州际高速公路的进口处只半英里。上下班单程只需二十分钟，从不堵车。两旁还有高大的桉树，阵阵清香扑面而来。二、280 号公路向北，连接上 80 号州际高速公路，去市中心相当方便。三、280 号公路向南，到帕罗奥图镇只半小时车程，进出硅谷方便。四、下得山坡，十五分钟后，进入一连串三个小镇，日常生活所需应有尽有。此外，最重要的是三个路口外就有一所水平很高的小学，既保障幺女的教育，又保障房屋的转手价值。

知道我们那个小区的人会说：也有一个坏处。280 号公路纵贯半岛，沿途有一连串小湖，湖水清澈，照出对岸的青山倒影，煞是好看。所谓坏处，就是这串小湖其实是被水填满了的地表破裂带——绵亘加州太平洋岸的圣安德列斯断层（San Adreas Fault）。我们的新家离这举世闻名的地震断层不到半英里（800米）！

朋友们说：不怕地震吗？

该怕而不怕。为什么？一则新家是平房，一则加州沿海地带大部分房屋的建材连屋顶都是木料，塌下来也压不死人。再说，周围房屋都有大花园，你压不着它，它也压不着你。须注意的是地震发生时必须立即把所有的电路和煤气管道关掉，以免造成火灾。

屋旁有株二十多米高的松树，一旦发生大地震，倒下来很危险。这株树本来就太近房屋，几十年来树根向四方延伸，已渐渐钻进地基。房屋外墙开始出现一些裂痕，不得不请人把它锯掉；也就解除了倒下的危险。加州有很多保护环境生态的法律，某个高度和年龄以上的大树必须获得政府批准才能动它，给我们添了不少麻烦。其实这么好的大树，若非破坏了地基，我们亦极不舍得把它锯掉。

新家四周全是山路，驾车没问题，走路不方便，且完全没有公交。幸好父母亲选择住在城里，否则父亲一天到晚关在家里，定会闷得难受。其实早前看到的那栋房子极大，足够与父母同住。房屋的右翼离客厅和饭厅甚远，当校长的不时在家请客，却不会骚扰两老。该说是完全适合他们的条件，只是周围都是山丘，父亲进出太不方便；没买成也就罢了。

华人圈子里的活动

新家离硅谷的发源地帕罗奥图镇不远，这是我们选择在丘陵镇重建家园的主因之一。

今天的硅谷真是亚裔世界。硅谷的知识工作者，亚裔已经超过一半，还在不断增长，并已进入各行各业，包括教育、科技、金融、法律、国际贸易、医疗，甚至政治。亚裔专业人士以华裔和印裔为主。我们的二女儿和幺女今天居住的镇上——中上阶层的居住社区，华裔与印裔家庭举目皆是。外孙女学校里班上几乎全是中国和印度孩子，只有老师才见白人和黑人。（不过跑出硅谷这个圈子，亚裔仍属少数，占加州总人口不到 14%。非裔则还不到 7%。其他 79%，白人与西班牙裔平分秋色。按加州政府的统计数字：西班牙裔生育率最高，移民最多，2015 年后人口超过 40%，成为加州的最大族群。因此有人笑称这是墨西哥从美国夺回加州的高明手段。）

二十世纪八十年代中期，亚裔人口还不那么多。1980 年的统计说：亚裔只占加州人口的 5.3%（其后增长奇速，1990 年到达 9.6%，2000 年到达 12.8%，2010 年约 14%）。那时旧金山湾区的华人分居半岛南北。半岛北部市区里的华裔集中于两个地段：一是市区东北的唐人街（Chinatown），一是市区西北的日落区（Sunset District）；大多数是历代移民后裔，亦包括部分在中美建交后以亲属身份迁居美国的新移民。半岛南部的华裔则集中于硅谷。

市区的华人大部分从商，包括餐饮业、进出口、房地产以及各种服务行业。硅谷的华人则以研发创新和科技工业为主。除了在中国餐馆碰头，两伙同胞来往不多。有人说我善于周旋于这两个华人社区之间，其实不然，我素来不是一个懂得周旋的人，而是作为旧金山州大校长，看到华裔学生绝大部分来自市区，而教授们的科研合作对象必须来自硅谷，于是两头的华人社区活动都需积极参加。

两个华人社区的活动种类很不一样。市区里的华人活动大抵有两种：一是唐人街社团的政治活动，一是唐人街群众的文化活动。我没与政治活动的社团来往，因为当时大陆与台湾的关系很差，亲大陆与亲台湾的社团不相交往，甚至经常互相攻击。当年唐人街的政治势力一面倒地倒向台湾，我所参加的文化活动被认为是亲大陆的。而我积极参与（甚至带点主导性）的活动只有过两次：一次是"开封的犹太人"展览，把华人社群与犹太社群拉拢，一起搞大型的开幕餐会；另一次是为挚友吴仙标的竞选筹款。两次都带有政治性，但都与海峡两岸之争无关。

唐人街的文化活动我参与较多，甚至可说极多。当时一位华裔医生、一位中文报社总编、一位商人，是唐人街文化界的带头人，不时举办活动，被称为"爱国分子"。（在华人社区里，"爱国"两字所指不是美国，而是中国。）只要时间上没有冲突，我肯定参加。文化活动往往与从祖国来访的音乐界、文艺界、体育界人士有关，因此经常请来中国总领事馆的高级官员。若有什么仪式，难免让我跟总领事同时登台。这样一来，我的华人身份更被"染红"。不过毕竟我在打破玻璃天花板上建了一功，亲台湾的报刊对我批评不多，即使批评也比较轻描淡写，饶我一招。

硅谷华人科技界的活动我参与甚多，可以说有什么参加什么。一方面因为我自己来自科技界，一方面因为旧金山州大需要大力加强与硅谷的合作关系。

还有，硅谷华人绝大部分原是来自台湾的留学生，讲科技，说国语，给我一种特别的亲切感。说也奇怪，我这个生在上海长在香港的华人，在美国这么多年，来往最密切的都是台湾留学生。看来应该归功于香港培正中学所培养的民族意识与中国心。

华人科技界在硅谷有好几个组织，不时举办演讲会或座谈会，让大家互相认识、互相学习，并增加合作机会，称之为"建立网络"（networking）。有几位创业家特别活跃和好客，除了出钱出力，通过这些演讲会和座谈会帮助后来者，还在家里请客。我们夫妇俩常是座上客。

突然想起一件趣事。这些创业家都很富有，房屋很大，园子更大，单是车库就有好几个，车库前的通道可以停许多辆汽车。我上下班驾驶的是学校派给校长的汽车，此外自己有辆娇小玲珑、鲜黄色的私人用车。被创业家请到家里吃饭的也都是事业有成的高科技人士，于是车库通道停满了白色的大奔驰，把我们那辆"小黄狗"可怜巴巴地挤在中间。好个"万白丛中一点黄"，令我俩特别感受那幽默，甚至以此自豪。

挚友吴仙标与我是中学同学、大学同学、研究生同学，都念物理。念完博士，他去了科罗拉多大学当博士后，我去了圣迭戈加大当博士后。之后他去了东岸的德拉维尔大学（University of Delaware）任教，我到中西部的西北大学任教；东辕西辙，从此没有相聚一堂的机会。不过倒是常通音信，偶尔通个电话，还不时在物理学会的大会上见面。

吴仙标在德拉维尔大学逐渐走向政界，先是组织教授协会，以工会姿态与校方进行谈判，替教职员争取福利。之后在民主党里为多年后当选为美国副总统的约瑟夫·拜登（Joseph Biden）提供咨询。他的夫人吴凯仪还担任过拜登的助理。

1984 年，吴仙标决定暂离教授岗位，竞选德拉德维尔州的副州长职位。这是华裔参选的最高政府职位，实属破天荒之举。全美华人蜂拥而起为他助选。竞选需要强有力的助选网，又需要做大量广告。前者靠当地的支持者，他处的华人帮不上忙。后者需要极多经费，他处的华人能为他筹款。加州北部的旧金山湾区和南部的大洛杉矶都是华人聚居的地带，于是我们这些积极分子纷纷为他组织筹款会。

这当然是政治活动，不过与海峡两岸之争没有直接关系。吴仙标早期参加和领导过台湾当局一意压制的"保钓运动"，七十年代又是最早访问新中国的学者之一，难免会成为亲台人士排挤的对象。不过华人在美国政坛被民选为高级官员还是从未见过的事，大部分人愿意撇开远在太平洋那端的政治纷争，为他出力。

市区华人提供了筹款场地，硅谷华人在街头摆摊劝捐。虽然两者没有合办很多活动，毕竟初次为同一政治目标出力。我两头都积极参与，有幸能为此略尽绵力。

吴仙标成功获选，为美国华人打破了政界的玻璃天花板。

旧金山湾区的生活

一家老少，逐一安顿，八口之家拆得四分五裂。

两位老人在校园旁边的市区公寓里住得挺舒服。父亲除略胖外倒也健壮，喜欢每天上午出去走路，养成了好习惯。两三段路外有家小银行，他在那儿略有存款，很快与职员熟了，路过就进去坐坐，还享用银行免费提供的报纸和咖啡，然后到附近绿地走走，商场看看，买点小菜回家。他说这段生活最能体会美国的生活和人情，过得开心。

整整一年后，伊芳总算把拉霍亚的房子卖了，带着娃娃搬来丘陵镇新购的家。虽然房屋远不及拉霍亚的宽敞鲜亮，经她悉心整顿后，倒也安逸。后园很大，可是除了水泥院子和一长条天井外，全是山坡。丘陵镇上很多房子都是这样，不少人家把山坡切割修饰，弄成很有休闲味道的大花园。我与老婆说：哪一天我们也这样做，不过目前存款已用得一干二净，安分三四年再说吧。

在拉霍亚生的娃娃就要四岁，该上学了。伊芳把她带到三个路口外的邝所小学，注了册，9月初开始上幼儿园。大女儿与我一起从校园边的公寓搬出，

老婆和幺女搬来旧金山湾区一起入住丘陵镇新居。

迁入丘陵镇的新居。她上午上课，下午回家；有段时期黄昏外出兼职，赚些零用。说是自己赚钱，其实还得让老子替她买辆旧车，否则哪儿都去不成。就这样，我俩与一大一小两个女儿安顿下来。

白天伊芳一人在家，多少年来初次生活得较为安宁，竟还能在后园里种点花。她把父亲在拉霍亚种的玫瑰连根掘起，带来新家种植，居然长得挺好。一晚，见到两大两小四只鹿从山上跑下来，到我们后园山坡寻食，竟想尝试她的宝贝玫瑰。于是急忙把它们赶走，第二天清早就买来铁丝网，把玫瑰围住。你想，娇滴鲜艳的玫瑰被困于粗糙的铁丝网笼子里，该是个什么味道？

完全安宁亦不可能。作为校长老婆，她是大学的"第一夫人"（First Lady），很多事情都有她份。譬如说到市中心出席晚宴：美国即使是官方应酬，也兴兼请夫人。譬如说家里办小型晚宴：美国习俗与我国不同，即使让饭店来家里承包全餐，饭前的准备工作与饭后的清理打扫还是主人自己的任务。譬如说校园里有什么教职员活动或学生活动，请到校长夫人，不能不去。

再说，大学里有个妇女会，校长夫人是"当然会长"。有人说校长夫人是个大学的义务全职雇员。这话确属夸张，不过稍微有点道理。伊芳像个特别乖的姑娘，该做的全做，从不苟且，亦不抱怨，很得人心。

大女儿在学校里非常活跃——毕竟旧金山州大学生的学习水平低于圣迭戈加大，让她不虞竞争。本来一家子就是她最善交友，现在念书轻松，一有多余时间就在商学院学生会、亚裔学生会，还有不晓得什么学生组织里参加多种活动，还被选为会长、司库之类。一次在教职员和学生组织的时装展览会上登台，为贫穷家庭举行慈善筹款。很明显，这所大学适合她的天性，这些课外活动让她学会怎么建立良好的人际关系，有助日后的职业。不同类型的大学适合不同性格的学生，果真没错。

儿子是老大，我们搬来旧金山湾区时，他已上大学四年级。次年毕业后转到伯克利加州大学攻读博士学位。伯克利到丘陵镇约四十五分钟车程，他每个月总会选个周末回来一次，住上一两晚。有时候大家约好在市中心的唐人街吃顿饭。唐人街有栋房子楼下是卖纪念品的店，二楼是个素食馆，三楼是个道观。素食模仿大鱼大肉，几可乱真，成了我们多次相聚的地方。可惜生意不旺，后来关掉了。中国餐馆彼此间竞争太强，不易生存。

半岛上的不少中国餐馆里，老板和服务员知道我是谁，就会为孩子或自己升学的事来向我打听，问我意见。每次到餐馆吃饭，我就变成义务的教育顾问。当然也有人找我写推荐信；这使我非常为难：不熟悉的，甚至从来没见过的，怎能胡乱推荐？只好设法说不，得罪了人也没有办法。

当时州大系统有条规矩：每位校长每年有权额外录取十名学生，不需考虑学业成绩，目的是让大学吸引体育、音乐、艺术等方面具有特殊天赋的学生。有人知道这条规矩，就来说情。甚至国内某某部长的什么孩子亲戚希望来美留学，托人来跟我打招呼。这种走后门的事，我一定说不。事实上，五年里总共有权额外录取五十名学生，我一次都没用过。当然因此得罪不少权势中人。

见得最少的是二女儿。她在圣迭戈加大念二年级，功课很好，不愿转学。

于是小小年纪就被丢下，孤身寡人照顾自己。十五岁进大学的她，比同班同学小三岁，不容易交朋友。现在回头想想，确是怪可怜的。她问："怎么就把我一人丢下了？"我说："当年我单身来美国读书，也就十七岁，连一句完整的英文都不会讲。美国后来还有来自台湾的'小留学生'，也只十四五岁。大家都远离父母家乡，没事。"她说："情况不同。别人都是孩子离开父母，只有你们是父母离开孩子。"说的也是，从"谁丢谁"的角度来看，两种情况很不对称。

这个小姑娘特别有意思。从小好动，一家人里她长得最小，可是最能运动，也最喜欢动手。放假时，她来旧金山看望我们，待上一天就觉得无聊。一般小姑娘会要父母带出去玩，或去购物，她对这些毫无兴趣，总是问家里有什么东西需要修理。一次，厨房的下水道坏了，请师傅来修。师傅爬到房屋底下，她也就跟着爬进去。个把小时后还没修好，师傅说："下班时间到了，我明天再来继续。"女儿说："不必了，谢谢你。我自己就能把它完成。"

住在圣迭戈外婆的单元里，车库门坏了，她自己拆下来换，多重都不在乎。旧汽车出了毛病，买本修理手册，自己钻到车底下修。什么都做，一下子修不好，就坐在地上发自己脾气。运动更是：体操、滑雪、潜水、山地自行车、悬挂式滑翔……样样都行，后来竟还学会了单独飞行。

悬挂式滑翔那种运动，让我看了委实心惊肉跳：背上扛着没有机器的滑翔翼，走到悬崖边跳将出去，乘风飞翔，良久才飘落下地。据闻这项运动没有华裔女将能与她相比。

1984 年 6 月 17 日，儿子在圣迭戈加州大学参加热菲尔学院的毕业典礼。正好我被邀为主讲嘉宾，并为过去的贡献接受热菲尔奖。儿子赢得全校计算机工程学的大奖，在典礼中从我手上接过文凭和奖状。恰巧那天是美国传统里的父亲节！

没几天后旧金山州大举行毕业典礼。四千多位毕业生被颁学位，与他们的家人亲友聚集于运动场，听我向全校师生讲话。父亲走进运动场，站在一角观看热烈场面。过后与母亲一起吃饭，庆祝我完成第一年的校长生涯。

一个多星期后，我在学生餐厅吃午饭，只见助理气急败坏向我奔来，说我

为父亲扶棺入葬。八口之家生离死别，从此不能团圆。

父亲在外走路时突然昏倒在地，幸亏有辆公交车路过，司机与乘客把他抬上车，直接送到旧金山加大的医院。

我赶紧接了母亲飞车到医院，在他身边坐了几个小时。只见医生摇头，说是脑充血过于严重，已经没救。那时伊芳与儿子和两个女儿还在拉霍亚，听到父亲垂危的消息，连夜驾车赶来，到时已经不及送终。

没多少天前还在庆贺，不知大难临头、祸之将至。姐姐和姐夫从俄亥俄州赶来为父亲扶棺入葬，然后把不知所措的母亲接去与他们同住。突然与上一代生离死别，至此八口之家曲终人散，从此再没团聚。

第十四章　怎么做好大学校长的工作？

我们这群早年留学美国的教授，在二十世纪八十年代、九十年代交替之际，香港回归祖国前夕，携手创办了香港科技大学。担任了十三年校长的我，退休时回顾大伙所获的成绩，觉得虽然没能达到原先的期望，在当时的客观条件下还算差强人意。

亚洲不少发展中的国家——甚至已是经济强国的日本，说香港科技大学是个奇迹，送代表团来"取经"。这些年来，我国高等教育蓬勃发展，既有新创的大学，亦有国家级大学的独立学院准备脱离母校自行建立大学。常有人来问：怎么创建或办好一所大学？我的答案是：按照几百年来磨练和积累的国际规律，稳扎稳打，步步为营；按照学校的定位和定型在几方面做好功课——学术规划、人才聘请、校园建设、财务预算；方方面面建立规章制度。

办好像旧金山州立大学这么一所现有的大学，有异于创办一所新大学。现有的大学，体制和规章制度已在，很多方面不能也无须从头来过。上面所说的"功课"需改写为：学术策划和教研提升、人才资源和完善运用、校园建筑和教研设施、财务运作和经费筹募。这些是我在旧金山州大上任后的基本任务。基本任务做得较有头绪，才敢观察情况，确定新机，推动更进一步的发展。

学术策划能改动的并不很多。不仅是我，继我而来的接班人当了二十五年校长，在某些方面作了调整，但是整体框架变化不大。至于教研提升，我倒是出了主意尽了力，让处于教学型大学与研究型大学夹缝里的旧金山州大向研究和创作倾斜。不久后发现州大系统的领导层对此有不同看法。或许应该说得准确些：他们对此看法全不自洽，甚至有些矛盾。

前面说过，我第一次出席校长会议时，被安置在第二排的最左角，旁边坐着亦是理论物理出身的圣迭戈州大校长戴伊。过后听说既非总校工作人员的安排，亦非偶然。原来戴伊知道我来自圣迭戈加大，一直都在研究型大学，于是提早进入会场，暗中把我的名牌从另一个座位搬到他旁边，与几位积极支持向研究和创作倾斜的校长们扎堆，组成与州大系统领导层对抗、被戏称为"造反派"或"四人帮"的小团体，给我惹上麻烦。

学术自主的含义

学术自主，教授治校。这两条是国际高等教育界公认的办学原则。近年来我国不少院校试行高等教育改革，稳步走近这两条原则。可是部分追求改革者喊得很响，未必清楚这两条原则的含义。

略谈"学术自主"。

需从定位谈起。前文说过高等院校的定位，提出地区观、国家观、世界观。公立大学由地区和国家的纳税人奉养，自然要向纳税人负责。美国州立大学的经费来源有二：笼统来说，教学经费来自州政府，研究经费来自联邦政府。《加州高等教育总体规划》要求加大成为公立的研究型大学、州大成为公立的教学型大学；于是加大的经费分别来自州政府和联邦政府，而州大的经费绝大部分来自州政府。加大须兼顾地区和国家的利益，对州民和国民有所回报；而州大须以地区利益为焦点，主要是对州民有所回报。

"学术自主"固然是办学原则，却有它的底线，不能天马行空。纳税人付出血汗钱，不能也不会让大学手持空白支票，为所欲为。对于旧金山州大，代表州民的州政府要求校方在学术策划、人才资源、校园建筑、财务运作等各方面建立严谨的规章制度，提交完整的长中短期计划。

对于国内的省级或市级大学，省政府或市政府同样会要求校方在这些方面建立严谨的规章制度、提交完整的长中短期计划。有些号召改革者把"学术自主"喊成尚方宝剑，不建立规章制度，不提交计划，什么资源都伸手就要，这当然是不切合实际的。

香港科技大学创校于港英管治年代，创校的教授们又绝大部分来自美国，因此香港科大采用了与英美高等院校大同小异的体制。若要在此解述旧金山州大的体制，不如就以香港科大为例，毕竟香港与内地是同文同宗的比邻，就近的例子容易说得清楚。

港英时代的香港，高等院校的教学与研究经费都来自本地政府。九七回归后，由于"一国两制"，香港特区的经济继续独立。中央政府的研究经费不能过境，因此高等院校的经费继续全部来自地方政府。这方面，香港科大的定位和负责对象与旧金山州大相仿，因而政府的管治体制亦与旧金山州大相仿。

香港科大设有三个"最高委员会"。"校董会"是最高层的权力机构，由地方政府委任；其职责是处理办学的大方向、宏观政策及全盘性的财务预算和支出。"学术委员会"是最高层的教研机构，其结构自定，唯须经校董会批准；其职责是决定一切入学、课程、学位及学术研究的方向和政策。"顾问委员会"是最高层的咨询机构，成员由校长提名，校董会任命；其职责是扮演学校与社会间的"跳板"，转达社会人士对大学的意见，并帮助大学争取理解和支持。

讲得太严肃了，请容许我打个岔。

"最高"这个字眼也就是"至尊"，英文叫作"supreme"。美国曾有个很出名的三人歌唱团，成员是三位唱节奏和摇滚乐的非裔姑娘，团名叫作"The Three Supremes"。香港科大校董会主席钟士元富有幽默感，把香港科大这三位一体最高层治校结构戏称为"The Three Supremes"，令听者捧腹。

想深一层，却很有意义：三个委员会职责分明、各唱各调，但又必须配合得好。句句音调和谐、节奏切合，才有戏可唱。对吗？

属于校董会职责范围的，必须拿到校董会上求取共识：办学的大方向、宏观政策和全盘性财务都必须获得校董们的同意。属于学术委员会职责范围的，让学术委员会决定，校董们不予干涉。顾问委员会的职责则比较散漫，意见愿意怎么提就怎么提，只是没有决策权，亦不代表大学。

校董会和学术委员会的互动关系很微妙，有时不那么容易维持，尤其若被政治意识介入。以加州来说，右派的里根任州长时，蓄意以经济制裁为权力，通过校董会影响加大和州大的学术政策，严重打击公立院校的学术自主。由此可见，原则再对、架构再强，人还是人；领导层不按照规则或精神办事，什么机构什么体制都易被削弱，甚至摧毁。体制这个东西，建难毁易，必须有制衡和弹劾机制，才能见效。

我担任香港科大校长时，有幸校董会主席聪颖认真，把校董们该管的和不该管的分得一清二楚。例如一次，经由学术委员会组成的遴选委员会提名，我将聘请一位著名政治学家为人文与社会科学学院院长。校董会开会时，我作了报告。有位校董听说这位政治学家在国外出版过一本有关邓小平的书，问道："哪位校董看过这本书？"问题自有用意，因为九十年代初香港与内地的关系曾一度紧张。可是未及讨论，校董会主席立刻说："学者的研究和著作，文责自负；校方是否聘任，由校长负责。学术自主；这方面的事校董会不该管，我们不讨论。"

话说出口，落地有声。一个多好的例子！

国内有些学校设立了校董会，可是误用了"校董会"这个名词。企业界，董事会是公司的最高权力机构；顾名思义，校董会是学校的董事会，也该是最高权力机构。不知道哪所学校开了例，把董事会的名称给了一些知名人士和捐款者；此事诚属误导，应予改正。或可赋予咨询任务，改称为"顾问委员会"。

国内有些鼓吹高教改革的人说，若是学术自主，就不该有"党委领导下的校长负责制"。我对政治体制很不熟悉，不懂得目前国情下的院校应否由党委领导，只想指出：学术自主与党委领导该是两码子事。西方的院校管治体制可以说成"校董会领导下的校长负责制"；州立大学校董会的成员往往与州长政治意识相仿，而校董会拥有最高权力，不亚于国内的党委。

关键不在谁是"最高权力"，而在如何定义和限制"最高权力"的职责范围及使用。若党委戴上两顶帽子：一顶是在校园里管理党务——这与学术无关；另一是让部分党委领导进入校董会，与别的校董平起平坐，协同决定办学的大方向、宏观政策和全盘性财务。来自各界的校董们平起平坐，协同监督校长的大体工作，而不干预行政细节或学术事务，逐渐亦能与国际学界接轨。

教授治校的含义

大学的管理体制与企业等别的机构来比，最大的分歧是"教授治校"。单就这句话里面的一个字，就看到分歧所在："治"。公立大学里，校董会与大学领导层之间的关系可以说是"管理"——毕竟校董会由政府委任，代表人民来监督大学领导层的工作。而大学领导层与师生之间的关系只能说是"治理"而非"管理"。

谁是大学领导层？"校长负责制"从校长延伸至校长周围和属下的高层人员：学术方面包括副校长、院长、研究所主任等；研发、行政等方面则包括别的副校长和他们属下的诸多部门主任。所谓"领导层"是指这么一串分层次的结构。

可是前面说过：教授所主导的学术委员会是最高层的教研机构，制订一切入学、课程、学位及学术研究的方向和政策。此外，教研人员的聘任、评估和升迁亦由教授们组成的委员会主导——从学系到学院到全校，分层构成，各自订立标准和程序，进行评核，不受行政干预。

假如上述的学术任务和教研人事都由教授们组成的委员会主导，那么教授们不是大学的领导层了吗？体制里不就出现了矛盾？并不，作为主导者，教授们确能左右学术大局，但是并不拥有最终的决定权，因为他们没有向校董会负责的义务。再说，他们主导的范畴限于学术，并不包含一切。"教授治校"的说法过分笼统，引致误导。其实"教授治学"说得更准确、更有针对性。可惜"治学"两字早被人们理解为"埋头做学问"，同样引致误导。这里请读者视之为"主导学术治理"。

校长该说是大学的 CEO（Chief Executive Officer：执行长、行政总裁）；英国的大学还会说他是 CAO（Chief Academic Officer：学术领导人）。美国很多大学有个叫作 provost 的职位（国内往往译为"教务长"，或许译为"常务学术副校长"比较切实）作为 CAO。那么 CAO 的职责与"教授治学"间不又产生了矛盾？

错综复杂，究竟谁是"学术领导层"？谁说了算？

问得好！国内经常听到号召高教改革者大声疾呼"教授治校"，却就是回答不了这个问题。我猜原因是国内的体制令号召改革者难以理解"最高"领导层怎能不止一个，更难体会几个"最高"领导层如何相互分工、合作和制衡。

其实，有关大学的学术治理，校长行政团队与学术委员会间的关系既分工又合作又制衡，两者都属"最高"。

学术之外当然还有极大量治理工作——包括非学术人事、校园设施、财务运作等；这些方面，教授们不时提出教研所需，让校长与他的行政团队去争取、提供、满足。校长的行政团队干得行不行，教授们和他们组成的学术委员会可以赞赏或批评，但并不参与，亦不干预。既不参与或干预，当然也就无须担负责任。由此可见，教授只是"治学"而非"治校"。

学术委员会由谁组成？西方学界的传统里，教授当然占绝大多数，可是甚至英美两国的学界在这方面都有不同之处。虽说都是西方学界，事实上任何国家的传统都难免受其历史背景和国情影响。

美国是个自打天地的移民国家。两百多年前，人民对抗封建殖民王国，获得独立自主，因而一般人民对权力过分集中抱有先天的、极端的怀疑情结。宪法制定三权分立就是为了要以平衡互制来限制执政者的管治权力。作为行政首长的总统属于一个政党，负责立法的参议院或众议院可以属于另一个政党，于是经常见到两党针锋相对，相持不下，令行政、立法两权从制衡走向对立。

这种传统很自然地延伸到企业界，把公司的董事会（board of directors）与管理层（management）分家。董事会里只有极少管理人员，大多董事属独立非执行董事，代表外界的股民。同样的传统延伸到学界，就让教研人员与行政人员分家。学术委员会里只有极少行政人员，甚至全部是教授。校长作为行政团队的领导，不能担任学术委员会主席。学术委员会里，校长往往是独一无二的行政人员。学术委员会也就是教授委员会。

英国的历史背景与美国相反，宪法来自演化，追求团结多于抗衡。国会拥有立法权并推举首相——政府的最高行政领导人。这样被选任出来的首相当然来自国会里的多数党。于是立法与行政来自同一政党，同进同退，绝不致互相对峙。

延伸到企业界，董事会里往往有大量管理层的高级人员，担任执行董事。延伸到学界，学术委员会里除教授外会有很多非学术行政人员，主席一职往往由校长担任。

两种体制孰优孰劣，见仁见智。 美国式的平衡互制摆脱了执政者的专制独裁倾向，却不时带来政策的摇摆、混乱或僵化。英国式的团结一致维护了权力和政策的稳定，却较难遏制多数党一意孤行。延伸到企业和大学，这种对比也蛮恰当。

旧金山州大用的是不折不扣的美国体制。学术委员会（亦即教授委员会）的七八十位委员全部由教授选出，没有一位行政人员。校长须被邀请才能出席，即使出席也只有观察者身份。在我记忆中，每年大概被邀一次而已。据说运动和纠纷较多的年代，校长被邀的次数较多，总是被教授喊去质问。幸亏到我就任时风气已有改变。

校级学术委员会开会次数不多。委员那么多，难免七嘴八舌，讨论远远多于结论。因此学术委员会自己按章程选出不超过十人的常务委员，每个月开会；校长经常被邀出席。重要的学术政策竟能在这代表立法的常务委员会里，与我这代表行政的校长磋商，获得共识，然后由常务委员拿到全体会议里去提案和通过。

值得并提的是香港科技大学的教授治校机制。香港科大大部分教授来自美国学界，自然以美国体制为基础；可是创校于港英时代，又不能完全脱离英国传统。于是我别出心裁，在美国和英国的体制间作了糅合和调节。

校级学术委员会和属下的小组以及院系层次的各种委员会任务繁重，被选为委员的教授们需要花费大量时间和精力在不同组别里讨论和制订多层学术政策。"教授治校"也好，"教授治学"也好，都不是空话；有权就有责，就需付出代价。

大学校长的主要任务和职责

大学校长须按照学校的定位和定型做好功课：学术策划和教研提升、人才资源和完善运用、校园建筑和教研设施、财务运作和经费筹募，这些都是大学校长的主要任务。

首先应该集中精力搞好学术策划，并看准哪些方面的教研需要及能够提升。拥有几近一世纪历史的旧金山州大，学术规划大局已定，很难也无须作很大变动。

当校长是个"24×7"的工作。老婆与幺女突击来访，
站起来替他们拍张照，说句Bye-bye，快快请走。

校长必须做的、最重要的任务，是与学术部门的同事们一起分析校内每一所学院的强点和优势、弱点和劣势，寻求如何在教授们同心协力的奋斗下让教研水平不断提升。同时还需要仔细探索和准确了解当地社会有哪些迫切及远期的需求，以此断定学校还需要开辟哪些新学科或专业、培养哪些种类和哪些层次的人才、启动哪些方面的研究和开发，继而制订战略，作出方案，拿到学术委员会里去推动。

同样重要的任务聚焦于人才资源。教授是大学的灵魂，人才资源所说的就是教授，当然亦须加上各个行政部门的关键人员。

学界竞争激烈，你所要的优秀人才别人也要，你不去追求，他不会自动从天而降。追求是门技术，亦是门艺术：需要清晰断定追求的是什么，也就是说什么学科或专业；需要清晰断定追求的对象，也就是说谁最适合那学科或专业的需求和条件；然后运用学界的网络和个人的魅力，传达学校与该院系的愿景和前景，着力打动所追求的对象。

国内曾有试图创校者不同意这种传统做法，说要把领军人才找来后，才逐一围绕着他们建立学科和专业、制定学术规划。这是本末倒置，无异于找到棋子后才画棋盘。试想：若学术规划未定、愿景前景不明，领军人才哪敢就放弃建立多年的事业和地位，贸然闭着眼睛捏着鼻子向深坑里跳？

人才追求到后，需完善运用，特别要照顾到士气。评估、聘免、升迁等必须做到公正公平，规章制度必须完整公开，才能保证士气充沛。

急于改革的人听到"规章制度"这几个字就头痛，说："又来那套条条框框？"唉，什么叫作"改革"？改革该是在现有体制下，把好的规章制度延伸，差的或是僵化的尽可能改良；没有明文限制的，与有关者一起设法寻找和建立新路子。关键在多方携手合作，而非故求对抗。假如改革真的无望，则需考虑推翻现有规章制度，代之以深思熟虑后制定的新规章制度；这不是改革而是"革命"。最可怕的是不明事理地推翻现有规章制度而没有一套合理的新规章制度来代替，那就成了枉有折腾而毫无建树的"文革"。教育的影响深远，不能乱来。

来到旧金山州大，发现现有的人事制度非常完整，有条不紊。学术方面由系到院，每层都有资深教授构成的小组，对待聘及待升的年轻同事作出评估，所有档案继而集中到学术副校长手里，由他把关和统筹。我检查了过去两年的档案，觉得学术副校长做得很细致，井井有条。把关方面我无须担心，只是要求他根据那"向研究和创作倾斜"的政策，向院系传递信息，要求此后评估和聘请新人时把这要素适当列入考虑。至于在职教师的升迁，则只能鼓励而不能过度要求，因为多年来没有这种"倾斜"，突然引进新政策会对他们不公。

至此我还没有提及待遇，原因是州大系统与加大系统一样：正如前文所说，待遇与等级挂钩，调节空间不大。这亦是我们几个州大的"造反派校长"望能改变的，可是没能成功。有人说，这种定得很死的体制亦有堪慰之处：既然没有什么调节空间，也就免掉很多争执，让校长的日子好过；这是阿Q精神。

行政方面的人事由行政副校长主管。假如你觉得学术方面的聘免、升迁、待遇定得太死，那就会发现行政方面定得更死。大学不属公务员系统，但是公立大学的行政人员结构与公务员系统相仿，政府不愿让两者出现显著差异。多年后到香港创办科大，发现也是这么个情况。内地推动高教改革者说必须取消行政级别，其实取不取消级别只是个形式，只要学校是纳税人通过政府供养的，其人事制度与公务员系统总不会相去太远。别的国家或地区也这样。并非我赞成如此，只是不能不指出和说明现实。校长除启动外，须不断促进和监督。

至于校园建筑和教研设施、财务运作和经费筹募，除经费筹募外都由行政副校长及其属下部门负责。也就是说，学术部门决定校园需要些什么建筑、教研需要些什么设施，只要校长能争取到经费，行政部门自有熟悉建筑和设施的专业人员负责计划、购置和操作。至于财务运作，从预算到操作、核算到外审，更有整套公私机构都必须遵从的专业会计准则，大学亦不例外。

至于非政府经费的筹募，则完全是校长的任务。

有些外行人说，大学校长——特别是美国的大学校长就是个筹款机器。这是胡说八道。私立大学的主要经费来源包括筹募，令校长不得不抛头露面尽其所能，可是上述其他任务亦全属他的主要工作范畴。公立大学有所不同：政府经济资助充裕的年代，外界的捐赠属补助性质，校长亦外出筹募，却非首要任务。我还曾听说早年的加州政府不允许公立大学接受多种私人捐助，更不赞成担子已经过重的校长把时间花于筹募。可是政府资助不足之际，校长不能不外出筹募，设法开发新资源。

我来到旧金山州大，发现经济状况很差。州政府给圣迭戈加大的经费已不敷支出，给旧金山州大的经费更不用说。

教育经费的主要来源之一是州政府所征收的房产税。二十世纪七十年代，加州房价暴涨，房产税同步暴涨，引致普遍不满。州民鼓噪之余，在 1978 年发起全民公投，通过一条叫作 "Proposition 13" 的法案，让房产税与房价脱钩。除极小的调整外，不允许按年增加；只在房产易手时才按购价重订税值，但亦只订为购价的 1%。自此之后，加州对教育的经费承诺一蹶不振。

在这种情况下，校长务须为大学另觅财源。我发现这所百年老校竟从未设立从事募款的 "大学发展办公室"（University Development Office），甚至连个像样的校友会都没有。于是赶紧从头办起。哪知竟有两位别的州大校长好意规劝我别干这等 "蠢事"。他们说："设立这些新单位需要投资，运作又需开支，而回收周期特长，在你任内基本上只出不进，被人笑话。待捐赠逐步增加、有盈无亏之时，已是下一两任校长，你何苦为他人作嫁衣裳，还要挨教授们的骂？"

骂也好，不骂也好，不能再等一百年。很快在尽可能节约的条件下，建立了这两个新单位。新单位所做的仅是后勤工作，真正代表学校外出筹募的，还是非校长不可。这么多年来，我见过不少善于应酬、筹募本事很大的校长，也见过不少人际关系较差、徒劳无功的校长，但是从来没见过一位心甘情愿充当筹募机器、向人开口的校长。该干的事得干。

旧金山州大的行政班子

学校也好，公司也好，政府部门也好，想要好好治理，必须有像上面说过的清晰定位和定型，建立体制和规章制度，做好策划、人事、建设、财务等各方面的功课。但是事在人为，成败终究还在人的手里。成功，需要既有远见和视野又有智慧和能力的领导班子，以及同心协力的团队；失败，一人为首足矣。

领导班子是个集体团队。无论为首者英明到什么程度，没有扎实的班子，必将一事无成。大学的领导班子是行政高层，必须清晰了解工作岗位的需求，全心全意全时全力为同事和学生建立最佳的教研和学习环境，包括学术、文化、校风、氛围、资源等。学术行政领导层的人员——特别是校长、副校长、院长，必须认识到他们的贡献和责任已经不在自己的教学或科研，而在尽力为别人提供最优秀的条件。

行政高层是所谓"24×7"的工作。假如不能接受这个现实，一定会失职，继而影响同事们的士气，为大学带来不幸。所造成的恶劣后果，短时间里未必显露，却迟早会带来恶性循环，很难重新理顺。尤其是当校长的，需要切记：学校有几百上千教研人员，多你一个不多，少你一个不少；走上这个新岗位，你选择了职业变换，今后的职责是为同事和学生服务。

行政高层人员必须重视法治。作为文明社会基石的大学，治校需循规蹈矩才能稳步前进。必须合法、合理、公平、透明，才能有条不紊为师生提供发挥智力的平台和勇于创新的气氛。

聘请高级行政人员所持标准，固然视个别岗位而异，但是有几项属于通性的要求，可用三个字代表：一是"脑"，包括智慧和学识；二是"能"，包括资历和经验；三是"心"，明白职责所在、办事公私分明、关注团队精神。三者缺一不可。

前面说过旧金山州大高层行政人员的职责，最主要的是两位副校长和八位学院院长。他们是我的"内阁阁员"。事实上，"我的"这两个字不甚正确，因为学界与政界不同，新校长上任时，在职人员照常留任，并不重组"内阁"。上述十位全为前任校长所聘，人人留任，只有后来退休或另有高就才被替换。我必须深一层认识他们，摸索每一位的长处和短处，了解每一位的志向和需求，尽快与他们融成方向一致的团队，才敢用上"我的"两字。

学术副校长毫无问题：一位典型学者，也是位尽心尽力的领导。他原来就比较看重研究和创作，很愿意支持我那稍微更进一步的"倾斜"政策。若有些许不足之处，就是多年来在州大系统的压制下养成了凡事慎重的习惯，不敢偶尔出格。行政副校长也毫无问题：出身自军队，曾任海军陆战队上校。部队里崇尚纪律，因此他循规蹈矩，按足规章制度办事，从不出错。些许不足之处与学术副校长一样，谨慎有余，进取不足。

两位副校长与我相配得十分得当。州大系统是个官僚机构，爱写本子，更爱每所州大紧按本子办事。我的前任校长据说也有军官背景，在州大系统眼里，他干事总归稳妥可靠，不越雷池一步。三位领导犹如一体，让上边的官僚机构十分放心。这次校董会可冒了个大险，从加州大学把我这个不知天高地厚的小子挖了过来，立即注意到旧金山州大似乎摆出一副即将出格的模样，不像以前那么"乖"了。幸好两位副校长依旧在位，纵算我是匹野马，一时还不至于脱缰。

两位副校长与州大系统里的官僚关系良好，能继续妥善应付他们，为我建立了保护屏障。往后好几次我所走的路开始出格——例如向研究和创作倾斜、推动蒂布龙环境研究中心的建立、聘请一位比我更出格的学者来当创意艺术学院院长、在族群政治夹缝里不惧对立等，令州大系统和校董会担忧，这两位副校长都能在背后与他们熟悉的官僚通气，叫他们不必提心吊胆，更不必干扰。

请看，这是一个很好的例子。团队里的人该有不同的性格和能力，甚至长处短处。同心协力者无须出自同一个模子，而需彼此开诚布公，各尽其能、互动互补。

八位学院院长，说过的就不再说。最奇怪的是，一时竟想不起行为与社会科学院的院长是谁；连什么模样都记不得，唯一印象是他总穿得整齐干净，经常是深灰色的上装。啊，毕竟是三十年前的事，年纪大了，记忆力差了。上网查到一位蛮有地位的历史学家和他的照片，才想到原来是他！当年"内阁"开会时，他几乎总一言不发，也不与别的院长争取资源，分明不是位行政能手。难怪学院的组织相对散漫，也难怪终于被我的接班人打散。

民族学院主任是位非裔学者，专业是心理学，到旧金山州大之前在密歇根大学和斯坦福大学教过书，一辈子的学术研究都与美国非裔族群有关。他出身于非常激烈的平权运动，却为人温和诚恳，深得人心。读者们或许注意到，我称他为"主任"而非"院长"，这儿有个老故事。

大学的学术委员会认为当初应该按部就班，先建立"民族学部"，待学术水平过关时，才把它升格为"学院"。可是当时那位校长屈服于少数民族运动的政治压力，一下子就建立了教授们认为名不副实的"学院"。学术委员会坚持不让这位在密歇根和斯坦福只担任过助理教授的人升任"院长"。我任期内，学院的师生不断鼓噪，要我把主任升为院长；但是我认为高水平的大学必须让学术挂帅，必须尊重教授治学的原则，不为所动。可是我离职后，接班人几乎立刻使用执行长的行政权把主任改称院长。

创意艺术学院院长在我上任后离职他去，让我有机会通过遴选委员会聘请人选。旧金山州大的五年里，这是我唯一自选的院长。虽则如此，整个班子和睦相处，精诚合作，是当校长的幸运。

创意艺术学院院长与校长助理

说到和睦相处、精诚合作，或许应该老实一点，暂且打个问号。我的行政班子里面有两位值得特写的人物：一位是创意艺术学院院长科波拉，另一位是校长助理斯宾塞。他们真是性格百分之百相反的人物，若不是为了维护团队精神，绝对会变死对头。

创意艺术学院院长的岗位出了空缺，我组织了院长遴选委员会，四处招聘。

旧金山州大的创意艺术学院历史悠久，甚有名气。校友除前面说过的抒情和爵士歌唱家马蒂斯，还包括无数演艺界名人，例如科幻电影《2001》和《2010》的主角凯尔·杜拉（Keir Dullea）、以系列电影《致命武器》（*Lethal Weapon*）红透全球的明星及导演丹尼·格洛弗（Danny Glover）、金像奖演员安妮特·贝宁（Annette Bening）、艾美奖电视连续剧《欢乐酒店》（*Cheers*）和《欢乐一家亲》（*Frasier*）等的制作人和脚本作者彼得·凯西（Peter Casey）、电视连续剧《功夫》（*Kung Fu*）的主角大卫·卡拉丁（David Carradine，扮演华人英雄的那位老美）、华裔影视及舞台演员黄荣亮（B.D.Wong）、老牌爵士音乐团"戴夫·布鲁贝克四重奏组合"（Dave Brubeck Quartet）的中音萨克斯手保罗·戴斯蒙德（Paul Desmond）等。最有意思的看来还是风靡两代人的马蒂斯；他放弃奥运，进入歌坛，果真没错：在全球售出 3.5 亿张唱片，仅次于"猫王"埃尔维斯·普雷斯利（Elvis Presley）和二十世纪最重要的流行音乐人物弗兰克·辛纳屈（Frank Sinatra）。

被推荐或自荐院长一职的人选众多，最后选定的是那位文学教授、作家兼影艺界名士科波拉。

这人出身演艺世家，在与旧金山州大同系统的长滩州大（California State University, Long Beach）任教多年，专业是比较文学，后来担任过州大系统的校董。向院长遴选委员会推荐他的是另一位校董。一般来说，教授们对当校董的存有戒心——说得好听是敬而远之。不过这位推荐者本身很有点学问，非常赞赏科波拉的才华，在推荐信里说了大量好话，打动了好几位遴选委员。他来到旧金山面试，长发垂肩，口若悬河，一面倒的左派自由思想，把遴选委员会和学院里的教授们哄得服服帖帖，一致主张聘他。我所得到的印象也相当不错，就此拍板。

过后发现他虽则说话响亮、词汇丰富、理直气壮，可是内容飘忽，不太好懂。

校长的助理不是"内阁"成员。美国的大学校长也好，公司总经理也好，政府高级官员也好，身旁"助理"的定义和身份与我国不同，职能大致上介乎我国的办公室主任与顾问之间。一般来说，校长助理既不是正式职位，更不是长久职位，而是从某学院借调过来的教授。他虽无行政实权，可是时时刻刻在校长身边，还负责准备和草拟"内阁"会议的议程和记录，影响力可以很大——甚至过大。

前任校长给我留下了他的助理—— 一位来自商学院的青年教授。此人精神十足，兴致勃勃，富有幽默感，不过略带油滑。我上任几个月里，从他那儿听到大学不少的内部情况——包括人事纠纷，不过似乎都是道听途说，不敢深信。

正在考虑这位教授是否最适合我的需求，他兴冲冲跑进我的办公室，说是获得一家大公司高薪聘请，不愿继续当教授了。于是向我提出辞呈，也就自自然然解决了问题。

那么，我该找谁接这个职位呢？完全出乎大众所料，这个一辈子在美国算是左倾自由主义者的我，请的是一位右倾保守主义者。究竟是怎么回事？

旧金山这个城市素来偏向左倾自由主义，旧金山州大更是激烈左倾自由主义的温床。作为校长，我的服务对象是全校师生和市民，必须维护学术自由，接纳各种思潮，照应到各方面的诉求；也就是说，应该寻求理想的平衡和共识。我的助理务须帮我听到不同声音，考虑不同观点；思想上有所分歧并非坏事，只要讨论时心平气和、有条有理，把论点分析得清清楚楚，令真理越辩越明。

心理学教授斯宾塞正是这么位人物。学术上，他属于老派，来往的尽是旧金山州大全盛时代所请来的教授。政治思想上，他与这群为了自由主义而来旧金山的教授们相悖。什么政界人士，发表什么新意见、提交什么新法案，或是通过什么新政策，都会为他们引来一番午餐桌上的辩论。斯宾塞的立场总在少数：四比一，五比一。他不以为忤，教授们亦继续尊重他，竟在这所思想近乎一面倒的学术委员会里把他选为副主席。

他虽则说话柔和、语言平实、占时不多，可是理据充足，启发思考。我需要的正是这样的人！

科波拉与斯宾塞，两位一左一右的人物在我办公室进出，难免磨出火花，煞是好看。

校长"内阁"会议与学术委员会常务会议

校长办公室在行政大楼的顶层。紧接校长办公室有间较大的会议室，可坐十几二十人。每月在此召开"内阁"会议，按照议程讨论各种行政事项。

会议开始，总由我先作报告，总结一下过去那个月里校内校外发生的事情。之所以报告校内的事情，是要让每位高级行政人员都知道其他部门的消息。譬如说，蒂布龙环境研究中心的建立是理学院主导的事，可是别的学院听了才知道中心不仅从事环境研究，还有大家都可借用的会议、座谈和静修设施；又譬如说，民族学院即将提供一批通识课程，我请主任作个简报，征求其他院长对这些课程的看法。

怎么报告校外发生的事情呢？作为唯一去长滩州大系统总部参加校董会会议和州大校长会议的我，把亲眼看到的、别的校长告诉我的、与总校官僚交谈时摸索到的、小道新闻里听到的消息……只要是允许带回家的，都与"阁员们"分享。之后询问各人对消息的反应、猜测、估计——特别是两位能与总校官僚们私下打交道的副校长。

接着我请每位与会同事轮流发言，报告自己部门的最新进展。院长们特别喜欢这轮发言机会，因为可以吹嘘自己学院的好消息。发言中途，谁都可以打岔插嘴，问问题，表示意见。我总半笑地要求他们也讲点自己学院的坏消息。初时没人肯讲，稍后会场气氛越来越轻松，有人会放下架子，诉诉苦，甚至趁机寻求援手。他们都说：过去开会时，总板着脸按议程听报告，从来不那么轻松。平日大家忙，各管各的，交流不多。虽然认识多年，彼此并不熟悉。啊，不熟悉怎么培养团队精神？

当然，议程还是议程，必须逐项按序讨论，然后投票表决。一般议题事前都与有关同事谈过，很容易通过，投票只是必要的形式。偶尔碰到难题，譬如说经费分配，怎么讨论都很难获得共识。

碰到这种情况，美国式的民主是终止讨论，进行投票，少数服从多数。可是我当校长，改变了做法：先来一次非正式投票，观察一众意向。假如赞成与反对的票数相近，我就要求继续讨论，不忙着投票。讨论可以进行很久，甚至一两个小时，直至一方说服另一方；或是远超午饭时间，有人肚子饿了。那时意见趋向一致，争执趋向平静，主持会议的我才建议投票表决。

同事们说："哪有这样开会的？"我答道："确实不太寻常。据说中国的一位领导人曾经向美国朋友提问，大致意思如下：你们在某一重要政策上投票时，很可能一方赢了，可是赢得不多，赞成方和反对方票数相近。虽说少数服从多数，但若反对方所得票数多于四成。他们真能心服吗？即使反对方不故意阻挠政策的推行，总不会很积极地支持吧？这种情况下，政策怎能顺利执行？问得甚有道理。"

中国的解决方法是进行友好协商。我并不请美国同事们改变根深蒂固的习惯，转而进行协商，可是上述做法犹如协商。

会议往往开得很久，四个小时不足为奇，甚至更久。后来我在香港科技大学也用同样方法。美国和香港的同事们都加油添醋，拿来开玩笑，夸张地说："人人轮流发言，三个小时还没进入正题。"又说："大家肚子都饿坏了，哪能不赶快取得共识？"不过至今我仍认为：高级行政人员难免持不同意见，甚至利害冲突，轻松的发言和讨论可以加强团队精神，持久的对话和争辩可以导致合理共识。四小时确实太长，不过一个月也就来这么一次"团契"，不为过甚。

学术委员会的常务委员们也每月开一次会。因为与会人数不多，可以在校长办公室附近另一间较小的会议室里举行。委员们都是各学院的教授，跑来校园边缘的行政大楼开会并不方便。不过校长和两位副校长都在行政大楼顶层办公，令这楼层象征大学的管治核心，来此开会好像提高了委员们的权威。看，虽不敢明言，教授们还是相当看重"管治"和"权威"，令我不愿用的那些字眼都在这儿出现了。

大概是因为我每次都邀请学术委员会主席出席我的"内阁"会议，学术委员会主席投桃报李，经常邀请我出席她的常务会议。两个会议的气氛很不一样，教授们绷紧了脸，远比我的会议严肃。学术委员会主席是位女教授；斯宾塞当校长助理后，接任副主席的也是位女教授。一次，两人同时问我："你们开会时常常有笑声隔墙传出，什么消息那么好，弄得你们那么开心？"我的回答是："什么消息那么糟，弄得你们那么不开心？"

多次出席教授们的会议，让我感到学校的行政班子与教授代表隔离太远，沟通不足。各自为政的结果是：一旦出现分歧，彼此知道得太晚，既难弥补，又难下台。我把这观察告诉学术委员会主席，她说亦有同感。于是我们组织了个联席代表会议，每方四人，由我主持，称为"校长联席会议"（president's

好像在向一众说教。哪敢！只是聚精会神与同事们讨论而已。教授们特别喜欢这种不拘形式的"会议"。在我离开后，旧金山州大把这张照片纳入校史。

council），并尽量在双方的各自会议前一星期见面，彼此预先通气，减低分歧的可能。

教授们说："从来没看见过这种管理方式。"虽然行之有效，却为他们带来另一种麻烦：代表们与校长的班子走得太近，让人觉得"朝野"关系太密切，很不正常。这种想法好比学校里天生就该有两伙人，"管"的人与"被管"的人就该永远对立。为什么会有这种想法？我猜一方面又回到美国人对"管治者"的先天怀疑心态，总认为须有对立才能制衡；另一方面反映旧金山州大长久以来的政治运动背景，部分师生以激烈的反建制行动为傲。

全校团结一致不该是我们的理想？

第十五章　旧金山州大的内外政治事件

　　"政治"一词，英文是"politics"。这个字眼我国与西方的含义不同。

　　在我国，说到"政治"，难免联想到历经三十载的思想斗争和折腾，因而定义比较狭窄，谈起来有点敏感。西方国家意识形态早已定型——经济上以资本主义为主，政权上以多党制衡为纲，争执波幅不大，说到"政治"，则定义广阔，可以涵盖不少与意识形态无关的领域。譬如说，商业界若人事不和、钩心斗角、争权夺利，被称为"公司政治"（company politics）。学界也会出现类似情况，被称为"学术政治"（academic politics）。地方上的政客利用不同族群间的矛盾来赢取选票，被称为"种族政治"（racial politics）。

　　首先想到的当然还是政府的作为，特别是联邦政府的内政和外交。我没念过政治学，这些方面所知道的，不外来自生活的体验和传媒的报道。虽然所知有限，总还得说上几句，带出旧金山州大内外政治事件的起点。

　　前面说过，旧金山是个很特别的城市。作为市区里唯一的综合性公立大学，旧金山州大反映城市的历史、地理、经济、文化、移民和种族，亦是一所很特别的学校。联邦政府的内政和外交影响及全国大学师生的日常生活，置诸旧金山州大，反应格外强烈。二十世纪六十年代反战运动中，旧金山州大师生领头发难。

　　我来到旧金山州大时，已进入八十年代，那些"英雄事迹"早已成过去。不过某些有关人士尚属壮年。我认识了不少校内外的政治人物，并看到不少有趣的故事。

国外政治多半与师生的学术生活无关，却也被校内的政治人物引进。就有这么一宗在国外政治影响下发生的事件，校长责任在身，为了同时维护校园里的学术自由和人身安全，必须作出果断的决定，因而变成某些人的攻击对象。

大学师生往往住在象牙塔里，远离社会。我大半生的经历如此，包括在圣路易的华盛顿大学、埃文斯顿的西北大学、拉霍亚的圣迭戈加州大学。旧金山可不是圣路易、埃文斯顿、拉霍亚；旧金山州大所提供的教育直接影响市民的生活，学校与社会关系密切。又有那么一宗在种族政治影响下发生的事件，校长责任在身，为了维护学术水平和学生的前途，必须作出果断的决定，于是又成为某些人的攻击对象。

最后讲的不是我当校长时的故事，却是今日美国亚裔家庭必须警惕的政治现象，也是中国留美学生无法回避的政治现实。

联邦政府的内政和外交

美国是个"联邦"。按照宪章，五十个"州"其实是五十个独立自主的"邦"，各自前后参加了"美利坚合众国"（United States of America），共同组成联邦。既然每个"州"算是个独立自主的"邦"，州政府有权制定及执行只在自己州内生效的法律，诸如个人所得税法、营业税法、销售税法、教育条例、交通法规、环保法例、房地产交易法、刑事法等。跨州活动的司法权则属联邦政府。

联邦政府为全国制定及执行内政和外交政策。

国内政治上，西方国家奉行资本主义经济。不过今天的资本主义早已戴上"修正"帽子。基于政治现实，原始的资本主义渗入了不少社会主义水分——尤以北欧为甚。连不断向全球推销资本主义的美国也很注重社会福利，在诸如基础教育、医疗保险、退休养老、失业补贴等很多方面，全民所享的福利，与我国相比，有过之而无不及。

就经济政策来说，资本主义社会里的"左倾自由派"与"右倾保守派"只有程度上的差别。美国的民主党比较"左",比较关注群众的生活保障;共和党比较"右",比较着重个人的竞争能力。民主党反对贫富过于悬殊,主要的选民来源是普罗大众;共和党主张财富从上而下,主要的选民来源是有产阶级。(这些话当然过分简单化,读者们意会就是,别太认真。)

一般情况下,两党之间的争执并不火热。只是碰到大难临头——例如在外打上赢不了的仗,在内出现严重的金融危机,或是天灾人祸处理不当,两党的激进分子(所谓"radicals")甚至极端分子(所谓"extremists")才有机会凸现声势,在选举中脱缰而出,攫取政权。

若两党选票相近,平权运动分子在选举中能左右大局。他们高举旗帜对抗社会上的不平和歧视。主要的平权运动包括活跃良久的反种族歧视、反宗教歧视、反性别歧视,逐步升级的反年龄歧视,以及近年来突然走红的反性取向歧视。

两党为了争取选民,主流越走越近,形成势均力敌局面。这样一来,激进分子和极端分子也好,平权运动分子也好,人数虽少,却能在选举中起到决定性作用。美国的国内政治似乎经常摇摆不定,这是主因之一。

至于国外政治,众所周知,美国打从"二战"胜利就以超级强国身份在全球推广自己的价值观。其实盟友中不乏与这套价值观相悖而行的。譬如说,很长时期美国最亲密的盟友是那些企图收复"二战"失地的西欧殖民国家。甚至今日的同盟国还包括一些君主极权的、宗教主导的、罔顾女权的、侵略邻国而不自反省的。莫怪被人说是双重标准。这些方面,民主党和共和党都以一己国家的利益为重,所主张的外交政策相差不大。

越南战争就是这么个例子。法国在战场上吃了亏,美国接手顶替。民主党开的头,共和党接的班。参议院和众议院里两党议员一致支持。直至久战不下,伤亡累累,国内民众不复耐烦,卷起反战风暴,才悻悻收场。

旧金山州大的师生在这事上一度起过举足轻重的作用。

旧金山州大的罢课运动简史

旧金山湾区是个很政治化的大都会。

据说从前很稳定和谐——尽管久受歧视和欺凌的华人并不认为如此，尽管参加过大罢工的码头装卸工人并不认为如此，尽管"二战"时被逐离和禁锢的美籍日裔亦不认为如此。

写到这儿，脑际冒出一段段讽刺性的历史，忍不住要打个岔：早期加州劳工运动者竟与压迫他们的资本家携手，推动欺凌华人的排华法案；当美籍日裔被剥夺公民权利强行迁置去不毛之地的内陆，美籍华裔表现的竟是幸灾乐祸。当然这都有背景和缘由，可是不能不指出：受压迫的人民往往并不团结合作，并不同抗暴力。

即使如此，应该说市里还是比较安静，较少游行示威或暴动。二十世纪五十年代，麦卡锡带来的白色恐怖改变了这一切。旧金山州大有七位教授和两位职员为了坚决拒绝签署他们认为违反自由和人权的效忠宣誓而被解雇。六十年代，旧金山州大学生在良心驱使下积极参与黑人平权运动和反越战运动；两种运动略有先后，却难分难解，融合为一，影响全州、全国。这里选写部分历

旧金山华人的遭遇和抗争：十九世纪的排华和二十世纪的反抗。

史及后来我目睹的情况。

1967年5月，旧金山州大学生占领校长办公室，抗议校方把学生成绩交给政府，帮助兵役局选召青年参加越战。校方没有处理这类事情的经验，总校校长乃越俎代庖作出决定，下令继续与兵役局合作。

接着发生与此似无直接关联的事件：受平权运动影响，旧金山州大校方津贴某些包括黑人学生会在内的"特殊项目"，招致部分白人学生不满。数名黑人学生责怪学生报偏袒白人，与编辑发生冲突和斗殴，被校方停学处分。大群黑人学生与同情者发动大规模示威，强行冲入行政大楼。之后发生一连串平权与反战运动合一的示威。翌年总校校董会进行干预，把手足无措的旧金山校长免职，另聘新人。

新校长只当了几个月。一位黑人英文教师是激进的黑人反抗运动组织"黑豹党"（Black Panther Party）的"教育部长"；他鼓吹武力斗争，并号召黑人学生带枪自卫。校董会命令把他停职；新校长抗拒一个多月后终于奉命。没料到所引发的事件扩大得远超想象：大批学生认为州政府官员都是右派政客，所任命的校董们都是右派的富有白人，而新校长的作为则是对上软弱、对下专横，于是发起罢课，并进逼行政大楼。校方召来警察；连续一星期学生与警察冲突，新校长宣布关闭校园。

部分教授开始参加学生运动。他们认为政府的种族歧视和专横手段明显违反正义，必须强烈抗议。新校长身处保守的校董与愤怒的师生间，宣布停课三日，展开全校的公开讨论，以期缓和局势。黑人学生会与自称为"第三世界解放阵线"的组织联合，提出多项强硬要求。校方无权亦无法全部接受，谈判失败；校长宣布辞职。

1968年11月底，在州长里根的指导下，校董会委任没有学术行政经验的著名语义学家早川（S.I.Hayakawa）接任校长。

早川是加拿大出生的美籍日裔——据说不愿承认会说日语，并且对"二战"期间美籍日裔所遭受的迫害不表同情。他思想保守，深得里根和所任命的校董们欢心。一上任后即刻对学生采取强硬手段，甚至爬上学生的广播车，试

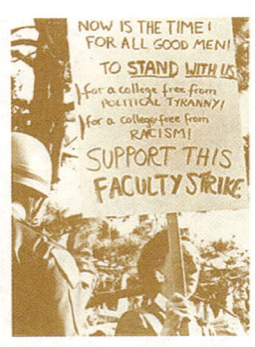

旧金山州立大学的平权和反战运动：学生示威、教授罢课。
运动高峰时期，军警每天中午进入校园镇压。

行切断扬声器，与示威群众发生冲突。12月，在美国教师联合会（American Federation of Teachers）会员的主导下，教授们参加罢课。

罢课并不代表沉寂。罢课期间每天中午至下午三时，教授坚守罢课纠察线，学生示威喊口号，武装警察则把他们团团围着。法庭数度下令禁止罢课，但无法执行。期间各方面的社会人士——包括市长组成的公民委员会——竭力进行调解。3月下旬，学生组织与校方终于达成协议，终止了这场破天荒的罢课运动。主要成果是学校成立称为"黑人研究系"的非裔学科，并承诺建立民族学院。

一眨眼到了1988年——学生罢课运动二十周年。当年的罢课示威人士发起、领导当前的活动分子在校园里举办纪念。

第一位演说者是黑人研究系的主任，听说亦是当年学生运动的带头人之一。他穿着一身"三件头"正装，在台上大声疾呼，要求学生们继续斗争，并责备当前的学生，说他们忘记了过往的英勇事迹，只顾为自己的学业和前途着想。草地上坐满了学生，听得很起劲，大力鼓掌。

第二位演说轮到我这个不争气的校长。我首先同意种族歧视并没消失，大家必须继续努力，并指出一些实例。"不过，"我跟着说，"我们需要仔细考虑用什么方法争取平权。二十年前与今天不同，那时的方法今天是否还有效？是否应该在抗议的同时，进一步在知识上和专业上充实自己，证实少数族裔绝不比白人差？"

说到这儿，听众有些骚动，知道我话中带有别的含意。有人开始嘘我。我没停止，继续说："我们这些持有终身职的教授们可以穿着'三件头'正装，站在台上训话，说你们只顾为自己着想。说这话不难，因为我们自己生活得蛮有保障。而你们半数以上还是家里的第一代大学生，都有父母弟妹等着你们学业有成、帮助养家。这样看来，以学业和就业来争取平权，不外也是一种途径，无惧责怪，无须心虚。"

讲到这儿，听众们有继续嘘我的，也有鼓掌的，大致各半。

一些政治人物的小故事

早在 1964 ~ 1965 年旧金山州大罢课之前，伯克利加大已经出现学生运动。先是"自由言论运动"（Free Speech Movement），反对校方限制学生在校园里进行政治活动；接着是"越南日委员会"（Vietnam Day Committee），公开反对越战。这些运动与旧金山州大的运动不太一样：重点不涉及少数族群权益，持续年代较长，却没有大规模的停课罢课。伯克利加大学生运动的主要领袖是一位念物理的本科生马里奥·萨维奥（Mario Savio）。

与媒体广为传播的话相反，萨维奥并不是个造反者，而是个理想主义者。作为"自由言论运动"的发言人，他在数千人的场合上呼吁群众见到社会不平就该奋起与权威抗争。可是当他发现一些在运动里有影响的人开始脱离群众，他就离开运动，去走自己的路：打过工，去英国念过书，最后回到旧金山湾区，在旧金山州大重读物理。1984 年，他以最优秀的成绩（summa cum laude）念完本科，继而念完硕士学位。从我手上领取文凭时，他竟穿着"三件头"的正装，一表斯文，完全没有当年一呼百应那种豪气。后来去了另一所州大教书，不幸英年早逝。

圣迭戈加大的著名新马克思主义学者赫伯特·马尔库塞（Herbert Marcuse）有过不少徒子徒孙。其中最出名的大概是安吉拉·戴维斯（Angela Davis）。她告诉大家马尔库塞怎么教会她做一个学者兼活动分子兼革命分子。她曾参加美国共产党，并因为对民权运动的贡献获得苏联的列宁和平奖；1980年和1984年，还两度参加美国大选，代表共产党竞选副总统职位。

当时她在旧金山州大民族学院当教授。第二度竞选时我已到旧金山州大，有机会见识这位传奇人物。可是美国的竞选活动十分繁忙，我只远远见过她两面，却连招呼都没打过。唯有的印象是：一头象征非裔自尊的蜂巢式头发，一套非常入时的银灰色西装。我想：作为革命分子，怎么打扮得如此时髦？原来竞选是建制内的活动，你要参加的话，就得光光鲜鲜。她说："革命分子必须是现实主义者。"在美国的大环境里，共产党员想在选举中取胜，机会近乎零。她虽在共产党旗帜下参选，却要求群众投票给相对稍左的民主党。这些当然都是道听途说，不知是否属实。

说到竞选总统，有件事令我在冷眼旁观下感到失望。著名的民族平权领袖杰西·杰克逊（Jesse Jackson）在1984年和1988年曾两度竞选民主党总统候选人，穿梭奔波于各大城市间。来到旧金山，应州大学生会邀请，在这学生运动的重要据点发表一次竞选演说。学生会的健将不是少数族裔，就是积极分子，都是杰克逊的拥护者，犹以西裔的女会长为甚。

预料听众爆棚。于是校方按学生会要求，把室内球场布置成大型演讲厅，厅侧的更衣室暂用为总统候选人的休息室，让学生会代表在那儿与他见面会谈。

前呼后拥的竞选车队，晚了一个半小时，终于到了。杰克逊走进休息室，自有人把学生会会长和我向他介绍，说每人能有五分钟时间与他交谈。我说："杰克逊是学生会的客人，而学生会多天来不停开会，准备了十几条建议向他提出。这么少时间，不如把我的五分钟让给学生会会长吧！"说罢，那位女会长满脸笑容兴高采烈地走到他身旁，拿出一张纸条，开始念那些建议。哪知他眼

英雄造时势，还是时势造英雄？——马里奥·萨维奥、赫伯特·马尔库塞、安吉拉·戴维斯、杰西·杰克逊。

看别处，听了一条就走开了，留下女会长呆若木鸡地站着。我赶快过去与她搭讪解窘。

杰克逊是牧师出身，演讲本事确实令人叹为观止。声音洪亮，口齿清晰，有节有奏，有轻有响；对着挤得水泄不通的人群，该鼓励时鼓励，该刺激时刺激，让学生们听得如痴如醉。我心想：怎么刚才与学生会会长见面时却表现得如此扫兴？政治人物都这样不成？

从未接触过的一位加州政界人物是里根。我到旧金山时，他已在华盛顿当上总统。唯一有过的"来往"，是一天突然收到长途电话，打来的人是什么身份当时不知道后来也不知道，只记得他说总统正在任命国家科学理事会①的成员，我是候选人之一。他说上面问我是否愿意从民主党转入共和党？

美国的政党对一般人来说并不重要。任何人在大选前若干时日高兴去民主党登记，就可在党内初选里投票；共和党亦然。无所谓是哪个党的党员。自称代表"上面"来电话的人，明显已经查过我的底细，知道我过往选举前总是登记为民主党，于是现在要我转党。我回答说："这些年来，我年纪越大，越是看穿了某些年轻时的务虚理想，在一两个问题上还会开始倾向共和党的温和派。不过素来科技与政治是两回事，政府不该把政党因素渗入科技政策，破坏传统。你这样一问，我的答案是：绝对不会为此转党。"话说得干脆明白，从此"上面"对我无声无息。

---

① 国家科学理事会（National Science Board）：美国科研拨款领导机构，国家科学基金会在它属下，该算是美国最高权力的科技机构。

从天而降的特殊访客和政治事件

旧金山人口不多，金融经济、贸易货运、轻重工业等亦已不及南加州的洛杉矶，但在美国内外仍有不可取代的地位。

二十世纪八十年代，改革开放的中国积极推动"四化"，令全球瞩目。中美两国间的交流日益频繁，而旧金山是必经之地。旧金山的国际机场里，出现越来越多黄脸黑发的访客，及带有各省各市方言口音的新移民。至于访客，起初多数是科技专家、学者，接着是艺术交流团体，跟着有学术行政人员、体育代表队伍、国家官员和高级领导。那时中国的经济还不很发达，没来多少招商团；外汇还很宝贵，没来多少利用国家资源旅游的干部。

与祖国访客交往中的小故事、洛杉矶奥运中所见的点滴，都留给后文。这儿只写一段当时头痛而现在看来有趣的经历，以实例道出旁观者很难想象的校长任务。

一天，学术副校长急匆匆地跑来找我："麻烦事来了！两位教授邀请了马易尔·卡哈讷（Meir Kahane）来校演讲！"我问："那有什么麻烦？"他说："卡哈讷是个唯恐天下不乱的极端分子，到哪儿就在哪儿挑拨是非。引来争论还不够，还会招致打斗。据说他身边带着几个带枪的保镖。"我说："有这么严重吗？我们当然不允许他和随员带武器来校园。教授请他来校，不就是演讲吗？"

原来卡哈讷是位美国出生的犹太教教士，入籍以色列，1984 年获选为以色列议员。他坚决主张以色列在巴勒斯坦用武力扩大领土，而留居外国的犹太人则以强硬手段保护自己，甚至包括恐怖活动。这类过于极端的主张在以色列无甚市场。他之所以能被选入议会，是因为在以色列的政治体制里，连极小的政党都能获取议席；他那叫作"Kach"（卡赫）的小党在选举中获得两万多票，分配到一个议席。卡哈讷所带领的微型极右派运动，在国内成事不足，到国外败事有余。

旧金山州大的那两位教授积极支持巴勒斯坦解放组织，之所以把最敌视巴勒斯坦的卡哈讷请来演讲，就是故意要把他标榜为以色列复国运动的代表，并让他出丑。

消息传将出去，轰动了整个校园。阿拉伯学生组织起来，以游行示威反对他的到来。以色列和美籍犹太学生也组织起来，同样以游行示威反对他的到来。两位教授无动于衷，邀请他走进课室为自己代课。别的教授群起反对，倒不是因为他的激烈主张——毕竟教授们深信学术自由和言论自由，而是因为卡哈讷与他的随员们极可能借这场合发动挑衅，制造事端，导致暴力行为，为传媒提供题材，为自己加强宣传。万一搞出人命来，归谁负责？

校长是干什么的？当然要维护学术自由和言论自由，同时必须保障校园里的人身安全。于是我找那两位教授谈话，进一步了解他们的目的。我说："你们邀请卡哈讷来校，是作公开演说呢，还是教课？公开演说的话，没有问题；对在广场上发表演说，学校早有清晰的规章，照办就行。教课的话，则须看他的资格和主题是否与你们两位的课程有关。"他们说："当然是请他来教课，卡哈讷的演说绝对与我们的课程内容有关。"我说："那行。教课的责任属教授自负，我无权干预。既然是教课，两位班上的学生都可以进入课室听讲，我将禁止别人入场。"

说到这儿，他们脸色微变。原来他们觉得公开演说过分普通，请卡哈讷以讲课的身份上台，课室会挤得天翻地覆，引来传媒界的更多注意。于是他们表示反对限制听众，说我若那样做，必须负责后果。

那几天里，我与两位副校长请来十多位有关同事，开了一系列小组会议，讨论方方面面的安全措施。校警处处长以前当过地方警长，是位很有经验的安保专家，观察力强，警觉性高。他说安全第一，限制听众确是良策，使课室里的秩序易于控制；课室外的示威者看不到听不到挑衅的论调，动武的机会不大。不过还是得严加防备，既保护校内师生的安全，又保护演说者和随员们的安全。

他说："我们校警人数很少，需找外援。扩大警务人员的阵容，对蓄意起哄者有心理上的劝阻作用。"又说："市政府为了保障市民安全，会坚持派送武装警察来校。可是历史经验告诉我们，除非万不得已，不能把政府的武装警察请入校园。我会与市警察局协商，让警察远离校园站岗，按需保护市民。同时，校园里面则把周围四所兄弟大学的校警请来帮忙。"

那天来临，卡哈讷从天而降。来了，讲了，走了。他的随员们被预先解除武器，悄悄地来了，悄悄地走了。风平浪静，一点乱子没出。

咄咄逼人的卡哈讷。

事件就这么简单地过去了吗？才怪。两位教授到法院向我提出诉讼，说我限制听众，夺取了他们的学术自由。法官听完，指出他们的诉讼在法律上属于"轻率案件"（frivolous case），应该拒绝受理。可是这位只有在旧金山这样的反建制自由主义城市才找得到的法官，轻轻加上一句："我认为不该让校长拥有这么大的权力。因此决定受理这案件。"

别的无所谓，麻烦的是作为被告的我被一次又一次请去检察处呈情，也就是说回答问题。问题十分啰唆，我只记得最关键的一条："旧金山州大日常为两千多个科目教课，从来没有限制过外人进课室旁听。这次的例外是否证明你持有偏见，故意不让更多人入场，剥夺了他们的学习机会，同时妨碍了教授们的学术自由？"

关键在"例外"两字。就是说："校方固然有各种教学规章，有权不让人进课室旁听，但是为什么这条通常不予执行的规矩，选择在这时刻这情况下执行？不是偏见是什么？"

我的回答简单直爽："由于近年来的石油危机，政府要求驾车者慢行省油，把公路的最高时速限为 55 英里。请问：这么久来我们都在公路上驾车，有没有看到交通警察日常执行这条法律？"当然没有。"不过我们都知道，假如晚上雾雨交加、视线不清、路面溜滑，而驾车者不断左右摆动、打灯光按喇叭，即使超速只几英里，交通警察会选择在这时刻这情况下'例外'执行法律。他该被控诉吗？"

不知怎的，诉讼就这么拖着，直至我几年后离开旧金山还没下文。到香港两年后，从美国的新闻报道看到：1990 年 11 月，卡哈讷在纽约某酒店作演说后，在混乱中遭人刺杀，幸好没有旁人死伤。看来当年我所作的决定没错。有趣的是，对我的诉讼至今没被撤销——至少我没收到过任何法院或检察处的通知。

少数族群入学困局亦成政治问题

家长们最关心的是什么？除了孩子的健康和品格，一定是教育。普世一致。

众所周知，美国的中小学教育水平不高。纵使这儿那儿有些亮点，一般来说比不上绝大部分先进国家。发生在这么富强的超级大国，确实匪夷所思。不过，中小学教育早已普及化确是事实。家长们最担心的是孩子进不了大学，特别是水平较高而学费低廉的公立大学。纳税人把孩子升学看成基本权利。

问题出在公立大学的学额不足。那么成绩不能满足要求的高中毕业生何去何从？在加州，进不了加大或州大的学生可以进入为数众多的社区学院，两年后申请转去公立大学，插班进入本科三年级。可两年后不一定能迎头赶上，因而转入加大或州大并非易事。

难解这困局的总是少数族群，主要是非裔和西裔。这些族群特多家境艰苦的基层劳工，聚居于低收入低房价的贫民社区。由于公立中小学的教育经费主要来自房产税，低房价等于低经费。经费不足，难以吸引优秀的师资，难以维修老化的校舍，难以配置应有的设施，难以提升教学的水平。

家里呢？辛勤工作的双亲，本身教育水平不高，又缺乏时间好好照顾孩子，因而难以家庭教育辅助学校教育。孩子的教育上不去，下一代怎么脱贫？

鼓吹民族多样化、矢志消除歧视的国家，陷入这样的恶性循环，总得想个办法。1961年，肯尼迪总统为推动黑人平等就业机会，公布了称为"积极行动"（affirmative action）的政策；之后数十年来，"积极行动"延伸到别的少数族群、性别、宗教、年龄、性取向，亦延伸到高等教育、义务兵役、政府任命等领域。值得华人注意的是"少数族群"只包含所谓"处于不利地位"（disadvantaged）的族群。非裔和西裔之外，可以包含为数甚少的美洲土著（印第安人），只是不包含亚裔。

理论上，"积极行动"有别于"种族配额"（racial quota）。"种族配额"是一种硬性规定，要求公司的雇用人数、大学的录取名额等，全都符合族群的人口比例。而"积极行动"只要求把少数族群当作雇用及录取的判据之一，相当于给少数族裔申请者加分。可是实践起来，两者区别不大。

为什么这样说？因为"积极行动"的成果好坏总得有个衡量标准，而衡量标准难免是统计数字。这样一来，"积极行动"迟早会有意无意变相为种族配额。

加大系统和州大系统当年把"积极行动"作为不允动摇的政策。州大系统的执行手段之一是运用"特殊招生"（special admissions）方案增加非裔和西裔学生。旧金山州大亦不例外。我当校长那时，调查了"积极行动"的成绩——包括短期和长期成果，发现大概半数非裔和西裔学生来自特殊招生；而凭这方案入学的学生，多半跟不上学业要求。半途而废者几达九成。我问："对得起这些青年吗？高中成绩达不到要求，还硬让他们进入大学，之后跟不上，只好辍学。非但浪费他们一两年大好时光，还严重打击他们的自尊心。这样的政策和方案，是益还是害？"

我的建议是：鉴别出多方面看来是可造之材但成绩一时达不到入学标准的申请者，给以"暂收生"身份，为他们提供一至两年的补修课程。两年里过关的，正式进入本科一年级；过不了关的，则自动退出，把补修机会让给别人。这个建议有异于在社区学院读上两年后申请本科三年级：学生需要多花一至两年光阴使学业不再落后。与长达五十年的毕生事业来比，这一两年是完全值得付出的代价。当然，学生未必愿意，家长亦未必愿意。最不愿意的却是制定政策的一伙政客：他们要在短期里作出政绩，关怀的是人头数额，而不是青年们的学业和前途。

提高少数族群的升学机会还能用什么手段？有，多半是在审阅入学申请的进程中，依据"积极行动"向非裔和西裔申请者倾斜。可是这些都是治标而不治本的手段。惟有大力加强基础教育，才是实实在在帮助下一代脱离困境的方法。

不说你不信：当年加州的高中课程里，很多很基础的语文和数学课都不属必修。

美国的基础教育也是十二年制，与我国一样。一般把前八年定为小学，或五年小学三年初中；后四年定为高中。那四年高中课程里，竟只有两年英文和一年数学属于必修。缺乏家庭督促的学生，除这一丁点的必修误外，往往愿意选修内容简浅、作业轻松，甚至无须考试的科目。难怪这么多学生进不了大学，勉强进了也跟不上。

州政府管不了大学，可是校董会可管。于是州大系统校董会通过一则加强课程的方案，要求四年高中里必须读足三年英文和两年数学才能申请州大。还是少得可怜，不过至少走了一步。就这么一小步，已经招致大量少数族裔学生和家长的反抗。校董会不愿得罪人，乃用"学术自主"为借口，让每所州大的校长个别作出决定。

没问题，我不怕得罪人。不管事件怎么升级成政治问题，该做的就做，长痛不如短痛。首先获取绝大多数校内教授的支持，然后立即拍板，公布实施新的入学要求。没几天后就收到市区内教会区（Mission District）家长联合会的"邀请"，叫我在傍晚时刻去面临反抗大会。

教会区是西裔聚居的社区，素以政治力量强大和行动激烈著称。助理斯宾塞说：会出现武力抗争的，单刀赴会太危险。我说：这是对学生有利的事，该做的做，哪能缩头缩尾？于是不听劝阻，拿了个三明治就驾车赴会。

来到教会区的大会地点，里外人山人海，见到我来，嘘声大作。摆明要开斗争大会。走进会场，让我一人独坐台上右边。台上左边一排四人，竟全是本校民族学院里爱搞政治活动的同事；校内反抗不成，决定前来声势浩大的社区把我公审。

历时约三小时，与其说是讨论，不如说是讨伐。我的主要论点是：少数族群要在这社会里取得平等，最终还得依靠自己的本事，让这急需人才的社会觉得没你不行。而本事的来源是知识和努力，不是同情与施舍。事实证明：准备不足的青年，即使靠加分进入了大学，到头来毕不了业，吃亏的是谁？

家长们不是无端胡闹的孩子，而我那四位同事也当不了煽动能手。开会初始的叫嚣逐渐平定，嘘声渐低。近散会时，掌声与嘘声竟出现拉平之势。会后还有家长上前与我握手——不敢说他们赞同我，但至少是接受善意。之后再没听到社会上反对加强高中课程的呼声。

据说这些年来大有进展，四年高中课程里，必修科目已包括四年英文和三年数学。可是由于一个当时没有看到的政情转变，公立大学里的非裔和西裔学生至今还是少得不成比例。

亚裔入学比例亦成政治问题

八十年代末我离开了美国。这节所说的情况发生在之后的二十五年里，应该说与本书无关。不过我国的留美学生越来越多，到 2014 年底，单是在校的留学生就接近三十万，还不断在增加。另外，虽说学成归国的人数和比例一直在上升，蛮大一部分看来还会留居美国，变成新一代的美籍华人。值得为这两群读者写一点有关入学申请的政治背景。

列举些实际情况。读者们看后会联想到可能变化的政治气候。

《西雅图时报》报道：华盛顿州的著名公立大学——华盛顿大学 2013 年的

入学新生竟有一成来自中国大陆。这宗报道令州民震惊，使校方不得不公开解释：大学向外国学生收取高昂的学费，以此补贴本州的贫困学生。虽然一时平息了众怒，假如你是州民，久而久之吞不吞得下这口气？

此例针对的是我国的留学青年。没申请来美留学的，会担心申请时有所不利。已经到了美国的，会担心社会上出现对华裔的政治性反弹。

再以今天最难进入的三所加州大学为例。据 2010 年《赫芬顿邮报》（*Huffington Post*）报道，学生的主要族群分布如下：

（%）

区域	亚裔	白人	西裔	非裔
伯克利加大	43	32	12	4
洛杉矶加大	38	34	15	1
圣迭戈加大	48	26	13	2
加州	13	40	38	6

注：除亚裔、白人、西裔、非裔外还有其他族群，也有些申请者拒绝申报这项——要就是原则上反对辨别族裔；要就是生就混血，无法选择族裔。

请看：加州亚裔人口是西裔的三分之一，而那三所大学里的亚裔学生人数是西裔的三倍。加州亚裔人口是非裔的两倍，而那三所大学里的亚裔学生人数几近非裔的二十倍。

假如你是土生土长的西裔或非裔，会有什么感受？

此例针对的是美籍华人——包括土生土长甚至好几代前就移居美国的，及这一代才留学或移民来美的。两者都会担心这种情况影响下一代的教育机会。

族群间的比例怎会颠倒到这个地步？

事出有因。当年的"积极行动"政策，被民间认为夺取了白种学生的入学权利，因而引起政治反弹。一旦自己的孩子进不了公立大学，连部分素以左倾自由主义和反歧视见称的加州州民亦被惊动。政治风向突见逆转，终于在 1996 年以全民投票取消了"积极行动"政策，不再允许公立大学招生时把种族因素考虑在内。

　　"积极行动"政策的取消对非裔和西裔是一大打击，对亚裔却是公平竞争时代的来临。亚裔特别注重教育，申请公立大学的成功率素来很高，因此原定法例不把亚裔看作"处于不利地位"而需照顾的少数族群。对亚裔和白人来说，"种族配额"也好，"积极行动"也好，都是逆向歧视政策。虽然那全民投票的出发点是为白人着想，亚裔却跟着重获公平待遇，成为最大的得益者。

　　加州的这个例子还值得跟进一步，让读者们看到政治游戏往往在意料不到的角落里露脸。

　　读者们该会推想：既然取消"积极行动"对亚裔有益，亚裔师生理应支持得格外积极。事实却并不完全如此。听说一些民族学院和少数族群研究系里的亚裔师生非但不愿支持，还同声表示反对。原因是他们认为这种得益只属短期，必须与非裔和西裔结盟，联手与当权的白人抗争，才能获取长期利益。

　　说法是否有理，见仁见智。却有个站在大学管治层最高处的华裔领导者，当时力排众议，要求保留"积极行动"政策。有人说他为非裔和西裔争取公道，是位理想主义者；也有人说，所谓理想只是个幌子，其实他旨在讨好非裔、西裔和他们在民主党内的支持者，借此赢得政治资本，为日后在联邦政府内升官打好基础。

　　华人也背弃同胞的权益，玩这种政治游戏？不可思议？另一件最近发生的事令你不由得不信。

　　请回顾上列的族群分布表。除西裔和非裔外，白人对取消"积极行动"的后果亦未必那么满意：加州的白人人口比亚裔多三倍，而那三所加大的白人学生却比亚裔少上四成。

　　近年来死灰复燃：有西裔州议员试图提案，允许公立大学恢复在审议入学申请时纳入族群因素。竟有三位华裔州议员公开表示支持，直至某些华裔组织大声疾呼，带头结群游行示威，才改变主意。那位西裔州议员在支持不足的情况下撤销了提案。

　　除非亚裔州民能团结一致，以竞选捐赠和选票为武器来抵抗逆向种族歧视政策，这个暂被撤销的提案略微喘息后必定卷土重来。

第十六章　城市化、社会化、国际化

旧金山市区里有四所名字相像的高等院校：旧金山州立大学、旧金山加州大学、旧金山大学、旧金山城市学院。它们属于四种不同类型，各有不同功能，为旧金山编织了一幅完美的高等院校谱。

旧金山州立大学（San Francisco State University）是综合性的州立大学。旧金山加州大学（University of California, San Francisco）是兼临床教育与生命科学研究的州立医科大学。旧金山大学（University of San Francisco）是以博雅教育为主的私立大学。旧金山城市学院（City College of San Francisco）是市立的社区学院。请看，四所院校的名字相像，多容易搞错！

好几章写的是旧金山州立大学，也写过旧金山加州大学，这儿简单介绍一下另外两所院校。

1855 年，天主教耶稣会创办了旧金山大学，是旧金山市的第一所大学，亦是加州的第二所大学（仅次于亦在湾区的另一所耶稣会大学——创办于 1851 年的圣克拉拉大学）。耶稣会是有史以来最专注学问的天主教教会。利玛窦（Matteo Ricci）就是耶稣会的传教士，早在明朝（1583 年）就进入我国，带来了数学、天文、地理方面的西方科学，与徐光启结交合作，死后葬在北京。

耶稣会单在美国就办了二十八所大学。开垦年代，耶稣会往往一马当先，拿下市区里最优美的地段，创办大学。旧金山大学亦不例外，校园就在金门公园东北角的山头，离金门公园东南角的旧金山加州大学只两公里路。大学有上万学生，主要从事博雅教育，但亦提供不少专业硕士课程。博士学位则限于教育学和护理学。

旧金山城市学院是两年制的社区学院。校园在旧金山州大之东约三公里，此外还在市区里的十二个地段办了教学中心。总共有三万多学生，堪称全美最大的社区学院之一，为普及教育做了显著贡献。

四所大学类型不同、功能不同、背景不同、经费来源不同、招生对象不同。有个好处：彼此良性互补而非恶性竞争。

我在任时，四位校长每年聚会数次，一起吃顿便饭，相处得很好。四人饶有兴致地讨论高等教育发展的观点和路线、旧金山和加州人民的长短期需要、教研方面的变化和前景　同时也交换一些大小道新闻，并为经费不足彼此诉苦。偶尔当面交换信件——原因不难想象：学校的名称这么相像，地点又这般邻近，不时你会收到我的信，我会收到你的信。

"San Francisco State，The City's University"

旧金山的四位校长关系这么好，却有件事情让别的校长略为担心：我为旧金山州立大学贴上了"The City's University"的新标签。

这个标签具有双关甚至三关的含义，甚难翻译得精确。虽然精简到只有三个字，却意义深广。不是不能翻译，而是一经翻译必定会丢失其神妙之处。敬请听我慢慢道来。

先说背景。我上任后最想为学校打通的关，一是在教学型大学的模式里尽可能向研究和创作倾斜，一是奠定筹募补助经费的基础和架构。这两样有关学术和资源，是当校长的多须勤练的基本功。此外还须把眼光放远，考虑学校的定位——包括地区观、国家观、世界观；决定孰轻孰重、孰先孰后。

由于前述的不幸历史，旧金山州大没被演化成北加州独一无二、学科齐全的研究型大学，反被挤在两所全球一流大学（伯克利加大和斯坦福）中间。这是天时地利人和的缺陷，导致的先天不足令我觉得不能——也就不必——过于注重这所大学的国家观。

至于地区观，州立大学固然应该为整个加州着想。可是加州当时已有二十八所公立大学和一百多所社区学院；多你一个不多，少你一个不少。那么每所公立大学，特别是州大系统的学校，首先应该为其所在地作出贡献。我们这所州大须把火力集中于旧金山市。

说也奇怪，位处美国大陆极西、人口不多的旧金山，竟会为我们带来极为广阔的世界观：旧金山是美国与亚太区交往的必经之地，亦是文化名城和联合国的发源地，更聚集了来自全球的移民及六十多个国家的驻美领事馆。放眼世界，州大倒不乏天时地利人和。

分析下来，结论非常明显：我们应该撇开劣势、善用优势，为了发展旧金山的经济、社会、文化，让大学城市化；为了打造亚美两大洲间的桥梁，让大学国际化。

这是为州大贴上"The City's University"标签的背景。

英文的"The"，一般直译为中文的"这"。对是对了，可是意犹未尽。旧金山人很为自己的城市感到骄傲，爱把旧金山称为"The City"，说时故意加强"The"字的语音：虽没猖狂到"唯我独尊"那个地步，也没疲弱或"自有特色"，就那么自然那么轻松地把自己表扬成"独一无二"。

说自己的大学是"The City's University"时，若故意加强"City"字的语音，则表示自己是属于旧金山市的大学，显露出一丝丝亲切的归属感。

掉过头来，若在说"The City's University"时故意加强"The"字的语音，则表示在这城市里旧金山州大是老大。其实州大再是自傲，也不敢目中无人；可是在旧金山市的范围里独占鳌头，倒真能称霸。

怎么说呢？试看其他几所大学。旧金山加大在美国是名列前茅的医科大学，可是毕竟只提供医科和生命科学，还只收研究生，所涉及的范围太狭太专；假如不是因为当年计划过与旧金山州大合并，按照美国学界的一般规矩是不能称为大学的。旧金山大学则以本科教育为主，规模较小；此外，它还是一所有宗教背景的私立大学，与州与市都没隶属关系。旧金山城市学院则是两年制的社区学院，不是大学。

于是旧金山州立大学是"独一无二的城市"所拥有的"独一无二的大学"，这个称号非我莫属，"The City's University"这个标签亦当之无愧。

既然如此，总得有个相配的标识（logo）来衬托这个标签。不瞒你说，旧金山州大的校徽既古板陈旧，又反映不出旧金山的味道。我们的公关主任与校友们在谈话中提及此事，说我希望见到个新设计。一位毕业不久的校友自告奋勇，简简单单描下个图案贡献给学校。图案突出旧金山市的四大特色：金门、大海、云雾、阳光。每个特色只需几笔，一分钟就能画完；有如漫画，歪了也没关系。到过旧金山或见过旧金山照片的人，一眼就看出图案所传达的信息。

我对这图案一见钟情。因为它简洁、轻松、调皮、活泼、富有朝气、充满活力，在大自然赐给我们的优美环境上（大海、云雾、阳光），添加一横既刚强又秀丽的人为建筑（金门大桥）。可以画得整齐强劲，也可以画得松散缥缈。可以画成黑白素描，也可以画得五彩缤纷。甚至还可以拆散四个特色，重新布置或组合。

瞧，我们夫妇运动衫上印的正是旧金山州立大学的新标识，多有代表性！

喜欢它的不仅是我。于同事间传阅，征求意见，所得反应是人见人爱。

标签和标识当然只是装饰，只是门面。可是在现代社会里，信息泛滥，漫山遍野向人们冲来，把人们重重包围；想要引起大众的注意和认同，不能不顾及装饰和门面。最关键的却还是实质内容。前面说到怎么落实旧金山州大的地区观，内容是"善用优势，为了发展旧金山的经济、社会、文化，让大学城市化"。我上任不久就开始致力于州大的城市化，会在后文里举些比较有趣的实例。

1985 年末，与同事们讨论怎么把州大为旧金山作出的贡献公诸全市，让市民们认同我们，给我们更多支持。行政副校长诉苦说："我们州大为旧金山市民培养了这么多代子弟，为社会作出这么多贡献，为什么市民和市政府不多关注？不把我们当作这个城市的大学（the city's university）？"我听到这几句话，顿时跳起来说："你说到点子上去了。我们应该与旧金山彼此相属，被旧金山看为自己的命根子——这正是我们的地区观。'The City's University'是最恰当的字眼！从今天起这就是旧金山州大的标签，而'San Francisco State, The City's University'就是我们的非正式称呼。"

请看，虽然抓到问题症结的是我，"The City's University"这个字眼却不是我的发明，而是在一伙人思想冲击下偶然冒出的产品。团队产生能量。

观点取得一致后，大伙热烈讨论怎么落实这个意念、显示实力，又怎么把大学的实质在新标签的包装下发射出去。结论是搞一次遍及全市的"San Francisco State University Week"（旧金山州立大学周）。

The City's University——城市化

与美国东部的城市相比，旧金山建市不甚悠久，可是并不缺乏悲惨和挣扎的经历。我们这所属于旧金山市的大学有责任为城市储存历史资料，建立档案。

在任几年，恰逢好几方面的周年纪念，所纪念的正是悲惨和挣扎的过去。虽则纪念活动不属正统的教研范围，不能动用公帑，我还是鼓励和支持同事们在经费短缺的情况下作出贡献。

有幸看到了他们努力的功绩。

1984 年是旧金山市总罢工五十周年，史料进入了旧金山州大的档案室。

美国早期的资本家不明白劳资关系的重要，一味剥削，激发了劳工运动。1934 年，"西岸滨水区罢工"（West Coast Waterfront Strike）为劳工运动写下了苦恼而光辉的一页。《维基百科》说：旧金山的海员和码头工人为了自行组织工会、争取工人权益，进行了长达八十三天的罢工。共产党员哈里·布里奇斯（Harry Bridges）原是澳大利亚的海员，移民来美后当上码头工人，在运动中成为主要带头人。州政府、市政府与资本家先后动用军警与私人治安队，造成罢工人员的死伤。总统罗斯福调停无效。劳工斗争激发了全市的总罢工，并延至西岸多个城市。最后成功组织了全西岸港口工人的总工会。

1986 年是旧金山市大地震八十周年，旧金山州大的档案室又起了作用。

大地震发生于 4 月 18 日，市区的毁坏程度高达八成，死亡人数至少三千人，当时是美国有史以来最惨重的自然灾害。（华人聚居的唐人街里，死伤人数竟没予统计——华人的生死被看得无足轻重。那个时代的排华氛围，由此可见。）

旧金山州大前身的校园毁于地震，被迫迁址。

1987 年是金门大桥建成五十周年，旧金山州大的档案室为此举行了讲座和展览，请来尚存的当年建筑工人。

金门大桥是全球公认的旧金山标志，亦是美国的西境大门。全市举行盛大庆祝，旧金山州大所保存的档案成为最令人瞩目的焦点之一。我们夫妇被卷入庆典，借此机会到处宣扬大学，着实忙了好几天。五十周年那个星期天，伊芳带着我们的六岁幺女到大桥上去凑热闹，与拥挤不堪的市民大众一同从大桥一头走到另一头，拍照留念。报载当时桥上多至三十万人，桥垮中段都被压扁了，幸好没有出事。当时我在干什么？不瞒你说，天性不爱热闹、几天来又搞得疲惫不堪的我，待在家里蒙头大睡。非但白天没上街，连五十年来最壮观的晚间烟火也免看。

读者会问：金门大桥的五十周年纪念绝对是喜庆，怎么没用上个"喜"字，反而把它与"悲惨与挣扎"并列？

　　档案室提供了答案。讲座上，一位年迈工人向记者说了当年的惨案。原来桥上风势强劲，工人一不小心就会跌下。大桥下面设有安全网，前后曾有十九位工人跌下获救。他们半开玩笑地组织了个"Halfway to Hell Club"（地狱途中的俱乐部）。哪知接近完工的一天，部分脚手架断裂，坠落桥下的安全网，连带一群工人掉入网里。脚手架的重量超过安全网的负荷限度，随即毁坏了安全网，令十一个工人掉进海湾，被急流冲走。仅一人生还。五十周年庆典里却没人提起这事。幸好旧金山州大的档案室为此留存了记录，及令人见而心酸的现场照片。

　　1988年是旧金山州大罢课二十周年，当然学校的档案室收集了全部资料。此番挣扎的历史前面写过，这儿就不再说了。

　　真要大学城市化，就得深入社会，不能单靠这个纪念、那个庆典——毕竟纪念和庆典都是一闪而过的短期活动，热闹一两天、三四天就成过眼烟云。长久的社会关系来自教授与市民间的交流互动，而当校长的必须配合教授们，进出各领域、各阶层，向市民解说教授们的专长和能力，注意哪些市民的需要与教授们的兴趣相配。

　　教授们的智慧确实惊人。深入社会的活动来自声势浩大而又与群众生活切切相关的教育学院和商学院。其次是与文娱体育有关的健康学部和创意艺术学院。再就是政治活动往往耸人听闻的民族学院。人文学院、理学院、行为与社会科学学院这些最传统、学术味最强，亦最理论化的学科，被认为深藏象牙塔里，与社会打交道的机会较微。

　　可是并不表示这些学院里的教授真的与世隔绝，只是他们的思维另有深入和超脱之处。就举一件出自理学院的实事为例，并以此证明我的智慧不如同事。

　　就在六年前，即离开西北大学搬回圣迭戈加大之前，我在国家科学基金会参与决定理论物理研究所的归宿，说到选址，有一所大学在最后一轮中被淘汰。没错，就是旧金山州立大学！

　　旧金山州大的建议书写得很有意思；正如旧金山城市，正如这所大学，建议的内容很"另类"。论点大致如下：一所先进和创造性强的物理研究所不必放在成名的研究型大学里面，受那些传统学派的捆绑。瞧，二十世纪二十年代量子力学的突破来自德国的哥廷根，虽然与哥廷根大学有关，却没养在大学里面。革命性的物理理论创于来自欧美各地的青年学者。他们找上那无忧无虑、无牵无挂，而学术氛围既强烈又自由的哥廷根镇，任由思潮泛滥、脑力搏杀，才导致奇迹爆发。那么，旧金山湾区既有好多所大学，又有硅谷，学术风气与创业基础并存之余，整个城市天生就是个无忧无虑、无牵无挂、进取而又舒畅的氛围，为什么不让哥廷根重现于此？

至今时隔三十多年，当年的文件早就失踪。上面这段话属我自己重新构建，却应该与当年的建议书相去不远。看来建议书出于那位思维开朗灵活的理学院院长之手。可惜当时包括我在内的国家科学基金会专家审核小组思想不够豁达，胆子不够大，没敢把公帑拿来做实验，终于否决了这个让科学走出象牙塔、铺盖整个城市、深入全民社会的建议。

又想起创意艺术学院院长科波拉爱把旧金山市看成二十世纪的"City of Renaissance"（文艺复兴城市），与十四至十七世纪意大利的佛罗伦萨对比。两位院长的渴望与想象，和对旧金山的愿景，基本相同。可惜两人之间的关系不甚密切。假如我在旧金山州大待多几年，把他们的才智和潜能结合起来，融入城市，该有多好。

The City's University——社会化

"旧金山州立大学周"于 1986 年首次展开。说得好听，是向市民报告成绩；说得难听，是向市民自我吹擂。公开与社会结合和融合的"杰作"就此登场。

多种主要活动在校园里面进行。师生们为自己的学校感到骄傲，热烈参与。这该是最重要的收获。

正如一切市区院校，旧金山州大宿舍不多，绝大部分学生需要走读。不少是来自普罗家庭的青年，下课后还要匆匆忙忙赶去打工。有人笑说，这样的公立大学活像个超级市场：人们匆匆忙忙坐着公交来，匆匆忙忙买货，匆匆忙忙坐着公交走，真可称为"Streetcar University"（街车大学）。为社会服务的大学本来就该是社会的一部分，没什么不对，也没什么不好。

这星期，校园里到处挂上彩色的横幅和旗子：横幅上写着学校的新标签"San Francisco State, The City's University"，旗子上出现标榜旧金山四大特色的新标识。每院每系都展出师生的作品：科学论文、文艺创作、街头表演；推出学术报告、科普演讲、辩论会、音乐会。这儿那儿乐声飘扬。各种学生组织争相招收会员，摊位一字摆开。

大楼里面，课照上，试照考，有人欢喜有人愁。走出大楼，尽是喜洋洋闹哄哄的节日气氛，不由得你不混入人群开怀欢笑。前所未见的互动和感染，在教职员和学生心里种下了温暖的归属感。

正如所有美国大学，旧金山州大的校园毫无藩篱，原来就全面开放；不过向来访客不多。这次经过宣传，来人络绎不绝。除直接领会州大的能量外，还把"旧金山州立大学周"的火花带入整个市区，让州大师生昂起头来走进社会。

校园周围，市里的各个地段、每条街，灯柱上都挂着旧金山州大的新标签和新标识，端的五彩缤纷。位处中央商务区的教学中心和近郊的蒂布龙环境研究中心，也都展出教研成果和科技项目。创意艺术学院更别出心裁，派出一个个小型和微型乐团，到金融区、购物区、休闲区，在街头、广场、公园里演奏各类音乐，引人围观，博取掌声。

读者们记得前文里说过的"旧金山州大日"吗？记得科波拉搞的那场压轴戏吗？

"……南美桑巴音乐响起，门外一小群穿着暴露的巴西女郎载歌载舞，满脸笑容欢送观众，直至送出剧院。"啊，观众里有些来自豪宅区的高贵人士，思想特别保守，事后略有微言，说是没见过这样的大学庆典，更没想到大学活动会以性感节目收场。

天啊，这是旧金山啊；旧金山本来不就以出格著称？科波拉是众所周知的"另类"文化人。他把"另类"的节目献给"另类"的城市，让大学偶尔出格，显示一下"另类"的创造力，不是很好？

让大学偶尔露出喜夫的一面，实是好事：知识的学习和创造，不仅需要勤奋和努力，也需要愉快和幽默。与圣迭戈加大的气氛相比，旧金山州大过于严肃，过分绷紧；这当然与社会的历史背景和学生的生活压力有关。放松一下无妨。

不过，社会上总有些怪现象，让你目睹后很难保持愉快和幽默。

早在上任不久，就有人打电话来，自称是旧金山犹太社群的一位代表。他要我提防社会上的反华歧视。我感谢了他的好意，答道："是的，我会注意，不过那个时代应该已成过去了吧。倒是日本经济日益强盛（那是二十世纪八十年代），到处与美国竞争，因而我见到社会上出现了反日行为；可是您所说的反华气味好像还不强烈。"他说："我们犹太人两千年来在全球各地遭受歧视和打击，一不小心就成为屠杀和浩劫的对象。因此我们头顶上的天线特高，对莫测风云的变化特别敏感。你小心注意就是。"

听了他的话，想想也是。大学深入社会必须了解社会。那么，应该如何分析旧金山的社会问题——特别是面对这么多不同的族群和社群从何入手？

旧金山市的总人口不到八十万，族群和社群可真多，主要是白人、亚裔、西裔、犹太人；与美国别的大城市相比，非裔不算多。（美国进行人口统计时，犹太人算是白人。流落他国两千年的犹太人，早已失去所谓纯正血统，故不能以"族群"视之。社会上素来把犹太人定义为犹太教信徒；惟这两代来，宗教意识已逐渐淡化，这个定义亦不复正确。今日团结犹太人的因素，是对以色列的无私支持、对传统习俗的坚持，以及社交上的各式来往；选用"社群"两字该会比较适当。）

所谓"亚裔"，又须分多种：华裔、菲裔、日裔、越裔、韩裔、印裔、太平洋群岛裔等，各有自己的文化、背景、社区，彼此来往不多。亚裔总数超过市区人口的 30%，其中绝大多数（三分之二）是华人。所谓"西裔"，也有多种，分别来自墨西哥、中美州的陆地小国、加勒比海的岛国、南美诸国；没料到的是他们之间亦较少来往，甚至会有相当严重的政治分歧和利害冲突。

诸多社群里，犹太人无疑最为团结，经济实力最强，社会地位最高。难能可贵的是，参与平权运动、反战运动、国际活动的犹太人也远多于其他社群。我素来认为我们华人与犹太人甚多价值观念相似之处，易于认同。而犹太人的社会活动与我的个人理念往往又很相近。进入旧金山社会从这两个社群入手，是很自然的决定。

The City's University——国际化

不同族群或社群的祖先来自不同国家，一部分人与祖国交往频繁。新移民更是如此，文化上、经济上，都与祖国的社群关系密切，甚至千丝万缕。旧金山这么个移民城市里，什么叫作社会化、什么叫作国际化，经常不易分清。

与祖国关系最密切的，该算是犹太人。其实两千年来，原居巴勒斯坦的犹太人祖先被一代又一代的侵略者驱散，流离失所于全球各国。所谓"祖国"，其实是"二战"后才建立的以色列。可是宗教和文化的传统让他们一贯保持团结。身在饱受歧视欺凌的异乡，心怀记忆犹新的祖家。似乎越被歧视、越被欺凌，就越明白团结的必要。犹太社群里，别的事情可以三心二意、分派结群，说到以色列却向心力始终不渝，甚至与日俱增。与犹太社群打交道，既是社会化，又是国际化。

回头想想，我在旧金山的最初两年，来往最多的很大部分是犹太人。大学顾问委员会上最出力的、地方政府里最支持州大的、最帮助我建立社会关系的，甚至最帮助我建立各种国际关系的，十有七八是犹太人。而我也尽力回报，为犹太人的锡安山医院当了几年董事，参与了犹太人发起的"世界中心"（World Centre）筹备工作，在社交上与犹太人来往不绝。

主要原因之一是，旧金山湾区的华人虽多，以总人口来说毕竟属于少数，影响力远低于贡献；若能与犹太人合作，该会建立双赢局面。再说，华人与犹太人的道德价值、家庭观念、好学习惯、节俭作风，都有相像之处，照想该能一拍即合。

以色列的特拉维夫大学（Tel Aviv University）建议把一些珍藏的历史资料运来美国，做一次"犹太人在开封"（Jews in Kaifeng）展览。旧金山的犹太社群争取到这个项目。我们州大的顾问委员会主席李察·古德曼（Richard Goldman，美国犹太人主要领袖之一、著名慈善家）及夫人罗达·哈斯·古德曼（Rhoda Haas Goldman，出身于首创牛仔裤的 Levi Strauss 世家）与我商议，一起发动市内的华人和犹太人联手举办开幕餐会，为之筹款。他说："旧金山建市以来，华、犹两个最重要的社群联手举办活动，这将是第一次。"

大会请来了两位世居开封的犹太裔青年。他们的相貌与来自欧美的犹裔完全不同——毕竟唐代移民到河南的犹太人一千多年来与汉族通婚，血统早已变异，可是宗教依然、习俗依然，一时在旧金山几乎当上了华犹社群间的桥梁。

餐会办得很成功。展览会亦十分成功。我离开旧金山后听说那是湾区华犹社群第一次的大合作，却也是最后一次。好好的机会，好好的开端，却没有后继。

可惜吗？当然。浪费了精力吗？不！机会不是天上掉下来给你随手捡的，不能总过度以功利来衡量、过滤，才决定是否接受。十次机会里，若有两三次能有收获也就不错了。这并非说样样都该瞎起劲、乱起哄，凡事仍须有扎实的知识基础、合理的分析、适度的判断，之后不计成败，不论后继有人没人，该干的撒手去干。

旧金山虽然不大，却是个名副其实的国际城市。有这么多来自全球的族群社群，就有这么多国际关系。六十多个国家在此设立领事馆，单是各自的国庆酒会和国家首要接待会，就可让当大学校长的忙得不可开交；不敢不慎加选择。中国的总领事馆，我是常客；此外选择了七八个国家。

只去几次就结识了许多本地和外国的社会人士，不断收到邀请。是否接受邀请、接受哪些领事馆的邀请，我一反上面刚说过的话，用了两个很功利主义的判据：一是对学校有没有用，二是跟中国有没有关系。尽管如此，还是经常需要接受这个那个，忙着驾车去市中心。（三十年后的今天，眼睛一闭就想到当年在市中心寻找停车场的痛苦情况。）

有些涉外场合必须穿着礼服上阵，教职员搞时装表演，
把我们的两个女儿也拉扯上阵。

　　我极不喜欢应酬，而应酬是大学校长的职责之一。不瞒你说，为学校在
"上流社会"里奔波的主要理由是：良好的社会关系能为学校带来筹款机会。有
人挖苦说美国的大学校长是筹款机器。这话并不正确，对于政府支持的公立大
学来说更不正确。可是州政府的拨款大致与学生人数挂钩，并受《整体规划》
所定的功能限制，规矩多，限制紧，一般只看眼前。若要发展新方向，若要聘
请高手，若要为师生们创造新机会，还得依靠私人捐助来弥补。应酬不多怎
行？而一些发达国家领事馆所举办的活动，经常是"上流社会"人士的聚集点。

　　国际化有时很有趣味。范士丹担任市长时，特别注重国际关系。我就被邀
参加三个"姐妹城市"委员会。一是旧金山与上海；出自犹太社群的范士丹与
中国友好，愿意促进中美关系，这个委员会开会开得最勤。一是旧金山与委内
瑞拉首都加拉加斯；会开得不多，我所能记得的只有一次，也就是加拉加斯首
长来访的那次。一是旧金山与象牙海岸首都阿比让；签为姐妹城市后没开过会。

　　前任校长不太注意旧金山州大的国际和社会地位。几年里我为提高学校的

地位抛头露面，看来有点收获，改变了学校的形象。州大在旧金山的社会和国际圈子里逐渐受到应有的注意和支持。网上偶见校史记载："吴校长非常重视把旧金山州大塑造成'The City's University'。他与市里的民间和企业领袖人物合作，让他们帮助宣传旧金山州大的多种项目和活动。他亦加强学校的国际化课程和与太平洋地区的合作；并在伦敦开办了商学院课程，在上海和巴黎开展了其他项目。"事实上，这些贡献都来自教授们脚踏实地的工作，不该归功于我。

不是没有人反对这种观念：我的接班人就不苟同。他认为我们既然是州立大学，就该以全州作为贡献的目标和范围。于是接任后逐渐淡化学校与旧金山湾区的认同，最后把上述的标签、标识、称呼全都废了。

他的看法不是没有道理。不过旧金山州大的老同事们说：问题不出于观点，而是这位干了二十五年才退休的接班校长，为了迎合州政府的权势人物，仰州大系统校董会和州大总校的鼻息，害怕与旧金山湾区过分认同会得罪上层官僚。说罢，叹口气，加上一句："结果是二十五年来，我们什么认同都没有了。"

见仁见智。（最近见到新任校长，他说他正在恢复"The City's University"的观念和称号。）

硅谷的知识型社区

说到旧金山湾区的城市化，就不能不说一下硅谷。

硅谷的起飞不仅为全球带来了新的经济模式，也带来了新的生活模式。前者被称为"知识型经济"（knowledge economy），后者说的是从而产生的"知识型社区"（knowledge communities）。我在第九章里说了硅谷科技经济的兴起，这儿要讲的是硅谷知识工作者的生活氛围。

首先得问：什么是知识？知识怎么带动经济？谁是知识工作者？

人类自最原始的游牧渔猎进化到定居生活的农业时代，经文艺复兴和工业革命踏入工业时代。二十世纪的科技突破把我们带入电子时代，继而又让半导体和电子计算机把我们推入信息时代。有说二十一世纪是知识经济时代。

电子计算机替我们收集的是无穷无尽的数据。数据需要经过处理，包括选择、梳理、组合、系统化，才变成信息。信息又要经过分析、理解、接受、吸收，才变成知识。知识还需整理、阐述、引申、应用，才能发展经济。

参与这一系列工作的人，包括前沿的专业人员及后方的管理和支持人员——也就是被称为"白领"的一群，都是"知识工作者"。他们让知识的内涵或运用影响了工作方式和生活哲学。

知识工作者包含勇于创新的科研人员和创业者、勤学苦钻的专业人员和进取者、朴实无华的从业人员和生产者……他们的共同点是热爱生命，无论工作、生活或休闲，都寻求意义、情趣、参与感和满足感。他们有与众不同的需求、习惯、喜爱，甚至怪癖。给予适当的客观环境和经济条件，他们会选择合适的工作场所和生活地点，自动聚集，良性循环地创造更合适的环境与条件。"知识型社区"就此出现。

一般来说，知识型社区具备几种必需的元素和功能。一是人才培养，二是研发创新，三是生活素质。人才培养的基地是高等院校，于是有文雅的大学校区。研发创新的基地是科技单位，于是有活跃的研发园区。生活素质的"基地"是居住小区，于是有安静的居民社区。三者融成一体，形成知识型社区。

旧金山湾区的高等院校培养了大量人才。校园周边聚集了无数科技研发单位和支持它们的机构：联邦政府、州政府、跨国企业的研发单位，各种中小企业，以及各类金融机构——包括不可或缺的风险投资、天使基金及跨国银行。它们为知识经济建立了完整的架构和平台，吸引了无数来自外地的高层次专家。

要留住这些高层次的知识工作者，生活素质是关键。居住小区的硬条件当然重要：交通、安全、学校、医护、商业等的基本设施必须完备可靠。同样重要的是软条件：专业配套、生活配套、文化配套。

专业配套照顾知识工作者专业所需的设施。在硅谷落户扎根的人，工作单位包括科研单位、中小型企业、跨国公司、金融产业、风投基金、专业组织等，加上支持这类单位的服务行业，及有助于这些工作的设施。例如多种服务中心（信息处理、文件处理、企业秘书）、培训中心（网络运用、技术管理、创业指导、工余进修）、资料中心（图书室、多媒体室、知识产权室、书店、国际交流场所）等。

生活配套照顾知识工作者日常所需的设施。在硅谷落户扎根的人，上有老、下有小，都须满足生活需求。他们的观念和品位往往与众不同。譬如说，房屋的设计要注重实用，关键设施是书房和信息网络。求清雅，不屑奢华。居住小区务须卫生、绿化、节能、简洁、安静、环保，不追求刻意修饰的人为景观。到处要有方便的自行车道、宽畅的人行道、微型广场和小公园、露天餐座和休闲角落。

知识工作者对老人的照顾和奉养持有独特看法。譬如说，硅谷里开设了与传统养老院迥然不同的高档长者公寓小区。邻近有高质量的诊所和医院；斯坦福大学医学院开办的医务中心，服务对象不仅是湾区居民，还普及全国、全球。社区的服务机构除照顾长者的安全和健康外，还帮助他们组织各种身心兼顾的文体活动，参加与他们原来专业有关的义务工作，继续为社会作出贡献。

知识工作者对孩子的基础教育和课外活动亦持独特看法。硅谷的大小城镇不乏国际级的中小学，同时也注重学前教育。为了配合来自全球的科技界居民，开办了不同的双语学校。作为移民国家，美国以熔炉自居，不开办分隔当地人与外来者的国际学校。值得注意的是，当地人和外来者的孩子一起上学增加两者间的交流，扩展孩子们的国际视野和知识面；这在日益全球化的时代，有益无害，值得参考。

至于文化配套，知识工作者有非常独特的理念和追求，令其社区有别于一般居民小区。走进他们聚居的地段，人文气息扑面而来。这个说法可以斯坦福大学所在的帕罗奥图镇为例。

斯坦福大学东端的大学路（University Avenue）可说是校园的延伸。两旁没有高楼大厦，没有围墙。房屋都属低层，建筑各异，不见地产开发商的统一规划。仅仅一公里长的路分成四五段。微型广场上有零星的户外雕塑和石桌石凳；不见霓虹闪灯，不见广告招贴，不见小贩叫卖。大学路和微型广场周围有那么几条短短的横街，偶见年轻人在那儿写生或玩乐器。书店里有不同趣味的杂志

帕罗奥图数景：蓄意保护的自然景色、硅谷的出生地（惠普初创时期的所在地：屋后的车间）、餐饮具备的咖啡店、"大学路"和书店、专演经典和文艺片的小戏院、露天的国际电影节。

和书籍，上至绝版，下至旧书，不见花花绿绿的娱乐时尚或八卦周刊。

　　路旁看不到无孔不入的连锁快餐或酒家，多的是各具特色的餐厅、食肆和咖啡店，分别来自中国、泰国、印度、日本、希腊、意大利、英国、俄罗斯、墨西哥、秘鲁。没有大商场或名牌店；有的是夫妻老婆店和小青年自导自演的时装设计铺。就那么两家艺术廊，作品来自美术学院的师生，以及未成名或永远成不了名的青年画者。生意都只平平。创意挂帅，成败不拘。

大学路上坐落了一间不起眼的小戏院，只约两百个座位。观众在此欣赏经典影片、在影展上赢奖却不受影城欢迎的文艺片、业余爱好者一手编导的短片。还可以兼任小剧场、音乐厅、演说厅，让学生在此向社会展示他们的实验创作，让社区居民的业余话剧团、合唱团、民乐团、舞蹈团在此与邻居们分享他们的演艺，让知识工作者在此举办报告会、辩论会、演说会，甚至小型庆典。

帕罗奥图只是一例。千余平方公里的硅谷里，不少小镇以知识型社区的氛围留住了人才，让居民醉心于文化气息和生活情趣。

旧金山州大的校园位处市区西南端。不少教职员就像我家那样，选择居住于旧金山之南、硅谷之北的半岛上，以半小时车程的代价分享一南一北两个知识型社区的文化氛围和生活韵味。

城市化、社会化、国际化都有代价

旧金山州大的非正式校史里，对我着墨不多。早川当过五年校长，以强硬的保守政治态度管治学校，不受师生欢迎，校史里好话不多。他之后就是我的前任，当了十年，学校里较为安定，可是他不甚进取，校史里亦没多说。我之后的校长，最初两年出了点事，几乎垮台；后来口碑似乎仍不甚好，可是他能当二十五年而不倒，很不简单。校史怎么说，则尚属未知。

评价大学校长的成功过不是易事。大学是言论特别自由的地方，师生们的主意特多。有人笑说："任何论题，每三位教授就有五个主意。"校方办对了事，没人出声。办坏了事，犯错的总是校长——毕竟他是"一校之主"，不管由谁经手，挨骂的总是校长。啊，即使没犯错，只要所办的事不让人人顺意，校长还得挨骂。

其实普世皆然，并不限于校长。专制时代已过，人人有话可说。谁的称呼上带个"长"字，谁就挨骂。你愿出个主意、干点事，当必有人赞成有人反对。赞成的人不多说话，沦为"静默的多数"；反对的人声浪特大，今天还是网上英雄。君不见：不太被骂的"长"多半是不干事的？

不过，这种"长"要来干吗？

城市化、社会化、国际化，都有人赞成有人反对。什么"化"都有一定的代价，就说几个小故事为例。

湾区南端的大城市圣荷塞有张很有地位的大报，叫作《圣荷塞汞报》(*San Jose Mercury*)，素来对远在旧金山市的旧金山州大不很关心。一天，有人给我送来一份当天的报纸，头条大字写道："SEX SELLS AT SFSU！"（旧金山州大推销性爱！）天啊，怎么回事？

片刻后，公关主任跑上楼来，说："哎呀，我犯了最低级的错！昨天记者听说我校新生争相选修《人类性学》，跑来问我为何如此。我说这门课已经开了十来年，年年开学时都吸引大批新生；可是不消一星期多数学生就会退选，因为课程内容是生殖生理学的入门，远比他们所想象的枯燥。"跟着，她又说："记者就问：'这话照想早已在学生间流传，为什么新生还会上门？'你说这种问题怎么回答才好？于是我就笑了一笑，答道：大概有关'性'的事总比较好卖吧！"

公关主任是位极有经验的专家，经常叫我说话小心。她这样教我："与一般记者谈话，不要多讲背景，不要仔细解说，不要以为他对所问的题目有多大兴趣。编辑给了他一个差使，限时写好稿子上交，他最关心的是有没有可以引用的、读者爱看的句子。那你就把想见报的几句话说了又说；他问什么都好，你都用同样几句话回答，千万别怕重复。"还有："记者是最缺乏幽默的人（是她说的，记者们请不要怪我）。他们不知道你所讲的是真是假、是事实还是玩笑。千万不要与他们说笑！"这次竟然自己又讲背景又说笑，犯了天大禁条。

我跟她说："你这样的专家还会犯错，今后我如出事，你得原谅。"

这与"城市化"有什么关系？有！反战运动平息后，舆论界多年来不关心旧金山州大。"城市化"虽是建设性的活动，可是学校一旦引人注目，难免成为靶子。

"社会化"又会出什么问题？

拙作《同创香港科技大学》里有个说法，引录在此，博你一笑：

> 学校的经济状态一直平平稳稳。这年突然从社会里捐来一笔数量不大的新钱。做校长的审察大局，召集教授小组，一起制订条例，接受申请。经过小组评核，决定给某一个教研组发了额外资助。十个申请者里，九个没拿到的很不高兴。当校长的，跟他们一一解释，请他们等候新机会。

> 第二年又从社会里捐到一笔新钱。去年那十个教研组，加上闻风而来的另十个，都来申请。当校长的加倍小心，再与教授小组勤勤奋奋把评审工作做好，给另一个教研组发了额外资助。这次十九个申请者大声叫屈，责怪校长不学无术，不识好货。于是又需跟他们好好解释，平平火气。

> 第三年不幸从社会里又募到一笔新钱，又多了十个申请者。慎加评审后，给又一个教研组颁发了额外资助。这次失望的有二十九个。过去听过校长解释的，火上添火，且加多几句："这种校长，不给就是不给；不守诚信，什么都白说。"

> 可你想象不到的是，前后拿过额外资助的三个教研组也到处抱怨："这么优秀的项目，本来给的钱就太少，现在居然不再增添，难道要我们中途断粮？这种校长有没有脑？"

写得固然夸张，不过当过什么什么"长"的，在"社会化"过程中有所得益的，看到这儿难免会意微笑。

那么，"国际化"呢？

就以上面所说与犹太社群交往的事为例吧。一是第十五章所说的以色列议员马易尔·卡哈讷（Meir Kahane）事件：一方面得罪了阿拉伯族群，因为我没让卡哈讷献丑出事；一方面也得罪了犹太社群，因为我没阻止那两位反以色列的教授给他发出的邀请。

另一是这章所说的"犹太人在开封"的开幕餐会。以色列总领事馆很高兴，中国总领事馆也很高兴，虽然两国之间还没建立邦交，都给餐会送来了代表。华人社群里的"左派"对此有些批评，认为两国官员在这餐会上会面不合规矩。华人社群里的"右派"对此更有批评；海峡两岸当时都在争取美国华人的支持，这种活动明显向大陆倾斜，也就得罪了台湾当局。

二十世纪，在"汉贼不两立"的八十年代，"左派"和"右派"壁垒分明。华人与来自大陆或台湾的代表团交往，似乎必须择边靠拢，不得罪这方就得罪那方。当唯一华人大学校长的我，一举一动都被两边的华人社团盯上，首当其冲。

旧金山州大位处太平洋畔，学校的"国际化"伙伴本来就该是大洋彼岸的中国。身为华人，以中国为首要对象来推动国际化，更是理所当然。对我来说，海峡两岸都是同胞，来到旧金山的，我都愿意接待。可是打从七十年代开始，参与了"保钓运动"、接待了大陆同行、推动了中美建交、访问了祖国大陆、邀来了访问学者，这一连串的活动都令台湾方面认定我是"左派"，敬而远之（"敬"字用得实在不妥）。1984 年，我当上中国奥运代表团顾问之后，'右派'更把我写进了黑名单。

出席日本总领事馆的宴会、代表学校访问日本，却让校长助理远行希腊出席一所大学的创办典礼，这又被人说成重此轻彼。此类例子不胜枚举。总之，什么做什么不做，众人看在眼里，总有正反两面。

故此我说：什么"化"都有代价。该做的做。

第十七章 一番最后的回顾：学术前景

每次岗位有所改变，总会反思几年来的成败功过。总不怎么满意。

第一次是三十六岁那年，在西北大学当上了系主任，六年的"阳春教授"生涯告一段落。回顾那六年，科研工作顺利；博士生和博士后为数不少，水平虽则参差不齐，却不断上升。他校的物理大师主动把得意门生送来当博士后，反映我这学派的成就在圈子里已经获得前辈们的认同。不满意的是六年四迁，辛苦了从不抱怨的贤妻，打断了老父老母幺妹和幼儿幼女的安定生活。

第二次是四十一岁那年，离开西北大学到圣迭戈加大去当院长，五年的系主任生涯告一段落。回顾那五年，科研工作继续顺利；博士生和博士后越收越多，分别进入好几个新的理论领域。行政工作差强人意，为系里聘来好几位很有潜力的年轻教授。不满意的是系里的能人逐一老化，而校里缺乏资源让我替补，担心青黄不接。家里的情况还行，只是贤妻放弃了医学前程，再次为家人作出牺牲。

第三次是四十五岁那年，离开圣迭戈加大到旧金山州立大学当校长，四年的院长生涯告一段落。回顾那四年，岗位升迁太快。或说：升迁反映成就，为何抱怨？我心里有数：专业放弃得太早，很是可惜。院长岗位上坐得太短，学习不到，进步不足，贡献有限：一是没能伙集更多教育理念相同的教授，坚实热菲尔学院的基础；二是没能团结其他院长，重新检验全校学术规划，协助校长为学校的远景构置蓝图。总的来说，太多时间花于日常工作细节，忽视了大局。

第四次是五十岁那年，告别美国，海归故乡，五年的校长生涯与三十三年的留美生活同时告一段落。这章所写的却不是对这五年的回顾，标题"一番最后的回顾"很可能误导读者们，且待解释如下。

1987 年 8 月——任职旧金山州大的第五学年前夕，我在完全没有料到巨变即将到来之际，以"一番最后的回顾"（*A Last Look Back*）作为"校情咨文"（*State of the University Report*）的命题，鼓励全校同事们对过去作最后一次的重温，然后毅然面对未来，携手并肩向实现州大的理想大步迈进。所谓"一番最后的回顾"，是指旧金山州大从过去走向未来的交接。

十七章、十八章连续两章直译自这篇校情咨文，文中穿插了一些注脚①，以方便读者们理解当时的情况以及我个人的想法和做法。

一所欣欣向荣、充满自信的大学

西部学校学院协会（Western Association of Schools and Colleges，简称 WASC，美国六个地区性高等院校认证机构之一）在五年一度的鉴定访问后，把旧金山州立大学描写为"一所欣欣向荣、充满自信的大学"。

我曾试行分割鉴定访问委员们对大学的评语与一些赞扬校长的话，可是没能做到——务请各位在听他们以下两段开场白时，记得上面这句预警。

"大学交上的'五年报告'很周密清晰地回答了各种问题，只是没有集中叙述吴家玮校长在多方面所取得的进展。报告循规蹈矩按照 WASC 指导方针来写，本身没错，只是对一所欣欣向荣、充满自信的大学及明确果断的校长来说，不够公道。鉴定委员们觉得这所大学的情况很健康。教授们赞赏新的开放精神。治理结构和人事上的变动让大家更能理解学校的决策程序，反映了校长的领导风格。学校正在全力规划大学的未来，让它更有方向、有目的地应付城市的需求。

---

① 第十七章、十八章中的这些注脚以括号中的楷体字显示，并非"校情咨文"的原文。

旧金山州立大学："一所欣欣向荣、充满自信的大学"。我在任时，学校终于在进口处竖立了标志——不是豪华的正门，不是嚣张的牌楼，而是扎实稳健的陈述：实事求是地为莘莘学子提供学识的教研基地。

"校长的活力凸现于过去被忽略良久的校友关系事务和私人捐募活动。校友关系事务正在振兴，并为开展大学资源奠定了雄心勃勃的初期建设。校长于社会事务非常活跃，决意让公众注视这所大学所扮演的重要角色——引用校长的话：这是'The City's University'（还用上了这个一应俱全的新标识）。"

我听了这些话当然很高兴。不过我很清楚，以校长为整个机构的代号是修辞上的表达方法：一所拥有 1800 位教师、2800 位职员、26000 名学生的大学，兴衰不在于单独一人的表现。任何机构的前进或后退，关键固然在当前的努力，却也离不开过去的劳碌。鉴定委员们的赞美，针对的明显不是个人，而是全体大学成员，包括所有现在和过去的同事和同学。（任何事业，做得成功须凭团队，做得失败一人即足。）

总校校长看完 WASC 的报告后，亲自给我们送来祝贺和赞美。她还指出：鉴定委员会的主席原是俄亥俄州立大学的校长，素以要求严格见称。她对我们的赞许含有令人鼓舞的信息，因为我们今后要完成大业，必须获得总校系统的大力支持。

我坐在电脑前写这篇"校情咨文"，仰头看到一抹蓝天青山和灿烂的阳光，不由得为身为这所学府的一分子感到庆幸和舒畅。看来样样事情都进展得不错。

还有极多事情正在等候我们去做。我感到庆幸和舒畅的更好理由是：有机会与各位携手并肩一起去做这些事情。我在旧金山州立大学进入第五年任期之际，特别想在"校情咨文"的绪言里着重"团队精神、共同目标"这两个词。

今后何去何从？

"校情咨文"命题为"一番最后的回顾"，表示这所大学振翅起飞的时机已经到来。

过去这学年里，不少教授与行政人员花了大量时间一起动手设立大学的长远目标——所谓"第二世纪计划"。长远目标能为人们断定短期的方向和战略，也就是说：总得预先知道什么是"那头"，才能明智决断怎么从"这头"走向"那头"。

设立长远目标可能充满困难、危险和失落感。有幸我并不期望一锤定论，特别是面对这么变化无穷的环境：旧金山州大本来就是个错综复杂、富有动力的机构；而当今时代——无论哲学观点、科技进步——又都不断大踏步超前。我所要求的是为这所将于 1999 年进入第二世纪的大学勾画一沓明确完整的"暂行"蓝图。所编写的文件，至少每三年要滚动式地测试和检查一次，不断跟随出现于眼前的时机与现实作出适当调整。（我认为太多年来这所学校没做过自我检验和评价，没认定愿景，没看清远景，可说是得过且过。过去四年里，作为校长的我开始是学习和分析，接着是修补和整顿，至此终于可以好好谱写蓝图、绘制地图、确定途径，与同事们一起瞄准目标整装出发了。）

今天讲到尽头时，我将向各位报告"第二世纪计划"的制作进展。在此之前，则按序报告学校里的重要近况，以及一些个人的想法——毕竟先有现在才有未来。振翅起飞前夕还需检验过去，正视衔接，作出最后一次的回顾。

学术事务

大学的首要服务对象是学生。不同年龄和背景的人都能来我校求学，令我们十分高兴——特别是那些过去没能得到平等机会的人。可是毕竟资源有限，巨大的压力令教职员们工作得过分劳累。整所大学已被推近极限。

最直接和不幸的影响是，教学和服务都很难保持应有的质量。假如见人就收，后果会是减低质量，怎么对得起来者？

我在学校的公开通讯里写过一则专栏，谈到心与脑之间的挣扎。我们的心说：只要申请者水平过关，应该来者不拒。我们的脑问：怎么能够保持质量？结论惟有：除非能增加资源来支持扩招，学校将无法不把晚来的申请者拒之门外。

学额管制方面　无奈的事终于发生了：我们在 12 月初截止了低年级的转学申请，3 月初截止了一年级的申请，6 ~ 7 月间截止了其他所有申请；这些都是有史以来第一次。即使如此，录取的总额还是超过了去年刚达到的历史高峰。

注册学生超额、课程供应不足，过去如此，今朝依然。

（截止取录在社会里是很不得人心的事，可是该做的还是得做。不能像过去那样，在政客的压力下来者不拒，赔上了教授们的士气和学生们的水平。）

资源方面，经过一番从后追逐的努力，略有收获。（总校预先估计每所州大的录取数额，若之后的实际数额超过估计，只好要求追补。）还在进行中的工作，一是向州大系统索取与学生总额相称的经费，一是建立在政府以外筹募津贴的基础。这些努力当然不可能立竿见影，于是如何管制学额尚属当务之急。学术副校长、行政副校长、学术委员会正在合作解答这个难题。

补习课程与基本技能方面　短期内，我们务须为不少学生提供补习课程。我深信公众的意识和关注迟早会对基础教育产生正面效应；州大系统在入学和转学上的新要求亦会为我们带来更为合格的新生。不过这些事并非说成就成。在《加州高等教育总体规划》的规定下，我们明知部分申请者欠缺本科生应有的基本学习技能，还是被迫予以录取。为他们提供补习课程就变成了近乎契约的责任。

提供补习课程主要依靠两所学院的学系。而这些学系并没按照教师职位的编制规定把指定用于补习的教师职位完全放在补习课程上，这种做法使一些必须攻读补习课程的学生进不了补习班。这怎么行？

我将坚持学系把为补习而发放的教师职位全部放在补习课程上。有些系里把教职灵活地分配到不同科目，让某些学生人数不足的必修课程有所支持。这种做法原该受到鼓励——系里应该拥有判断权，可是我们不能让灵活性侵犯补习课程。若补习课程受到损害，我会要求把补习课程与普通课程的师生人数分割结算，以此保护经费的完整分配。或许这样才能更一致公平地把补习课程的担子分配给全校院系。（说这些话是因为有些非英文或非数学的院系，觉得自己也能教英文或数学的补习课程，却没被分到有关的教师职位，而被分到的院系却把部分教职移用在与补习无关的科目，为此感到不平。）

通识教育方面　过去这年里，教授们组织了一个内部委员会，仔细研究通识教育课程的现况。他们作了完整的调查、采访和分析。不出大众所料，结论充斥失望与不满。

311

多位同事无疑已经听过或看过我个人对校内现有通识课程的意见，无须在此重复表达。我承认自己的观点过于严谨：相信学生对每样基础知识都该有扎实的认识，学得就像主修那门知识的学生，而不是仅仅聚集一堆零星的见闻，亦不是毫不成熟地试图跨越不同专业。（美国的博雅教育原本很严谨很优秀，近年来给学生的自由度越来越高，也就是说课程的结构越来越松散。今天来一个什么"核心课程"，明天来一个什么"跨学科教育"，一一沦为口号，大幅降低了学习水平。）

教授的内部委员会公布：目前的通识课程没有达到设计者的意图。教学辅导不足，课时安排不善，学习态度不良——总之，课程未能兑现当初的承诺。

我来此四年。四年里看到教授们三度成立专题组，试行建立一套可行的通识课程，可是没能达致共识。第一次，专题组的建议报告遭学术委员会否决。第二次，专题组所创立的"领头学院模型"（Lead School Model）得到我的大力支持，却又被学术委员会推翻。（专题组主张由不同学院主导与其学术领域有关的通识课程。我曾提醒他们：模型虽好，名称不妥，易被误解成学院间的利益分配。）

第三次还正在进行，已有好些同事感到不胜其烦，要我运用校长权力自行制定通识教育条例。我婉拒了他们的要求，因为课程的制定权应该留给由教授们组成的学术委员会；不过我会继续响亮发言、劝说、鼓动，决不放弃这个论题，直至一套健全的通识教育政策完善到位。

不过这次的做法有点不同。一年前，我为此邀请了几位他校的卓越学者组成校外委员会。校外委员会出了一份措辞强烈的报告，让校内的教授们和学术行政人员重新聚集，再度作出努力。学术副校长与学术委员会属下的几个组织声称他们会通力合作，在不久的将来向学术委员会交上整套建议。他们的提案该会简明、严密、可行——至少我相信如此。（我深信课程的制定权属于教授们，可是无休无止的辩论只能造成一事无成的僵局。这时当领导的有责任运用各种方法打破僵局。）

研究与创作方面　虽非锣鼓喧天，加州学界正在推动很大的变迁，同时外界也首次附和："州大里，优秀的教学必须以优秀的研究配合。老师缺乏创造力的话，怎能为学生培养创造力？"

州大永远不该避言研究（我用这两字时总包括创作）。注重优秀教学和社会联系的综合性大学必须鼓励教授们以研究工作来提高专业学识、教学功能、学生参与、科技应用和群众服务。我校教授必须同时传授、获取、创造和运用知识。

加州整体规划审查委员会与加州高等教育委员会都说州政府应该为州大系统的研究项目提供资助，前者甚至为此提出了初期财政预算。州大系统的校董们、总校校长、各所州大的校长们、州大总学术委员会和加州教授协会一直如此呼吁，现在听到政府所委任的委员会也这样说，当然十分高兴。可以说从来没有这么多人观点如此一致。（以往观点并不一致，甚至有上层人物反对州大教授从事研究。我们几个州大校长的煽风点火，终于起了作用。）

对旧金山州大来说，时机来得恰当。今年度几乎有两百位教授申请"指定课时"（assigned time）。（"指定课时"是州大系统内的行政术语，指教授因从事研究工作而减低教课时间。）

很多院系还会为申请成功者提供配套。每所学院交来的"第二世纪理想模型"都说要让教授们在研究工作上多花点时间。全校平均研究时间将从1%增至8%，待政府接受上述审查委员会的建议后，更进一步增加。（研究型大学里，花在教学、研究、服务上的时间，平均比例约是4.5：4.5：1；不过总有人已经放弃研究，也有人服务做得较多，平均比例或许接近4：4：2。那么，像旧金山州大这样"夹缝"类型的大学，很可能一半教授专门教学，另一半花较多时间从事研究——包括水平决不差于研究型大学里的教授者。前者不花什么时间做研究。后者的平均比例接近4：4：2，也就是说把40%时间花于研究。那么，以全校来说，应该争取到20%时间投入研究，远多于8%。）

教授们的努力值得行政部门的大力支持。我们正在重组"旧金山州立大学基金会"，按章邀请企业界领袖参加理事会，给我们带来意见和办助；令基金会为大学提供可靠和高效的服务。我们同时在加强"研究与专业发展部"的组织和功能，令它更有效地协助教授们开展新的研究项目及申请外来研究经费和合同。我们将积极向外界争取科研空间、设施、经费、设备、协作及合作项目；亦将大力支持那些确实拥有学术实力和教授承诺的研究中心和研究所。我们将催促学术委员会审视目前的教授升级和永久职制度，为奖励优秀的研究作出修订。

不少方面已在按照所说方向进行。我并不奢望教授们创造奇迹——在沉重的教学负担下，获取大量一流的研究成果。请各位也不要奢望我能替各位带来大量从天而降的新资源——毕竟争取研究经费的过程像是"鸡生蛋，蛋生鸡"。谨请新同事们也参加这个及时的行动，与我们一起振兴加州州立大学。

师生关系方面　有些学系里，教师的辅导工作做得很好，特别是辅导自己系里的主修学生。请问这情况是否普遍？多少位教授愿意指导学生的研究课题、实地学习？愿意辅助那八十六个学术性或专业性的学生组织？愿意介入学生的课外活动、校友服务？我知道，这些活动都极为费时，而教授们的教学任务都很沉重。不过从我个人经验看来，有些活动所需的只是偶尔的指导。参与学生辅导工作的同事们告诉我，这些活动给他们带来乐趣和满足感。与学生们课外交流让我们保持年轻。

博士学位方面　州大没被《整体规划》指定为博士培训机构，我不妄图在这方面让旧金山州大模仿伯克利和斯坦福。不过必须指出，我们有些院系或专业的水平并不逊于很多我所知道的研究型大学，甚至比它们强。只要那些院系的教授愿意，没有理由不让他们与友好的邻近大学合办博士学位课程。

我一眼就看到五至十个够资格的博士课程，不过这些院系的教授们必须证明他们真能做得出众，令人信服，才值得全力支持。不少学系已经考虑过这个问题，审核过自己的优势和愿望。还未作审核的，我建议尽快启动。你们的结论不会出错，请勿消极弃权。我已经指示研究生院院长为这项任务提供协助。

国际化方面　旧金山湾区是典型的多民族、多文化、国际化都会。不同民族的社群与他们的"根"保持密切联系；不少来自发展中国家。金融、贸易、科技等方面，旧金山的经济生机与跨国公司和国际企业休戚与共。旧金山的博物馆、美术馆、音乐厅、剧场和工作室充满来自全球各地的创作。旧金山的社会活动很大部分围绕着联邦俱乐部、世界事务协会、联合国协会、亚洲基金会、世界中心等，以及六十五个领事馆。我们这所大学置身于多种国际活动的核心地段，实为幸事。

旧金山州大的教授们于国际事务非常活跃，不过学生们极少参与。国际化的课程能为学生提供进入国际圈子所需的知识，并从而欣赏这地区为他们带来的乐趣和韵味。恰巧总校校长已把国际化置于州大系统的议程高端——特别是她所说的"环太平洋倡议"。时间也好，空间也好，我们都正面临最有利的机会。

想来各位已经听到：我们最近设立了一个"国际事务办公室"。在经验丰富的新主任和教授组成的咨询委员会领导下，我校将完善协调诸多国际活动，于校内获取支持，于校外建立形象。作为市里唯一的综合型公立大学，我校本该是旧金山市国际活动的聚焦点。我认为我们必须扎扎实实为旧金山负起这份责任。

拓广教育方面　拓广教育部门（Extended Education）推出一个雄心勃勃的计划来配合"The City's University"为旧金山服务的理念，并向公众宣告人人有权享受终身教育。

计划的落实已见开端：这部门在"蒂布龙环境研究中心"开办了会议中心及公共教育设施；并正打算扩充"旧金山州大市区中心"，为公众提供更多工余课程。教授和行政人员组织了一个委员会，正在讨论如何扩展在校园里为外界举办学术会议和专业推广项目；我希望拓广教育部门主导这项工作。我认为拓广教育部门应该办得活像一张蜘蛛网，渗透、盘绕、环抱整个大都会。（这个部门过去甚为保守。我向部门主任和职员提出挑战，要他们高瞻远瞩，凡是旧金山地区的终身教育，都做到无孔不入。）

跨院校合作方面　旧金山很可能已经为高等教育界建立了院校合作的典范。"旧金山联盟"（San Francisco Consortium）把市里的高等院校组织起来，合办具有共同兴趣的教育项目——例如数学与科学教育。我们已经与旧金山城市学院和学区开办了一系列的合作课程；最近在商谈的包括一个四年制的酒店与餐饮管理课程及一所艺术学校。我们与旧金山加大已经谈妥合办物理治疗硕士课程，现正等候政府拨款。此外，还在洽谈更多别的合办项目。与离得稍远的戴维斯加大已经谈成一则专为妇女和少数族群举办的项目，让他们在旧金山州大念完硕士学位后直升戴维斯加大进修博士学位和进行实习。

师范教育素来是州大系统的天下。我们与旧金山市的所有学区关系密切，三分之二的中小学教师经我们的教育学院培养。

我们一直以行动落实"加州整体规划审查委员会"正在宣扬的主题："从学前到博士……走向统一的教育系统"。

课程管治方面　旧金山州大提供接近九十个学士学位和八十个研究生学位课程，加上许多培训证书和资格证书课程。这么多不同种类的课程！难怪资源被分散冲淡。一些新课程已被削减，一些旧课程已被"暂停"，可是这些都只是权宜之计。我已要求学术委员会与学术副校长合作，全面检查现况，设计一套有效的课程管治方法。

人事事务

什么事情都得靠人去干。最幸运的是我周围有这么一群既能干又勤奋的人，有心有力地给我支持——包括行政人员、教授和职员。

职责的内外分配　开始这四年里，我上班时完全是个"内向的"校长：深入学术事务，深入各种细节。想来这与我的理科背景有关，总是顾虑细节。面对旧金山州大这么个复杂的有机体，觉得有必要仔细观察、消化和分析体中的每一个细胞。下班后，不论晚上还是周末，我把时间注入"外向的"职责。这儿那儿，连周日也有不少午餐活动和早餐会议，及在校园里或家里的应酬、请客。当校长的经常通过这些校外活动在社会上露脸，每次露脸让大学进一步取得社会人士的注意。不过无论怎么努力，很难把个人形象转移到大学身上。真能为大学带来实际利益的社会关系，并不建立于菲尔蒙大酒店的晚宴厅里（指旧金山的豪华社交场所），而是在九点到五点间（一般办公时间），点点滴滴地累积于市中心的企业办公楼、硅谷的科研实验室、董事会议室、萨克拉曼多（加州首府）政府大楼的走廊……

跟着这两年里，我需要选择适当的对象，主动寻求捐助、邀请更多社会和企业领袖参加大学的各类委员会、促进大学的校外研发活动、寻求和争取更多教研空间，并为州大系统的各种重要项目作出更多贡献。这种情况下，我需要分配不少时间和精力去从事校外的职责，把部分校内职权委派给同事们。也就是说，必须有个完全能够信赖和依托的团队。

行政班子与教授招聘　我周围确实有个可以信赖和依托的团队。从校长办公室说起，我身边有一位认真而能干的校长助理和一位可靠的专职助理，还有三位效率挺高的秘书和职员。

不知道各位有否注意到，过去四年里大学行政班子有很大变化。二十六位高层行政人员里，十九位是我聘任的（绝大部分属学术行政）。行政班子出现了新组合。

请看最近两年来新聘的高级行政人员。1986 年秋，新聘了行政副校长、行为与社会科学院院长及（代理）本科生院长。1987 年秋，新聘了（代理）学术副校长、（代理）研究与专业发展部主任、研究生院院长、大学图书馆馆长、国际事务部主任、学生健康服务部主任及旧金山州大基金会经理。（代理指任命手续尚未完成。）虽则州大系统的薪酬太低，而旧金山的房价太高，但我们聘到的全都是候选名单上的首选。这些都须归功于各个遴选委员会的努力、旧金山湾区的诱力，及在座各位为旧金山州大所建立的吸引力。［①原来的学术副校长获聘去明尼苏达大学德卢斯分校（University of Minnesota Duluth）斗任校长。原来的行政副校长到达退休年龄，搬去太浩湖畔享受大自然美景。②八位学院院长和学部主任中只换了一位。这级学术领导是大学的核心人物，除非不能胜任，否则不动为妙。③原来人员有回到教研岗位的、有退休的。④两位属新成立的部门。］

上述已经完成任命的七位人选里，三位是女性——其中两位属少数族群。

四位男性里也有一位属少数族群。从另一角度来看，包括图书馆馆长（院长级）的九位院长里，四位是女性；五位男性里，两位属少数族群。我们为反歧视行动的成效感到自傲。同时还想指出：由此可见，反歧视措施与高水平聘任两者间并无冲突。

可是我必须无奈地敲响警钟：教授们有"加州教授协会"以工会身份与州大系统进行谈判，而行政人员则没有工会代言，任由州大系统的"管理人员计划"统筹，以致薪酬调整上两者间有很大差别——行政人员远低于教授。待遇的压制已使几位特别能干的行政人员重新考虑自己的职业前途。（考虑是否应该重回教研岗位。）问题不快解决，很可能短时期内就有成群行政人员离队他去。这事有时令我困扰到难以入睡。（大部分主要高层人员属学术行政，来自教授岗位，并是教研工作特强的。他们随时可以回到教授岗位。）

苏联卫星上天后，全美教授人数暴涨一时（因为美国联邦政府大量注资，全力培养教研人才），令现今的年龄和级别分布曲线出现了极不自然的高峰。高峰与时并进，十年内将达曲线右端，到时将出现退休潮，导致教授流失率的暴涨。事实上，退休潮的前浪业已登陆。1986 年秋我校聘来四十二位助理教授；1987 年秋又迎来四十五位。无须数年，所有主要大学的退休潮即将同时到来。相互冲击之下，竞争必将十分激烈。到时我们将占什么地位？能否补聘到足够的高质量人才？

我不敢说。待遇将是主要因素之一。尽管看上去不可思议，州大系统的管理层不能继续忽视地区间的房价差别，考虑如何设立差别薪酬制度或提供房屋津贴。否则，我们这样处身于大都市的大学将无法与对手竞争。

当然，大学的声誉和学术气氛亦是极重要的决定因素。这些因素又该怎么巩固？

州大系统与加州教授协会的四年合同即将到期，这为全系统的团结带来难得的机遇。最近几次校董会里，大家对当务之急发出共同呼声，一致注重研究创作的开展、教授水平的提升、教学技术设施、自我学术评价。所有与州大系统有关的人理应精诚合作，建立共同的愿景、特有的"个性"、优良的形象。如能做到这些，对优秀人才的吸引力必定会大大加强。

看得乐观点，前所未有的教授流失将为大学带来自新自强的机会。我们大可借这机会，为专业和级别的分布设计最理想的模型。我要见到每院每系把专业和级别的分布写进自己的"第二世纪理想模型"——毕竟首先要有个设计完善的理想模型，才能建立合理的招聘战略。（这话势必遭遇阻力。人总有惰性，也难免有利害关系；现有的专业，谁愿意动？系里每一专业都有同事坐镇，干得好不好，谁愿意问？公立大学里，教授升迁与年资有密切关系——固定规矩，

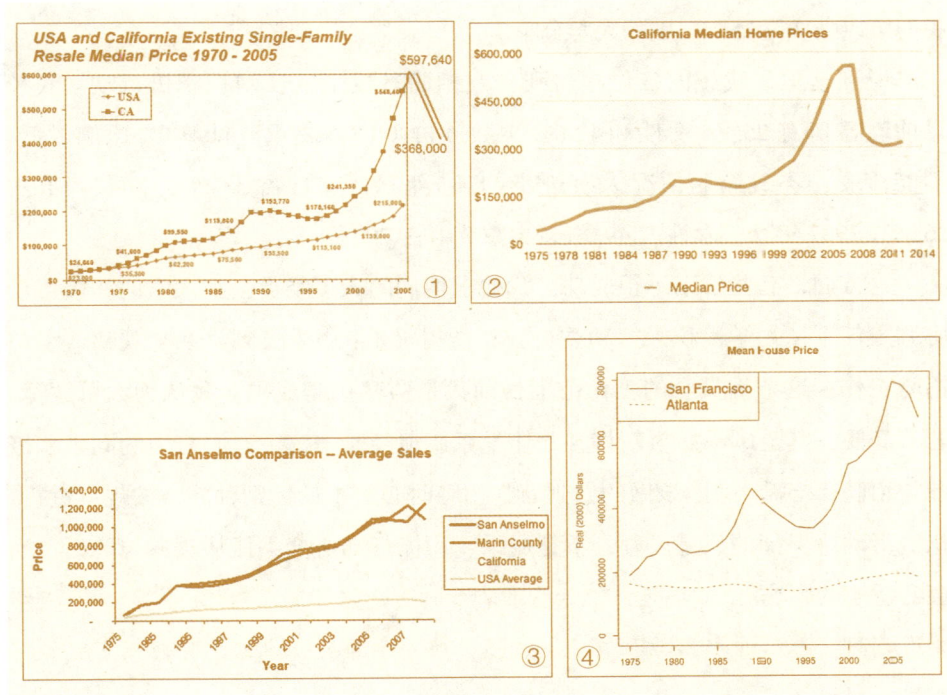

教授是大学的灵魂，大学争相追聘最优秀的人才。地区间房价的差别把大都市推向劣势。这四张图说的是二十世纪七十年代至九十年代美国各地房价的比较（不要管二十一世纪的数据，因为那年全球经济出现过几次怪象）。图①比较的是全美与加州的差别，图②表达加州房价的变迁，图③拿旧金山湾区北端的马林县（和其中一个镇）与加州和全美相比，图④反映旧金山与亚特兰大（Atlanta，美国南部最重要的城市）间的惊人差距。香港房价居全球之冠，大学争聘教授时所遇到的困难可想而知。

照本子办事就是；检验目前和未来的级别分布等于质疑现有规矩，弄得不好会殃及自身"仕途"，谁愿意碰？我所发出的要求，是对现实的挑战。）

反歧视积极行动　仅在现有的人才库里竞争，到头来是个零和比赛。所有大学都已看到人才短缺来临，那么就应该为扩大人才库贡献力量。人才短缺的现象业已出现，五至十年里必然变本加厉。不过无须悲观，把大学毕业生培养成博士，只需几年时间。最佳的对象该是女性和少数族群——毕竟女性和少数族群里存有大量未被培养或发掘的人才。我提出与戴维斯加大合办专注女性和少数族群的硕士博士链接课程，这就是动机之一。这个项目已被接受，即可开工。若教授们愿意协力帮助，相信不出两年，令人鼓舞的迹象就会显露。那时我们可以把实际经验与别的大学分享。

说到这里，我想向各位报告我校在招聘教授上的反歧视积极行动。我校目前教授里有 25.4% 女性和 12.6% 少数族群（3.8% 属重复计算）。比例太低，不能接受。不过新聘情况大有进步：1986 年秋，女性占 33.4%，少数族群占 26.3%；1987 年秋，女性占 49.0%，少数族群占 29.0%。

这方面，有些学系不很成功。我要求他们的人事委员会找大学的积极行动协调主任帮忙。学术积极行动委员会亦帮得上忙：送委员到学系来观察或参与招聘工作。这个委员会的工作范围目前只是监察招聘成果，我认为大可放宽。若有需要，其范围不妨重新订立，让学系邀请经验丰富、有心有力的同事积极参与招聘。却需声明：该做的做到后，招聘时必须不论性别种族，按规章进行；积极行动所保证的只是过程，不是成果。积极行动协调主任从头参与的话，当会有适当的影响。（反歧视积极行动素来很敏感，甚至很政治化。部分被歧视的族群认为，聘用的比例与人口比例必须一致，才算天公地道。男性及多数族群则担心行动会带来过度倾斜，造成反向歧视。譬如说：亚裔教授人数远超人口比例，因此被反歧视积极行动排除在少数族群之外；一不小心，积极行动被演化成定额分配，就会限制亚裔学者的竞争权利，违反公平原则。再说，积极行动的目标只是防止歧视，决不能让它侵犯学术自主和教授治校，因此"该做的做到后，招聘时必须不论性别种族，按规章进行"。）

向旧金山州大第二世纪进军

我们从这儿起步，将走向哪里？说是向"第二世纪"进军，但是不能不想清楚：旧金山州大在"第二世纪"将以什么面貌出现？（"校情咨文"至此开始报告大学的资源和社会关系。不过所谓第二世纪，目标和内容针对的是学术愿景和规划，因此我把有关学术的部分抽调到这章里来写，而把资源和社会关系留给 18 章。）

规划基本原则　应付这个问题，有两种方法。一是让大学年复一年自然前行，走到哪儿就哪儿。二是现在就决定我们希望 1999 年后的旧金山州大变成什么样子，然后对准目标前进；一路上允许较小的调整，只有遇到最不寻常的环境才允许较大的变动。

各位很容易从我的语气判断：绝不选择第一种方法。过去所走的路固然可以作为讨论的基础，但是惯于自然前行的人多半呼吸缓慢，不急不忙，碰到外来阻力时反应被动。让命运操纵的人，遇到未来冲击时，要就弱于抵御，要就随着外力低头妥协。你想，这样活法多没劲！

该说清楚些。第一种方法下怎么搞规划？答案是观察目前的条件，以此推断明年的情况。今年情况不好的话，明年也好不到哪儿去，但求尽力应付。走这条路所需的是生存的本能。第二种方法呢？走上高坡，看清四周，决定哪儿是你的目的地。继而通过投影，计算路途的距离和障碍的高度，估量自己的速度和跃升能力；然后收拾必要的工具，踏上征途。走这条路所需的是准备和勇气。

有问："你为什么要看得那么远，而不先解决眼前的问题？"我的回答是："整天整晚、每天每周，我们确实不断在设法解决眼前的问题。可是谁说我们不能'边走路边嚼橡皮糖'（美谚）？前进的关键是举步之前应当知道最终想走到哪里。"

发起为大学断定长远目标的"第二世纪"，我所怀的就是这种精神和心情。

全校性的宏观要素　规划流程分几期进行。第一期有两部分：一部分是全

321

办学也得考虑天时地利人和。"人和"的基础在人才招聘和人际关系。"地利"的基础在地区定位和国际交流。（看，闹市里的校园能濒临这么好的天然湖泊，还能跨越太平洋，与中国"接壤"！）"天时"则是为大学的第二世纪制订长远目标。

校性的，让我们写下宏观的要素；另一部分则由学院分头去准备，请每所学院交来各自独立的"理想模型"。

全校性的参与者有三：一是我的行政班子。两位副校长与他们的副手、八位学院院长或学部主任。二是校长联席会议。四人来自行政班子，四人是学术委员会的常务委员。三是接近结论或遇到困难时，举行扩大会议，请来全部行政班子成员和学术委员会常务委员。

我首先列出一系列全校性的主题，写成"菜单"，在行政人员的"静思会"（Retreat）上集体检验并修改这张菜单。接着按照菜单，在上述那三种会议上逐一进行讨论。在有些主题上，不同意见极少，所谓"讨论"就像是收集资料。有些主题则涉及不同院系的资源分配，引来迹近火爆的争论。在研究生院院长和计算机中心主任的协助下（两位都不是三种会议的成员，而是思维特别有条有理而又没有利害冲突或个人立场的学者），我把握会议过程，保持活跃而不失控。

经过这番折腾，主题演化成下列十四个"要素"：

规划的前提；

旧金山州大第二世纪的目标；

我个人的愿景；

理想的学生总人数及院系分布；

博雅教育与专业教育；

学术范围和课程（分四大类）；

研究、创作、社会服务的焦点；

学生服务事项；

教授招聘事项；

资源问题；

内部资源分配；

物质建设与设施；

拓广教育课程；

国际化课程和项目。

每一个要素经过详尽讨论，都有收获，写成不超过三页的简明报告。（十四篇报告里有四篇未能达成共识——有人觉得言犹未尽，需继续讨论后加以修订。）这组报告的内容代表一群高层行政人员和教授领导人的集体智慧，反映"第二世纪"在他们脑际里出现的形象：一个大学高层臆想中的全校模型。待各学院的"理想模型报告"一一到手，组合成由下而上的另一个全校模型时，我们将对比两个模型。（这个做法是我一手推动的，所梦求的是由上而下与由下而上的两个全校模型大致重合。也就是说，站在不同角度看大学的人，对前景有相似的憧憬。全校一心，那该多好！）

各学院的理想模型　去年秋季，我请各所学院开始为自己写一套"理想模型"。在大学"第二世纪"的框架下，学院模型的设计须考虑三个边界条件：

（1）到 2000 年时，北加州——特别是旧金山湾区将有什么与该学院学术范围相关的需求（目前的需求、已知的需求、预期的需求、狂想的需求）。

（2）旧金山州大的类型、州大系统的使命，及我校在旧金山湾区教育界、学术界、社会服务界里所独占的地位。

（3）有关资源方面，可为学生人均拨款（1986 年币值）作两种不同假设：①最低限度——目前的州大情况；②最高限度——比目前增加 15%～20%。

这项工作启动于 1986 年秋。每所学院里，院长、副院长、所有系主任，与教授代表们（部分学院）一起为模型写好大纲。大纲写得犹如学院的"五年学术审查"：一方面，在位较久的院领导每五年做一次这样的审查，对这形式比较熟悉；另一方面，所有学院运用相类的大纲，日后组合起来方便。接着，我与每个院级学术委员会见面商谈，确定按照大纲所写的理想模型需要包括哪些主要内容，并解释边界条件的含义。同时要求每所学院召开全院的公开论坛，让各级教授都有份参与讨论，并参与最终产品的设计。

除此以外，我没有出席学院的内部讨论，亦没肯进一步说明想在过程中看到哪些细节，甚至不愿规定报告的格式。这令三位学院领导表示困扰。我之所以这样做，是为了希望每所学院按照自己的学术特色和风格来画自己的图。众所周知，把格式定得太死会限制甚至扭曲成果，我绝不希望如此。不过，我为学院领导们举了几个可供参考的例子：最终产品或许会像将来要出版的《1999～2000 学年大学手册》的个别学院介绍；亦可能像《彼得森指南》（*Peterson's Guide*，大学申请指南）里的院系介绍；亦可能像院长们在 WASC 鉴定委员来访时为他们所作的半小时口头报告。真正实用的"理想模型报告"大概会像上列三者的某种组合。这该是份实用的报告，我最不想看到的是长篇大论的学者论文。

八所学院的理想模型报告暑假初已全部到位。

至此，规划流程第一期圆满结束。

第二期的初步工作是，我把八所学院的报告全都看了，然后自行设计了一个统一规格。听来好像有点矛盾，甚至可笑：早先我不是要求大纲相似而格式各异吗？收到的八份报告，格式果真包罗万象，反映他们真的随心所欲地发挥了自己的特色和风格，达到了我的要求。不过，下一步工作却要把八份报告合组为一，那就不能不以这八个不同格式为基础，设计一个让八份报告的内容都能完善输入的折中规格。

再次劳驾研究生院院长、计算机中心主任，加上我的专职助理，帮我一起修订这个统一规格。同时请了几位教授与我们成立"整合小组"，细读学院报告。每位组员负责悉心分析一份学院报告，同时仔细理解另一份，然后为全组讲解。之后，负责组员分头把学院报告按上述规格重新整理，得到十页左右的"成品"；其间组员们不断切磋商议，不在话下。为了获取学院的支持，负责组员在研究生院院长的陪同下走访有关学院，把"成品"拿出来商讨，以求彻底解除误解、澄清含糊、补充遗漏、改进成品。8月底即将完成这一轮的反复操作。

9月到10月间，这八份成品将被组合成一个从下而上的全校模型，开始与大学高层凭那十四个要素所臆想的全校模型对比，一一记录两个模型间的差别。学院院长及学部主任与我的高层行政领导们将为每一差别进行个别和集体讨论，深切考虑双方有多少妥协余地。我知道各学院或学部的领导一定会拿回去与教授们共同思索反省，无须明言地发挥作用，实事求是地调整一些"狮子大开口"（过分不切合实际）的雄心大志。最后，学院与高层行政领导磋商，达致共识。10月底将完成这第二轮的反复操作。

两种模型渐趋一致之际，我的"整合小组"会准备一份三四十页的文件草案。

至此，规划流程第二期圆满结束。

第二世纪蓝图　文件草案几经修订，加上各所学院的个别成品，将合同形成"第二世纪蓝图"的基础。这将是规划流程的第三期。

为了让规划流程完全透明，蓝图将以附件形式加订每所学院的原始"理想模型报告"——除非学院宁愿代之以自己的修订版。学期终前，将完成一百页左右的文件和若干页加订的附件，以《旧金山州立大学第二世纪蓝图》的面貌出台。这将是规划流程的第四期。到此大功完成。

第十八章　一番最后的回顾：资源前景

　　把"一番最后的回顾"这个"校情咨文"拆成两章来写，本非我的原意。"校情咨文"的目的是激发州大同事们对学术前景的向往和信心，同心同意为大学谱写下世纪的蓝图。既然如此，说完学术前景部分就够了，应该无须译述全文。

　　可是巧妇难为无米之炊。学术前景想得再好，理念再是一致，资源如不到位，一切都属侈侈空谈。为师生获取足够的资源，是不容忽视的校长职责。"校情咨文"的第二部分反映脚踏实地的现实，值得在此译述，免得读者被悬半空。同时，我想借此写些个人的反思，为在美国三十三年的学界生涯告一段落。

　　公立大学，特别是加州州立大学系统的经费来自州政府。官员和议员们非常留意怎么发放经费才能获取州民的青睐。作为选民的纳税人都关心孩子的教育，可是最关心的是基础教育，因为孩子高中毕业后至少能开始就业，保证糊口。不是不看重大学，而是大学教育毕竟离饭碗远了一步。经济强盛的时候——例如二十世纪六十年代初，纳税人很愿意支持高等教育的扩展。经济衰退的时候——例如金融风暴之后，纳税人感到有心无力。竞选中的官员和议员们不能不考虑纳税人的一时心态，于是给大学的拨款往往摇摆不定。

　　另一种政治考虑带来平均主义。即使经济强盛，经费的分配一般对大都市不利。前面说过：大都市的房价远高于农村（中外一样），可是政府制订教职员待遇的政策时，不理会这个因素。不仅是房价，大都市里什么都比农村贵得多，可是官员和议员们不敢予以考虑，因为都市与乡镇的选民都是一人一票，候选人不敢重此轻彼。再说，加州是否需要那么多所公立大学？有些偏僻地区，优秀的教授不愿意去，因而教研水平远逊于老牌大学。那么，政府为什么不能少办几所，集中资源，资助偏僻地区的学生去老牌大学攻读？还不是因为每个地区的选民都为了方便、为了荣誉、为了给地区带来经济效益，全力争取在自己的地区开办大学。

校董们接受了州政府的委任，总得替官员和议员们打算。虽则他们会尽力替大学向政府争取资源，但是校董们本身来自不同地区，一旦经费总额敲定，分配时不可能避免平均主义。

为了让不熟悉美国公立大学的读者们看得顺当，我把"校情咨文"的以下部分内容重新组合，佐以标题，并提供不少"注"。繁复的数字报表也就索性掉了。

经费分配的基本规律

兵分两路的战略　这些年来，我们的教研责任范围越来越大，大学越来越成熟，已经名正言顺成为一所综合型大学（*介乎教学型和研究型之间*）。我们意气风发，可是资源没能跟上。政府给这所大学所提供的条件与我们为社会所作的贡献很不相称。

改善目前的情况是我的责任。

我的战略是兵分两路。来自州政府的直接资助：我们需要更深层地了解现行制度，设法追欠；也就是说，按照州大系统既行政策的公式，收复所欠。来自外界的资源：我们需要学习和熟悉游戏规则，建立坚固持久的筹募架构，动手寻求"年度捐赠"（annual giving：年复一年的私人捐赠）、"特殊捐赠"（special gifts：针对某种功用的私人捐赠）及"预定遗赠"（bequests：生前签订的遗嘱捐赠）。我们必须不断提醒社会人士："旧金山市与这所大学命运相系，在州大身上所作的投资，将为所有加州州民带来繁荣和幸福。"（*说这番话有两重内因。*

一方面，前任校长性格内向，与州大系统的领导层甚少来往，关系疏远。他的前任早川则在被州长里根捧上台前毫无行政经验，外加自认政治背景强大，不屑与州大系统交往。十几年来，旧金山州大几被州大系统撇开一边。两位副校长与一些州大系统里的关键人员关系良好，可是副校长毕竟是副校长，没有机会与最高层的拍板者交往；校长不亲自出马的话，学校得不到照顾，因而漏失不少按照既行政策应得的经费。这是州大系统对我们的亏欠。另一方面，前任校长的内向令他亦与社会人士脱节。不仅如此，甚至与师生脱节。一则盛传的笑话是：学生报在他离任前夕，把他的照片登在头版，标题是："十年了，有人认得这位先生吗？"他的前任早川则是偏见和自信很强的人，以脾气暴躁、刚愎自用见称，不善与社会人士交往。十几年来，这么大一所学校、这么多毕业生，连一本校友名册都没印过，通讯地址就更不用说了。既没有设立校友会秘书处，亦没有设立负责筹款的大学发展办公室。这种情况下，谁来向你捐款？说是社会对我们有所亏欠，可是罪不在彼。）

学生人数与资助金额的脱节 先谈州政府的直接资助。

州政府拨款有套基准，主要按学生人数——所谓"全时评量人数"（full time equivalent，简称 FTE）。[不少美国公立大学的学生需兼职打工才能上学；美国的传统本来就鼓励年轻人自力更生，有些家庭即使负担得起，也让儿女勤工俭学。因此很多是"非全日制学生"（part time students），数起人头来，需打折扣。譬如说，两个半工半读的学生算作一个全时学生。全时评量人数就是折算后所得的学生总数。]每所州大按照人口统计预测与州大系统商讨，共同决定该州大的下年度预期全时评量人数；拨款金额乃自动按比例发放。假如到时实际注册人数超过预期，会添发若干数额的"超额补贴"（over-enrollment supplement）。不过州政府对此不作承诺；即使添发，一般不成比例。更糟的是：超额补贴属事后行动，层层下批，势必拖延甚久。（钱不到位，不敢先用。待到位时，往往早已误了时机，未必能用在点子上。）愿意也好，不愿意也好，一言蔽之，先天的制度就是这么回事。

很多年来，我校吃亏之处是预期全时评量人数总是定得太低——低得莫名其妙。自动发放的金额也就跟着太低。超额补贴时有时无，金额低得完全不成比例，且一贯误时误事。学术副校长与我一起跑去州大系统，苦苦追求比较合理的预期全时评量人数。辛劳许久，终于获得点成绩：一直以来，总校愿意接受的预期全时评量人数都是 17700，而我们的实际全时评量人数早已超过 18700（若不以全时折算，人头总数达 26000）。我们首先说服总校高层把预期全时评量人数从 17700 升至 17800。（别笑。这个数字原来一直被钉死在 17700。只要有所调整，不论多寡都等于把死人救活——且别管他活得多边缘。）跟着又升到 18000。之后竟然升到 18400。（我的这位学术副校长一脸老实，却能说善道，还能讲到舌敝唇焦，原来就很不简单。现在身旁多了个全力支持、给足总校官僚面子的校长，如虎添翼。）三年下来，我们两人在州大系统里赢得了"得寸进尺"的"美誉"。瞧，再一两年，只要总校领导继续支持，我们还真可能让预期全时评量人数赶上实际注册人数呢！

让我说句笑话：按现有高等教育的预算程序，"目标"不是个在你前端等你去瞄射的靶子，而是拼着老命跟在你身后不让你看到的狡兔。我们不敢过早运用停止招生的办法来限制学生人数，在社会里招致公愤；那么，想要争取公道，唯有让那狡兔快点从后赶来，撞上我们的枪口。

经费分配政策的细节　学物理的人认为寰宇真理总是最简洁的：老天爷风格清高，办事利落——天道就是这样；请原谅我把事情说得过分简单。事实上，州政府拨款、校董会制定政策、州大系统高层落实政策，都有那一套套充满细节的公式。

譬如说，教师编制就挺复杂。如何决定每所州大的教师全时评量人数，活像一项大工程。公式里最重要的因素叫作"模式与级别"（mode and level）。[不把公式写出来，我还真讲不清呢。反正大学里有多少学生念本科、多少念研究生学位，多少本科学生属高班（三、四年级）、多少属低班（一、二年级），多少研究生念博士学位、多少念硕士学位，多少是主修课、多少是必修课、多少是选修课，多少是大班上课，多少是实验科学或创作艺术，多少是补习科目、多少是基础科目、多少是特殊的专业科目……林林总总的变数，都出现在公式

329

里。] 单拿一事为例：近年来，有段时期研究生和高年级本科生越来越少，低年级本科生和初入学的越来越多，让我们损失了不少教师全时评量人数。（*州大系统在编写公式时，考虑到前者的教学工作量较重，班上的学生密度又较低，因而让教师全时评量人数的分配向前者倾斜。*）最近好像两类学生的比例有所回转，我们或许能略微收复失地。

校园空间的总体规划

再提一个例子。州大系统对每所大学的教研空间和设施怎么作出预算、怎么分配？当然也都有整套复杂的政策和公式。关键因素之一是大学所要求的空间和设施属于哪类功能，之二是其利用率。我们首先需要搞懂这些政策和公式，继而为大学设计完善的应战策略；这些工作多么重要，相信不说你也看得到。

过去两年里，我们的商学院大楼经过翻新，建成不少特殊用途的课室和教师办公室。（*商学院的教学方式与别的学科不尽相同，有些课程特别需要师生间的互动交流；这些课室最好设计成马蹄形和阶梯式，让学生听讲时围着老师，又让老师走进学生堆里交谈。至于教师办公室，原来有些青年教师两人一间，翻新后每人一间，让学生来找老师请教时不会打扰他人。*）

理学院的老楼亦已修复完毕。老楼一翼即将加建一层，增加不少教师办公室。一组学生宿舍已设计完善，1700 万美元的建筑费业已到位，目前正在招标。州政府业已另批出 1100 万美元让我们为创意艺术学院加建一栋"艺术与工业楼"（arts and industry wing）。（*八十年代，工业设计与艺术还不很衔接。两者间的真正融合始于电脑时代和信息经济。这方面我们很可能走在时代前端。*）预料州政府即将批出 840 万美元让我们启动教育学院的改造和加建工程。一年内，还将设计和建造一栋高达五层的停车大楼。

校园里，部分地段很难避免建筑工程所带来的噪声和尘埃。喜见学校向前迈进，任何进展总得付出一定代价。

请不要说我贪得无厌：以教研空间来说，经受长达十五年的"干旱"，目前状况还很艰苦。各位或许已经注意到：虽然上述的每项建设对大学来说都很重要，但是蛮大部分并不解决传统教课的需求；我们还得尽早为后者在系统里排队，积极争取。越正确明白自己的需求，越了解政府和州大系统的批款制度，就能越高效率地推动进程。

申请巨额建筑经费，过程需时极久：在系统中与别的州大排队，争取优先；得到批准后，计划、设计、构制施工图、建造、装备……每一步都需要分别申请批款。究竟什么样的设施才能满足教研需要，不能不按院系和课程而定；那么，学术部门与行政部门从头开始就得密切合作。我们所细心设计的《校园空间总体规划》已获州大校董会批准，情况相当乐观，但是经费不落实到位，一切都属纸上谈兵。当务之急该是让已经批准的项目加快排进州大系统的"五年滚动建筑实施计划"。

最急需的建筑是一栋工程与计算机科学大楼。项目本身早已获批准，就是建造经费迟迟不批。州大系统正在做一个全系统大学工科的调查，说是要做完调查才分别为建设拨款。处于科技地带的旧金山州大已经做好全套发展计划，但是也得等候，令动工遥遥无期。（虽则八十年代中期个人电脑工业还刚走出萌芽期，人类尚未进入信息时代，可是我们很清楚地看到集成电路的辉煌前途，不能不迅速为这方面培养大量科技人才。可是总校机构里没有高层科技人员，缺乏视野；你急他不急。）

目前工程和计算机科学都挤在理学院里；若能搬入新楼，整个理学院可以松一口气。还有呢，州政府的财务预算里包含一条公式：每栋新楼都配上一笔为购置新设备的拨款。这很重要，因为工程和计算机科学所需设备既多又贵，狼吞虎咽地占了全校购置经费的很大部分。如能赶快跟着新楼拿到设备拨款，全校都会松口气。

还有一栋正在优先争取的大楼，目前被灵活地称为"学术大楼"。州大系统不会就这么为此拨款——除非有特殊情况——譬如我们能够获取校外捐赠，然后请系统对等拨款。（钱半功倍，何乐不为？）我期望过去这两三年里才开展的大学发展项目能够尽快成熟，启动大规模筹款活动。专家们说：按旧金山湾区的历史和走向来看，最有希望找到高额捐款的该是商学院。那么我们就得朝那个方向走，成功后把现有的商学院大楼让给别的学院。（专家们这样说，应该没错，可是经济环境变幻无穷，很难预测。之所以没为这栋大楼定名，就是因为到时须看哪些学科筹款最能成功。）

还没载入校园空间总体计划的，包括一座新图书馆。我们确实需要一栋实用的图书馆大楼；翻新或改造现有的图书馆，都是不切实际之举。再说，我们非常需要更多教师办公室、课室和实验室；若有一栋新的图书馆大楼，就可改造旧图书馆以为此用。多年来同事们一直忍受教研空间逼仄之苦，州大系统并非不知，而是不能不考虑到系统里所有大学的绝对需求和相对衡量，运用已定公式，予以公平照顾。因而我们的战略须是双管齐下：一方面证实目前的图书馆根本不敷应用（所谓"绝对需求"）；另一方面以学生人数与其他州大相比，辩解为何需要增加 40 万平方英尺的教研空间（约 3.7 万平方米。这是所谓"相对衡量"。又：大城市里较多半工半读的学生；完全凭全时评量人数来决定教研空间，很不公平）。

新到任的行政副校长十分勇敢，还未坐定已经披甲上阵，在他的"设施规划及审查委员会"上添加了学院和教授代表，共同讨论，奠定下一步的行动原则。我们将向州大系统提出明证：长期规划中，学生全时评量人数增加到两万两千将不可避免。现实提醒我们：九十年代后期，学生人数定将暴涨；眼见两三年后，即 1995 年前的五至七年里，学生全时评量人数就会增加到两万。而任何大规模建筑都会一拖又拖，哪能不立刻启动防御性行动？希望州大系统在收到我们的长期规划和充满细节的附件后，接受我们的论点，让已经批准的项目加速落实，同时批准新图书馆大楼的申请。事实上，各位在阅读"校情咨文"之际，我们已与州大系统的高层领导在长滩举行过工作会议，在座包括总校校长（总校校长出席工作会议是绝无仅有的事）。目前的希望是经过这番讨论，州大系统领导层会鼓励我们送上《校园空间总体规划》的修订本，把加速落实行动纳入他们的"五年滚动建筑实施计划"。

善用校内外资源和机遇

（既须在州大系统高层做工作，亦须把握自身情况，善用资源和机遇。）

校园周边空间 首先请看校园周边的情况。我们处于市区，四周都是大规模的住宅区、休闲设施、商业圈，活像个内陆小国。我们有没有潜力去找一点呼吸空间？

众所周知，房地产和物业产权是极度敏感的问题。任何有关谈判或交涉，没到成熟阶段都不能公开。这里那里我偶尔做过些暗示，透露过一点对学校有利的机会。只能说校园的边界无须永远安于现状。点到为止，不便再说下去了。

校外地区的可用空间和机遇 其次请看不与校园相连而属旧金山州大控制的空间。早前我说过我校的"市区中心"和"蒂布龙环境研究中心"。前者大可扩展，后者富有机遇。两者都需要基建发展资金。两者都面对不同层次的风险。明显不过，设施的开发会把我们卷入物业资产管理，而物业资产管理是商业行为。世上哪有不含投资和风险的商业行为？

与私立大学甚至加州大学系统不同之处是，我们缺乏物业资产管理专才。我们所依靠的是冷静的头脑、勤奋的操作、州大系统的支援，及——找得到的话——业界专家为我们免费提供的公益性服务。（免费服务犹如私人捐助，不会自动从天而降。当校长的必须进入社会，为着大学事务广为结交；还须克服腼腆，主动求助。师生们不会清楚这种滋味。）每进一步，必须谨慎，必须耐心——特别耐心。

大多数同事不知道，旧金山州大除市区中心和蒂布龙外，还拥有一块宝地：远在内华达山脉（Sierra Nevada，加州东部的高山区）、名为"伦纳德营"（Camp Leonard）的野外实验站。如果理学院与健康学部愿意合作，可以大幅度增加它的应用量，为教职员和学生把它发展成寓学习于休闲的荒野胜地。

猜想很多同事们尚未听到另一个好消息：不久前我们与"美国国家航空和宇宙航行局的艾姆斯研究中心"（NASA Ames Research Center）及旧金山州大基

旧金山州大的网上查不到"伦纳德营",却有一个"Sierra Nevada Field Campus"(内华达山脉野外校区),提供不少课程,连吃带住。

金会签署了协议,即将共同创建一个命名为"宇航研究及技术转移联合企业"(Joint Enterprise for Aerospace Research and Technology Transfer)的研发机构。这个由我校、宇航局和私营企业主导的"联合企业"是拥有 126 所大学的联盟机构,将以联营方式把研发成果通过原型开发走向市场化产品的制造。(建立这样的机构,除了让我校进一步善用天时、地利、人和,还积极支持我校的城市化。)"联合企业"的办公场所已设立于极度现代化的"技术市场大楼"(Techmart),就在硅谷中心地段、"伟大美国游乐园"(Great America)隔壁。开发项目将逐一上马、逐一独立创业,继而为我们大规模增加研发的空间和设施。值得指出的是,我们不需为技术市场大楼的办公场所支出一文。

州政府拨款的情况和运用 各位都已看到或听到有关州政府下年财务预算的消息。薪酬待遇预算不如原来期望。基建资金预算连同经州民公投通过的"一般义务债款"(general obligations bonds)则相当可观。总的来说,州政府的支持度略见上升——尽管不特别好,至少不算是灾难。

有关后者,我得请各位见表。("校情咨文"里登载了两张很详细的表。第一张的内容是 1985 ~ 1986 学年和 1986 ~ 1987 学年的最初预算和实际开支,以及 1987 ～ 1988 学年的最初预算。目的是让教授们看个仔细。第二张表的内容有关彩票拨款：州政府从彩票收入里拨一部分给高等院校，让我们略为分羹。坏处是数量不大，好处是允许灵活运用。第十六章里说"这年突然从社会里捐来一笔数量不大的新钱……"彩票拨款来自变相的社会捐赠，亦属"新钱"的一例。两张表引不起读者兴趣，就不在此转载了。）各位若想进一步了解详情，不妨与大学预算委员会上的教职员和学生代表交谈，亦可向行政副交长询问。

有关学术部门经费运用的问题，我已请新上任的学术副校长全面审查目前怎么分配给各院各系和其他学术单位。我要他与属下人员清晰了解分配政策的历史、根据、原则、公式、判据、因素及实际操作；然后与学院院长和学部主任一起决定是否需要修改。甚至考虑是否应该咬紧牙关拿一两个单位来做试点，施行为时两个年度的零基预算（zero-based budget）。（一般预算方法都以每单位的过去开支为基础，新年度的预算视情况予以增减。零基预算方法是完全不顾该单位的开支历史，从头按项审核，以此计算该单位所需的新年度经费总额。零基预算的工作量十分繁重。这还不去管它，问题出在对每单位管得非常细致、十分严厉，甚至被说成"过分残酷"。所得的结果往往低于过去的实际开支，反映这项那项开支都可能有节省余地。）

我还有别的顾虑，就是如何支持新增的教研项目。一些较新的学系，原来就没给足启动经费，一直在先天不足的条件下辛苦搏斗。这种缺陷该怎么弥补才好？该让有关学院作内部调整，还是让大学负责调整？

再说一样关乎全校的问题：科技日新月异，老师教学和学生学习所需的设备越来越复杂精致，我们没能赶上——特别在计算机使用方面。州大系统为计算机和外围设备给大学的拨款素来不足。计算机中心主任幽默地指出我们落后到什么程度——身处八十年代的今天，他问道："哪一天我们才能跃进七十年代？"怎么改善师生必需的计算机设施，是亟须面对的问题。

这只是一例。太多事情需要与新上任的学术副校长逐一探索。

大学发展办公室

两年前我设立大学发展办公室时，专家说我干蠢事，因为回收周期太长，三五年里收支不可能平衡，花了钱会被教授们骂。我想在此向各位报告：我们异常幸运，回报已经超乎所料。

运作第一年，收到的捐赠总额已达 260 万美元（其中包括理学院院长从惠普基金获得的部分），非但打破旧金山州大的历史记录，还超过历史记录的两倍；与过去十年的平均数额相比，超过四倍有余。即使除掉惠普的捐赠，仍然创造了历史新高。第二年恰巧又是 260 万美元（其中包括一尊古代埃及的雕塑）。当然，今后不可能排除上下波动；不过我深信已经过了收支平衡的大关。（与一般美国大学来比，260 万美元不是大数，甚至少得可怜。需要指出：加州州民素来认为支持高等教育完全是州政府的天职，直至二十世纪九十年代，州民连学费都不用付。他们深信州大系统更是政府为大量青年设立的教学机构，交过税的州民都有免费享用的权利；那么，这群大学就不该再向州民伸手。我们开始向外界筹募时，也曾被一些人批评，令我不得不说明私人捐赠并非取代州政府的拨款，而是让教研工作获取政府责任范围以外的补助，好比锦上添花。扭转社会人士的心理需要很长时间，我们只是起步；从这角度来看，260 万已算相当不错。）这个可喜的现象却非大学发展办公室主任的主要目标。他开始两年把精力置诸建立架构，为长期收获奠定坚固的基础。请听我解释。

稳定捐赠的主要来源有两种："年度捐赠"和"预定遗赠"（"特殊捐赠"可遇不可求。校长在社会上抛头露面，目的之一就是要增加"遇"的机会）。年度捐赠方面，大学发展主任的工作对象是两个组织：一是需要积极整顿和扩展的校友会，另一是由我邀请社会知名人士参加的"校长之友社"（President's Associates）。

先讲校友会。

旧金山州大有近一个世纪的历史，校友之多可想而知。逐个寻找、追查地址电话（当时还没电子邮件）、分头联络，工作量之大亦可想而知。有幸当年煊赫一时的王安电脑公司给我们捐了一批电脑，让发展主任得以雇用兼职学生上电脑帮他操作。这所八十八年老校，有史以来第一次组建大规模的校友录，设法以信件联络两万五千位校友。你能预料：被学校忽视这么多年的校友们早已改了地址。去年年底前寄出的信件，足足三分之二被邮局打了回票，都须一一追查后予以更改。

发展主任跑去每一院系，索取各种过去学生的名单和资料，更及时把握近年来毕业的学生名单……说是将为今年年底前见光的校友录积累六万个可靠的联络地址。此外，他还组织了新的校友理事会，并从别的大学挖来一位挺有经验的人担任副主任。这些工作需花多少人力和费用！

至于"校长之友社"，会员的人数正在不断增加。策略和目标是把会员发展好几倍，同时确定他们能够直接或间接在大学的募捐活动里扮演哪种角色。我将按时向各位报告进展。

预定遗赠方面，发展主任听到什么消息就即时跟进。例如在适当条件下参与法庭的遗嘱认证诉讼、与去世者的家人家族温馨联系、与院长教授们和我建立伙伴关系、为大学社群（包括教职员和朋友们）举办有关遗产分配计划的讲座等。[这方面，西方文化与我国完全不同。或许由于宗教传统，西方人不那么忌讳生命的终结，因而亦不那么忌讳有关遗嘱的讨论。另一方面，不少西方人在捐款前，要求对象的需求符合自己的理念；两者是否真的相符，总得经过对话才能确定——生前与写遗嘱的活人讨论，死后与接遗嘱的家人商谈。至于为什么要为大学社群举办讲座，则是因为与大学有密切关系的人往往愿意考虑把部分遗产捐给学校。他们需要了解在生时怎么保障自己的财产、去世后怎么按照自己的志愿分配。譬如说，一位教授年纪大了，房屋抵押贷款早已还清；美国法律允许他与大学办"反抵押贷款"（reverse mortgage）：在生时继续安住在家，还让大学按月给他一部分生活津贴；死后房产归属大学，大学有权出售。大多数人听讲座之前没想到过这个对双方有利的好事。可是在我国，父母都想把房产留给子女，这条路就很难走通。这儿又看到中西文化的差异：西方人一般主张子女自立，从小就灌输这套思想，因此很多子女对遗产并不抱太大企望。] 旧金山州立大学基金会的管理结构已被更新，现分两个部门；发展主任主管其一，并以行政人员与教授合组的咨询委员会为依托。（以往院系在这方面各自为主，对筹募策略和基金管理既无专业经验，又不互通信息，经常左手不知道右手在干什么；甚至跑去同一筹募对象互相排挤，把对象搞得莫名其妙。）今后征求捐赠、账户、投资等都将妥善协调。

今秋起，发展主任将把大部分日常运作交托给培训熟练的助手，自己陪我进军企业界，寻找潜在的筹募对象。我们的愿望是获得一些不加限制的捐款，以此操练本事，为日后的大规模筹募活动建立基础。

各位或许已经觉察到：以往我校没有现代化的筹募机制；这个新设的大学发展办公室终于让筹募活动走上专业化道路。不过获取真正大数量的捐赠，总还得等上十年。大学筹募是长远事业，有异于政治募款或商业筹资。在这竞争极强的战场上，特别是这充满身经百战对手的湾区，我们能建立小小的滩头阵地已甚足庆幸。

机遇、联盟、社会关系

寻找机遇，争取研发经费 试看周围，我们并不缺乏机会以学识和经验换取外界资源，来资助我们的教研工作。我说的当然是研发经费。

十九所州大里，旧金山州大获得的政府研发经费一直停留在第二至第四名。不过即使是第二名，仍远低于圣迭戈州大。这个很不合理的局势必须打破。我设法为新的研发项目播种：先是发放更多的"指定课时"，以此减低研发项目负责教授的教课节数。接着将发放部分种子经费及参加学术会议的出差旅费。研究与专业发展部直接向我负责。正如大学发展办公室，研究与专业发展部的主任进入旧金山州立大学基金会的管理层，主管另一个部门，并以教授组成的专业研发委员会为依托。目标是让基金会为研发经费的申请者及研发项目的负责教授提供高效完善的服务。（基金会以往组织散漫，效率不高，经常是教授们诟病的对象。越被批评，就越不敢放手做事，造成恶性循环。虽则诸多怨言，我着手改组时还是碰到不少阻力。基金会的服务对象既要抱怨，又对新事物抱有疑虑。人性大凡如此。）我并不期望所有研究和创作项目都能获取外界资助。许多被高度重视和评价的创作项目不属资助范围，因此那些有幸能够获取资助的同事们更需出手相助，让这类创作项目在社会上见光——毕竟大家都在为这所使命广阔的综合性大学作出贡献。

城市河口研究中心 我校的重要任务之一是扩展蒂布龙环境研究中心的贡献范围。校董会为中心批准的总体规划包括两大组成部分。我已经说过其中之一：举办教育界的会议、提供公共教育；这部分能自给自养，不求政府拨款。

另一组成部分致力于与教学有关的海洋研究。不久前我们向"布克信托基金会"（Buck Trust）呈送了建议书，为海洋研究申请一笔永久基金。建议书由中心主任缮写，要求拨款建立一个"国家城市河口研究中心"（National Center on Urban Estuaries）。（香港科技大学的陈介中教授多年来致力于这方面的研究，卓有成就，不断获得国际合作和崇高声誉。他一直推动在珠江口建立这么一个国家级的研究中心，可是由于诸多城市间的各自为政和相互竞争，始终无法成事。）布克信托基金会邀请我们的团队面谈，陈述建议内容。团队的表现极佳，足以令我们自傲，可是最后还是输给了伯克利加大的老龄化研究。

这本建议书却为蒂布龙环境研究中心的任务勾画了明确的蓝图。我们将不断寻求外界经费来满足任务所需的资源。作为 The City's University，我们必须运用专业知识来保护旧金山湾区的城市河口，让世世代代人共享宜居和愉快的环境。我与已故的前任校长有个共同愿望：在旧金山海湾建立世界级的环保研究设施，并承诺为这项目献出自己的力量。（这确实是旧金山湾区非常需要的研究项目。可是很惭愧，我次年海归香港，没能实现承诺。香港科技大学开学前就在太平洋对岸成立了环保研究所，特别关注河口研究，信非偶然。）

宇航研究及技术转移联合企业 前文提起我校带领 126 所大学的联盟，与宇航局艾姆斯研究中心合作创办"宇航研究及技术转移联合企业"。这又是一个闯入科技前沿、为全人类谋福利的大好机遇。艾姆斯研究中心处于硅谷核心地

美国国家航空和宇宙航行局的艾姆斯研究中心。现在网上已找不到"宇航研究及技术转移联合企业"。

段，周围有无数学术和科研机构。它在芸芸众生中选上我校为学企联合的领导伙伴，令人惊奇之余，不能不特别高兴。

我校在联合企业里的主要贡献将是"研发管理"（R&D Management），因而谈判的带头人是商学院院长。他非常能干地代表旧金山州立大学基金会和商学院与宇航局达成协议。我认为这个联盟将为基金会带来长期及稳定的收入，亲自从头深入参与，并在其创始阶段投入大量精力，加以紧密关注。事实上，这个承诺已成法定：艾姆斯研究中心的主任与我同被定为联合企业的负责人。

谁能否认有这一天旧金山州大会在联合企业里分享多种衍生企业的股份？不就等于获取了一大笔永久基金？（又得说声惭愧：次年海归香港，这个承诺亦被中断。其后香港科技大学首创了香港学界的技术转移中心和大学研发公司，帮助教授们把研究成果转向应用及创业。或许可说我的两项承诺并没被破坏，只是实现的地点被转移到大洋对岸的祖家。一笑。）

大学的社会关系：来自旧金山社区的朋友们 许多由社区领袖们组成的委员会和咨询组织，无私地为大学的院、系、研究所、研究中心等提供意见和帮助。他们为大学花大量时间和精力，全属义务性质，分文不收，唯有的酬报是履行公民责任与支持高等教育所带来的满足感，呈现城市里的大学与民间领袖协作的能量。

我不能在这"校情咨文"里尽列大学的所有社区义务组织。仅举一例为证："校长顾问会"（President's Advisory Board）目前的成员包括企业界的高管、专业界的领军人物、旧金山总商会的总干事、旧金山劳工活动的首要资深领袖、律师、慈善家及大学校长（接着点出一系列人名，这儿就不写了）。这个顾问会扮演的是什么角色、做过哪些贡献，各位过去不常听到，今后会有改变。请注意大学出版物《内情》（Inside）里的文章：义务组织种类之多令人吃惊——从前文说过的校长之友社到校友会，到不大有人听说的"图书馆之友社"（Friends of the Library），到"现代希腊研究中心之友社"（Members of the Center for Modern Greek Studies），到一群与大学交往长久的老年社会人士所组成的"六十高龄社"（Sixty Plus），无一不为大学带来知识和欢乐。

大学与市里的民选官员、州议员、市议员们都保持良好关系。名字就不便多提了，不过应该向某些人士致谢——那些屡次为大学在市政府圆拱大厅里主持庆典的，来校给学生上课或交谈的，在百忙中抽空来校参加活动的，通过公告为大学广为宣传的，为多种大学活动在社区里叩门募款的，在政府里和议会里不断投票支持州大系统拨款和基建经费的——他们自己知道我在谢谁，大学社群亦知道我在谢谁。高等教育受益于他们的积极参与，加州州民受益于他们充满远见的领导行动。

"校情咨文" 总结

大学的社会形象　"校情咨文"到此接近尾声。结束之前，需要为同事们勾描大学的社会形象。

每个机构都需要有个清晰的形象。我们学校这么个机构，规模大、多样化、特别复杂；远处看来，形象难免模糊不清。我们自己清楚，但是别人未必清楚。社会人士把我们看成一个巨大的学术超级市场，事实上没错。社会人士把我们看成躲在象牙塔里的学者，老实说部分同事确实如此。社会人士把我们看成一窝冬眠中的政治活动分子，坦白说不是完全没有。社会人士说起我们这所大学，往往字眼里带上顾虑的泛音，所反映的是他们看不清楚我们的全景。

人们亦会赞扬我们：这儿某位教授、那儿某个课程，某位职员在交往中留下的印象、某些学生在义务活动中的表现，一则获得奖项的物理实验、一次高度成功的戏剧演出。人们知道我们所收集的劳工运动历史档案、所举办的国际商业工作坊。他们听说过我们的公共事业研究、双语教师培训、第二语言教育、特殊教育课程。他们还认得我校的美式足球元老。他们大可说个不停，可是罕能真正领会我们运用凝聚力量所获的成果。旧金山州立大学多姿多彩，既是这个城市的脊梁，也是这个城市的骨髓血脉和神经系统。我们必须把这个信息清清晰晰地传达到社会的每一角落。

大家都知道，形象只属表面。但是不管怎么说，最早打入人们眼帘、触发反射的，总是表面形象。若要城市大众给我们应得的支持，无可避免需要设法刺激反射，吸引他们再次仔细看看我们。搞公共关系？就算是吧。坦诚的公共关系无损尊严。

新的大学称号和标识　社会已经接受我们 The City's University 的称号。这个称号真实正确地传达我们的现状与志愿，难怪这么快就受到欢迎。称号本身代表了形象的塑造。

我们创造了个新的标识：金门、大海、云雾、阳光——旧金山市简明自豪的景观总论。无须多说，我们在静默中占领了整个城市。标识变幻无穷：刻成白色浮雕，暗示低调的尊严；印得辉煌多彩，带来欢乐和幻思；丝印紫金校色，呈现严肃与优雅；素描黑白反影，忆来轻松的时刻。这个图案设计出自义务奉献校友之手，同时捕获了旧时代的传统文化和新世纪的起飞活力，又是一番形象的塑造。

各位来到校园，有没有注意到新出现于街口的五米高大学标志？校园周围还设置了十三支永久性的路标。我们以此象征打开大门，欢迎群众来访。

旧金山州立大学的进取性公关活动　前面说过的"旧金山州立大学周"，用

全面开放的校园，欢迎群众来访。

的是进取性的态度和方式。我们毫不害羞以此攫取公众的关注。庆典在市政府的圆形大厅里开幕，主持者是位校友——当时的市议长威里·布朗（Willie Brown）。出席者包括大多数市议员，加上十几位外国总领事，代表巴西、印度、以色列、埃及、中国、希腊、苏联……市中心举行的校友会庆典上，来了几百位校友，包括影视明星及四位市议员。大学的各式乐队在闹区广场上演奏，赢得赞赏之余还被邀再度演出。传媒的突击带来空前的宣传活动，引来美国西岸大报《旧金山纪事报》（San Francisco Chronicle）的专著社评。

　　回到校园里，专业讲座、全国会议、展览、演出、示范、草坪欢庆等填满了整个周末。高潮是由科波拉院长监导、无数教职员学生参与的"紫球奖"演出。"紫球奖"表彰当地诸多族群的人才；这些人才接连上台，赞扬他们的老师——旧金山州大的教授们。满天星斗的盛大汇演终于为沸沸扬扬的一周拉下序幕。

　　公关主任挑起担子，辛劳多日。我们给她过少的经费，来应付过多的要求。我不忍请她按年重复，只预备在 1989 年大学九十周年再办为时一周的大型活动。明年的庆典活动将是个规模适度、为期两天的"旧金山州立大学周"。为了要维持公众的关注，不能不作一年一度的跟进。

第二世纪蓝图的完成和修订 （"一番最后的回顾"到此为止，跟着接上十七章的"向旧金山州大第二世纪进军"，之后回到总结。）我在此重申："蓝图"只是蓝图而已，既非近期策略计划，亦非远期战略计划，更不是行动计划。所说的是我们的愿望，并不是盖好的路轨。正如建造房屋，首先需有整体概念和建筑设计，才能编制工程计划和施工方案。

请让我再次强调："蓝图"并没被"刻进石头"（not carved in stone——美国的说法，表示并没定死）。有关文件至少每三年滚动式地测试和检查一次，不断跟随出现于眼前的时机与现实，作出适当调整。由于文件的原始资料来自多方，继而用了非常规的程序予以组合，很可能成品出台不久后有些部门就会开始转念，在三年周期之初就要求修订。这应该是不会发生的事，不过万一发生也没关系，我们可以考虑把这轮的三年周期缩短。

规划流程必将在下学期初完成。那时"蓝图"会被送呈学术委员会，希望获得教授们的接受和通过。相信若有更改，亦不会举足轻重，因为"蓝图"代表的本来就是教授们通过院系讨论所透露的心声。任何更改都能在三年周期里加以郑重考虑。

一番最后的回顾 以上是一番回顾——很冗长的一番回顾。正如我所说的，起飞前夕需要唤回过去、着重衔接、做好回顾，之后果断前进。以大学来说，八十八岁还很年轻。年轻人不痛惜过去，不颂扬过去，亦不依恋现状。他们高瞻远瞩，然后瞄准目标勇往直前。

旧金山州大亦将这样，就像是在创办一所新的大学。事实上任何大学总不断更新，犹如重建。继我们而来的人又会在我们所奠定的基础上重建。自我重生的能力原是人类文化的精华，也是每一备受敬重的机构的精华。旧金山州立大学亦不例外。

第十九章　零的突破——1984年洛杉矶奥运会

在我留美三十三年的生活里，1984年是特别无法忘怀的一年。

几个月前到旧金山州立大学上任。结婚以来，除短期出差，二十多年来没与妻子分离过；这次两地分居几近一整年。进入初夏，儿子大学毕业，还拿了大奖。与妻子说：终于第一个孩子熬出头了。不久父亲就突然撒手人寰，母亲随姐姐迁回中西部，结束了1966年开始的三代团圆。

有喜有悲，人生无常。

二十世纪六十年代末、七十年代初，是留美中国学生难以忘怀的几年。先是"保钓运动"，跟着出现了"乒乓外交"，没多久尼克松访华。部分留学生，尤其是民族意识强烈的一些台湾青年，运用各种方式收集有关祖国大陆的信息，满怀热诚接待一批又一批来自故国的科技访问团，并通过"美中人民友好协会"和"全美华人协会"的活动，在民间大力推动中美关系正常化。

七十年代末、八十年代初，"四个现代化"、1977年恢复高考、改革开放等，为祖国大地带来了新气象、新希望。上面所说的那些留美学生已在研究型大学里当上了教授。他们依旧满怀热诚，在十年内乱结束、百废待兴的号召下，多次回国参与重建科研、复兴院校、创立学位制、辅助工业现代化、推动国际学术交流合作等。

1978年，我在西北大学当教授兼物理系主任。利用学术休假带妻子和一儿二女回国，在中国科学院物理研究所和复旦大学服务了四个月，并协助展开访问学者留美的各种准备工作。1979 年秋搬到加州，在圣迭戈加州大学当了四年的院长兼教授，继续把公余时间和假期投入促进中美学术交流和科教兴国的工作。就这样，有幸在国内和海外认识了许多志同道合的朋友。

就在这当儿，中国决定参加将于洛杉矶举行的 1984 年奥林匹克运动会，派出庞大的体育代表团，吹响号角，向全球展现"零的突破"。之前我已转到旧金山任职于州大，有幸被邀参加代表团，得以身历其境。这番经历给我留下深刻印象，或许隐隐中影响了我人生下一阶段该何去何从的抉择。

2008 年，奥运会有史以来首次在中国举行，又是个"零的突破"。我写下二十四年前所目睹的盛况，发表于香港《文汇报》。在此加以整理补充，献给读者。

从"临时联络员"到"顾问"

洛杉矶奥运组织委员会的主席叫作彼得·尤伯罗斯（Peter Uberroth）。他的领导方法与众不同，有些做法颇有争议。譬如说，一开始就要每个国家向组委会派遣一名联络员。本意很好，可是听说为了施加压力，哪个国家如不立即派遣联络员，他就会替您代劳，照自己的意思替您委任一位。

对于开放还不很久的中国来说，这样子的代劳不能接受。若要立即派遣适当的人选来美，又很不容易——毕竟那时国内体育界里极少英语比较流畅并在国外生活过的人，万一碰上什么问题亟须交涉，语言和习俗上都难沟通，恐怕不能应付。

据说外交部部长黄华找上杨振宁，而杨振宁推荐了我。接着旧金山领事馆向我传达中国奥委会的信息，说唐树备总领事（多年后他主持了海峡两岸工作）请我当个"临时联络员"，直至 1984 年 4 月才派来正式的奥林匹克专员：一位性格活跃、通英文、能驾车的许放先生（需记得：开放初期三样都不简单）；同时把我提升为副团长级的"中国奥运体育代表团顾问"。受宠若惊，不在话下。

开幕前数天，我飞抵洛杉矶机场，被记者们包围，连连发问。很多问题有关华人当上美国大学的校长。与奥运任务有关的问题只有一个："奥运代表团顾问干些什么？"这问题很不好答，因为我实在没干什么。再说，许放非常能干，来后不需要帮助。据中文《中报》报道，我当时的回答是："实际上是顾而不问。搬进奥运村后也许会跑跑龙套、打打杂，哪儿需要就去哪儿。特别是代表团或运动员与奥组委有什么需要进一步沟通的，我可以扮演穿针引线的角色。"

记者还引用了我说的话："洛杉矶奥组委与中国奥委会关系很好。奥组委抱怨有些国家要求太多，有些国家则爱讨价还价，中国奥委会却很容易打交道，什么事情都很易谈妥。因此将会予以特别礼遇，让中国选手当第一村民，在奥运村里升上第一面国旗。"其实这般礼遇还有别的道理：尤伯罗斯对中国有番感激之情。

之后洛杉矶奥组委与中国奥委会不断直接进行磋商，这些国家级的来往轮不到我这个庶民。

作为联络员，早期的工作是尽量了解奥组委的看法和做法。中美两国文化背景迥异，思路和制度又有很大差距，不易理解对方。大事我作不出贡献。但是小事处理不妥可以变大，必须预加防范。

举个最小而至今还很普遍的例子，就是中文姓名的拼音。其实汉语拼音十分简单，除 c、q、s、z 四个字母外，与英文发音相去不远。一般中文姓名只是两三个字，拼音只有寥寥无几的一串拉丁字母，不熟悉汉语的人一不小心就会写错，甚至当事人也会拼错自己的姓名。我在安排近百位最早期来美的访问学者时，累积了大量经验，经常在来往文件上为他们改正姓名的拼音，否则拿着邀请书去申请入境签证时姓名不符，肯定过不了关。洛杉矶奥组委的职员们操作亦不很仔细，例如在发给我个人的身份证件上就拼错了我的名字。幸好当年不依靠电脑，人与人间还能直接通话，凡事能够解释就可商量，改正错误不难。

比较严重的问题出在海峡两岸的分歧。那是台湾当局高呼"汉贼不两立"的年头；亦是国际关系急转直下、台湾当局发现地位正在下降、必须发力坚守剩余空间的年头。虽然无奈地接受了国际奥委会的决断，不得不以"中国台北"或"中华台北"的名义参加此次奥运，心存不甘。

而祖国大陆开放不久，骤然进入美国这个国民党经营多年的势力范围，样样都感到陌生、敏感。譬如说，哪儿出现了"中华民国"的字样，包括路边的涂鸦，都会紧张一番。店铺门前或立交桥上偶然有人挂出一面青天白日旗，就会要求市政府立马把它取下。国内的领导们不明白为什么有些事情连市政府都无权处理，更无从理解为什么已与新中国建交的联邦政府在自己国内不能呼风唤雨。这些事都需婉转解说。

最严重的问题是体育代表团的人身安全。美国大城市里的治安环境本来就不很理想。八十年代又添加了外来因素：伊朗宗教领袖霍梅尼与美国总统里根水火不相容，使美国政府担心奥运人员会被"恐怖分子"袭击，造成流血事件。

再说，一些右翼极端分子和林林总总的各种反华势力，若要借机骚扰，甚至搞些能够大事宣传的策反活动，看来不足为奇。不像今天：中国的专业人才遍布世界，运动健将移民后代表他国登上体坛，比比皆是，大众并不一定把这看成坏事。当年可不一样，跑掉一个团员就是出了大事。这些都须预先做好心理准备。

还有，国际奥委会有整套成文和不成文的规矩，各国奥委会必须严加遵守。所出版的册子和通讯，发到手上，我立刻仔细阅读，尽可能了解其细节。由于语文和背景的差异，我担心国内体育界的领导层未必都能体会字里行间的含义。初次大规模参加国际体育盛事，绝不能闹笑话，更不能出岔子。

我的担忧很可能只是庸人自扰。譬如说，参加奥运的国家都被分配到一定数量的门票。记得当时从国内传来消息，说是国家还比较穷，奥委会经费不足，连团员的制服都要依靠私人捐助；于是有人提议把分配到的门票高价出售，还说可以大事拍卖，作为补贴。我听到后大吃一惊，到处打听，无法证实，却又无法否定。惟有写信回国报急，指出这会犯下大错，万不能行，甚至紧张到提出：如果真有此事，我这联络员干不下去，必须辞职。若是没有记错，累得何振梁先生亲笔来信澄清。

天降神兵：欢迎健儿到来

由三百五十三位运动员和八十位干部组成的大队并不同时飞降洛杉矶。为了提早适应时差和场地，运动员大多已在开幕前分批到达。

五十二年前，中国体育代表团也曾来过加州，参加 1932 年洛杉矶奥运会。当时被讥为"东亚病夫"的中国只送来一位运动员，不幸在预赛中就被淘汰。三十二年前，建立未久的新中国派了四十人的队伍到芬兰参加 1952 年赫尔辛基奥运会，却又只有一位进入比赛。

这次的队伍浩浩荡荡，单就数字来说就是"零的突破"。

苏联以报复心理杯葛洛杉矶奥运，号称会说服一百多个国家支持此举，使尤伯罗斯十分担心。他曾许下大愿，要领导一次主办国不必赔钱的奥运会；若这么多国家不来，雄心壮志肯定泡汤。若中国不来，比他更懊恼的，却将是仰望神州天兵的全美华侨。

"文革"锁国十年，世人无法熟悉新中国的体育发展。海外华人所知，不过是国际上屡屡夺冠的乒乓和女排，而乒乓尚未被列为奥运项目。庞大队伍的到来，对"洋人"来说新鲜好奇而已；至于表现是否出色，尚需拭目以待。对华人来说，抱的是另一种心情：面对祖国改革开放所带来的新景象，目睹高大壮健朝气十足的运动员，热烈欢迎之余，期望极高——甚至过高。这样的期望令我担心。

7 月 20 日——开幕倒数第八天，洛杉矶侨界假唐人街的万珍楼举办盛大的招待会，为万里迢迢而来的体育代表团先行部队接风。

三辆满载运动员的大旅游车，算准时间，从设于洛杉矶加州大学的奥运村出发。即使高速公路堵车，个把小时还是应该驾到，谁知晚了两个多小时。作为这场欢迎会的主持人和联络人之一，我不断用电话追查，听闻早已出发。难道出了车祸？不会吧，否则该有人通知我们。旅游车出了故障？亦不可能，哪会三辆车同时抛锚？迷了路吗？这么简单的路程，本地司机怎会走错？

1984年7月18日的《体育报》报来佳音。

遇到这种可能涉及重大安全的事，满城警察竟没一位给我们打个招呼？

后来听说是尤伯罗斯为了让此次奥组委获取盈余，尽量压低成本，拒绝给洛杉矶警局提供充足的加班津贴，因而警局拒绝在奥运会开幕前过分卖力。这当然只是奥运村里的小道新闻，依据不足。不过奥组委用尽方法省钱，确可从不同方面觉察。

贵客终于到了唐人街，让我们放下心头石。招待会开得十分热闹。次日，7月21日，紧跟又一场盛大的欢迎餐会，由中文《国际日报》做东，总编辑阮次山主办，让我当餐会的主持人，地点是希尔顿酒店，位于帕萨迪娜市（洛杉矶东北部的著名老镇、加州理工学院的所在地）。到会六百多人，采访记者两百多人，包括美国三大电视网。还有旧金山总领事唐树备，来自国内体育界的领导们，及加州州务卿余江月桂、两位邻近城市的市长陈李婉若和黄锦波、里根总统的教育顾问吴黎耀华等不少美国的华裔政要。还有传媒界的亚裔名人，包括电视网 NBC 的洛杉矶新闻主播丰田（日裔）。

二十五年后被访问时，阮次山说："洛杉矶奥运会前，当地的媒体几乎是清一色亲台湾的。洛杉矶奥运会改变了一切，所以，这届奥运会对美国华人社区的影响是里程碑式的。当时中国代表团形象大使吴家玮是我熟人，我和他联系，他极为支持。本来我打算在环球影城的希尔顿搞的，但后来那边受到压力，我就改到帕萨迪娜了。"这番话轻描淡写地勾画了海峡两岸在海外的政治角力。

最吸引群众注意的难免是影剧界的华裔明星，包括百老汇名剧《花鼓歌》（*Flower Drum Song*）的作家黎锦扬和主角关南施——以《苏西黄的世界》（*The World of Suzie Wong*）一举成名的影星，《印第安那·琼斯》（*Indiana Jones*）中的华裔童星关继威。还有风头极健一时的溜冰明星陈婷婷。套用今天的网络语言来说，大多美国华人是以上这几位的"粉丝"。

除 1979 年邓小平访美时在华盛顿举行的全美华人欢迎会，各界华裔代表到得如此齐全，我真还没见过。

7 月 28 日，全球电视同时播出奇景：洛杉矶最繁忙的高速公路上，数之不尽的崭新豪华旅游巴士一排展开，有如长龙那样向市中心疾驶。反方向的几条车道则空荡荡，一辆车都看不见。1984 年奥运会开幕典礼创造了奇迹。

为什么说是奇迹？有笑话说："洛杉矶人把高速公路当家，一天花上好些时间堵塞于途。"他们怎么会让高速公路得到片刻空闲！再说，美国人崇尚我行我素的个人主义，怎么肯为奥运会这种"区区小事"让路？高坐车里的人真有余亦与荣的大好感觉——倒不单是为了有幸参观奥运会开幕式，而是能霸占洛杉矶的高速公路：人生最多就这一次！

天色晴朗，万里无云，车队五彩缤纷，出现在电视上确实壮观。坐在那串豪华旅游巴士里的人却还看到另一种景色。

开幕典礼被安排在洛杉矶纪念竞技场。这个竞技场也就是 1932 年洛杉矶奥运会举办地，很有历史价值。多年来被隔邻南加州大学的著名美式足球队用为比赛场地，周围环境却不甚安全。

当时美国人与伊朗的原教旨派（复古派）已经交恶，非常害怕恐怖分子袭击洛杉矶奥运会，重演 1972 年慕尼黑奥运会的悲剧，因而把此次奥运会的安全问题看得十分紧张。群众在现场直播里看到前往开幕式的车队如此威风凛凛、保护得如此周密，连视为命根子的高速公路都能封路，自然解开了心头结。他们所没看到的是，车队一离开高速公路就被堵塞于市区街道，进退两难。假如真有恐怖分子动手，该能得心应手。事后与在电视上看开幕典礼的朋友们谈起，才知道上述情景没在屏幕上出现。

还有没在电视屏幕上出现的情景呢。次日，这群崭新的豪华旅游巴士从此销声匿迹。每天把运动员们送到远地去竞赛的车辆，都是中小学校接送孩子的黄色巴士。这些巴士当然毫不豪华，有些还十分陈旧。奥组委这般做法是为了节约经费，无可厚非；本来就是嘛，体育活动应该以人为本，不必追求表面化的奢华。奇怪的是开幕典礼与正式竞赛两者间的待遇相差如此之大，传媒竟视若无睹，不闻不报。为什么？这些后话暂且放开不谈。

光辉与黯然：成败都是英雄

我能目睹开幕典礼，完全是侥幸，及一位代表团人员的慷慨。这话怎么说？

1984 年我在旧金山州大当校长，工作已上轨道。奥运会会期在 7 ～ 8 月间，学校正放暑假，可是校长的工作量还是很大，不能久离校园。那天，一周的工作提前做完，抓紧时间驾车到机场，飞往洛杉矶。奥组委把开幕典礼排在晚上，让下班回家的电视观众看到全部节目——特别是企业花了大钱买的电视广告。幸好如此，让我能在开幕典礼前仅仅数小时赶到。

奥组委为来自各国的代表团安排好班车，把有关人员从机场接至奥运村。车满即开。我到得如此之晚，所有代表团早已接走，于是班车变了专车，五十座位的大巴士只载上我这一位乘客。一辈子没这么浪费过。虽只一次，很不安心。

奥运村有两个，一个设于南加州大学，一个设于洛杉矶加州大学。暑假期间本科生极少，宿舍腾出来租给奥组委，安置大群运动员，既方便又省钱，是个高招。我预先知道来自中国的代表团被安排住在洛杉矶加大。我本来就很熟悉这所大学的校园。当联络员的，需要访问奥组委办事处，并须进一步了解环境，于是又特地来过两次。不过奥组委没有预先让我知道中国代表团究竟会住在哪两栋宿舍楼。

进入洛杉矶加大的奥运村，自有一字排开的问讯摊位，站满义务工作人员。报章对此宣传已久，说很多义务人员都是学校教师。端的斯文有礼，温厚可亲。走上去询问中国代表团住在哪个宿舍、大本营在哪儿，才发现他们亦没被预先告知。奇怪的是他们手上没有这份重要资料，亦不清楚应该打电话去问谁。折腾了一个多小时，甲问乙，乙问丙，似乎知情人士都已他去，急得我满头大汗。终于在一栋栋宿舍走遍后找到对口的宿舍，那时代表团大伙已经整装待发。

急急忙忙拿到房间钥匙，知道有关资料和服装都已在房里。急急忙忙换上中国奥运制服，发现什么证件都齐，就是缺了开幕典礼的入场券。代表团里一位女干部急急忙忙把她自己的入场券给了我，自己另去张罗。急急忙忙归队，总算没"临阵脱逃"。今天回想当时那急急忙忙的情况，还心惊肉跳。

这些年来，使我耿耿于怀的是混乱中我竟不记得这位好心的女干部是谁，也不知道后来她能不能入场。当时"兵荒马乱"，没注意她的容貌，也没有机会好好道谢，事后更无从报答。希望她若看到《文汇报》或这本书，能够给我来封短信，让我感谢和赔罪。

来到洛杉矶竞技场，看到来自全球的健儿们正在准备进场。中国代表团大部分非运动员没列队入场。我当时想："很好，免得有体态不那么理想的人，挺着肚子，挂上当年时兴的特窄领带，走在队伍前面，冲淡健儿们的光辉。"还有，列队进场的都得站上整个小时，等所有运动员到齐；那样挤在人丛间，什么都看不见，多无聊？这番话实在是阿 Q 精神、自欺欺人，人生在世谁不巴望在奥运场走上一圈？

上空传来开幕典礼主持人的声音："中华人民共和国！"中国体育代表团应声入场，顿时全场掌声雷鸣。

华裔观众大声欢呼，不少眼含泪珠。美国观众的反应也异常热烈；除了因为欣赏中国队伍的庞大整齐和制服的鲜明夺目，还有来自内心的谢意：社会主义国家集团在苏联带头下向美国奥委会报复，进行抵制，而中国坚决拒绝参与杯葛，终为洛杉矶奥运会带来了蓬勃的生气。

手擎大旗、一马当先的是篮球运动员王立彬。他非但长得高大，还英俊挺拔、清秀斯文，反映了中华儿女最理想的气质和光辉。很多年后我还会想到：为什么他没当上影视明星？或许就是因为个子实在太高，没法找到能够跟他匹配的女演员？

中国体育代表团有好几套制服，包括正式西服、休闲服、运动服等，都设计得出色大方。入场时穿的是正式西服：深蓝色的上装，口袋上绣着国家奥运标志（国旗在上，托住国旗的是奥运的五环）、全白衬衫、金色斜条的鲜红领带、全白的长裤或裙。对我来说，几套制服都是宝，至今还挂在衣橱里好好保存。那套绣上标志的休闲服还从没穿过，一方面是不舍得穿，另一方面是不敢招摇。

7月29日，比赛第一天就传来捷报：许海峰在自由手枪射击项目上为中国夺得有史以来第一枚金牌，也是洛杉矶奥运会的第一枚金牌。当天回到宿舍，大伙蜂拥上楼，挤到许海峰房里向他庆贺，共享"零的突破"的光辉。著名"老将"王义夫功亏一篑，只取得铜牌。在欢呼喧闹声中，我为他感到一丝黯然。

当天下午出现了相像的情况。曾国强在52公斤级举重项目上为中国夺到第二枚金牌。周培顺举出的重量与曾国强相同，但是因为体重多上几两，按照规矩只取得银牌。两位队友同享光辉，笑容一样灿烂，但是我这个旁观者又为周培顺感到黯然。

国际级的竞赛就是那样，光辉和黯然之间只差丝毫。

假如比赛项目的时间安排略有颠倒，曾国强就会是中国运动史上创造"零的突破"的第一功臣——永垂不朽的象征。先后次序定功名，也只差丝毫。

最令我难忘的却不是这些，而是开幕式前的一段经历。

别人都在为即将来临的比赛既兴高采烈又神情紧张，吴佳妮——这位与我同宗同乡的体操选手却靠墙站着，一声不吭。我走过去跟她打个招呼，问她心情怎样、是否已准备就绪。这位秀丽的小姑娘低着头回答："刚才在现场预练时受了伤，没可能参加比赛了。"我鼓励她说："没关系，不要难过，等下次吧。"她黯然细声回答："没有下次了……"我听了心头为她淌下热泪。

赛前赛后、在不同场合上，我说："参加本届奥运会的中国选手与教练，为比赛所付出的努力、所作出的贡献，令人敬佩。用个人的努力来攀登荣誉的高峰是奥运会的精神。我们很清楚了解，光荣属于运动员，属于教练……这一代运动员正在奠定基础，带动下一代。不论拿到奖牌与否，运动员们都在为打好体育事业基础努力，流尽汗水。他们每一位都为发展体育事业、振兴中华，付出辛勤的劳动。"这段话的一部分后来出现在《人民日报》上。

金牌与否一线之差，胜负成败兵家常事。他们都是中华民族的英雄。

奥运村：居住环境和宿舍生活

在洛杉矶办奥运会有利有弊。利是城市大，体育设施本来就很齐备，不需大兴土木、劳民伤财。弊也是城市大，体育设施分散于各区和邻近城镇，运动员来去不方便，浪费大量时间和精力。

居住的安排，分为三伙。两伙是运动员和代表团职员，住在前面提到的两个奥运村——洛杉矶加州大学与南加州大学。这两处学生宿舍设备齐全，供吃供住；还有现成的运动场，正好听候使唤。

第三伙则是来自各国的体育界高级领导，分别安置于市内的星级酒店。生活条件当然优厚得多，可是平日见不到同事和运动员，会感到孤寂，甚至脱节。譬如说，何振梁是位非常忠于事业的领导人，作为国际奥委会中国委员，他必须参加各种会议、活动和应酬，住在市区酒店里自然方便得多。可是他见不到奥运村里自己培养的团队，想来会有"人在曹营，身不由己"之感。

洛杉矶加大的奥运村占用了多座本科生宿舍楼。楼层不高，每层有许多双人房间，及几个共用的卫生间。奥组委为了省钱，在双人房里放三张床，搞得相当拥挤。记得我跑去许海峰房里道贺时，需从那第三张床上爬过去才握得到手。

宿舍房里不提供空调。洛杉矶在加州南部，气候宜人，可是夏天比较炎热，气温可达 33 ~ 34 ℃。幸好并不潮湿，并且晚上气温下降得很快；否则运动员们睡不好，会影响次日的体力和精神状态，当然也会影响赛场上的表现。

房里原来都安装了电话。只要学生愿意自己交费，打电话非常方便。可是奥组委为了省钱，连已经装好的电话都被拆走。整栋宿舍楼只有楼下大厅里安装了四台付费电话；来自各国的运动员须排队等候，向家人报个平安都很不方便。

校园里的文娱设施都关上了大门，只有一间厅里不断放着节奏强烈、震耳欲聋的迪斯科，让来自欧洲的青年运动员喧闹到凌晨。我国的运动员不玩这套，唯能在花园里逛逛。事实上，那时代的中国青年特守纪律，教练和领队们也特别保守，甚至在花园里都不大看到踪迹。我不看比赛的时候，就在宿舍外面和花园里走动，与安保人员和义务工作人员闲聊，从中了解奥组委的操作方式，以备万一。

譬如说，对奥运村的安全措施取得深一层了解后，不由得不捏把冷汗。奥组委只在原有篱笆外加多了一重铁丝网，所谓"围墙"完全透空。要是来个恐怖分子在校外路旁向奥运村放冷枪，将毫无障碍。村里也没有多少安保人员；从头到尾、从东到西，我只看到过两三位警员。义务工作人员都说他们没有接受过安全培训。

几次大队出外赴宴，都需离开奥运村，在毫无保护的情况下走上几段路。出外参赛时亦是如此。理由是"为了安全起见，不能让大车靠近奥运村"。读者们或许感到啼笑皆非，对我来说，倒是给了个与运动员们边走边谈、进一步结识的机会。尤其是多次与活泼美丽的女排姑娘们同行——虽然大部分比我高上半个头。

奥运村里最令我满意的是吃：大块牛排、一众鱼虾、加州盛产的新鲜水果蔬菜，应有尽有，要吃任吃。我国的小将们对住宿条件要求甚低，毫无不满；

可是毕竟吃的习惯不易改变，较难适应。这个问题我预先与奥组委谈过；后者邀请中国馆子为健儿们准备一些中餐。都是当地同胞们开的馆子，是否可口我不便多问。

奥组委没有建造新的运动场所，就借用了市区和周围城镇已有的八个运动场和体育中心、八所大专院校的运动设施、六个公园或水上运动中心。划艇和马术比赛放在一百多公里外的遥远地区或许并不足奇，其他项目也都分得很散。譬如说，水球比赛场地离市中心五十多公里，射击比赛场地离市中心六十多公里。

我所看到的几个运动场所都很标准。不过我这个人要求不高，觉得它们非但标准，还很理想。当然，都是州民、市民、镇民、学生们常用的设施，所求的是实用，而非豪华，也都不是什么建筑新猷。众所周知，美国是超级富国，单就一个加州，GDP已在全球国家行列里排名第六，因此，完全不需依靠大兴土木来炫耀国力。尤伯罗斯在这方面为国家省钱，建立了另类形象，我认为值得赞赏。

可是交通困难为某些项目造成极大不便，有点过分。最难接受的是射击。赛场在市中心正东六十多公里，而洛杉矶加大奥运村位于市中心之西二十五公里。总共九十公里路程，行车路线正好是最拥挤的公路，尤以上下班时间为甚。偏偏比赛又安排于上午九点到下午四点，来去都与堵车时段凑个正着。我国的射击选手不作计较，没有抱怨，悄悄抱着奖牌回宿舍就是。听说有些国家的选手表达了极度不满，说是奥组委既为了避免堵车高峰，又担心破旧的老爷巴士半途抛锚，就让运动员们在天亮前出发。去到赛场，发现没有室内休息室，只在沙漠似的酷热场地挂起一张白布作为帐幕，半遮烈日。为了三十分钟的比赛，要在这么个条件下晒上一整天，拖到下班堵车时段结束后才坐着没有空调的老爷车回程。

话里有多少夸张成分，我无从知晓。只是说的不止一人。

前面说过，宿舍里不提供文娱活动。除参赛外，运动员没事好干。场地过分分散，外出交通不便；邻近场地上进行的比赛，门票又被奥组委控制得非常严谨，村里的代表团团员连观赏赛事的机会都绝无仅有。稍为热门的项目，一旦进入半决赛，就休想入场。奥运村规定：在比赛当天清晨才让村里人员排队领票，先到先得。有些赛事，整个村里只发三十多张票，哪儿轮得到？听说女排决赛那场重头戏，连我们的男排运动员都没能去捧场。

每天晚上，领队们、教练们和部分主将开会，评述当天的赛事，讨论次日的战略。我参加了两晚。第三晚突然想到，战略该是军机，我这"闲人"不应听闻，更不该过问。于是不再参加，把时间转而花在陪运动员们散心。

怎么散心？可怜得很，宿舍里就那么一台电视机。节目完全不配合我国运动员的口味。小将们又绝大多数不懂英文，看得毫无趣味。终于被哪一位发现有个电视台晚上放映来自香港的功夫片，于是大伙围着，看得津津有味。

那个时代的功夫片，水平实在无法恭维。片子不是彩色，可见还属次等、三等的老片。对白已被换成英语配音，于是小将们让我翻译回中文。那英语配音简化过甚，三分钟的对话变成轻描淡写的三言两语，甚至与情节不符。经我把它们译回中文，内容缺乏得令人三叹。惟有加油添醋，边译边编。

一天晚上，屏幕上的广告拖了很久，小将们都还屏息静气，期待广告后继续播放电影。我说："没得好等了。"他们问："为什么？"我说："咦，广告出现前，片里的所有主角不都已死光了吗？那怎么演得下去？"

影片如此之差竟还引人入胜，宿舍生活的沉闷无聊可想而知。

最美丽的姑娘们、最可爱的小将们

那年头，作为美国大学的华裔校长，我所说的话常被中文传媒引用，包括美国、中国香港和内地的报章。被引用得最多的两句是："挺得直，笑得甜，是全世界最美丽的姑娘们"和"她们都拿得出去！"——我所指的是中国女排。三连冠，上场拼搏到底，有始有终，不负众望。

或许因为我自己喜欢打排球，洛杉矶奥运会期间，陪伴得最多的就是这群既威武又文雅、天真烂漫的姑娘——特别在分组赛输给美国队之后。在我眼里，输也好，赢也好，她们总是胜利者。

端庄、成熟、富有领导天才的张蓉芳，身高仅 1.74 米——是比我矮的仅有两人之一，却是非常称职的队长、全队的灵魂。主攻手郎平，号称"铁榔头"，家家户户无不知晓；后来还担任过美国国家女排的总教练，为国际排坛作出贡献，为国人争光。秀丽的周晓兰是拦网高手，号称"天安门城墙"。最佳二传手郑美珠、整天笑容可掬的杨锡兰、个子特高而动作敏捷的姜英、在四川成名的山西姑娘梁艳、一脸学生气的苏惠娟和侯玉珠、朱玲、李延军、杨晓君，她们是我最熟悉的球员，都在袁伟民的教导下成为国人最敬佩的运动员。

分组赛时以 1：3 输给美国队。勇敢的队员们全都哭了。袁伟民和我一直在更衣室里陪着她们，倒汽水给她们喝，不敢跟她们讲话；到她们哭完鼻子，才一起乘奥运车回五十多公里外的宿舍。回到奥运村已是凌晨一点多钟。

或许不该提而我又忍不住要提的是：输球之后，多位领导无影无踪，不晓得去了哪儿。8 月 7 日决赛得胜的时刻，却一个个出来争相握手拍照。那时候，袁伟民和我靠边站着、看着；我脑里在问：这样的领导要来干吗！不晓得袁伟民这位劳苦功高而从不追求个人辉煌的儒将一刹那间有没有同感？

张蓉芳在决赛后跟我轻轻说了一句话："这次是拼了老命啊。"出自才二十多岁的姑娘口中，多动人心弦！翌年郎平在给我写的一封信上，表示再打两场大仗后会引退球场，转学体育管理。

另一群最美丽的姑娘是女篮选手。队长宋晓波、右锋柳青、两米高的十七岁小姑娘郑海霞……在教练杨伯镛的指导下屡胜劲敌，进入三强。我最欣赏的是柳青，在篮下被人打肿了脸还拼着命抢篮板球。一位分明没打过篮球的外行领导，半场休息时向球员们指手画脚，问为什么在篮下闪避？我几乎走上去跟他说："人家高你一个头、重你一百斤，一巴掌打过来，你能控制下意识的微闪吗？看上去那么容易，可不能单靠嘴皮子。不信你试试看！"

亏得杨教练和姑娘们都特有修养，跟我说："听惯了，不打紧。"他们不像我那样不懂天高地厚。

还有一群群最美丽的姑娘，包括初出家门就捧了铜牌回国的手球队、为日后笑傲江湖奠定基础的体操队和跳水队，及那一鸣惊人压倒西欧的击剑队。可惜交通太不方便，赛事又十分频繁，同时举行的特多，难免顾此失彼。大多项目我没机会去捧场，连中学时代还有过点成绩的击剑运动亦失之交臂。

记者问我对女排取得冠军有什么感想？我反问了一句："假如女排没赢得冠军，你们会不会就失去了采访的热情？"跟着我又说："她们赢得了冠军，确是我们的宝；得不到冠军的话，也是我们的宝。我们的眼睛不该盯着金牌，而要想想运动员们刻苦训练这么多年，下过多少血本！有些为国家争到了光辉，有些却力不从心。对着后者，我们不该坐在一旁说这说那，而该自问：我们自己为奥运会都做了些什么？"

中国体育代表团里这么多位人物，不能单写姑娘们。除此以外，该写些谁？

我看还是不要重点写哪一位，不如轻轻松松讲几个有关小将们的有趣故事。

各位记得楼云吗？那位可爱的大眼睛小伙子。他竟然把"体操王子"李宁压了下去，夺得跳马的金牌，让四位世界高手跟在他后面同时分享银牌。我想写的却不是他的武艺，而是他的文功。就是说，一表斯文的小伙子怎么吸引了洋娃的钟情。

奥组委没给运动员们用电话的方便，却提供了另类通讯服务：建立了个电讯网，传递大量传真。一天，传真机上出现了两封英文信，指名道姓要给楼云。楼云不擅英文，就拿来给我看，让我替他翻译。原来是两位美国女孩给他发来的情书。特别有一位，说自己也是体操选手，不过没能打进奥运会。她说："非常高兴在电视上看到你赢金牌。我一直跟爸爸妈妈说我的楼云会赢，他们不信。你果真赢了。我就跟爸爸妈妈说：'瞧！我的楼云不就真的拿了金牌吗？'"

听那口气，这位小姑娘曾经在哪儿比赛时见过楼云，用词很热情。楼云不知道怎么处理才好，问我需不需要回信？照规矩该不该回？我说："你不怕纠缠的话就回呗。"除此之外我不置可否。他没来找我把回信翻译成英文，看来多半没回。

说到体操，哪能忽略"三金二银一铜"的李宁？当年他运动超人一等，后来经商超人一等；写他成功史的人太多了，无须我多嘴。就说至少有过一顿饭，少了我他吃不成。请看：

两星期的赛事结束，华人社团包下市中心最高级的酒店大厅，举行近三千人的庆功宴；我又当上了那晚的主持人。眼见李宁坐在那儿没法动筷——华侨们排着长龙逐一请他签名留念。那可要签到哪一年！

总不能让小将挨饿吧。于是我上台要求大家别再排队，让他签完这批再看情况。跟着我请义务工作人员偷偷把他带进厨房吃饭。就这一丁点故事。

回想起来，那晚我自己既没吃到饭，也没有拿到李宁的签名。

另一次餐会上，游泳小将们被团团围住，被问各种问题。一位客人问道："你们的头发多黄！是否水里的氯太多，经常泡在水里把头发都染黄了？"略带洋味儿、头发特别黄的选手穆拉提说："哪有这事！我啊，是新疆人，头发天生就比别人黄！"引来众人大笑。

栾菊杰是第一位为中国夺得击剑金牌的女将，也是第一位获取击剑金牌的亚洲人。花剑、佩剑、重剑三种武器里，助她成名的花剑最像我国武术里的剑。晚上坐在电视前看功夫电影，她最是全神贯注。我笑她说："你是身怀绝技有真功夫的人。这些完全虚假的动作，有什么好看？"可她还是喜欢看。

击剑运动几个回合就分胜负，不像功夫片里纠缠得没完没了。

另一位击剑女将李华华，我没机会看她的功夫。奥运会闭幕式那天，当大伙都被关在笼子里等候入场时，听到几位素不相认的男运动员在那儿设法与她搭讪。几个男孩的英文都不太好懂，原来是韩国选手；他们都盯上了这位姑娘。李华华礼貌地一笑，立即闪避。蓦一回首瞧她，的确像位韩国美女。莫怪！

接近闭幕，我心血来潮，发动了一场签名活动，让我国的运动员各持代表团名册，到处交换签名。顿时名册满天飞。别人的成绩如何我不敢说，至少除赛场太远的划艇选手无法逮到，我那本册子被签得满满。后来连奥运身份证的背面也签满了名。

这本代表团名册和身份证绝对是最有意义、最有价值的奥运纪念品。

甜蜜的回忆和诚挚的反思

那时海峡两岸关系不好。国际情势迅速转变，令台湾当局忧心忡忡，一时草木皆兵。

奥运会前两个多月，旧金山的华裔组织举行宴会，同时邀请中国总领事和来自台湾的北美协调会代表。台湾当局处于攻守两难之际，以"汉贼不两立"为原则，施行"不和谈，不妥协，不接触"的"三不政策"。可是如此重要的侨团庆典，又不能避席，于是被迫与大陆的驻美官员同时露面。

忝为市里的华裔"要人"，我也被邀讲话，所说的无非是"大陆与台湾相当于海外华人的父母。父母目前处于分居状态，但是为人子女者总希望有这么一天父母会恢复和好"。没说错吧？哪知这几句话令我遭受责备。次日，一份亲台报纸说我的比喻"似是而非"，要"防范若干别有用心的人，借国共官员参加同一侨团聚会之事，扩大和谈、统战之烟幕"。天啊，我有这个本事？

另一场合上，我说希望所有海外华人不分派别，团结起来，群策群力帮助祖国现代化。这更被渲染成为虎作伥。其实我在大学里接待来自祖国的学术人员，从来没有厚此薄彼。

这种情况下，多难促进海峡两岸运动员的交流？

奥运会开幕前三天，中新社报道引述我的话："孙运璿（把台湾建成四小龙之一的'行政院长'）曾经说：'在国外，体育和学术方面，台湾的运动员和学者见到大陆的运动员和学者，都可以接触。'我觉得这话很对，中国人就是中国人嘛，两岸运动员能同时参加奥运会，真太令人高兴了。"可惜那时候，连表示高兴、希望两岸同胞都在奥运会上表现出色，都会被指为统战。

香港《文汇报》说："在闭幕式上，中华台北队的队员主动来到中国队场地访问，主要是棒球队的队员们。他们说：'看了中美女子排球大赛，你们打得真好！'他们看第一场预赛，中国队输了，十分担心。决赛时他们正有球赛；赛后知道中国队赢了，十分高兴，并主动拉着女排队员合影留念，气氛十分热烈。"

报道大致正确，只差了一点：中华台北队的队员并没有"主动"来到中国场地访问，而是阴差阳错，闭幕式上正好排在隔邻，让我有机会拉拢两地的小将们。

闭幕式轰动一时，据闻节目甚佳，特别是下届主办城市汉城（现称首尔）奉上了极为精彩的表演。为何说是"据闻"？因为来自各国的代表团员——包括我们——都没看到节目。奥组委安排我们三小时前就来到会场外围，让我们坐在厅里，呆呆等候。接着，在闭幕式开始前把我们搬到运动场的门外；左边是铁篱，右边也是铁篱，前面是铁门，让我们站在那儿一个半小时，就像关在笼子里。只听到场内一阵阵掌声，什么都看不到。直到表演结束才打开铁门，让这群久困被释的囚犯蜂拥入场。读者们现在终于懂得电视屏幕上的运动员那时为什么如此"兴奋、激动"！

美国的媒体没有报道这情景。国外的媒体也都没报道。还记得开幕典礼那天高速公路封闭、次日旅游巴士消失这些幕后情况吗？为什么都没被报道？因为奥组委给传媒界的待遇特别优厚，无微不至。尤伯罗斯来自商界，公关本事特强。

闭幕式不像开幕典礼，运动员并不分别列队，而是大伙走到场上，寻找注明的国家位置，各自归队。中华台北队正好被安排在中国队一旁。我很自然地把台湾的棒球队员介绍给站得最近的中国女排和击剑队员，让海峡两岸的小将们惺惺相惜一番。无意中所插的秧，也被罗织统战之名。

此一时，彼一时，六十年风水轮流转。今已年近半百的小将们，想不想看到海峡两岸索性联手派出同一个奥运队伍？

8 月 11 日，奥运会历经十四天，比赛项目基本完成，所剩只有次日的几项跳水和马术，及留到闭幕式才进场冲刺的马拉松赛跑。部分中国体育代表团员已经启程回国。于是洛杉矶的华人社团与各处赶来的华裔同胞会合，提早在 11 日晚上举行盛大的欢送会，称之为庆功宴。地点是市中心的玻纳芬丘大酒店（Bonaventure Hotel）——洛杉矶最大的会议酒店，素来被称为本市地标。为了容纳三千位前来共享喜庆的同胞，所有会议大厅全被联通。车水马龙，盛极一时。

运动员入场时，全场起立欢呼鼓掌，场面感人。

有当地的侨领和内地的领导提议：请十五位夺得金牌的选手一一上台亮相。作为主持人，我提了不同意见：不论夺得奖牌与否，每一个体育项目的队伍都请一同登台接受欢呼。有幸这个建议最后获得大家同意。

香港《文汇报》引用我说的话："那些尽了最大努力、克服了最大困难、为今后体育发展作出了贡献的运动员，都应该受到表扬，分享光荣"；"要多作全面报道，介绍那些刻苦上进的优秀选手，尤其是一些中国人不熟悉的项目。也要表彰那些勤奋的幕后英雄们。只有这样，才能引起广大群众对体育运动的重视。"我所说的幕后英雄们，当然包括教练、职员和各方面的后勤服务工作者。

甜蜜的回忆为我带来不少诚挚的反思。譬如说：从此我国运动界金牌挂帅？

应该肯定奖牌的重要性，因为它们代表运动员苦干的收获、勤奋的酬报。对广大群众来说，它们具有象征性，激励全民投入锻炼、提高体质。可是获取金牌并非运动的目标，不能过分侧重，甚至本末倒置。国家固然应该培植体育

1984年8月13日《体育报》报道了华裔同胞为运动员们举办的庆功宴。里面引用了我的话，却没提我力排众议、坚持请所有选手都上台接受祝贺。

人才，但是不必蓄意创造金牌明星。

说得透彻一些：全力培养固然可以达到短期目标，却终非长久之计。民主德国给了我们最好的借镜：全力培养了大量金牌选手，造就了许多体育明星，在全球体育界炫耀一时。可是金牌的数量绝不代表国家的实力；整个国家说垮就垮，到头来落得一场虚梦。

反过来看，若是全民体质提高，金牌自会滚滚而来。

美国人说是爱好运动，却愿自讥为"couch potato"（沙发土豆），就是说：爱好的不是运动，而是靠在沙发上一动不动、盯着电视看别人比赛，结果令自己体重失调。我国近年来似乎也有这种趋势。要知道，观赏与参与完全是两回事。不妨重提我在《红墨水》里写过的一段小故事：1972 年慕尼黑奥运会，美国游泳名将马克·斯皮茨（Mark Spitz）赢到第七枚金牌。消息传到我任教的西北大学，只听到师生大声呐喊："我们拿到了第七枚金牌！"我那位物理系的美国同事冷冷地说："什么我们我们，我根本没有下水。"

我国在体育上还没达到全民皆"兵"，确实需要把为国争光的运动员看成宝，看成榜样。可这点做到了没有？我们怎么照顾这些自幼就离家接受培训、十几二十来岁就需退伍的青年们？在举国欢腾、迎来 2008 年北京奥运会的时刻，我们有没有真正关怀过"零的突破"的英雄们？有没有询问过他们的健康、家庭、文化、职业和生涯？电视报章有没有为"非明星"做过专访，深入了解他们现今的住房情况？老少的医疗有没有保障？孩子的教育有没有着落？

创建以人为本的和谐社会，这些能不关怀？

2008 年北京奥运会亦是一次"零的突破"。但愿全国同胞确确实实以人为本：重申"友谊第一"、照顾好所有的运动员、让群众从观赏走向参与、广化全民体育锻炼和团队精神，为和谐社会建立又一起点。

第二十章　落地生根与落叶归根

1988 年 12 月初，一份美国的中文报纸在头版载出新闻，细节已不记得，反正标题和内容都有"落地生根"和"落叶归根"这些字眼，意思是一个经常劝人在美国落地生根的人，现在自己要落叶归根了。指的是我。

其实我并没有经常劝人在美国落地生根。我的话是：假如没有落叶归根的念头，新移民需要深入了解美国的文化和习俗、美国人的心理和性格，把根栽入这块土地，以此为家；这样才能克服歧视，真正当家做主。

美国本来就是块移民土地，只要愿意来此生根，理应人人有份。西欧的白种人来到这块早已有居民的"新大陆"，征服土著，建立国家；真说也不过是老移民而已。征服拉丁美洲的西班牙人，很大部分与土著通婚，北上开发了今日美国的西南数州，后来被来自东部的人征服，失去了疆土和主权；这些"西裔"亦是老移民。

过去几十年来，西裔大量移民和生育，人口比例迅速上升，以加州来说，几达 40%。加州的亚裔人口比例也不断上升，将达 15%。2008 年非裔的奥巴马非但当选总统，四年后还赢得连任。这样说来，大家都是移民或移民的后代。加州也好，全美也好，"新大陆"不再属于来自欧洲的白人和他们的子孙。这个国家究竟该算谁的？再过几代更将属谁？

移民美国的犹太人真把根栽进了这块土地，因而虽占全美人口不到 3%，影响力极大。他们同时非常在乎远在以色列的"娘家"，为以色列和全球犹裔作出极大贡献。可见在外国落地生根非但不需疏离"娘家"，反能成为加强两国长久关系的最佳桥梁。

我经常鼓励留学生落叶归根，回国服务，特别是改革开放以后的无数留学生。封闭近三十年的祖国，多方面远远落后于西方国家，十分需要各行各业的专家，没有道理为先进国家培育和输送大量人才。再说，先进国家多你一个不多，少你一个不少；专家学成归国，加强国家间的联系和友好合作，对双方来说都有益无害。

人各有志。落地生根还是落叶归根，归根结底属于个人选择。

落地生根还是落叶归根？

在旧金山州立大学当校长的第五年间，传出我将辞职回国到香港创办科技大学的消息。中文报刊纷纷说："呼吁华人落地生根的人，自己决定落叶归根！"好像觉得我这个人很矛盾，很奇怪。

认识我的人并不感到很奇怪。他们说，我来往频繁的朋友全是华人；孩子起了汉语拼音的中文名字，以中文为母语，上学前家里不许讲英语；自己在念书、教书、干行政工作时期，一直参加华人的活动和运动；二十世纪七十年代起就不断接待祖国来访的各种团体，并经常回国推动或参与高等教育、科技研发、国际交流合作的项目……虽然十七岁来到美国，就生活来看似乎三十三年来一直没有离开过故国。那么，决定落叶归根很自然，并不奇怪。

事实放在面前，好像我自己也该这么说。可是虽不奇怪，却很有点矛盾。跟那时的中国留学生来比，我这人实在很美国化。我非常喜欢美国的大自然景色，包括高山荒漠；很喜欢美国人的天真爽朗；很喜欢当年的美国音乐（包括南方的迪克西兰爵士乐、乡村音乐、四十年代的大乐队音乐）、纯美国式的幽默、职业棒球和篮球；也喜欢运动。我有话直说，不怕得罪人，不懂怎么说得谨慎婉转；不同意时就发表意见，不在乎争论。对美国人的政治、宗教都算懂，生活习惯都能接受。若要落地生根的话，无疑会比绝大部分留学生适应得好。

　　那又为什么选择落叶归根？这就是矛盾所在，我自己也无法解答。只怪上海的小学教育和香港的中学教育给我灌输了中国的文化思维和民族意识。加上从小就喜欢看经典小说，给洗了脑。

　　至于伊芳，就更难说了。她小时候在上海上的是法国小学，后来在东京上的是美国中学，十七岁就来到美国，很缺乏中国的文化思维，可是民族意识很强。这又怎么解释呢？该说是家庭教育？

　　说到这儿，想起成长时期经历的一个共同点：小学时期的上海是日本的占

嫁鸡随鸡，嫁狗随狗。在法国小学（上图前排右一）和美国中学（下图左二）里长大的伊芳，亦愿回国，一起落叶归根。

领地，中学时期的香港被英国殖民统治。总寄人篱下。留学时期的美国虽然是个移民国家，该说人人有份，可是华人当年毕竟是人口比例极小的少数民族，寄人篱下的感觉挥之不去。

连素称思想特别开放的旧金山湾区也有反华的种族歧视。前面说过，刚到旧金山不久，接到一位犹太社群领袖给我挂的电话，忠告我提防正在刮起的反华人之风。他的话没错。一个多世纪以来华人备受歧视：掘金年代、铁路华工、移民政策、专业岗位上的种种限制，哪一样不呈现对华人的排斥？否则又何需我来打破玻璃天花板？甚至在华裔已经成为美国科技界重要台柱的今天，竟然常青藤大学对华裔学生还有不成文的限额。

这位犹太社群领袖讲得真没错，令我想起一件往事。刚到西北大学任教时，听说没多久前学校里出现丑闻：一群教授夫人为大学注册处提供义务协助，整理大批入学申请表，发现部分申请表的右上角被注有铅笔符号。经过仔细分析和质询，才知道这些申请者是犹太人，从而证明大学对犹太学生人数有所限制。

当了几年校长，联合国协会在旧金山向我颁发了个罗斯福夫人人道奖。同时获奖的是企业界的巨子、西方石油公司的阿曼德·哈默（Armand Hammer）。我致辞时提到种族歧视问题，包括以平等开放著称的旧金山。我指出："旧金山这么个多元化、多民族城市，住着这么多华人，为什么至今企业界的董事会里简直没有华人？一般董事会都愿象征性地安放一位非裔、一位西裔、一位女士，甚至一位同性恋者，可是连象征性地请一位华人都没做到——除了华人自己开办的公司。请看：银行、超市、百货商店……这些靠消费者生存的企业，面对这么多华裔顾客，都没想到过委任一位华裔董事。"

说完下台，得到好像超礼节性的鼓掌。几分钟后，一位年轻人从大厅另一边走过来，说："哈默先生坐在轮椅上，过不来。他写了张字条，要我递给你。"字条上抖抖索索两行字："你今天所说的话，正如我在二十五年前为犹太人所说的话。情况完全一样。"我看了很感动。这位与中国很友好的犹太老人，当时已年近九十，没多久后就过世了。他虽生在美国、长在美国，似乎亦有寄人篱下之感。

另一位著名的美国犹太人与我只有一面之交。应该说，只有两句话之交。他是初次安排尼克松访华的美国国务卿亨利·基辛格（Henry Kissinger）。

基辛格来旧金山演讲，场面很大。之后有个酒会，一小部分人被邀与他见面握手，谈上几句。他出生于德国，又带有很明显的德国口音，分明是位新移民。虽然口齿不很清，辩论能力极强，并有强烈的幽默感。据说跟他讲话总要吃点亏，因为最后一句总被他说中，习惯性地令对方结舌。

大会主持人替我们介绍。他看着我说："啊，你是大学校长——学界的人，也是位新移民。我的儿子在麻省理工学院读书，有不少华人同学呢。"我说："是啊，华人学科技的特别多。"他抬一抬眉毛，说："我儿子说念书念得好的同学全都是华人。"我说："不必令你惊讶吧。"他听了很想立刻回一句令我结舌的话，可是一下子怔住了，想不出说什么好，于是只干笑一声。之后两人相对大笑。

事后有人说，还是第一次看到他回不出话。并不是什么交锋，只是大家都知道麻省理工学院是最强的科技大学，校里最强的学生一般都是犹太移民和后代；这是众所周知的事实。只是华裔移民和后代进入圈子后，犹太人已不能独占鳌头；这也是众所周知的事实。我们两个新移民对话时，对此各自心里有数。旁人未必明白对话的含义，我们也就心照不宣。

像我这样选择落叶归根的，毕竟还是少数，美国人毫不担心。时过境迁，不少华人终于在美国建立了地位；土生华裔还能当上部长，甚至驻华大使，表示美国人对华裔的顾忌逐渐减轻。而许多华裔亦已落地生根，不再有寄人篱下的感觉。

在"娘家"看到的一些小故事

"文革"期间从美国回国访问的华裔学者，对祖国的情况有两种看法。一部分人看到什么都说好；另一部分人要就一声不响，要就略表不满。回头想想，前者不多，可是包括一些在科技界最有地位的，因而对我们这群"一厢情愿"的人影响很大。后者该是大多数，可是并没挺身而出，表示不同意见——毕竟那时候愿意回国而又能拿到入境签证的都经过过滤。

我拿到签证时还在"文革"时期，可是为了儿子要与我同去，申请加签，耽误了好几个月。成行时"四人帮"已被粉碎，不过还属 1976 年秋，大地尚未回春。

跟着那几年里，几乎年年回"娘家"，得以目睹改革开放所带来的各种新气象。教育和科技的改革和发展迅速浮现，读者们都看到，不再多说。想说的是几个反映人们心理变化的小故事。

八十年代中期，一次从美国飞到北京，飞机停妥了，门也打开了，可是下飞机的梯子还没送到（那还是个古老的机场，航班不多，乘客上下飞机没有登机通道）。两位那时称为服务员的空中小姐站在机舱门口，咕哝着说："我们国家就是不行。看哪，门都开了，还得等梯子！"我这急性子拎着手提行李站在舱门前，听到她们的话，就说："国家已经进步很多了，前几年你们哪能说这种话？"她们竟然听不懂我的意思。

之后我在国内多所大学为学生作报告，经常提醒他们万事都有过程，单是抱怨没用，自己也得作出贡献。说到国家正在进步，就引用上面这个例子。说完后，只见中年和老年的教师们点头，而年轻的学生们不懂我在说什么。在他们的脑子里，批评现状有什么不对？怕什么？我还得为他们解说。

既然讲到航行，就再说两件趣事。一件是从北京飞往东京。乘客全都登机坐稳，偌大的波音 747 就是站着不动。一个半小时过去了，还是不动。我就问服务员为什么还不起飞。她说有四位客人还没登机。我说："过去民航会停在机坪等候重要的客人，现在已经改了，怎么还这样做？特别是国际航班，怎能给旅客留下这样的不良印象？"（早些时候，搭飞机的大多是高干——特别是国际航班。飞机停在那儿等候"贵宾"是常见的事。）

她说："其实我正想请你替我宣布呢。这四位客人来自伊朗，登记时托运了多件行李，然后失去踪迹。他们的手提包上都印有（宗教领袖）霍梅尼的肖像。找不到他们，不敢起飞。"（年轻的读者们未必知道：当时伊朗伊斯兰革命未久，有些国家担心部分激进教徒是恐怖主义分子。）她又说："我们将把所有托运行李拿下，认定他们所托运的那些，予以扣留，然后尽快起飞。但是这事又不能明言，免得旅客们慌张。"我跟她一起想清楚怎么说明较好，然后用英文宣布。

从窗口看向地面，确实所有托运行李全被下舱，让机场安检人员逐件点看。正在此时，服务员又急急忙忙走来，再度请我宣布："那四位伊朗旅客已在机场被找到。他们和他们的全部行李都将被扣留。我们把别的行李装回机舱后即刻起飞。为了航班的安全，给各位造成不便，务请原谅……"

之后飞机起飞，再没听到任何有关这四位的消息。猜想他们不是恐怖分子。伊斯兰教规不允许喝酒，会不会他们出国门后借机去机场的酒吧消遣了？

另一趣事是从北京飞法国的经历。民航航班误点，即将在巴黎降落时，服务员走来问我能不能替她翻译一段话。她们受过培训，一般常用语都能讲英语，但遇到突发事件就讲不清楚了。原来机上有个荷兰人的旅行团，须在巴黎转机。服务员要求所有旅客在降落后安坐不动，让旅行团率先下机，试图赶上下程航班。我当然替她用英语作了宣布。几十年来从没在飞机上遇到过这样的事，令我感到一丝娘家人带来的人情味。

从法国飞回北京，却又尝到另一种滋味。这次横贯欧亚大陆的航程，飞越青藏高原。喜马拉雅山脉白雪连绵。雪山之后，一路晴朗；向下看去，只见高山耸岭，跟着似乎就是黄土。直到机长宣布开始下降，才见到绿油油的耕地。心想：我们娘家的土壤，可能本来就不那么肥沃，经过祖宗们几千年耕耘，天然的营养恐已消耗殆尽，更难作业。与美国、澳大利亚、巴西这些人口稀少、土地丰腴的移民国家来比，真不能算天府之国。一切发展得靠人才。可惜长时期折腾，荒废多年；现今万事待兴，教育、文化、科技……多多少少该做的事正在等待我们努力。

在娘家看到和在国外幸遇的一些大人物

回娘家看到的不仅是小故事，也有一些大人物。那个年代，经常回娘家参与工作的留美学者毕竟不多，因而像我这样也有见到大人物的机会。选几件有趣的事来说说，还是从中国民航说起。

那时别人不太愿意坐中国民航，说穿了还是对国家没有信心，只怕民航不够安全。有说民航的飞机不可靠，其实跨太平洋的都是同样的飞机：波音 747。有说民航的机师不可靠，其实当年的民航机师都出身于空军，经验丰富。我说：肥水不流他人田，坚持每次回国都乘民航。

不知道是否上面有人打过招呼，民航对我特别照顾，上到飞机总叫我坐楼上。我买的是经济舱，猜想楼上是头等舱或公务舱，每次都只有两三个像是大老板的洋人。偶尔有几个老年华人，穿着布料特佳的中山装；服务员会暗暗告诉我他们是国家的高级官员；又告诉我：为了安全，楼上的机票不随便出售。那些官员该是我最早见到的"大人物"了吧，就是不知道他们是谁。

只有一次，一位矮矮的、身形较为丰满的人，满脸笑容地走过来与每位乘客分别作拱问好。他是常在电视上露面的柬埔寨西哈努克亲王——我初次在天空中见到的"大人物"——虽然不是真正的娘家人。说也奇怪，反而娘家人不打招呼。

初次在陆地上见到的大人物该说是方毅副总理。那是 1978 年，为了推动中美学术交流的事情，去见这位国家领导。后来又见过几次。见他时，虽然规规矩矩总在人民大会堂，却除了一位秘书、几位有关官员、倒茶的小姑娘外，没有任何侍卫。兼任中国科学院院长的他，身上没有一丝官味，讲话平实，有啥说啥，令我心目中把他当作科学界的同事，没有拜见大人物的感觉。

到上海时，被邀会见市长汪道涵。除了谈上海的高教和科技发展外，他还给了我一项任务：拨出两幅地，让我寻找旧金山湾区的旅游业投资者，去给准备大力发展的虹桥建造高级酒店。这方面的事情我完全是门外汉，哪能随便接下任务？当时告诉他会尽力试试。

说了话不能不算数，于是回到旧金山立刻到处找朋友帮忙。两个月后，成功拉拢到几方面的人，包括设计业的、酒店业的、金融业的专家们。与他们开了几次会，接着联络汪市长属下，让他们组团访问上海，自行考察和谈判；算是完成了任务。

怎么还会记得这件事呢？主要是因为这些美国专家聘了两位出身于著名商学院的 MBA 为他们做成本效益分析。两人带了电脑来开会，左按右按，算出来的内部收益率波动极大，很不满意。我忍不住要插嘴，指出他们所用的方程里变量多于未知数，要什么答案就可得到什么答案，毫无意义。我请他们休会，外出吃饭喝酒，回来时我会给他们一个 24.7% 的内部收益率。为什么敢这样说？因为他们说 15% 太低，没有人肯投资；35% 太高，没有人愿相信。那么，我用手上的小计算器，略动变量（例如房间的租金、占用率、人事费用等），就能给到一个令他们满意的答案。

哪能这样随便？啊，那个时期改革开放还刚起步，上海没星级酒店可言。该收多少房租、每年能租出多少天、人员的工作效率多高等等，都没有数据，无例可援。商学院所教的那套国际规律全不管用。愿到中国投资，就得冒风险。

他们决定顶着风险出手，只求所找来的国际贷款能按当时国内政策获得中国银行的担保。据说一切谈妥，正待签署之际，国内改变了政策，中国银行不再为外资做担保，于是全盘尽散，无功而还。相当一段时间，汪道涵还是给我保留了两幅地，直至我说实在无能为力，请他收回。几年后，两人在徐汇区的花园饭店吃午饭，我为此事向他致歉。

1988 年我回香港筹办科技大学，1991 年 10 月开学。两个月后，他出任海峡两岸关系协会会长，为国家作出重要贡献。我十分尊重这位儒将，可惜后来没再来往。

当然大家都想见到的是改革开放的总设计师邓小平。他在 1979 年初访问美国，全美华人协会与美中友好协会在华盛顿接待过他。1984 年秋新中国成立三十五周年，以阅兵仪式和群众游行举行隆重庆祝，我有幸被邀回国参加庆典，并与部分华人一起受邓小平接见。

政府按名单让我们排队，鱼贯向前与邓小平握手、拍照留念。杨振宁照例排在第一位，李政道第二，丁肇中第三。诺贝尔奖获得者之后，轮到著名女物理学家（曾任美国物理学会会长的）吴健雄与她的丈夫袁家骝。下一个竟轮到我。这时发生一点趣事：邓小平还在与吴健雄握手时，一位排在后面的学者突然一个箭步从侧面走上队伍前端，伸出手来；立即被警卫拦住，推回队伍，很有点尴尬。有人说笑："前面几个都是念物理的，哪能轮到他？"（真属巧合——这位日后当校长的念的不是物理。）

那些年里，由于在国内推动中美学术交流，在国外担任全美华人协会会长，有幸先后见过甚至接待过多位祖国的领导人，令我更进一步感受到改革开放的势头，打动了潜伏已久的归根念头。

来自故乡的呼唤

读者们想必看到：多年来，我在美国也好，回祖国也好，不断听到故乡的呼唤。

拙作《同创香港科技大学》描述了我被聘到香港创校的故事，在此节录有趣的部分。

1986 年春季，旧金山郊区的家里来了一位不速之客。

其实也不能算是"不速"，因为他事前来过一封信，只不过来得有点蹊跷。信里说：香港要开办一所专攻高科技的大学，他是筹备委员会的秘书长，希望来参观一下旧金山州立大学，并向我讨教。

蹊跷处是：我是搞理论物理的，做的是基础研究。我的专业是量子多体物理，排不上"技"字号，不能算作当时一般人眼里的"高科技"。要深入讨论高科技内容的话，可能帮不了他多少。还有一点不对劲的是：旧金山州立大学以教学为主，虽然有些科研专题做得有声有色，但是终究不是一所专攻高科技的研究型大学，因此不晓得他从参观中会得到多少体会。

依我那一贯直来直往的脾气，应该清清楚楚地把这两点解释给他听，然后替他出个主意，建议去哪些更合适的地方、见更合适的人，免得浪费了他的宝贵时间。可是这次我没这样做，一方面是因为他的来信诚恳得可爱，另一方面是他老远从我的老家香港跑来，总该好好接待一下、好好讨论一番，清楚了解这所新大学的宗旨和使命，然后再提建议。

于是约了他见面，又安排了最强的两位院长与他谈话，带他参观大学。这两位，一位是兼管应用科技的理学院院长，本行介于生物、化学、环境生态之间，是位蛮受人尊敬的科学家和学术管理人员。另一位是商学院院长，所领导的学院有 3000 名学生，毕业生在加州非常吃香；他本身的知识面广，能力也强。让客人会见后者，是因为我深信高科技的开发脱离不了企业管理。

…………………

跟两位院长谈了些什么，我不知道。只记得次日碰头时，他从西装外套的夹袋里拿出一封公函，说是尤德总督委托他来聘请我当"第三间大学筹备委员会"的委员。搞了那么两天才把来意抖出来，一定是有严肃的任务在身：要事先把我端详一番，跟着去背后打听清楚，才敢邀我当筹备委员。

尤德没见过我，也不认识我，怎么会要我当这个委员？听说也有一段故事。

担任旧金山州立大学校长时，我几度回国访问，途经香港。一次蒙香港中文大学校长马临请客吃饭，席上把我介绍给他的校董会主席——以才干及诚挚闻名、并深受工商界和港英政府器重的银行家利国伟。席上谈话不多，但是利国伟的博学和温雅给我留下了深刻的印象。没多久后，收到信息说利国伟和恒生银行的同事林李翘如要去纽约开会，回程路过旧金山，希望一见。后来在他们下榻的酒店里见了面，喝了咖啡。已经不记得谈些什么，想来该是有关教育的看法吧。

据闻他们回去后，利国伟向他的政坛挚友钟士元提起了我，甚至推荐了我。又据说他们两位在港督尤德面前说："筹备委员会找了几位英联邦的大学校长担任委员。归根到底，香港人 95% 以上是华人，好像筹备委员会里应该也有位华裔校长吧？"尤德立即点头，但是由于这"第三间大学"将会是一所国际性的科技大学，他们一致同意这人必须在国外的主要大学里当过校长。

当时除了我没有别人，于是找了我。至于我本来就是香港人，则全属偶然。就这样，离港三十多年后，终于得到了直接替港人做点事的机会。

至此只是参与筹备而已，压根儿没想到下一步的发展。

筹备委员会的工作繁重、紧张、活泼、刺激。跟着怪事来了。《同创香港科技大学》里写道：

……筹备委员会第一年的报告书里说：要尽早选定一位校长，让他投入规划和筹备工作，并参与高级职员的遴选。于是成立了一个独立的、由钟士元亲任主席的校长遴选委员会。

遴选委员会在英国、美国、澳大利亚、加拿大的高等教育刊物和香港的报章都刊登广告，寻求申请及推荐。后来又向英、美、澳大利亚、加拿大的多位大学校长及素有来往的学者发了信，征求协助。很明显，针对的是运用英文为教学语言的第一世界。

结果得到了 44 份申请书和 47 封推荐信；一半以上来自英国。选委会仔细考虑了 60 位候选人，初选了 16 位，约见了 14 位，最后"面试"了 5 位。选委会的独立和保密程度十分高。很多筹委会成员，尤其像我这种几个月才来一次香港开全体会议的海外筹委，在看到报告书之前，完全不知道上述这些情况。

身为筹委之一，我自然没有申请，也不知道是谁推荐了我；只记得好像某天在旧金山州立大学上班时，筹委会的秘书长麦法诚来了一通电话，问我愿不愿意让遴选委员会看我的详细履历，把我当作校长候选人来处理。当我还在犹豫，他接着说选委们在评核时遇到了困难；若我愿意，至少他们手上会多一则在职校长的案例，作为尺度来参考、衡量。

我同意了。没多久后，就被通知为最终候选人之一，并且要我下次来港开会时早一点到，让他们"面试"一下，好做比较。

1987 年 9 月，筹委会开全体会议，我应邀提早一天到港，住进了会址斜对面的希尔顿酒店。记得当时是上午十时左右，而我的"面试"被安排在当天下午。

"面试"的经历有趣难忘。我素来对衣着十分随便；尤其长途越洋旅行，总以舒适为主：上面一件运动衫，下面一条短裤或牛仔裤。这次考虑到香港夏末的炎热，穿了一条白色牛仔裤。一般小伙子爱穿它，为的是时髦；对我这个年近半百的"人物"来说，实在很不合适。

刚到酒店，行李向床上一丢，立刻接到麦法诚的电话，说："到了，很好很好。能不能立刻过来？我们想提早进行面试。"我说："行吗？总得让我换套衣服吧？""不必了，抓紧时间，请立刻就过来。"

会议室里坐满了穿得道貌岸然的绅士，看到我这身短打，以"校长候选人"的身份出现在眼前，一定倒抽一口冷气。各位看官，来日方长，这是第一次令他们吃惊，却不是最后一次。

……写到这儿，突然想起，那天"公审"我的好像不仅是选委。刚才翻阅了筹委会第一年的报告书，发现选委会理应只有六位成员，而那天在场的人坐满了一屋子。长长的会议桌周围，马蹄形地布置了至少十几位选委和筹委，虎视眈眈看着我这个衣冠不整的假小伙子。

问了些什么、说了些什么，全记不得了。不过好像我的确很诚恳地为他们出了不少主意，告诉他们做校长的需要具备些什么条件，认真协助选委们制订遴选标准。

第二天，筹委会开全体会议。一项议题是让校长遴选委员会提交工作报告，然后进行讨论。作为候选人之一，我需回避。讨论时间好像并不很长。他们散会后，休息片刻，重新召集；戈顿·希金森（Gordon Higginson）（筹委之一，时任英国大学校长协会主席）走过来，说要向我道贺，叫我一定要接下这个差事。令我十分感动的是，他眼眶里含着泪珠。

……港督卫奕信照例在官邸邀请海外筹委吃顿午饭（原总督尤德不久前在访问北京途中急病去世）。卫奕信是位"儒官"，普通话讲得很好，中文能看能写，虽是英国外交官员，对中国人很有感情。……那天饭后告辞时，卫奕信让我留步片刻，讲了几分钟话。最后几句令我难忘。他说："听闻筹委会决定选你当创校校长。希望你好好考虑后，愿意接受这项任务。每个人在一生中，总得选择一个适当的时间、适当的地点，去做适当的事。我看此刻对你来说，是适当的时间、香港是适当的地点，该你去做一生应做的事。你说呢？"

他的话简单有力。出自一位殖民官员，这些兼顾天时地利、反映人和的话，尤其难得。我很感动。他在位的五年里，对科大关怀支持，经常为我的同事们打气。

我出生于上海，幼年（0～5岁）和少年（12～17岁）时期成长于香港；香港是我故乡。可是早期的香港在英国的殖民统治下，给我留下很差的印象。1984年中英两国签订协议，决定香港十三年后终结英国的殖民统治，回归祖国。因为香港在"一国两制"原则下必须经济转型保持繁荣，当时港英政府接受了华人领袖钟士元的建议，全力推动香港科技大学的创建。这是"人和"。一百五十六年的殖民统治即将告终，香港得以参与祖国改革开放后的复兴大业，这是"天时"。海峡两岸那时尚未三通，香港既处大陆与台湾间核心，又能与珠江三角洲共同发展成为华南的龙头，这是"地利"。

天时、地利、人和三者齐全，来自故乡的洪亮呼唤，哪能塞耳不闻？

别了，美国

以后的事情，《同创香港科技大学》中如此记录：

回到旧金山后，校务特忙。跟妻子提了这件事，但是两个星期过去，还没有时间商量，也没给加州州立大学的总校领导打个招呼。麦法诚来了电话，说是希望快些作出决定，让卫奕信能够在一年一度的10月施政报告会上宣布。这才把我从梦中唤醒，一方面请他暂缓行动，另一方面迅速召开家庭会议，讨论这个影响全家大大小小终生的变动。

孩子们没有一个赞成。一辈子办事科学化的我们夫妇俩，开始写张清单，分

老大在伯克利加州大学念博士学位，老二刚从旧金山州立大学毕业，老三刚从圣迭戈加州大学毕业，老幺当然跟我俩回国。这是四个孩子"分道扬镳"前的照片，及在美国家里最后的圣诞合影。

作两行，列明去香港的好处和坏处。三十多年来，美国已是我们非常熟悉的地方；旧金山是人见人爱的文化和浪漫城市；硅谷又是全球的科技中心。我在加州、在美国，尤其是华人社会，建立了一点地位，足以作出应有的贡献。一子三女都在加州上学，舍得丢下？夫妇俩能够连根拔起，说走就走，回流到大洋彼岸？

再说，也有实际考虑：书生不懂得积蓄投资，除了一栋大部分欠银行的房屋，几乎两手空空。当时香港的薪酬较低，须减薪回归。离开家乡三十余载，业已人地生疏；假如适应不好、工作无成，流落在彼，今后一家老少靠什么生活？妻子跟了我一辈子，从当穷学生到做个尽责的媳妇，到一手操劳带大四个儿女，自任保姆、司机、家庭教师、兼职员工。即使后来当了校长夫人，外有应酬，内有家务，还是没有一个帮手，没享过一天清福。这些总让我自咎。那么，还能赌上她下半生的幸福和安全吗？

客观考虑：香港开办世界级的科技大学，时间似未成熟，会不会力不从心，甚至心犹未定？我们需要辛苦拼搏多少年才能略见曙光？甚至见不到曙光？

折腾了几天，最后还是妻子给了干脆的答案。她问我两个问题。第一是："老实告诉我，科大能够找到比你更合适的校长吗？"我想了一会儿，很不谦虚地回答："目前不能。可是我须十分辛苦拼搏，还不知做不做得好。"

第二个问题是："你大半辈子做的都是与华人和中国有关的事。这次最有意义的机会和挑战放在面前，假如不去，二十年后会不会后悔？"我说："我想会。"她说："那就走吧！辛苦拼搏的日子我们不是没有度过，没啥问题；该做的事就做。经济方面，将来怎么我们更不在乎；大不了恢复大学时候那种穷学生的生活。大家不用再想了。"

去意既定，必须尽快通过总校向校董会提出辞呈。

到长滩的州大大本营去见总校校长，表述这突然发生的事情和前因后果。这位早期与我有过冲突、后来关系很和谐的总校校长说她能理解我的心情，然后讲出一段不为人知的经历：她的父母亲在某个印第安族群居留地当义务工作人员，她在那儿出生；这个很不寻常的个人背景令她感到自己的根与印第安人

写到一半，站起来向西远眺，想像太平洋彼岸的祖国。看到的却只是校园里的图书馆和学生中心。能说走就走吗？

扎在一起，经常想是否应该回归。我那落叶归根的决定激发了共鸣。

她说："落叶归根是件好事。不过香港回归中国后的前途不明，你也得有两手准备。万一情况不如理想，应该尽快回来。"对中国有所怀疑的看法在美国极为普遍，因而对回归后的香港并不看好。接着她又说："州大系统有个规定，能给你极好的保障：任何一位当过五年校长的，有权在州大系统里当一辈子教授，拿最高的教授待遇。由于薪酬来自系统，不限哪所州大，可以随时任意挑选。"也就是说：一处干得不顺心——譬如说工作量太大，或环境不适应，大可另换一处。

这是个多么宝贵的特权！但是我跟她说："多谢你的好意，不过我不能接受。创办一所新大学，最重要的是聘请大群有心有能力的教授。假如我为自己留条后路，怎能说服别人放弃成功的事业，离美来港？"

辞呈交上去后，必须立即向旧金山州大的同事们作出交待，首先是领导层的同事。当时美国的大学校长轮换甚疾，据说平均任期不到五年。我已进入第五年，并会做完这第五年；若要辞退，说得过去。可是与团队相处愉快，绝对不能给他们留下被抛弃的感觉。再说，工作相当顺利，眼见学校已经走上轨道；没几个月前还以"一番最后的回顾"为题，在本年度的"校情咨文"里提出旧金山州大向"第二世纪"进军的大计。现在怎能平地一声雷，说走就走？

花了极多时间构思，写好给同事们的告辞信。这是我一辈子最难写的信，也是充满内疚的一篇文字。在行政班子和校长联席会议里逐行读出时，竟让同事们看到我眼眶里的泪珠。

不需一天，消息传遍全校。又一天，传遍全市全州和华人社会。中文报纸开始质问"落地生根"还是"落叶归根"？面对记者群，极多问题很难回答。虽然做了最对最合理的决定，心中难免还存矛盾。

同事们伙同市政府给我开了欢送会。州议会通过赞词，刻了一块匾给我。市长把那天定名为"吴家玮日"，并送来一把市政府的金钥匙。我按照美国习惯，在台上幽她一默，说："市长您告诉我这把金钥匙是按市府金库仿铸的。不过，了解到今年经济衰退，税收少、金库空。过两年情况有所好转时，我一定会上门造访，领取今天承诺给我的财富。"州议会主席走上台说："很不愿意看到吴家玮离开加州。不过他会回来的。我承诺：随时他回来，加州总会给他一个最好的职位。"

当然，我不会回来了。

临别秋波，有伤心的事，有有趣的事。《同创香港科技大学》里说那伤心的事：

……离美前夕的伤心事，就是正式与科研生涯话别。

多年来，做了多多少少科研，累积了多多少少本理论计算。收拾行李时，自问今后还有机会看这些笔记本吗？在一群博士生、博士后和访问学者的努力下，我那套理论方法已经一连出现了好些突破，在凝聚态物理界站稳了脚；原来考虑过有一天会找回教授身份，再次投身科研。可是，这次归去，今后还可能做科研吗？还会收研究生吗？研究成果早已在物理专业杂志上发表，今后会有人要看这些详细的计算过程吗？

答案都是"不"。那么，把多多少少箱的本子带去香港做啥？

抛弃、销毁多年来的心血结晶，不是容易做到的事。毕竟还是做了。除了面对现实，也真是破釜沉舟，告诉自己：从这天起我的任务不再是亲手搞科研，而是把全副精力投向办好科大，尽量给同事们缔造良好的学术环境和科研条件，让他们使出浑身解数，做好我这一辈子所爱好、可是已经无缘再做的科研工作。

有趣的是"说走就走"一时好像变成"说走不走"。《同创香港科技大学》里又说：

……原来聘到的接班人是波士顿麻州大学的在职校长，谈妥时已是 5 月，他那边总得花几个月办移交，不能说走就走，因此我必须留至 9 月中旬。9 月初新学年开始；按旧金山州大传统，举行一场全体出席的教师大会。突然间，早已辞了职并已欢送过的校长，又在台上出现，还发表了新年度的校政纲要；你说是不是蹊跷兼尴尬？

就这样，我俩远离寡母，丢下三个大孩子，牵着 7 岁的幺女，抛弃已圆的美国梦，在留美三十多载后以老海归的身份落叶归根。五年前搬来旧金山时拆散的八口之家，从此更四分五裂。此后一家真的没再团圆。

后　语

　　《洋墨水》里写了十一年学生生活；《红墨水》里写了十三年教授生涯；这本《玻璃天花板》里写了九年大学治理经历。留美总共三十三年，终于回归故乡。

　　十七岁到美国，五十岁回祖国；三十三年占了有生以来三分之二的光阴。老话说：大半辈子流落异乡。新话说：成长立业于大洋彼岸。是感慨还是奋发，只一念之别。

　　担任大学校长，是留美大半辈子的终点，同时又是回国创办一所新大学的起点；事业未见中断。两个人生阶段之间出现的不是句号，而是逗号。来到香港与我胼手胝足同创科技大学的，不乏几十年来在美国华人活动中所结交的朋友，大伙继续联手努力发展志同道合的事业；按这条思路想深一层，甚至可说出现的只是个顿号。

　　若没在美国当上校长，或当校长时出了纰漏，大概不会有机会被邀回港创校。这样说来，应该扪心自问：那五年校长干得如何？

这种问题易问难答。校长干得怎样，须以大学办得怎样为标准。而大学的成败，须看社会和群众对它的评价。可惜社会和群众太容易受"大学排名"的影响。

请让我借"后语"的篇幅来评论这种影响，之后才回答自己干得怎么样。

社会和群众拿媒体公布的大学排名表来当参考，稍微受点影响，本身没有大害。可是近年来这类排名表越出越多，影响越来越大，误导越来越深，令人担心。在外国，家长和学生们买份报刊来看看评比，略加注意，却不那么经心。而我国的家长和学生们，大概是习惯了封建教育传统里的功名制度，几乎把某些排名表视为神明。甚至有不少校长，晓得社会和群众以至政府都非常重视排名，无奈之余明知其害而屈于其威，有意无意地加入这盘无稽的游戏。

我无意把所有高等院校的评比报告一笔抹杀。有些评比较有意义；譬如说，美国的国家研究委员会（National Research Council，简称 NRC）每十年在博士生层次按学科作一番调查，覆盖好几十个学科专业，收集意见。判据包括专业的重要性、研究成果、学生统计数字、师生的多元化等；分别按每种判据作出一组非排名式的评比。读者们自行选择哪种判据对他个人来说比较重要，把那组评比用来参考。

以物理为例，加州理工学院总的来说被评得很高，可是在学生统计数字上被评得较差，多元化则评得更差——特别强劲的物理系好像都有相似的毛病，大概是因为学术水平的要求越高，学生就越难完成学业，性别和族群的多元化亦越难完善。

即使这么个设计周到、调查细致的评比，还是很难公平。试看，物理学科有很多专业，不同的物理系需要考虑不同的因素，然后自行决定以哪些专业为发展重点。谁有资格判断他们的选择是否合理？（譬如说，初创时期的香港科技大学自行选择把重点集中于凝聚态物理，因为高能物理、天文物理、等离子物理等专业对香港的直接贡献较小，所需的经费又太高。时过境迁，听说今天的物理系正在扩大专业范围。孰对孰错，该谁来说？）

一般为高等院校进行排名的媒体，评比工作做得笼统，跟NRC的差上十万八千里。误导性最强的那些，把所有大学放在一起评比——不论公立私立，不论定位定型，不论学科专业，不论师生规模，不论经费多寡……这样的排名方式，把三万多学生的公立伯克利加大与两千来学生的私立加州理工学院相比、把学科齐全的私立西北大学与专攻医科的公立旧金山加大相比、把综合型大学与博雅学院相比，你想有多大意义？非但如此，还一一按分数排名，竟敢排到三位数，你说荒不荒唐？

或许有些读者以为我在为自己的学校叫屈，不然！连着好几年，备受社会和群众注意的"QS亚洲大学排名表"把香港科技大学排名于首位。亚洲的排名高于香港大学，全球的排名却低于香港大学。两所不同类型的大学用同一组判据作出评比已经是个问题，竟然同一个评比机构在同一年中为亚洲和全球用上两种不同的判据，得到两种前后矛盾的结论。无论你如何解释，难免令读者无所适从。再者，亚洲五强中竟有三强在香港，那还了得！香港不就成为亚洲的高教圣地了吗？对此，我既感动又感激，却没法相信。

盲目追求排名为大学带来危害。假如一所原来在教学型或培训型里大可争取世界一流的博雅学院或英式理工学院，为了追求排名而转型，沦为二流或三流的研究型大学，对师生有什么好处？向社会怎么交待？

国内经常出现"一窝蜂"的活动。一阵子搞合并，一阵子搞改名；一阵子全面扩招学生，一阵子借钱大兴土木；一阵子到处开分校，一阵子独立变民办。样样活动都有合理的起因，配合特殊的需要，有些做得还真不错。"一窝蜂"过了头的风气，几年后自会遏止。唯有崇拜排名的浪潮，不断由社会倒流到大学。大学原该是社会的典范、务实的先锋，不干有名无实的事，现在似乎反被个别媒体牵着鼻子走。

既然社会和群众不该以媒体的排名为准则来评价大学，那么该用什么作为大学评价的准则？我的看法是：每所大学都该有清晰的定位，各自按照定位订立一套评价的准则。社会和群众在审核和接受它的自我定位和准则后，按此进行评价。

什么叫作"定位"？我在第十章里，就地区观、国家观、世界观三方面，分析了大学定位的含义。假如你愿意接受这么个框架，那么评价的准则可以简单归纳为三个问题：

从地区角度来看：在本地区及邻近地带，能否算是教授和学生的首选之一？

从全国角度来看：与同类型的大学相比，教研水平是否真能达到全国一流？

从全球角度来看：在部分精选的专业上，能不能与全球顶尖大学并驾齐驱？

答案须都属正面，才对得起学生、教职员、社会，以及供养大学的广大群众。

旧金山州大在我管治下，所得的答案属不属正面？请让我逐一坦诚道来。

从地区角度来看，旧金山州大绝对是教授和学生的首选，因为旧金山市里只有这么一所公立的综合性大学。整个旧金山湾区里，伯克利和斯坦福是两所举世闻名的研究型大学；对偏好教学型大学的教授和学生来说，旧金山州大和圣荷塞州大无疑是他们的首选。素来如此，当校长的不敢邀功，只能说保住和巩固了这个地位。

从全国角度来看，与同类型的大学相比，旧金山州大的教研水平绝不逊于任何公立的教学型大学。又是素来如此，当校长的不敢邀功，只求进一步巩固这个地位。

从全球角度来看，我这个校长干得并不成功，最多只能说是差强人意。旧金山州大有无数专业，我没能精选部分给予全力支持，令它们出人头地。不是不愿意，而是没有适当把握时机，走毕全程。怎么会这样的呢？一下我用另一种方式分解。

首先得请注意：大学评价高，并不反映校长干得好；反之亦然。毕竟大学的成就高低需要很多年后才会显露；而当校长的，一任只是几年，一般也不过当上两任，功过不易定论。

其实这话说得片面，容我改正。一是我国的校长都有固定任期（包括香港），美国却非如此——而是"serve at the pleasure of the board"（"供职与否视校董会高兴而定"，也就是说在位或下台任由校董会决定）。校董会认为你干得好，就让你继续干下去。校董会觉得你干得差，随时可以炒你鱿鱼。二是校长的"功"固然不很明显，"过"却很快浮现。

什么是"过"？什么事情不能犯错？

前文里说过不少办学者的职责，特别是校长的职责。在旧金山州立大学和香港科技大学这两个迥然不同的大学里当了近二十年校长，多年来又看到听到不少国内外大学校长的经历，深感不管在哪儿当校长，于职于责都有不少通性。至少必须避开下列误区和歪风：

定位定型的误失：追求大而全、跟风、求名，让学校的定位和定型散乱走样。

客观条件的失算：不密切关注客观环境的变化，不了解如何应变，过快妥协。

规章制度的破坏：不尊重教育规律、法治精神，误解或误用体制，公私不分。

学科专业的紊乱：以跨学科为名把专业搞得支离破碎，滥收学生，滥授文凭。

教研人才的流失：不以完善和公平的制度求才留才，滥办院系、校区、分校。

经济资源的误用：求政绩、重包装，不制定财务预算，浪费公帑，肆意借贷。

那么，我在旧金山州大那五年里犯过多少错？

定位和定型方面，我不追求大而全，不跟风。有没有求名？有。我不甘心让学校沦为提供学分学位的超级市场，不愿学校被视为"街车大学"，而要学校被公认为这个"独一无二的城市"所拥有的、引以自傲的"独一无二的大学"。非但不能让学校的定位和定型散乱走样，更需要把定位和定型搞得清清楚楚。

客观条件方面，先说学校内部。开始那两年里，我人地生疏，花了大量时间分析和熟悉各个院系的长处和弱点。又花了很多口舌，推动"在夹缝里尽可能向学术研究和文艺创作方面倾斜"的政策。大学在研究和创作方面积弱已久，实质上、心理上都须梳理整顿。问题不在我不关注客观环境，而在不愿意接受这么个客观环境。

规章制度方面，确实破坏了总校的规矩。我无法接受校董会、总校校长和几位前任校长为《加州高等教育总体规划》所作的硬性诠释，坚持要"在夹缝里尽可能向学术研究和文艺创作方面倾斜"。可是又深信教授治校的原则，认为必须首先取得大部分同事的支持才能在学校内部进行改革，不愿顶着大胆妄为的帽子大刀阔斧冲锋陷阵。或许从长久之计来看，这种步步为营的方法较好，可是我只待了五年。

学科和专业方面，院系多年来缺乏严谨的检验和评价，校方任由他们自行其是，虽不至支离破碎，确有紊乱之处。在学术自主的原则下，一时很难全面整顿。我应该运用上述的"倾斜"政策，精选一部分专业为试点，用以示范。譬如说，人文学院的文学作品意译、理学院的河口生态研究、商学院的国际市场管理、教育学院的特殊教育、创意艺术学院的影视艺术和技术、行为科学学院的劳工运动和政策、健康学部的中医药保健、民族学院的亚裔族群研究，都非常适合州大的定位定型，亦已建立了较好的学术基础。当时我如料到只有五年时间，应该毫不犹豫，说干就干。

教研人才方面，旧金山州大没有资源去办什么分校，几位前任校长乜没有这种志向或精力，因此人才分散不是问题。虽然教研经费不足，教授待遇有所欠缺，可是旧金山湾区具有多种优点，足以平衡，因此人才流失也不是大问题。我的过失在太过着重制度的公平，没有趁早和及时略为掺入倾斜，容许制度留住特别精英的人才。葛浩文挂冠而去的事虽然发生在我离任后，我还是为此自罪（见第 12 章）。

经济资源方面，首先我绝不滥用。小时候家境拮据，养成了节省的习惯。州立大学的经费来自公帑，更须节约，以免辜负纳税人。精打细算、量入为出之余，还需建立机制，寻找额外资源。多年后有机会重访旧地，发现当年开创的微型"大学发展办公室"已被我的接班人扩展成庞然大物，想来收益必定远超支出。

自认最大的过失，是没有料到这么快就会离职回国。至于这五年里有没有避开上述的一系列误区和歪风，不如让读者们客观评定吧。

我自己的看法是，当校长的不要太关心世人对你的评价。该做的就做。经常提醒自己：站得高，看得远；说实话，干实事；以身作则，说到做到。

写到这儿，突然发现越讲越严肃。搁笔之前，不如说两个轻松故事，以此结尾。

一个小故事反映校长能做到的事毕竟没你想象的那么多。

加州一向缺水，石油危机那几年里又缺燃料。州政府要求所有学校到处贴节水节油和鼓励环保的宣传单张，我们当校长的自然奉命。不过四处张贴完毕，看到学生们非但毫不改变浪费的习惯，反把那些宣传单张撕下，扔得满地都是，对环保有害无益。学生们生活于社会的大环境，除非社会大众都能培养崭新的文化（犹如新加坡），当"长"的实力有限。

另一个小故事有关州政府教我们如何应对地震。

加州甚多地质断层，经常发生地震。一次较严重的震灾过后，州政府发现较为古老的大楼都须以钢筋加固，于是要求校方运用新的政府拨款，急速启动工程，否则勒令封闭。可是政府的拨款须经多重手续才会到位，叫我们何从急速？政府为了应急，又给我们送来大批宣传单张，指令每间课室及演讲厅都得贴上。内容是："地震时，大楼里最安全的地点是门框；学生们须尽快站到门框下，保护自己。"唉，我真不知道该不该奉命。课室里几十个学生、演讲厅几百个，假如大家一窝蜂冲向门框，不踩死人才怪。

我有个最不适合当校长的脾气，就是心直口快，有话就说。说的时候又不只一两句，一定要把背景和逻辑全部搬上。安慰我的人说："你是教书匠，跟学生讲惯课，难免样样事情要从头讲起。"又说："你是搞理论物理的，说起话来总怕理据不全，难免要说得头头是道。"称赞我的人说："嫉恶如仇，不吐不快；心语一致，不会暗箭伤人。"责怪我的人说："看不惯就忍一忍，说了没用的话，何必多嘴！"

后者的话真没错，但是不管用。我在办公室墙上挂了一个偌大的"忍"字。可是碰到残旧僵化而又被迫奉行的不成文法，或昏庸无能而又刚愎自用的权威人士，猛抬头瞧到那个"忍"字，只想把它撕毁烧掉。想当什么"长"的读者们千万不要学我。

编辑看到这儿，一定会皱着眉头说："让你写励志的书，哪能如此了事？"

恕我一笑置之。